我喜欢你，
如同晚风过，
湖面起涟漪。

魅丽文化 花火工作室

晚风游

钟仪 著

江苏凤凰文艺出版社
JIANGSU PHOENIX LITERATURE AND
ART PUBLISHING

目录

CONTENTS

第一章
是你先招惹我的

阳光透过厚厚的霾照下来，朦朦胧胧的，天色灰暗得像是一块很多年没擦过的玻璃。

谢昳刚回国就碰上了北都的初秋，雾霾大，风大，擦再好的面霜都不管用。

她无聊地坐在星巴克外头的藤椅上，滑动着手机屏幕上国内的联系人列表。出国五年，发小和同学都淡了联系，翻了两遍列表，竟然都没找到能出来陪她的人。

附近的商场和写字楼鳞次栉比，来来往往的人行色匆忙，然而绝大多数人在路过星巴克的时候，都会忍不住让视线停留一秒——年轻女孩子身材高挑，面容精致，一头冷清的烟灰色长发随意披散着。柔软的米色羊毛裙配黑色过膝靴，大大的墨镜推到发顶，眉一皱，整张脸立刻生动起来。

北都这么大的城市，时髦又好看的女人有很多，但这么漂亮的，还是少见。偏偏这美女一脸的高冷，又是一副不羁的样子，像极了高高在上的公主。

这时，手机忽然振动起来——是刚结完婚，正在度蜜月的韩寻舟的来电。

她接起来，另一只手漫不经心地玩着指甲上的水钻："怎么，罗马不好玩，还是你家贺律师不解风情？还有空给我打电话。"

电话那头的韩寻舟翻了个白眼，语速超快："我说 Sunny 大人，你好歹是个知名时尚博主，敢情都不刷微博的吗？江泽予那个死男人，见天地上热搜，这回上了个《时代周刊》采访，白霍（瞎扯）什么玩意儿！你快去看，我一会儿再打给你。"

韩寻舟生气的时候，京腔尤其重，一开口就像说相声，不过，这一次，谢昳没顾得上笑她。

憋到现在才告诉她，不就是想让她没法找借口不去吗？

谢昳眯眼笑道："韩寻舟，你有种。"

那边飞快地挂了电话。

谢昳到家时天已经黑了。新公寓还有一些东西要整理，她收拾完房子，又把上周积累的视频素材剪辑完发布出去。忙到十点多，她敷了一张面膜躺在床上，盯着天花板，四肢收拢，呈干尸状。

小功率的加湿器几乎没有噪音，香薰蜡烛的木质烛芯燃烧过后散发出极淡的玫瑰味，床头的两束米白色干花掉了一片花瓣。

谢昳心烦意乱地扯掉面膜，撑起身子吹灭床头的蜡烛，站起身开了窗。夜晚的冷风一瞬间卷进来，她的头脑瞬间清醒。十九层的公寓，窗外狂风呼啸，所有的细节在这个北都的秋夜像是突然活了过来。

她心知肚明，他所谓的晚风，是她。

大三的那个圣诞节，北都下了第一场雪。

傍晚，她从谢川的酒柜里顺了两瓶超级贵的冰酒，拉着江泽予去湖边看雪。那么贵的酒，两个人用在学校超市买的一次性杯子倒着喝，没多久就见了底。

天气预报说那天会下初雪，雪却迟迟不来，风倒是很大。

她冻得发抖，把他的棉袄拉开，不由分说躲进去，嗅到少年身上淡淡的酒味。

那是一种又暖，又安静，又甜的味道。她控制不住地闻了又闻。明明在那之前，她还嫌弃这冰酒的味道闻起来像是烂掉的葡萄。

那时，湖面结了层薄薄的冰，草地上有几根顽强的草，还带着点儿绿。少年下巴上的胡楂扎得她的脸有些疼，他突然开口道："昳昳，我喜欢你。"

他的话带着鼻音和醉意。

他向来阴沉又冷清，在一起一年，这是她第一次听到他说情话。

她挑眉看他，逗弄道："有多喜欢？"

少年低着头，她从来没见过他神情如此舒展过，大概是醉得很厉害。

他盯了那结冰的湖面半晌，说道："就像是现在，晚风过后，湖面忽然泛起了一丝涟漪。"

谢昳闻言气笑了，不知哪儿来的酸涩，怒气翻涌，她推开他："我在你心里，只算得上一丝涟漪？"

她长得漂亮，又聪明，家里有钱有势，是上流圈子里公认的公主。从前，追她的男孩子哪一个不是山盟海誓、死去活来的？怎么到他这儿，就成一丝涟漪了？

少年忽然笑了，骨节分明的大手一下子握住她的两只手，不让她乱动，他用另一只手抱住了她，醉醺醺地凑过来亲她。

谢昳嚣张的气焰在他一个接一个的吻里熄灭了，夜色下，她漂亮的面孔浮上一层红晕。她的视线越过他的发梢，看到路灯昏黄的光柱下，忽然落下一些碎碎的雪花，被晚风吹得旋转起来——是初雪。

她在心里恶狠狠地骂自己，这次真是栽了，听不到想听的情话，竟然也心甘情愿。

下一秒，少年忽然凑到她耳边，温热的气息烫着她耳垂："傻姑娘，大冬天的，你看这湖面都结了冰，哪有涟漪啊……"

"如果有的话，昳昳，"他的眼神像是清醒的，声音却低哑得厉害，"如果有的话，那是因为，在这之前，我已经为你化了一整湖的冰。"

啧，好好的一句情话，五年过去，却只记得前半句了。

风刮得越发猛烈，声音大得扰人思绪。

谢昳关上窗子，躺回床上，忍不住又打开了采访视频。她在人前装得云淡风轻，说着狠话，背后像这样暗戳戳的关注，这两年还真没少干。

这一次，她停在了十分二十一秒，男人脸上那抹温柔的，意味不明的笑容一闪而过，整个视频里，只有在这一秒，他的表情有温度。

谢昳皱着眉往回倒了一点儿，上一句是女主持人问他："像您这样极度自律的成功人士，有时间谈恋爱吗？"

江泽予只笑。

笑成这样，所以是有时间咯？笑而不语，所以是正在谈？

谢昳猛地坐起来，把手机屏幕连上巨大的高清投影仪，戴上床头柜上的金丝边眼镜，一边放视频，目光一边在他身后的书房里找东西，神情严肃得像是在查监控的警察。

书柜下放了一个梯凳，方便拿取东西，但以他的身高根本用不着——书柜顶层和凳子的高度做个减法，大约才一米六。书柜第二格左侧第三本书是《倾城之恋》，他以前从来不看张爱玲。书桌左侧放了个小小的医学人体模型，他的专业是电气自动化。书房右侧有巨大的落地窗，挽起的窗帘是淡粉色的，他最讨厌粉色。

谢昳神色恹恹地关了投影仪和手机，“嘭”的一声倒在床上，睁着一双大眼睛，狠狠瞪着天花板。

瞪了一会儿，她又笑了。这又关她什么事？

由于时差，又加上失眠，折腾了一整晚接近天亮才睡着，直到第二天下午三点多谢昳才醒来，精神依旧萎靡。她随手抓了件外套，敷衍地化了个淡妆就打算出门。

突然想起韩寻舟的话：“江泽予也去，你到时候可别㞞。”

转动门把手的手停了下来，刚踩上golden goose小脏鞋的纤细小脚僵住，两秒后，她换上拖鞋，直奔化妆间。

比日常用量多一倍的遮瑕膏遮住了眼下的乌黑，红肿的眼皮靠温柔的大地色眼影去了肿，睫毛刷得根根分明又卷翘，恰到好处的修容让原本精致的五官更加立体。当了几年时尚博主的最大好处就是，你想让自己成为全场最美的时候，你就可以。

半个小时后，谢昳化好妆，走到卧室旁边的衣帽间，伸手滑开两扇玻璃门。几十平方米的衣帽间，四季单品应有尽有，按由深至浅的颜色排列得整整齐齐。她挑剔地从头选到尾，挨个上身试穿，最后挑了条灰色的丝绒吊带裙和一件浅咖色西装外套。

完美。

最后，她从鞋柜底层翻出一双周仰杰设计的鞋，虽然磨脚又难穿，却是最佳战斗武器。

全身镜里，年轻女人从头到脚每一寸都很精致，烟灰色长发和眼角那颗淡淡的泪痣让人觉得美得有些不真实。谢昳对着镜子眨了眨眼睛，自己这个样子和五年前像吗？

变化很大了吧？

李教授家在北都郊区，开车过去得一个小时，谢昳还没有买车，只得老老实实打车。

一上车，司机师傅热络地打趣：“哟，这天气怪冷的，您这么穿，是赶着去见前男友吧？”

“……有这么明显吗？”

司机一脚油门踩下去，爽朗地笑道："得，还真让我给猜着了。哪个小伙这么瞎，像您这么美的姑娘也舍得分手？"

谢昳没回答，转眸望向窗外。当年眼瞎的大概是她吧？抛弃了这么个潜力股、国民金龟婿，老妈要是知道，估计棺材板都压不住。

李教授家是一栋带庭院的二层小楼。院子有些年头了，墙皮脱落，院门老旧，看上去和普通的城郊民房没什么两样。推开院门，里头却布置得极雅致。谢昳蹬着十厘米高的高跟鞋走进去，她走得很小心，尽量不让鞋跟卡进青石板的缝隙里。

此时是下午四点多，北都的秋天日落时间早，一轮红色暖阳挂在远山边，阳光斜斜地打进院子里。这样的情景让谢昳想起了她前几天刚收到的单色眼影，暖橙的底色，带着几不可见的细闪。

一院子忙忙碌碌的人，有的坐在矮凳上帮师母洗菜，有的搬桌椅，还有的拿着相机拍小院的风景，纷扰之中，她一眼看到了屋檐下坐着的男人。

他侧对着她，面前摆着棋盘，白皙的指尖拈了颗黑色的棋子，长腿随意地屈着。虽是坐着，但仍看得出身量极高，衬得这木凳子小得可怜。

男人英俊的侧脸和许多年前相比并没有太多变化，连低头的角度都分毫不差，像极了大学那会儿。时间仿佛回到某个下午，外面好像在下雨，她趴在图书馆大大的桌子上，侧头看他翻了一页又一页的书。

谢昳呼吸一滞，感知骤停，整个世界仿佛静止了几秒，又鲜活起来。她强迫自己转开视线，僵硬地往里面走了几步，鞋跟与地面敲击的声音引得院子里的许多人都抬起了头，除了专注于棋局的两人。

"谢昳？好几年不见，越来越漂亮了！走，我帮你把东西放下，老头这会儿正下棋呢，六亲不认的，我带你先去和师母打个招呼。"

谢昳看着走到面前的"啤酒肚"，迟疑了几秒。

"啤酒肚"挠了挠头，笑起来眼睛都挤得看不见了："我说大小姐，你都不记得我了？我是陈钦啊。"

"……是班长啊！"谢昳对他笑了笑，把手里的东西递过去，"这两年的伙食不错。"

她跟着陈钦往屋里走，一路上看到不少昔日的同学，越看越心慌。敢情今天这顿饭是鸿门宴啊，其中好几个人都跟她不对付，吵过架的更是不在少数。

这个局凑得还真齐。

经过屋檐下的时候，她的脚步稍停，高挑的身影在那方棋盘上投下了一片阴影，棋盘那端的人抬起头。

谢昳僵直了腰背，提了提裙摆，跨过门槛。

修长指尖夹着的棋子忽然落下，对面的老头立马眉开眼笑地收网："小江啊，露了这么大个破绽，这局你输了。"

过了很久，棋子尽失的人才低头笑道："是老师下得好。"

晚饭布置在院子里，方桌上放了个大转盘，十来个人勉强挤着坐下了。李教授方才赢了棋，不再像平时那样古板严肃，满脸带笑地招呼大家吃饭。

菜上齐后，众人寒暄起来。

谢昳摸摸耳朵，心虚地埋着头吃菜，一声不吭，只想着这顿饭赶紧结束。谢昳的左边坐着师母，右边坐着陈钦，小范围内还算安全。但出了这个范围，可就精彩了。

陈钦右边的齐远大四时给谢昳写了一封情书，被她当众撕了；师母左边的邱甜甜喜欢的男生热烈追求过她；斜对面坐着的是周晴萱，当年被她扇过巴掌；对面还坐着个被她甩了的前男友，大概对她恨之入骨。

她心道，韩寻舟，你下次别落到我手里。

谢昳突然觉得自己特别符合《名侦探柯南》里每一集受害者的设定。饶是她平时为人再嚣张，这会儿敌众我寡，她也只得低调做人。

小院里只屋檐下亮着一盏灯，昏暗的气氛适合闲聊。酒过三巡，大家互相问询近况，问到江泽予的时候都免不了小心翼翼地阿谀奉承，话题围绕着他创办的公司——择优。

择优创办于四年前，是一个网络购物平台，起初以一些高精尖的科技产品为主打，经过多轮融资，发展到现在，业务十分广泛，活跃账户上亿，已经成为国内领先的购物网站。

"没想到咱们系还能出个这么有名气的企业家，来，咱们敬江神一杯。"

"择优的两个创始人，江神和纪悠之，都是我校之光啊！"

谢昳暗暗翻了个白眼。

啧，脸皮不要太厚，有几位当年可没少在背地里踩他，现在说这些不臊得慌吗？

短短五年时间，江泽予从翻案到创业，一招翻盘，他们变脸倒是快。

她嘴角微嘲的笑意还没收好，没承想自己会突然被人提到。

一身红裙的周晴萱朝她举杯，脸上带着笑：“说到转行，咱们自动化系何止江神一位呢？不是还有个知名博主吗？我敬谢昳一杯，当年咱们S大公认的校花，脾气和性情也是一等一的‘好’呢。”

谢昳呵呵假笑了两声。

这位当年和自己的愁和怨可是几页纸都写不完，照着她原本的性子压根懒得搭理，不过，看在李教授的面子上，她还是举起了杯，弯着眼睛：“哪里哪里，长相不说，我这性子还真不如你。”

周晴萱嘴角的笑容僵住，气得想站起来，却被旁边的邱甜甜扯了一下袖子。她缓缓吸了口气，不情不愿地压下怒气，低头抿了一口酒。

好在有人转移话题：“谢女神，我一直有个问题想问你。上大学的时候，有传言说你爸爸给学校捐了一栋楼，是真的吗？”

她谦虚地摆摆手：“没有啦——”

那人道：“我说嘛，不然这也太土豪了……”

“是两栋。”

饭桌上顿时响起一阵吸气声，谢昳只觉得四周仇视的目光越发浓烈，她仿佛听到对面轻微的笑声。

她蓦地抬头，只见对面的男人端着酒杯一饮而尽，酒杯下露出棱角分明的下颌。这让谢昳不禁想到她第一次见到江泽予的时候。

九年前，夏末，S大的大一新生刚刚开学。

报到的第二天，谢昳就被院里的行政秘书请到了办公室。

九月二号，雷雨没有打任何招呼便席卷而来。

行政楼的灯光微黄，谢昳收了伞，拍了拍裙摆上沾到的水，快步上楼走进办公室，说：“陆老师，您找我？”

行政秘书陆芳是个国字脸的中年女人，她神色局促地看着她，嘴角咧得有些尴尬：“那个，谢昳同学啊，外面冷吧……喝点儿热茶吗？”

谢昳摇头，陆芳想去拿茶杯的手显得更尴尬了，她收回手，两手合在一起搓了搓，脸上挤出和蔼的笑意，终于切入正题：“谢同学，今天叫你来呢，是想麻烦你今天回去时把文件带给谢总签名。”陈述句末尾又加了句礼貌的询问，“……可以吗？”

谢昳皱眉问：“文件？什么文件？”

陆芳轻轻咳嗽了两声："就是有关捐楼的事情，学校里拟了一份合同，里面包括了工程款预算以及工期，麻烦你带回去给谢总看看。"

谢昳抿唇。

她不知道谢川又捐了楼。

他从来不吝啬扮演慈父角色，从小学、中学再到大学，一而再，再而三地借着她的名头做慈善，却从不在意这会不会给她带来不利——比如，她从小到大都没什么朋友。

谢昳在心中微嘲，但她并不想为难别人，便答应了，她还再三叮嘱："好，不过，谢……我父亲捐楼的事，可否请您保密？我不希望刚开学就传遍整个学校……"

她话音未落，门外就传来敲门声。

陆芳立刻坐直了身子，清了清嗓子："请进。"

雨声淅沥。

进来的男生个子很高，戴着一顶黑色棒球帽，低着头，露出的一方下颚骨轮廓清晰。外头的雨下得大，他似乎没有撑伞，帽子和衣服都湿了，水珠顺着胳膊滑到指尖，又滴在地上，地上很快湿了一片。

男生抿着唇，下巴向下收着，走过谢昳身边的时候，十分刻意地侧了一下身子。

那种疏离的闪避姿态令她有些诧异。

男生见办公室里有人在，迟疑了一会儿，没说话。倒是陆芳先开口了，她说话的时候眼皮都没抬，声音一下子冷硬起来，和刚刚刻意放低姿态的样子仿若两人。

"江泽予啊，你来找我问助学金的事情吗？我坦白和你说，你这个情况，档案上有犯罪的案底，助学金是批不下来的。不过，学校有一些勤工俭学的工作，你可以申请，但工资不高。你先出去吧，我明天把申请表给你。"

有案底？谢昳不由自主地抬头看他，余光看到江泽予身侧的手一下子握紧了，那清瘦的手背上青筋毕现。很快，那握着的拳头便无力地松开，江泽予平静地"嗯"了一声，声音低沉，没有丝毫情绪："那麻烦老师了。"

陆芳从鼻腔里"嗯"了一声。

江泽予又站了一会儿才转身，脚步略有些仓促。

"档案上记载，他三年前打伤了人，但不知道具体是什么情况，当时好像没有坐牢。成绩再好，品德不行，有什么用？指不定什么时候还得闹事。学校真是什么人都敢收，也不怕学生家长投诉……”陆芳看见人出去了，没好气地嘟囔了几句，等看向谢昳时，脸上又换了谄媚笑意，将桌上的文件夹递给她，“咱们S大就该以谢同学这样品学兼优的好孩子为代表。”

品学兼优，大概就是“有钱”的代名词吧？

每次谢川捐完楼，她都会被叫到老师办公室像这般夸赞一番，然后，她在学校里会受到各种各样的特殊待遇。当然了，还有同班同学更加“特殊”的对待。

谢昳对这恭维感到厌倦，接过文件就走，连招呼都懒得打一声。

她快步下楼，看见江泽予半靠在楼梯口的墙上，低着头，像是在等人。听到脚步声，他蓦地抬起头，毫不犹豫地抬脚向她走来。

竟然是在等她。

这回，谢昳瞧见了他棒球帽下的正脸。他的脸部轮廓清晰，鼻梁挺拔，下巴虽窄但不尖，皮肤苍白，精致的眉目间带着阴沉郁气。他的一双眼睛很是暗沉，似是用世上最黑的墨染出的颜色，几乎反射不出一丝的光亮。

饶是谢昳见惯了帅哥，也不得不夸赞，这人有一副极好的样貌。

可惜，她现在无暇思考这个，只略略捏紧了文件夹，心里不免有些紧张——她听到了不该听到的事儿。

谢昳抬头看了看楼梯口的监控摄像头，心下稍安，于是，抬起下巴先发制人：“那个什么，江同学，你的事我不会到处乱说的。你刚刚在门口也听到了吧？我爸给咱们学校捐了两栋楼，这也是我的秘密，你也别说出去，咱们……谁也不欠谁。”

江泽予闻言看了她半晌，幽深的眸子染着郁色，他的唇色惨白，浑身上下还在滴着水，活像刚从水里捞上来的。他没有说话，不知道在想什么。

谢昳心里一凛，咬着嘴唇，往后稍稍让了一步，漂亮的面孔已经露了怯——看来她的答案，他不满意。她不得已又示弱道：“你要是不信……要我做什么保证？”

然而，面前的人却恍若未闻。看了她半晌后，他低头缓缓地将左手从口袋里拿出来，伸到她眼前张开。

他五指修长，骨骼分明，张开的手掌心毫无血色，里头躺着一朵镶了钻的山茶花，那眩目的钻石闪着五光十色的光。

外面天色暗沉，只有这朵山茶花那样耀眼。

浑身湿透的少年开口，声音哑得厉害：“刚刚在门口捡的，你的耳钉少了一颗。”

谢昳的视线掠过他发白的嘴唇，下意识抬手摸了摸自己的右耳垂。她的脸颊一下子变得滚烫，原先的害怕害怕全化作了懊恼。

她抿了抿唇，接过耳钉往外走。

刚出了长廊，冰凉的雨雾扑面而来，谢昳迟疑了一会儿，停住脚步回头，扬了扬手里打开的雨伞：“那个……谢谢，也对不起。你是不是没有带伞？你可以和我一起。”

她这会儿说的倒是心里话。刚刚，她确实有点儿害怕，才会下意识想逃跑，现在冷静下来才想起来道谢。

她这对耳钉价值不菲，要是丢了一只就可惜了。何况，雨下得太大，他淋着雨过来，再这么淋回去，肯定会生病。

江泽予淡淡地看了她几秒钟才开口：“这会儿不怕我了？”

他说话的时候直直盯着她的眼睛，像是能够洞悉人心。

谢昳摇头，目光坦荡：“刚刚是我狭隘，作为补偿和感谢，我和你一起走吧。”

江泽予却没再说话，只深深看了她一眼，然后压低帽檐，大步迈入了雨中。他没有要她的伞，就好像多问那一句，真的只是为了看她怕不怕他。

真是个怪人。

这便是谢昳以为的初见。

这顿饭，谢昳吃得实在是不痛快，时不时就有人劝她喝酒，理由冠冕堂皇，说是同学一场，要用一杯酒泯恩仇。偏偏李教授也在旁边劝酒，欣慰地看着这“和谐”的一幕。

除了一两个仇深似海的，其他人跟她的过节其实不大，顶多是泼过水、撕过情书、抢过男人嘛。

谢昳只得故作爽快地接过一杯又一杯和解酒，到最后，她已经喝得不知道东南西北了。

她晕晕乎乎地喝干了最后一杯，滚烫的酒液入喉，胃开始一抽一抽地疼。

果然，做人还是不能太嚣张，出来混都是要还的。

酒终人散，就在众人留下来互换名片和联系方式的时候，谢昳和李教授打了声招呼，拎着包迅速溜走。

她一路上都保持着完美的笑容，身形笔直地走到离巷子很远的一家便利店门口，才算松了口气。

她拿出手机给韩寻舟打电话。

酒精作祟，谢昳的眼神有些涣散，手机屏幕从一个变成两个，电话拨了好几遍，那边才接通。

“舟……舟……嗝——”

“你喝醉了？”

韩寻舟一听就知道，这女人醉得不轻，平时，她可不会这么软绵绵、糯乎乎地叫她。

“舟舟。”谢昳小心翼翼地捂住手机，神情严肃，环顾四周，压低了声音，“你快点儿帮……帮我叫个车，今天来的这一屋子人，我都得罪过，他们看着我的时候都……都咬牙切齿的，你再不叫人来接我，我的小命就要不保啦！”

韩寻舟听到她那神经兮兮的语气就觉得好笑，翻了个白眼道：“……定位发给我。”

谢昳乖乖地给她发了定位。

周仰杰的高跟鞋从来都是中看不中穿，才一个晚上，她的脚弓和小趾便无比疼痛。

她脱掉鞋子拎在手里，光着脚，蹲在地上等车来。

路边的枯草不复春夏时那般柔软，由于干燥失水，变得锋利起来，一个不慎便会割伤皮肤，但总比穿着十厘米的高跟鞋舒适些。

地上冷，身上更冷，她把西装外套的扣子扣起来，将丝绒的裙子扯长，两只脚丫子拼命往裙子底下缩。

酒精的入侵令胃部开始隐隐作痛，谢昳皱着眉头，两只手捂在肚子上，毫无形象可言。

便利店里不时有人推门出来，路过她时，总会多看几眼。在北都郊区喝得醉醺醺的女人不多，这么好看的更没几个。

就在谢昳冻得嘴唇发紫，都快看不出口红本来颜色的时候，韩寻舟叫的车总算来了，车轮轧过满是小石子的柏油路，缓缓地停在她身边，后座的车窗一点点儿地摇下来。

“谢昳？”

蹲着的女人听到自己的名字后抬起头，眼神迷离，心中疑惑道：国内现在打个车都要实名制了？

“是我，是我。”她哆哆嗦嗦地爬上后座的时候想，叫的车很豪华嘛，韩寻舟居然舍得花这么多钱？

小半个地球之外的意大利罗马是典型的地中海气候，秋天亦有阳光普照，比起北都街道上凛冽的寒风，天气倒是温和许多。

酒店顶层的豪华套房里，午后的阳光从巨大落地窗外洒进来。

贺铭见韩寻舟挂了电话，不由得调侃道：“媳妇儿，你和谢昳不愧是闺密。”

两个大小姐的脾气如出一辙，去个同学会都能担心被人给谋害了，改天真应该买个保险。

韩寻舟懒得理他，自顾自地滑开微信的联系人列表，找到某个多年没点开过的对话框，迅速把刚刚收到的定位转发过去。

她发完定位后锁上手机，转过身来，靠在贺铭的肩膀上，静了许久后忽然出声：“你知道什么呀！我是被我爹娘宠的，天生脾气火暴，但昳昳和我不一样的。

“圈子里，很多人只知道她是谢家唯一的小姐，谢川的掌上明珠，但其实不是这样的……我家和谢家是世交，自然知道一些更加隐秘的事情。我听我爸妈说，昳昳的亲生母亲是当年刘家的小姐，但昳昳很小的时候，她爸妈就离婚了。后来，刘家倒了，谢川再婚，她跟着母亲在北都城的郊外生活。

“而且……谢家曾经的公主其实另有其人。谢川再婚后，和现任妻子周婉玲生了个女儿，取名谢秋意，那才真是宝贝得不行。可惜……在我上小学四年级那年，谢秋意生病夭折了。”

她停顿了一会儿，语气带了一丝犹豫：“……听说这事儿，好像还和昳昳有点儿关系。

“后来，昳昳母亲去世，她被接回谢家，我就是在那时候认识了她。

“五年级的暑假，她第一次来我家玩，个子还没有我高，面黄肌瘦的，穿着打扮像个乡下来的土丫头。我拉着她去我家花园里玩儿滑滑梯，她刚一脸瑟缩地从那滑梯上滑下来，谢叔叔就脸色铁青地从客厅里跑到花园，狠狠打了她一巴掌，指着她的鼻子骂她死性不改，顽劣不堪。”

韩寻舟说着说着就笑了：“那次真的是我唯一一次见到昳昳哭，号啕大哭。

你都不知道她那个模样有多丑，整张脸都是眼泪和鼻涕，和现在精致高冷的样子简直判若两人。”

她笑着笑着，又觉得心里难受，叹了口气：“后来，我再也没见她哭过，她总是冷着一张脸，抬着下巴，对什么都无所谓，我行我素，还超级爱花钱。好多人都说，我们两个大小姐是臭味相投，可这能一样吗？”

她是有恃无恐，而谢昳是自我保护，怎么会一样？

韩寻舟说到这里，回头看着贺铭，说：“昳昳家里情况复杂，父亲严厉，继母苛刻，虽说她性子骄纵，察言观色的本领却无人能及。她看着任性随意，实际上心里比谁都明白，自我保护还来不及，哪里会给自己四处树敌？她大学的时候能得罪这么多人，你以为是因为她的大小姐脾气吗？”

不等贺铭回答，韩寻舟继续发问：“你知不知道，她大四的时候为什么撕了齐远的情书？”

贺铭摇头，虽然他是法律系的，但因为韩寻舟的原因，他对这事有所耳闻。

齐远是谢昳的同学，喜欢了她好几年，眼看着还有几个月就要毕业了，于是被哥们撺掇着给她写了封情书。他是私底下递的信，可没想到，后来谢昳当着大家的面撕了那封信，还指名道姓地说：“齐远算什么东西？想追我，你够资格吗？”

当时，全班哗然，齐远的面子当场就挂不住了。最后一个学期，他借着班干部的职位之便，没少找谢昳的碴。

韩寻舟说着，叹了一口气：“那是因为，他在给昳昳的情书里写了江泽予有案底，是社会上的渣滓、垃圾，说他配不上昳昳，没资格和她在一起——她只不过是原话奉还罢了。

“还有一班的赵柠，那天在水房里，她和好多人造谣说江泽予曾经杀人未遂，被昳昳撞见了，昳昳上去就泼了她一杯子的水。

“周晴萱就更不用说了。她大一的时候追过江泽予，被他拒绝了。后来，江泽予有过案底的事情传开了，周晴萱满心的怨恨正好有的放矢，就动笔给校长写了封匿名的举报信，污蔑江泽予性骚扰，想让学校开除他。

“当时，周晴萱的室友和我们关系不错，信还没递上去，昳昳就知道了。她把人堵在校长办公室门口，上去就给了周晴萱一巴掌，我拦都拦不住。

“她那个样子，我到现在都记得：她一只手掐着周晴萱的下巴，另一只手扬着，红着一双眼睛死死地盯着她，活像一只护崽的母猫。后来，周晴萱父母闹到学校来，给她扣了个校园霸凌的帽子，还扬言要捅给新闻媒体，昳昳差点儿被学校开除，最后还是谢叔叔出面，这事儿才算完。

“……这些事儿，她从来没打算和大家说，生怕江泽予知道以后心里不舒服，全都自个儿扛了。”韩寻舟说着抬起头，眼睛很亮，“你以为，为什么大四那年，江泽予被爆出来有案底之后，还能安安稳稳地待到毕业？我们家昳昳厉害着呢。”

她很小的时候就跌跌撞撞着学会了自我保护，后来又懵懵懂懂学着保护另外一个人，强悍嚣张，毫无保留，哪怕是赔上她自己。

贺铭是第一次听说这些。

他从初中开始就知道了谢昳这么个人，印象中，她一直是谢家唯一的大小姐，长得漂亮，脾气傲，不怎么说话，有点儿遗世独立的味道，直白点儿说，就是看不起人，却没想到背后竟是这样一番情况。

他沉默了一会儿，见媳妇儿眼眶红红的，立刻转移话题：“是啊，你们家昳昳是超人，拯救了世界，行了吧？不过，你刚刚为什么把定位发给江泽予了？”

韩寻舟破涕为笑，那双大眼睛滴溜溜转了一圈，手指头绕着头发，冲他眨眨眼：“闺密是用来干吗的？当然是用来——坑的呗。”

同一时刻，北都的郊外，路灯微黄，谢昳哆哆嗦嗦地打开车门，连滚带爬上了后座。车里的暖气迎面而来，轻轻包裹住每一寸裸露在外的皮肤。

成志勇往后看了一眼，犹豫着开口道：“谢小姐，您去哪儿？”

谢昳没发觉这声音和刚刚叫她名字的声音并不相同，只口齿含糊地报上新家的地址，又轻轻带上车门。

车内大概是放了香薰，味道很高级，此时此刻，却让酒精量超标的她，大脑更晕了。

片刻后，车子启动。郊区的路不算平坦，坐在车内却几乎感受不到任何颠簸。

后座很宽敞，真皮沙发的触感和脚下柔软的毛毯让谢昳舒服得缩了一下脚，她睁开眼睛往前一瞄，哟嚯，竟然是辆宾利车。

这已经算得上是豪华的出租车了，她深刻地觉得，国内的经济发展实在是迅猛无比。

谢昳迷迷糊糊地往左边一躺，却感觉自己躺在了一个热乎乎的抱枕上，舒服极了。

她拿脑袋蹭了蹭那“抱枕”，还伸手摸了一把，手感真是不错，又软又结实，还挺有弹性，像是——人的大腿？

她吓得一骨碌爬起来，顾不上看一眼旁边的“乘客”，只义正词严地质问起前座的司机来：“您是哪个软件的啊？滴滴还是优步？您这就不厚道了，做生意不带这样的，我朋友怎么可能叫拼车呢？”

她喝醉了，吵起架来却仍旧口齿伶俐，一句接一句，逻辑清晰。

成志勇无措地摸了摸鼻子，默不作声地转头看向后座另一侧的自家老板。

他堂堂择优集团CEO的秘书，什么时候沦为顺风车司机了？有人见过开着宾利车拉客的吗？

成志勇一门心思指望着老板给他正名，却见他慢条斯理卷起袖子，眼皮都没抬，一本正经地撒谎：“你朋友叫的就是拼车，不想坐就下去。”

谢昳傻眼了。韩寻舟竟然这么抠？

“坐，怎么不坐？不就是拼车吗……”她理不直，气不壮，只得歇了气焰，转过头想看看这个比她还嚣张的乘客，却一下愣住了。

车厢里，车灯暖黄，香薰醉人；车窗外，城市的边缘略显荒芜。

她看着男人轮廓流畅的侧脸，这眉毛和眼睛，还有挺直的鼻梁，怎么……长得这么像江泽予？

肯定是她喝多了。

谢昳闭上眼，拍了拍脑袋，再睁眼，还是那张俊脸，唇角抿着，下巴收紧，脸色已经难看到快与夜色融为一体了。

谢昳眨巴眨巴眼睛，意犹未尽地搓了搓手，只觉得刚刚那坚实温热的触感还在。

刺激！拼车拼到前男友，还久违地摸了一把他的大腿。看来，他这几年工作虽忙，倒是没有荒废锻炼。

车里的香薰加速了酒气上头，谢昳的神智都有些不清楚了，她弯着眼睛笑了一下，从昨晚开始发酵的某些情绪借着酒意开始作祟。

她把胳膊肘搭在他的肩膀上，凑到他眼前，一双眼睛笑意盈盈：“哟，原来是我亲爱的前前前前男友啊！怎么，这么着急赶我下车，是不是——”

“是不是怕你那个身高一米六，爱看张爱玲小说，喜欢粉红色的，学医的小女朋友吃醋啊？”

骤然听到这冗长又风马牛不相及的问题，江泽予完全没反应过来。

他眉头微皱，侧过身来，却乍然撞进谢昳的眼睛。

后座宽敞，她偏要离他这么近，长眉上挑，眼里盛满促狭又满不在乎的笑意，仿佛刚刚的问题全都是信口胡诌。

再仔细看，那张漂亮得出奇的面孔上，醉意实在明显，白皙的脸颊晕染着两坨淡粉，一双好看的眉眼在醉意的衬托下更显娇媚。

两人之间的距离近到他的视觉和嗅觉同时受到冲击。

五年不见，她似乎换了常用的香水，但他竟然还是透过那层浮香嗅到了熟悉的香气。

学生时代的黑色长发换成了桀骜不驯的浅灰色，她从前爱穿MIUMIU的公主风衣服，现下却改穿了成熟的丝绒深V吊带裙，领口松松垮垮地搭着，露出一大片洁白细腻的肌肤，还有精致锁骨。

江泽予的眉头皱得更加厉害，蓦地侧过头正视前方，不愿再看她：“……你在胡说些什么？”

喝得醉醺醺的谢昳早已经忘了刚刚自己问过什么。

酒壮尿人胆，她毫不避讳地打量起男人的侧脸来，一边看，一边餍足地感叹。

熟悉的高眉骨，深深的眸子，挺直流畅的鼻梁，谢昳鬼使神差地伸出手，指尖几乎碰上他的侧脸。

男人却偏过头，疏离又干脆地躲开。

谢昳摸了个空，只好收回手，老老实实捂住自己抽疼的胃，皱着眉头，不满地嘟囔：“不是就摸把脸吗？这么小气做什么……”

她闭上眼睛，脑袋沉得要命，偏偏那不争气的胃抽痛得越来越厉害，她只好捂着肚子，赌气般挪到另一侧，用身子抵着车门，不再说话。

车里三人，一人专注开车，一人像是醉得不轻，还有一人脸色复杂地在沉思，再无人出声。

郊外的夜晚十分安静，静得让人不知所措。

车子平缓地行驶着，无声的寂静中，其他的感觉更加清晰，谢昳只觉得胃部抽疼得越来越厉害。

一阵猛烈的胃痉挛把她疼得龇牙咧嘴，她不想让男人看见，只得偏过头装作看窗外的风景。

忍了几分钟后，那疼痛越发剧烈，每隔几秒钟就来一次痉挛，疼痛让原本昏昏沉沉的大脑清醒了几分。

“师傅……好无聊啊，能不能放首歌，大声一点儿。”

她用脑袋抵着车窗，费了些力气，才让自己的声音听起来平稳如常。

成志勇犹豫了一会儿，连上蓝牙，随便放了一首歌。老板在车上从来不听歌，他放的是自己手机里的歌。

片刻后，车载音响里响起了一首悲伤的情歌，情感直白，陈词滥调。

谢昳丝毫不关心放的是什么，只借着歌声的遮掩细细地喘着气。

一首歌放完，车内忽然陷入了短暂的安静，暴露出一声来不及收回的艰难喘息。下一秒，这喘息声又戛然而止，仿佛刚刚的声音只是听者的错觉。

“……谢昳？”

江泽予迟疑地偏了脑袋，下一秒，他的目光骤缩——刚刚还借着酒劲撒泼的女孩儿，此刻正紧紧捂着胃部，脑袋用力地抵着窗户，整个人的姿势诡异又扭曲。

他犹豫了一会儿，坐得近了些，才看到她额角冒出的细密汗珠。刚刚因为醉酒而晕红的面颊，此时已经煞白。

她死死咬住嘴唇，牙齿嵌得很深，下唇已经浸出鲜血，却硬是忍着不发出一丁点儿声音。

江泽予皱着的眉心不受控制地跳了跳，凑过去，想将她的身子扳过来，可她太用力，饶是他使了些力气也纹丝不动。

“谢昳……”他犹豫着伸出右手，用手背探一下她惨白的脸，除开柔软的触感，那冰凉的温度简直不像个活生生的人应有的。

再开口，他的声音里带了不易察觉的慌张：“开快点儿，去最近的医院！”

他的话音刚落，右手忽然被抓住了，方才还疼得精神涣散的人转过脑袋，额角因为用力抵着窗户而成了一片青紫色。

她红着眼睛直直盯着他，撇着嘴，声音里带了哭腔：“江泽予，我胃疼，我想吃青椒炒肉……”

得了吩咐，正全力加速的成志勇闻言，没忍住笑了一下：“这小姑娘倒是有意思，胃疼成这样还想吃青椒炒肉。”

他调侃的时候没有注意到，后座上，自家老板听到这句昏迷前的胡言乱语，竟像是忽然被点了某个穴位一样定住了。

大一才过一个多月，S 大自动化系便出了两个名人——一个美人，一个怪人。

美人自然是谢昳，那怪人……

“昳昳，这次我们班的班级活动，江泽予又不参加……”时任自动化系三班组织委员的韩寻舟拉着她抱怨，“我去问他要班费，他居然问我，如果不参加活动，是不是不用交……你说，这年头还真有人缺一百块钱？”

此时，两人正在谢家位于学校附近的高级公寓里，谢昳在试新到的香水。

她轻轻晃动香水瓶子，往试香纸上喷，闻言笑道：“他不来就随他去，你可别去招惹他。”

倒不是因为她觉得江泽予有案底，太危险，而是觉得他让人捉摸不透。谢昳回想起那天在行政楼，少年那双暗沉沉的眸子和自我保护意识极强的躲闪姿态，只觉得很矛盾。

他那样子，湿淋淋，死气沉沉，把自己隔绝在世界之外，不像是个犯罪者，倒像是一个遍体鳞伤的受害者。

韩寻舟敷衍地“哦”了一声，凑上来闻了闻试香纸，皱眉嫌弃道：“两千多块钱的东西，一股六神花露水味儿，还不能驱蚊，你钱多，烧着玩儿吗？”

谢昳凉凉地睨她一眼：“又没吃你家的米。”

韩寻舟翻了个白眼，话题又拐回来：“我才不招惹他。你没听说上周发生的事吗？男生宿舍有人丢了一千块钱，事情发生后，班主任叫江泽予去了办公室，有同学听到班主任问他有没有偷钱，逼问了一个多小时才放人……我觉得不像，他连一百块钱的班费都舍不得交，每天在食堂吃一个素菜，喝一碗免费的汤，要是真偷了钱，还不得滋润一把？”

韩寻舟说着，嫌弃地挥散屋子里弥漫的香气，带了古里古怪的戏腔装模作样道：“有人喷两千多的香水，有人喝不要钱的紫菜蛋花汤。真是朱门酒肉臭，路有冻死骨。”

“不是他。”

韩寻舟疑惑：“不是什么？”

“我是说，”谢昳抬手摸摸右耳，山茶花耳钉上细细的钻石略微硌手，设计费加品牌效应，单单一只便价值不菲，“那一千块钱，不是他偷的。”

韩寻舟的眼里闪过一丝惊讶："你怎么知道？我这话还没说完呢。那一千块钱后来找着了，是那个男生自己落在公共澡堂的衣柜里了，昨天才被人捡到。事实证明，确实不是江泽予偷的，但奇怪就奇怪在，在没有丝毫证据的情况下，班主任竟然会郑重其事叫他去办公室。"

谢昳想起在行政楼办公室里，陆芳那不屑的语气，心下了然。

这就叫偏见，也叫先验概率。对于一个有案底的人，人们在怀疑起犯罪对象时，会先想到他。人心都是如此，没什么公平不公平，这种被先入为主的感受，没人比她更加清楚。

谢昳垂下眼眸，眼珠子转了转，忽然摘下耳钉问韩寻舟："你说，要是我把这只耳钉卖了，可以换多少顿饭？"

韩寻舟看了一眼她手心端庄大气的山茶花："……你这耳钉可是秋季新款，就算二手贬值了，也不会掉价太多。学校门口那家湘菜馆，一份盖浇饭二十块钱左右，怎么也得吃上两百顿吧？"

谢昳歪了歪脑袋，细细盘算："两百顿饭，每天中午、晚上两顿，早饭自理，那就是一百天，三个多月？"

当天中午，S大的男生宿舍楼下，送餐员穿着印有"忆湘园"字样的衣服从电瓶车上下来，打开车后的送餐箱，拎出一袋分量很足的外卖，走到江泽予面前："同学，你点的外卖。"

面前的男生不为所动，向来没有什么情绪的眼中闪过短暂的疑惑。

正是用餐高峰，送餐员急着送餐，催促道："快拿去啊！我还有好几个地方要送呢。"

空气沉静了几秒，江泽予开口："我没有点外卖。"

送餐员不想浪费时间，干脆把外卖盒子往他怀里一推："单子上写了啊，收餐人，S大江泽予，没错吧？不是定了三个月中午和晚上的外卖吗？还非得每一餐都是二十元整。二十元整的只有青椒炒肉盖饭，如果不改菜单，我每天都给你送。"

人来人往的宿舍楼下，衣着单薄的少年抱着外卖，苍白的嘴唇抿成了一条线。外卖盒子简陋，却不影响里头的饭菜散发出诱人的香气，店家派餐很及时，里头的食物隔着餐盒都烫手。

少年站了许久，低头看了一眼外卖单上的信息，终究拎着那盒外卖上了楼。

从那天开始，他吃了整整三个月的青椒炒肉盖饭。

很久很久之后，谢昳趴在江泽予的背上，好奇地问他：“我定那些外卖的时候还以为你不会吃，你人缘这么差，就不怕是别人的恶作剧？”

吃了三个月青椒炒肉盖饭的少年背着他的姑娘走在雪地里，呵出的气凝开成一片雾。

“我知道是你，外卖单上有下单人的信息。”

谢昳没想到答案竟然是这样，懊恼地捂了捂眼睛：“这么说，倒成了我先招惹你咯？”

少年回过头，笑着吻她：“嗯，是你先招惹我的，昳昳。”

第二章
你喜欢我

谢昳再次醒来，已经是第二天的上午，偌大的病房里只有她一个人。

她模模糊糊想到昨天晚上的事，只能想起来大概——聚会结束，她和江泽予拼了同一辆车，后来她胃痛得受不了，失去了意识。

病房里淡淡的消毒水味让人感到有些不适，谢昳把脑袋埋在枕头上闷闷地笑，心想，这人还算有良心，没把她扔在大马路上。

胃已经舒服了很多，她躺了一会儿，扯掉手上的输液管，刚掀开被子想溜，病房的门“吱呀”一声被推开。

来人换了身衣服，穿着休闲的套头毛衣，一身清爽。

谢昳眨了眨眼睛，心下感叹——昨天送她到医院，今天还来探病，他倒是仁至义尽。

江泽予的手里拎着个保温盒，面无表情地走进来，眼神瞥到挂在一旁，还在滴水的针管，抬眼看她，语气讽刺：“慢性胃炎，胃溃疡出血，险些胃穿孔。谢昳，五年不见，看来你过得不怎么样。”

她是过得不怎么样，有必要这么揭人伤疤吗？

谢昳笑得感激又疏离：“谢谢你送我来医院。医药费多少？我一会儿回家打给你。”

江泽予闻言，面无表情地把保温盒放在床头柜上，按了床头的呼叫按铃：“医生让你住院一周，还有别的检查要做。”

谢昳也不跟他犟，乖乖地“哦”了一声，重新躺回床上给自己盖上被子，一双大眼睛滴溜溜地看着他。

他按完铃，把病床一侧的折叠餐桌翻出来，替她打开保温桶，然后慢条斯理地走到病房里的沙发上坐下，拿起茶几上的报纸，随意看起来。

他没解释那桶粥的来历。

VIP 病房在医院住院部顶楼，一侧有一面巨大的窗户，透气又光明。

保温桶里是金灿灿的小米粥，散发着滚烫的热气和淡淡的米香。

谢昳饿狠了，也顾不上担心他有没有往里头吐唾沫，拿了勺子便开始喝粥。粥很烫，经过口腔的降温，软软糯糯的，一小口一小口地进到胃里，暖和得整个人都舒展开了。

其间，护士听到按铃声过来，看清状况后重新替她扎上针，脸色很不好看。谢昳倒是配合得很，笑眯眯地让小护士替她扎在左手上，扎完针便继续喝粥。

江泽予从报纸后头抬起眼睛，看着她乖巧好说话的模样，抿了抿唇。

这副配合的样子，就好像刚刚拔了针管的不是她自己。

她从来都是这样，行事永远没有章法，东一榔头，西一棒子，没有人知道，那双笑意盈盈的眼里到底藏了什么情绪——哪怕是疼到快要休克，她都要借着车厢里的音乐压着，装得跟个没事人一样。

他从来看不懂她，也怨她不让他看懂。

“你再讨厌我，也不能拿自己的身体开玩笑。说句疼很丢脸吗？”

谢昳闻言，咽下嘴里那口粥，抬起头看他，疑惑地眨眨眼，显然是不记得昨晚具体的细节了。

江泽予摇摇头，懒得再和她解释。

谢昳只好继续喝粥，半碗下肚，她心满意足地咂巴咂巴嘴，笑得眼睛都眯成了两条缝。

“这粥真不错，不会是你自己煮的吧？这么关心我……谢谢你啊，前前前男友。”

江泽予闻言，终于忍耐不住出言讽刺：“昨天是四个‘前’，今天是三个，几年不见，你的记性倒是变差了。”

谢昳险些呛着。

这人一向爱抠字眼，可这些前男友全是她瞎编的，她怎么可能记得清楚到底说了几个？但这种时候，怎么能认㞞？

谢昳眨眨眼睛，冲他撩了一下头发：“这话说的……其实我自己都记不清到底有几个，你知道的嘛，国外比较开放。”

“谢昳！”

片刻后，病房门从里面打开，又“砰”的一声重重合上。

男人离去的脚步声写满怒气。

病房里便又只剩了谢昳一个人。

浑身不自在的感觉散去大半，她紧绷的身体逐渐放松。

就这么安安静静坐了几分钟后，她把藏在被子里，紧紧捏着床单的左手伸出来，放到眼前，仔细端详起来。

手背上扎了针，冰冰凉凉的液体经由血管进入身体，针眼处有一些肿胀。这都是当下真实的感觉，但除此之外，还有一些不那么真实的。

指尖似乎还有曾经触过他嘴角的温热触感，掌心似乎残留着他眼睫眨过时留下的细微痒意。

怪不得网上都说，防火，防电，防前女友。

曾经那么亲密的人，那种熟悉与情意不仅仅存在于记忆里，而像是刻进了每一寸皮肤，每一根头发，每一段骨骼。只要有机会，时时刻刻都能复苏，从心脏到血液，发丝到脚尖。不管过了多少年。

只可惜，这样的桥段可以发生在任意一对久别重逢的情侣身上，却不包括他们。

医院门口，成志勇在车里有些坐立难安。

秘书这个职位一向都属于高危行业，不是因为工作量大，辛苦，也不是因为工作内容危险，而是心理压力大——通常会被迫得知老板各种各样不为人知的隐秘，知道得越多，越容易感到战战兢兢。

但他跟随江总的这四年，几乎没见过一点儿带“花边”的隐私。择优发展到今天，北都城里多少名媛、明星往江泽予身上扑，可这位爷愣是油盐不进，处理这类事情一贯绝情，决不拖泥带水。除了生意上的合作，他私底下就连只母蚊子都不见。

谁知道，昨天一整晚爆表的信息量——一个五年不见的前女友，一个学医的“现女友”——让他真是身处云里雾里，摸不着头脑了。

而且，更让他匪夷所思的是，前女友住院，老板竟然在医院里守了一整夜，今天一早又回家煮了粥送过来，照顾得无微不至。

但要说老板有多喜欢她，感觉又不像，至少这几年来，他从来没有听他提起过。

成志勇想起他昨天晚上离开病房的时候回头看的那一眼，老板坐在病床边，盯着床上躺着的人，那眼神，让他都觉得后颈发凉。

那种感觉很熟悉……像什么呢？

成志勇正抓耳挠腮地想着，看见江泽予冷着脸从医院里出来。

他绕过去替他打开后门，男人上了车，沉声道："走吧。"

成志勇点头，又绕回驾驶位发动车子，打了方向盘，开出医院的停车区域。他犹豫了一会儿，到底开了口："江总，关于上周收购的项目，今天晚上和对方公司有个会议，要推掉吗？"

江泽予皱眉问："推掉做什么？"

成志勇紧张地咽了咽唾沫，挠挠头："那个……谢小姐还在住院，您今天不用来守夜吗？"

他的话音刚落，险些咬着舌头，因为后视镜里，老板突然坐直了身子，露出了与昨晚一般凉凉的眼神："她住院，我为什么要来守夜？"

成志勇看着这熟悉的眼神，拍了一下脑门。

得，他算是看出来了。他那个念小学六年级的儿子被前桌的女同学"甩"了之后，一整个晚上在家要死不活地闹绝食，可不就是这个表情吗？

江泽予没走多久，谢昳便换掉了那副乖巧模样，再次拔掉针管，成功溜出了医院，对他临走前说给她请了护工的事置若未闻。

回到家，谢昳顺手把保温桶放在料理台上，先给自己倒了杯冰牛奶，想了一会儿，又破天荒地把牛奶放进微波炉里转了三十秒。

微波炉运转时"嗡嗡"作响，等待的时间里，她拧开台面上的保温桶，里头的粥还温着，剩了一小半。她原本要往水池里倒，转念一想，又从洗碗机里拿出一个碗，把剩下的粥倒进去，放进冰箱。

不能跟粮食过不去，不喝白不喝。

"叮——"三十秒过后，谢昳打开微波炉，把微温的牛奶端出来，往客厅走去。

客厅靠窗的一侧有个巨大的实木工作台，专门用来剪视频、写文案。

谢昳戴上眼镜坐进大大的转椅里，点开视频编辑软件，导入巨大的视频素材包，熟练地操作起来——博着主这个工作，看光鲜亮丽又轻松，其实需要非常自律，每天都得给自己安排合适的工作时间。

一晃就过了两个多小时，已经入夜，视频才剪到一半，她导出来看了一下成品，才发现镜头衔接生硬，视频逻辑不顺畅，甚至连最基本的字幕都错病百出，简直就像个刚入门的菜鸟。

谢昳沉默地看着，乱七八糟的视频就像她此刻乱七八糟的心情。

她毫不留情地按了删除，两个小时的成果瞬间作废。

谢昳抬起头，茫茫然环顾四周，忽然觉得家里好像有点儿冷。周遭环境太黑暗，又太安静，电脑屏幕发出的荧光照得她面色惨白，桌上那杯两个小时前还温着的牛奶忘了喝，变得冰凉。

她恍然记起，这么长的时间里，她竟然忘记了开灯，也忘记了开空调。

她“啪”的一声关上电脑，从衣帽间拿了睡衣冲去淋浴间，把莲蓬头的水开到最大。

“谢昳，五年不见，看来你过得不怎么样。”

再次见面的所有细节像一部循环播放的电影，在脑海中滚动了两个小时，然而，到了最后，最让她在意的竟然是这一句。

不，应该说是这两个字——谢昳。

时隔五年的重逢，他把她的名字念得四平八稳，字正腔圆。这样的称呼不像是称陌生人，更非密友，倒像是那种认识了许多年的泛泛之交。

心里好像有什么东西被他这一声称呼明晃晃地挑起来，让她难以忽视却又不甘心，不甘心却又无可奈何。

公寓的楼层太高，每一次出热水都很慢。喷头里的水还是凉的，脸上却有温热感，谢昳抬起手，狠狠地抹了一把眼睛。

明明在她的印象里，他从来没有这样连名带姓地叫过她。

大一那年的圣诞节，工学院考完了C语言课程，订了整整三个月的青椒炒肉盖饭外卖也在前一天送完。

教学楼下，纪悠之见江泽予往食堂的方向走，不免好奇道：“江泽予，你今天怎么去食堂吃饭了？你的青椒炒肉盖饭呢？”

他和江泽予是室友，知道他这人有很多怪癖——比如，对于青椒炒肉盖饭的热爱简直到了令人匪夷所思的地步，整整吃了三个月。

“嗯，从昨天开始不送了。”

时值初冬，寒风凛冽，教学楼下高大的银杏树落光了叶子。

江泽予穿着件薄棉袄，语气中莫名透露出一丝不舍。

他说完，往前走了两步，又回头：“你要一起去吗？”

纪悠之受宠若惊地抬头。

成为室友一个学期，他还是第一次被江泽予邀请共进午餐，只可惜……

“我去不了，一会儿和几个朋友有个聚会。对了，韩寻舟和谢昳是你们自动化系的吧？你应该认识的。”

江泽予闻言，蓦地停住步子，脊背似乎僵硬了半分。然而，纪悠之忙着在QQ群里回消息，压根没看到。

“你和谢……”江泽予的唇齿似是被粘住了，后一个字在舌尖转了一圈，没能说出口，江泽予咳嗽了一声，“你和她很熟吗？”

纪悠之丝毫没有注意到，他说的是“她”，而不是“他们”。他回答：“是啊，我们几个是发小，基本上都住在同一个小区。”

纪悠之一边应付江泽予的问题，一边飞快地在QQ群里打字：十二点在小翠大排档啊，谁迟到谁埋单。

发小群里迅速跳出好多条消息，最活跃的得数庄孰：你们几个都是S大的，每次聚餐都挑离S大近的地方。这次谁先到谁埋单，S大了不起啊？

贺铭怼他：要我说，谁吃得多谁埋单。

有钱人一贯抠门，一群富二代为谁埋单都能争论不休。纪悠之看乐了，正打算回复，却听到江泽予又幽幽砸了个问题过来：“你和……你们是朋友？”

“当然啦。从小一起长大的，你说是不是朋友？”

“……嗯。”

纪悠之莫名地觉得这个“嗯”字带了些许令人捉摸不透的味道，像是羡慕，又像是酸涩——这小子，肯定是羡慕自己有这么多朋友！

他迟疑了一会儿，抬手拍了拍江泽予的肩膀：“吃什么食堂啊！一起去吧？小翠家大排档很好吃的。”

纪悠之原本还担心江泽予不好意思，打定主意再劝上几劝，话未出口，江泽予已经答应：“好。”干脆利落得倒是让他不知所措了。

半小时后，小翠大排档的门口，韩寻舟一边张望着巷子口，一边轻轻推了推谢昳：“昳昳，你先进去，我去巷口等等贺铭。”

谢昳没动。

几秒后，女孩儿强装兴奋的表情逐渐凝固。

韩寻舟低下头：“我就是怕他找不到这家店，这不是在巷子里面嘛，很难……

很难找的。”

“再难找，他也肯定能找到，舟舟——”谢昳很少这么亲昵地叫她，每次这么叫的时候，就意味着接下来的话会很残酷。

“你们两家小时候定的婚约，上个月已经解除了。”还是贺铭主动提的。

韩寻舟一下子低了头，不敢看她，更不敢让她察觉她眼里晕开的湿意，只牵了谢昳的手，不知所措地站着。

很小的时候，妈妈就和她说过，贺家那个比她大七个月的小哥哥是她以后要嫁的人，她相信了许多年，但现在突然不是了。

谢昳叹了口气。

韩寻舟平时我行我素，性格洒脱，是个典型的北都大妞。但再潇洒的人，总有一块儿无法碰触，也放不下的东西，比如贺铭。

她推开门，拉着韩寻舟："进去吧？哭哭唧唧的，像什么样子？等会儿贺铭来了，还以为你非他不可了呢。”

韩寻舟被她刺激到了，抹了一把眼睛，笑道："就是。他贺铭算哪根葱？我怎么就非他不可了？婚约解除了，我可是大大松了一口气的。”

两人按照群里的消息找到了包厢号。房间里只有纪悠之一人，他大剌剌地占了临窗视角最好的位置，见二人进来，极为绅士地站起来给她们拉椅子："两位大小姐，请坐。”

谢昳笑了，脱了大衣挂在墙边的衣架上，又摘下羊绒围巾，随意搭在椅子后面。

韩寻舟看不惯纪悠之这装腔作势的态度，作势踢他一脚："纪幼稚，大一都过去一半了，你怎么还这么幼稚？”

纪悠之正想辩驳，见包厢洗手间的门开了，于是隆重地指了指谢昳她们身后："大小姐们，给你们介绍一下我的室友，也是你们自动化系的。”

谢昳和韩寻舟闻言回头，三人视线交错，两秒钟后，韩寻舟问："……江泽予？”

洗手间的磨砂玻璃门被推开，走出来的男生个子极高，皮肤很白，瘦削的脸轮廓分明，精致眉眼向下沉着，薄薄的嘴唇习惯性抿成一条线。

这不是自动化系出了名的怪人江泽予还能是谁？

韩寻舟惊讶得声音都变了。这哥们儿整整一个学期从来没参加过任何集体活动，她还以为他从来不与人交往呢。想到这儿，她又生起气来："怎么纪幼稚找你吃饭你就出来，我作为咱们班组织委员，面子还没他大吗？”

江泽予没回答，视线越过韩寻舟，落在谢昳的脸上，一秒，两秒，而后挪开。短暂的停留仿佛只是在分析眼前的人是谁，又像是没记起来般，自然而然地挪开了视线。

包厢另一角，端坐在椅子上的谢昳撞进他沉沉的一双眼里，只觉得那两秒钟，自己像是一头栽进了浓雾里，分不清来路和去路。

她回过神来，不由自主地摸了摸右耳，脑海里涌上了一个奇怪的想法——三个月的送餐结束了，至少他今天不用饿肚子。

她被自己莫名的想法吓到，不免失笑，他饿不饿肚子又关她什么事？

韩寻舟见江泽予久久不回话，翻了个白眼，扯过菜单道：“真没劲，点菜点菜。”

这顿饭吃完，除了平时最咋呼的韩寻舟话少了，并没有什么不同。

贺铭作为未来律师的口才似乎完全没受到解除婚约的影响，依旧侃侃而谈；而桌上多出来的那个人全程一言不发，只低着头吃菜，或者说，其实连菜都没吃几口。

饭后，韩寻舟和几个男生开始拼酒，谢昳无意喝酒，便穿上大衣走出大排档。

她推门而出，才发现外头下雪了。

幽深的巷子里，那排列整齐的青石板地面上积了薄薄一层雪。她抬起头，伸出手掌，一片雪花落在掌心，冰凉又柔软。气温比中午之前又降了几度，冰凉的风钻进脖子，激起了一片鸡皮疙瘩，谢昳忽然意识到脖子空空的。

她转过身想回大排档，却见离她几步的距离处，少年衣着单薄地站着——他大概是出来得很急，连外套都来不及穿。

没一会儿，少年薄薄的毛衫上就落了一层雪。他看着她，伸出手，手里拿着她的羊绒围巾。

谢昳很是头痛，这条羊绒围巾价格甚至比一只耳钉更高，那……又该算几顿饭？

不等她算清，江泽予沉沉开口：“谢……你的围巾没有拿。”

谢昳抿着唇往前几步，接过自己的围巾围起来，张了张嘴：“谢谢，不过这条围巾我本来也要回去拿的，不能算……”不能算又欠了他。

江泽予似是没有听清，问了句：“你说什么？”

谢昳摇摇头，又想起他刚刚对自己敷衍的称呼，于是翻了个白眼：“谢什么谢？我叫谢昳。”给他送了三个月的饭，他竟然连她的名字都不知道。谢昳平生第一次被如此忽视，心里很不是滋味。

江泽予一怔，暗沉沉的眼睛里忽然闪过一丝笑意，他的喉结上下滚动了一下，说：“我知道。”

谢昳冲他挥挥手，转身离开，心里却压根不信——如果知道她的名字，为什么不叫出来？

很久之后，她才明白那个时候他为什么不叫她的名字。他当然不好意思叫——她在某一次大物实验课后，看着他无意落下的草稿纸背面满满一页的“谢昳”二字，如是想。

再后来，那个说一半，留一半，丢盔弃甲，破绽百出的“谢”二字，又变成了缱绻又黏牙的“昳昳”。反正，他再也没能连名带姓地叫她。

十一月初，微博知名时尚博主“Sunny 大人”开始营业，发了条官宣微博。

“今天是去 @ 茶话会的第一天，希望未来能够合作愉快吖！”

一条微博配上今日搭配，发出去没多久，转发评论量破千，反响很是热烈。几个粉丝群里的大粉纷纷喊话“茶话会”的官方微博，让他们务必多多担待自家女神。

谢昳一边吃早餐，一边翻着微博底下她的小粉丝们有爱的评论，偶尔回复几条。

看着自己微博几百万的粉丝数，她不免有些唏嘘。

她刚出国那会儿，满腔的郁气无处宣泄，就拍了一个吐槽奢侈品包包的视频传上网，没想到迅速蹿红。

很多人说她人美钱多人又闲，天生就该吃时尚博主这碗饭，别的不说，仙女般的脸就足够她出圈。几年下来，凭借着独特的穿搭眼光和高级的审美，她的粉丝数量不断暴增，甚至赶超国内一些三四线明星，时尚资源好得不得了。

谢昳发展到今天这一步，一直都是单打独斗，然而，随着粉丝量越来越多，创作、拍摄、剪辑以及推广业务等让她分身乏术，逐渐地萌生了签公司的打算。

这次回国，是因为她和国内的时尚社交购物平台巨头“茶话会”签了长期合作合同。

茶话会的总部离谢昳的新公寓很近，走路只要十来分钟。

公司的装修风格非常年轻，自媒体运营部在三楼，谢昳一路往里走，听到好些人在议论。

“你们听说了吗？咱们公司上周被收购了，不知道会不会有人事变动。”

“收购？怕是捕风捉影吧？咱们在女性时尚网站这一块儿遥遥领先，成立两年，市场份额不断上升，其他公司都望其项背。想收购我们，那得多大手笔啊？”

“内部消息，百分百可靠，新老板是江……”

写字楼靠走廊一侧的窗户开得很大，窗帘被迫鼓起一个巨大的包，猎猎作响，细碎的议论声越来越远，倒是时装周秋季新款的小猫根与地面撞击的声音更显清脆悦耳。

谢昳轻盈地走过长廊拐角，伸手推开自媒体运营部的玻璃门。

接待她的是时尚组组长章朝，一见面，语气里便丝毫不掩饰对她的赞美：“Sunny 大人？真人比视频里还要好看啊。”

谢昳笑了笑：“叫我 Sunny 就行。”

章朝礼貌地伸出手与之交握，眼睛却忍不住地盯着她看了好几眼。职业习惯令他迅速做出一系列判断——一米六五以上的个子，腿长腰细，头身比完美，五官精致又不泯然众人，长相非常出挑，那双眼睛尤其令人记忆深刻，眼神温和又随意，有一种高冷的调性。

再往下看，修长脖颈上系了条花色独特的丝巾，浅色系羊绒衫配松垮的烟管裤，更赞的是脚上竟然穿了双亮猫跟皮靴，一身很随意的日常穿搭，却把风格平衡做到极致。

他心下咋舌，作为茶话会的时尚组组长，他平时接触的大小明星和网红不在少数，但平心而论，这位姐的颜值和时尚感绝对能排进前三。

“这是你的工作室，电脑上一些必要的软件已经配好了。你的助手明天来报到，咱们公司对于自媒体博主没有什么约束，每周只要求出勤二十个小时。”

谢昳点头，这些信息她在合同里已经知晓。

两人就合同商定了一系列工作事宜后，章朝和她闲聊起来：“……你大概还不知道，咱们公司上周被收购了，就在你签合同之后没多久。”

谢昳想起来的路上依稀听到的议论，将额前的碎发拨到一边：“换老板了？那平台对博主视频内容的约束还照旧吗？”

她对于老板是谁并不关心，只关心平台对于博主的约束。回国前有不少自媒体平台、工作室向她抛出了橄榄枝，而她最终选择了茶话会。茶话会最吸引她的地方，就是除了合同规定的一些推广，对创作者视频内容没有要求——不会被迫赚黑心钱。

章朝被她撩发的动作惊艳到，愣了几秒后眨了眨眼："这点还请 Sunny 大人放心，咱们的新老板很开明，除了股份变动，公司的运营模式和人事不会有任何调整，平台和自媒体创作者的合作也维持原状。"

谢昳眨眨眼，表示庆幸。

章朝说着，走到办公室前，从桌上拿起一个信封递给她："下周一有 YR 集团和茶话会联合的新品发布会，也是他们入驻茶话会平台第一次线下活动，届时很多明星和自媒体红人都会来。这是出席名单，你看看。没问题的话，我这边给你安排一下礼服和妆发。对了，咱们公司的新老板也会来，你应该很耳熟——"

谢昳边听他介绍，边撕开信封封口，抽出邀请函和名单展开，第一页正中那几个烫金的大字令她嘴角微抽。

"择优集团的 CEO，江神江泽予，我没记错的话，和你是校友呢。"

谢昳抬头，心中忽然涌上些许挫败："……我能毁约吗？"

章朝不明所以地挑挑眉，笑着把合同翻到某一页，指了指上面数额巨大的违约金。

谢昳顿时痛不欲生。她从四年前开始就拒不接受来自谢川的一切经济支持，这笔违约金，她付不起。

前几天她还觉得江湖偌大，他们此生不复相见，谁能想到短短几日过去，那个曾经被她狠狠甩了的前男友，竟然成了她不能得罪的甲方。

当初为了和他分手，什么狠话、脏话她都说了个遍，没有给他留一丝体面。如果五年前的她知道会有这么一天，她肯定会选择更温柔一点儿的方式。

从茶话会总部出来时刚过中午十一点半，天色依旧发灰，寒冷的秋风裹挟着冰凉的雨，打在谢昳的脸上。

她掏出手机看了一眼天气预报，实时预报说，三个小时内，雨不会停。

边上是家咖啡店，装修风格异常简陋。

谢昳要了杯意式咖啡，风衣口袋里的手机振动个不停。她慢条斯理地端着咖啡，找了个靠窗的位置坐下，才悠悠地接起电话。

电话那头是庄家少爷庄孰——除了韩寻舟和贺铭，一众发小当中，如今只有他和谢昳联系得最为频繁。

他那边的声音很杂，听起来像是在玩儿桌游："大小姐，在做什么呢？"

谢昳把手机拿得远了些：“刚从公司出来，怎么了？”

庄孰神神秘秘地捂住话筒：“惊天消息，我刚跟一群朋友玩儿桌游，听人说，江泽予收购了茶话会！”

窗外的雨越下越大，没过多久，雨幕连成一片，模糊了人的视线。街上的人们开始寻求躲雨的地方，四处都是写字楼，于是，越来越多人发现了这家不起眼的咖啡厅。

“所以呢？”她的语气里丝毫没有惊讶的成分。

庄孰哑然失声，愣了好几秒才开口：“你知道了？那你还这么淡定？掌握着你经济命脉的甲方可是被你用完就扔，始乱终弃，狠狠甩掉的前男友，你就不怕他给你穿小鞋？”

一句话堆叠了好几个乱七八糟的形容词，层层递进的语气一而再，再而三地控诉着她当年的恶行。

谢昳如何不心虚？从知道消息到现在，她的腿都是软的。

可大小姐从来不肯落了下风，她言辞犀利地反击道：“我怕什么？你光记得我甩了他，怎么不记得我们之间还有三年的情分在呢？这秋风一吹，说不准死灰复燃，前男友一夜变成现男友，我不就抱上大腿了？”

她话音刚落，却见一双包裹在合身西装裤里，笔直修长的大腿出现在了她的眼前。

谢昳缓缓抬眼，大脑宕机了几秒钟，她才最终确定，这大腿就是她刚刚叫嚣着要抱的那双。

顾不上庄孰的反击，谢昳迅速掐断了电话，眼神愕然。

方桌前，江泽予居高临下地看着她，眼神却没有什么焦点，他神情冷漠地拂了拂肩上的雨水道：“死灰复燃？外头下这么大的雨，我看未必燃得起来。”

“……”

窗外雨声渐大，冲刷着街道上的浊气。咖啡厅的玻璃门开开合合，门口的风铃声响了又停，停了又响，进来的全是些狼狈躲雨的路人。嘈杂的交谈声和点单声之中，李宗盛沙哑浑厚的嗓音正好唱到那句“往事不要再提，人生已多风雨”。

明明是感慨万分、不舍又惆怅的一句歌词，在这场景下听来，竟然显得有点儿滑稽——往事不要再提，再提的人就是傻 ×。

然而，谢昳听到这句话的第一反应不是尴尬，而是切切实实地愣住了——

他们认识这么多年，她从来不知道，他还有这样言辞犀利、能言善道的一面。

江泽予一向话少，他暗恋她的时候，连她的名字都叫不出口，在一起了以后更是言简意赅，所有的情意都藏在了那双暗沉沉又湿漉漉的眼睛里。

他们两个在一起三年，大部分的时间都是她说，他听，哪怕她有时候任性起来，说的话毫无道理，他也奉若圣旨，从来不反驳——哪里会像今天这样反应敏捷，这么伶牙俐齿？短短一句话里，他熟练地运用了借喻、反讽等修辞手法。

要不是眼前这个人她熟悉到就算化成灰都认识，谢昳简直要以为他是被人冒充了。

等耗时几秒钟思索完这些后，谢昳忽然意识到刚刚发生了什么。

试想，前几天还很跩地从医院逃走，摆明了完全不想再有来往的样子，今天就被抓到在背后谋划要“春风一夜，前男友变成现男友”。

她前两天努力维持的冷艳高贵的初恋情人的形象，简直就是个笑话。都说在男人眼里，初恋就是白月光，她曾经也这么想，但现在……顶多就是碗白到发光，还黏糊糊的猪油。

谢昳的嘴皮子再溜，这会儿也真的想不出什么话来回应了，只好慢慢地端起咖啡，把半张脸藏在了杯子里——装死。

她一向都是让别人尴尬的那个，轮到自己尴尬的时候，真的不知道该怎么处理。

“谢昳——”江泽予没有给她装死的机会，他俯身看她，用一只胳膊撑着桌子，另一只手轻轻巧巧地把她用来挡脸的咖啡杯拿下来，“你前几天为什么从医院逃跑了？”

他的语气平平，没有责问，更加没有纠缠刚刚的事。

这会儿，谢昳的心里真是有点儿感激。

她眨巴眨巴眼睛，顺从地让他把咖啡杯子从她手上拿走，回答他的时候谨慎了很多，挑了个最不会出错的答案：“哦，我突然想起来，前一天走的时候家里没有关空调，我怕浪费电。”

“哦……是吗？”江泽予的眼神没有什么变化，慢条斯理地把咖啡轻轻地推到一边，语气平静，“我还以为你不想还我医药费。急诊、CT 外加 VIP 病房住院、挂水，一共花了一千四百块。”

“……”

“你还拿走了我的保温桶。”

"……"

"我家的厨师在被雇来我家之前，一碗粥卖八十八块。"

"……"

外头，雨哗啦啦地下，满街的人无处躲雨，都把目光投向了这个简陋的咖啡厅，咖啡厅里的人越来越多。

男人低沉又平静的声音响起来："这么算下来，你欠我两千块。就为了两千块钱，你连身体都不顾，躲了我七八天，真的没有必要。我们认识这么多年，你不想还可以告诉我，我不想因为两千块钱，坏了情分。"

谢昳瞠目结舌：情分你大爷！

谢昳的每个毛孔都感觉到了周围一圈令人发毛的视线，旁边一个五十多岁的阿姨，原先正动作麻利地拍掉羽绒背心领口的雨水，闻言后震惊地转过身来，紧皱着眉头打量她，连雨水流进脖子里都懒得管了。其他的叔叔阿姨们也没闲着，纷纷冲她投来了恨铁不成钢的惋惜目光，仿若看着一个逐渐走向不归路的失足少女。

在热情的老北都街坊邻里眼中，一人犯错，人人有责。

"丫头，真不是阿姨多管闲事，欠人家钱不还，咱自己心里也不舒坦不是？"

"是啊，丫头，拿人的手短，吃人的嘴软，咱做人要硬气，首先就得不欠人。"

"你这么漂亮，这么年轻，往后挣钱的机会可多的是，咱不差这两千块，可千万别犯糊涂了。"

微博粉丝八百万的谢博主从包包里掏出墨镜戴上，冲着周围人礼貌地笑了笑，一把拉过始作俑者，头皮发麻地挤出了咖啡厅。

谢大小姐活了二十几年，被很多人说过挥金如土，腐败纨绔，这还真是她生平第一次因为欠钱不还被人教育，偏偏她还真没法反驳——钱是她花的，也确实是她没还，无可辩驳。

但谢昳发誓，她真的想过要还他钱。

她从医院溜走之前，想着两人或许不会再见了，便想在床单上留下几千块钱，给自己一贯大方又豪气的形象完美地收个尾。

可当时，她兜里只带了两百块钱……

当然，也是可以手机转账的，但为了区区两千块钱去要江泽予的联系方式，这种瓜田李下、醉翁之意不在酒的举动，谢昳实在是做不出。

咖啡店的对面就有个银行，谢昳拉着人跑过马路。

正好是绿灯，被拉着胳膊的人又格外顺从，两个人没淋到什么雨。

谢昳板着张脸，一只手擒着那人的手腕不让他跑，另一只手把墨镜推到头顶，利索地翻包拿卡，对着机器迅速输完密码，取出两千块钱，像被烫着了手一样塞进了他手里。

还了钱，谢昳的腰板立刻挺直起来，语气也不算好了："……你要不要数数？"

江泽予摊手，满意地把那一沓钱对齐，从中间一折，随意地塞进了上衣口袋里，毫不在乎这笔钱的样子。

真行！

谢昳挑了挑眉，狠狠看了他几眼后，拉开银行的玻璃门，冒着大雨往外跑。

前几天，她在病房里三两句话把人气跑的事情给了她错觉，她以为江泽予还是曾经那个安安静静，会因为她的某一句话红了耳尖的少年。这下她完全明白了，他那会儿只是懒得跟病人计较。现在的他，简直就是一只大尾巴狼，一朵盛世白莲花！

老话说得好，怨恨使人扭曲，仇恨使人变态——说到底还是她活该。

谢昳跑出一段路后回头一看，马路对面的咖啡店里，好几个叔叔阿姨伸长了脖子往窗户外头看，全程观看完她还钱的举动后，纷纷欣慰地朝她挥手。

在他们"知错就改，善莫大焉"的眼神注视下，谢大博主满脸发烫，狼狈奔走。

成志勇在车里等了没一会儿，老板就回来了，一身昂贵的西装被淋得半湿，西装前襟的口袋里却鼓鼓囊囊的。

成志勇问："江总，咯咯，您见着谢小姐了吗？"

他开车送老板过来开会，刚把车停下来，恰巧看到谢昳端着杯咖啡，往靠窗的座位走，于是问道："江总，那位是谢小姐吧？就是上次她胃病犯了，咱们送去医院的那个。"

后座上的人猛然抬起头，视线在女人身上停了两秒钟后又迅速地收回来，"嗯"了一声，却没有要下车的意思。

成志勇以为他还在为她不告而别的事情生气，拉不下面子，决定递个台阶："咯咯，江总，上次咱们送谢小姐去医院，她都没有还您医药费，一共一千四百块，咱们不找她要吗？"

他话音刚落，后座正安静看文件的男人忽然抬眼，眼神凝了一下，而后诡异地勾了勾嘴角。

他点点头，把一堆文件放在座位上，打开门下了车，冒着雨直奔咖啡厅。

走得太急，他连雨伞都忘了拿。

可现在才过了十来分钟，他便回来了。

成志勇发动车子，好奇地问："江总，怎么样？您和谢小姐说话了吗？"

江泽予"嗯"了一声。

"那怎么这么快就回来了？"

上次没来得及叙的旧，没来得及诉说的衷肠，怎么也不能在十分钟之内完成吧？

车里沉默了很长时间，雨幕里，前一个路口亮起了红灯。

成志勇缓缓停下车，听到江泽予平静地说道："我找她要钱了。"

原本平缓减速的成志勇猛地踩了一脚刹车。

他那不是递个台阶吗？哪里是真让他去要钱？

成志勇的笑容有些难看："您……您真找谢小姐要钱了？她怎么说？"

江泽予缓缓地从鼓鼓囊囊的西服口袋里拽出一叠钱，因为淋了雨，纸币变得有点儿软趴趴的。

他炫耀一般晃了晃那钱，眉头微挑："怎么，你以为我要不到吗？"

谢昳一路跑着回到家时已浑身湿透，浅色的羊绒毛衣紧紧贴在身上，轻轻一拧便是一抔水。

她哆哆嗦嗦地冲去淋浴房洗完澡，换上一身干燥的睡衣，身体逐渐暖和起来，却还是止不住浑身发抖——都是被江泽予给气的。

谢昳咬牙切齿，百思不得其解，五年的时间，怎么就把那么个沉默寡言的人逼成了这副模样？又或者说，他其实生来就有刻薄的天赋？

她拿了条毛巾，盘腿坐在地毯上擦头发，一点点儿地想着两人认识以来的每一件事情，却依旧没能发现任何端倪。

他那个时候整天阴沉沉的，半句话都不说。明明喜欢她，却偏要藏在心里，就连在一起都是她的强势决定，哪里像现在这般伶牙俐齿？

大学那会儿，他们这群留在北都上学的发小时不时就聚会，以排遣无聊的课业生活。

自从那次之后，逢几人聚餐，纪悠之偶尔便会叫上江泽予一起。

他们都是爱玩的人，小圈子虽好，却也不对外来者摈诸门外。再者，江泽予又不说话，全程安静如鸡，没有任何存在感——甚至，这个奇怪又意外和谐的组合就这么维持到了大学毕业。

大一下学期，初春，樱花盛放，几个人约在附近一家江浙家常菜馆，从包间的窗口望出去就是成片成片的樱花树。

纪悠之和贺铭正就S大无理的重修政策进行一番深入浅出的批判，说到激动的时候，一旁安安静静的韩寻舟突然拍着桌子站起身。

她喝了点小酒，满脸红晕，郑重又激动地和大家宣布她脱单了，对方是隔壁兄弟院校T大的一个男生，两人是在某一次聚会上认识的，男生追了她好几个月。

她说完，半是嘚瑟半是炫耀地给大家看她手机里存的照片。照片里，T 大西式建筑前，大片大片绿油油的草地上，帅气的男生笑脸阳光，身材挺拔，一双桃花眼里带着笑意。

无论长相、身高、学历，都很不错。

桌上响起一阵吸气声，庄孰“啧”了两声，道：“韩寻舟啊韩寻舟，怪不得好一阵子没看见你，有了这么个帅哥哪还看得上咱们啊，白请你吃这么多年饭了。”

韩寻舟笑得一脸羞涩,破天荒没有呛他,显然是被“帅哥”这两个字取悦到了,笑道：“怎么样，我男朋友帅吧？他可是 T 大计算机系的系草。”

纪悠之可不像庄孰那个大傻子，半点儿眼力也没有。

他看了眼照片，又看了眼身边一脸冷漠的贺铭，饶是那男生再好也不敢夸，但不说话又很尴尬，于是，他盯了那照片半晌，只憋出来一句：“T 大的草坪……真漂亮，真绿。”

“噗……”庄孰闻言，一口水喷出来，咧着嘴给他比了个大拇指，满眼促狭的笑意，他暗戳戳地瞄了眼贺铭，大拇指来回晃了晃，煞有介事地赞同道：“是挺绿。”

谢昳没忍住，嘴角微扬。

贺铭刚刚评论完学校的一系列制度，正说得兴起，这会儿却丝毫没有参与话题的欲望。

他似是完全不在意他们的调侃，只安静地伸了筷子夹菜，一副云淡风轻的模样。

谢昳却注意到，他筷子上夹的，明明是老鸭煲里的一块老姜。

啧，早知今日，何必当初，活该。

谢昳早知道韩寻舟找了男朋友，这会儿见到贺铭奇怪的反应，心里熨帖极了。

谁承想，舒心的笑意刚在眼底晕开，便对上一旁默不作声的江泽予的眼，两人不经意间对视几秒，她冲他笑了笑，他却忙不迭地错过眼神，掩饰般地夹菜，慌乱之中，竟然也夹了一块老姜。

老鸭煲里统共两大块姜，姜大概从没想过自己会比鲜嫩的鸭肉更加抢手。

谢昳突然就笑不出来了。

这样的事情发生过几次，比如——

某次在图书馆，她碰巧坐在他身边，隐隐约约感受到从侧边投过来的灼热，等转过头去，却只能看到那人故作镇定收回的视线。然而，整整一个小时，他没再翻一页书。

两个班级在一起做大物实验时，她和江泽予被分到同一组的那几次，他的操作分都很低。

这些已经足够说明，更别说她在某一次课后，不小心捡到他落下的草稿纸，翻过来一看，满满一整页的"谢昳"二字。深浅不一，不同字体，不同颜色，排列得很乱，但他把她的名字写得相当漂亮。

——这个人，大概是喜欢她。

谢昳虽然发现了这件事，但她好容易才还清了耳钉的债，怎么可能再把自己搅和进一桩乱七八糟的感情债里？况且江泽予背景复杂，有过案底，性子又孤僻，虽然说长得好看，但其他方面实在不符合她的择偶标准——比如话少。

谢昳小时候最爱抱着收音机听相声，后来她被接回谢家，每天的生活都很压抑，就更想嫁个能说会道、出口成章的。

江泽予就是个闷葫芦，她自然而然地将他排除在外。

于是，一个暗恋着不说，一个知道了也不戳破，似乎达成了一种诡异的默契。

时间就这样又过了几个月。

那会儿，谢川迫不及待地给她介绍了一堆商政界的名流，巴不得她赶紧嫁人，好给家族出一份力，有种"养女千日，用女一时"的悲壮感。

谢昳心有郁郁，于是行事越发离经叛道，事事跟谢川对着干，谢川越是强调她没有选择，她越是想自己选，还偏偏得选最离谱、最不合适的那一个，气得他暴跳如雷、火冒三丈，才好满足她抵触又叛逆的心理。

谢昳猛地想起了一个人，想起来的时候，她只觉得通体舒畅，犹如打通了任督二脉，丝毫没有讨厌的感觉。

她突然觉得，她其实也是有一点喜欢他的。

于是，那天，脸皮还没有如今那么厚的谢大小姐给自己灌了瓶酒壮胆，跑到男生宿舍楼下堵住了江泽予。

她不容他拒绝，拉着他的手腕，一口气把人带到学校的湖边。

五月，湖边的柳树长得正茂盛，湖面在暖阳照耀下波光粼粼。

江泽予看着谢昳，充满雾气的眼睛里有一丝疑惑，但还不待他开口，眼前紧紧拽住他手腕的女孩子脸颊酡红，满是傲气的漂亮眼睛里带着些醉意，语气却肯定："江泽予，你喜欢我。"

她说的是陈述句。

她没有问他，他就不知道该怎么反驳，只惶惶不安地红了耳尖。

几秒钟后，女孩儿看着他那泛红的脸，眉头忽地舒展开，极其得意一般冲他挑眉笑了笑，又重复了一遍："你看，我说的没错，你就是喜欢我。"

江泽予哑口无言，一双眼眸越来越深，他直直地看着眼前的女孩子，不舍得移开视线。

他生于市井之中，见过形形色色的生意人、客人、过路人。

高考完之后，为了偿还债务，他又去外地打了两年工，送外卖、修水电、刷墙，不靠学历能做的工作他都尝试过，四处碰壁，尝遍人情冷暖，也遇到了许多人。

然而，他却从来没有见过像这样的姑娘。

想想也难怪，他家境普通，运气又差，这么年来的人生又不幸，就好像一直生活在阴暗得看不见阳光的臭水沟里，身边都是淤泥里长出的腐烂水藻，何时见过像她这般大方明媚的人，好似一朵热烈绽放的玫瑰，一朵骄傲的、浑身带着刺的、漂亮的小玫瑰。

谢昳见他不说话，亦不反驳，于是自顾自地宣布："那就没问题了，你做我男朋友吧。我今天有点头晕，先回去睡觉了，你明天早上到我的公寓楼下接我上课。"

她抬着下巴说完这通话，极其迟疑，又像是下定决心般地，踮起脚在他清俊的侧脸上亲了一下。

又轻又快的一个吻，像是敷衍又正式地盖个章。

从那以后，江泽予这个一无所有、万事不惧的浑不吝，拥有了自己的玫瑰。

他爱惨了这朵玫瑰，握着就不舍得放手，殊不知握得越紧，刺得越深，最终入肉三分，那玫瑰跑了，可过了这么多年，刺却再也没能拔掉。

远在意大利的韩寻舟即将度完蜜月，回国前几天就开始在群里张罗着聚会。

到了回国当天，他们从出发去机场，起飞到降落，除了在飞机上没有网络的那七八个小时，一直都在微信群里直播。

这姐们儿用老北都话来讲，就叫“够飒”，说得好听了，叫豪爽、直接、会来事儿，说得不好听了，就是咋呼，不过，谢昳稀罕极了她这股子“咋呼”劲儿。

她刚回谢家的那阵子，要是没有韩寻舟每天在耳朵边咋呼，指不定早就重度抑郁了。

下午五点多，谢昳在工作室把今天的活儿干完，群里又跳出一条消息：我到北都啦！晚上都得出来啊！难得我和昳昳都在国内，咱们好好聚一聚！

谢昳手脚轻快地收拾了包包，心情着实不错，毕竟她和韩寻舟也有五年未见了。

谢昳五年前去了美国，而大前年，韩寻舟去了非洲做志愿者，一去就是两年，还是几个月前，贺铭亲自跑去非洲把人接回来的。

聚会地点定在庄孰朋友的酒吧。

收到消息的时候，纪悠之正懒洋洋地斜躺在办公室巨大的沙发里。

他没回复，想了想，去了隔壁办公室。

纪悠之每次走进江泽予的办公室，都感觉自己像是走进了二十世纪八十年代的村委会。

同样是创始人，两人办公室的装修风格截然不同，一间配着豪华的真皮沙发、高档酒柜、大理石吧台，还有精致的波斯地毯；另一间却风格简陋，除了一张还算宽敞的办公桌和规规矩矩的会客沙发，别无他物。

他皱着眉“啧”了一声，看向正在办公的江泽予，说：“他们几个人一会儿要聚一聚，你的老情人也去。”说完又加了句，“在北都公园旁新开的一家酒吧。”

江泽予听到“老情人”三个字，头都没抬，却在听到“酒吧”两个字后抬起了眼睛。

他按了按眉心：“酒吧？上次都喝得胃出血了，还去酒吧？”

纪悠之摊手道：“又不是我让她去的。有本事，你把人拎回来。”

听到他的挑衅，江泽予“呵呵”了两声，站起身迈开长腿往门外走。

纪悠之有些无语：“真拎人去了？哥们儿，我提醒你一句话，舔狗舔狗，舔到最后，一无所有。你当年有多惨，你忘了？血淋淋的教训啊，大兄弟，强扭的瓜不甜，两情相悦才是真爱，比如——我和我家澜澜。”

纪少爷和当年一样，丝毫不会看脸色。

自从结了婚，他本来就不高的智商更是直线下降，张嘴闭嘴都是秀恩爱。看着快要奔三的单身好哥们儿，他的责任感瞬间爆棚：“咳咳，改天我给你介绍我媳妇儿一闺密，特贤惠。”

他怕江泽予不信，又找了个对照：“比谢昳好一百倍的那种！”

江泽予的脸色越来越青，也不知道是被哪一句气笑了，半天才回了句：“她胃出血关我什么事？我凭什么要去拎人……你才是舔狗，我回家。”

第三章
她只有一个

北都公园附近，几个青年歌手抱着吉他席地而坐，一首接一首地唱着民谣，扯着嗓子，比谁的嗓音更大，声音更哑。

酒吧门口，韩寻舟四处张望着，远远地看见谢昳便扑了上来，结结实实地在她怀里撒了个娇：“昳昳，我好想你呀！”她一边抱着谢昳看，一边嘟囔，“脸色怎么这么差？听说茶话会被江泽予收购了，他是不是公报私仇了？”

谢昳的个子高，而韩寻舟才一米五八，她这么一扑，有些小鸟依人的味道，只可惜被“依”着的这个人碍于贺律师难看的脸色，不得不把她一把扯开。

贺铭为了重新把韩寻舟追回来，是吃了一番苦头的，以至于结婚之后，他的占有欲越发强烈，连她这个从小到大的朋友都开始防了。

谢昳摇摇头，问：“庄孰呢？”

韩寻舟挽着她往里走：“他在酒吧里，咱们进去吧。”

庄孰坐在角落的卡座里，心情很差。他让好友把酒吧最贵的酒都上了，忙前忙后张罗了一晚上，竟然只来了四个人，想来想去终究意是难平。

“我们几个好不容易都在北都，纪幼稚那小子竟然不来，真没劲。”

谢昳手里捏着一杯不含酒精的饮料，闻言无所谓地笑了笑：“大概是因为我来了吧。”

纪悠之跟江泽予是好哥们儿，两人还一起创业，会为他打抱不平很正常。

庄孰闻言瞪她一眼：“是啊，当然就是因为你，你还有脸说？真不知道大小姐吃错什么药了，说分手就分手。人家现在成了你的大老板，让你生你就生，让你死你逃不过三更，以后有你受的。”

谢昳无所谓地摊手，反倒是韩寻舟气坏了，拧了庄孰一下，气道：“别给你点儿颜色你就蹬鼻子上脸，当年的发小里，现在没来往的一抓一大把，怎么就怪到昳昳头上了？”

此话一出，众人皆沉默了。

在他们这个圈子里，父辈们言传身教的道理是人永远以利益为先，朋友是暂时的，利益才是永久的。小时候都单纯，但长大之后，交朋友考虑得更多的便是生意场上的利益关系。很多时候，不来往是最好的结局，因为撕破脸皮大打出手的大有人在。

他们几个能免俗不是没有原因的。

谢昳离经叛道，跟家里关系不好；庄孰还有个哥哥，他用不着继承家产；韩寻舟的父母对她没有要求，做生意也比较随性；而贺铭则是彻底走出生意圈，做了律师。

韩寻舟抿了一口酒，打破沉默：“这算什么。没有消息比有消息好，咱们这个圈子，一旦有消息，大多不是什么好消息，每年都得进去几个。做生意最重要的是什么？不是挣钱，而是守法！”

看着她那摇头晃脑的模样，谢昳笑道：“是不是嫁了个律师当老公，就都像你这么遵纪守法啊？”

韩寻舟高高在上地瞥了贺铭一眼：“我爱国守法，关他什么事？咱们国家的法律公平正义，你看周子骏犯了那么多事儿，现在还在牢里蹲着呢。”

谢昳低着头，没有参与话题，手指轻轻摩挲着茶几边缘，不知道在想什么。

庄孰抓抓脑袋：“周子骏那小子从小就是一肚子坏水，不过他这次真是栽得彻底，周家把消息压得死死的，我到现在都不知道他是怎么坐的牢。听说好像是几个案子连在一起，加起来的话，牢底都得被他坐穿。”

贺铭也摇头，语气有些凝重：“我们律所有个律师，当年是周家的辩护律师，前两年辞职回老家了，听说……”

谢昳把杯子往茶几上一搁，笑着站起身往外走：“我去一趟洗手间。”

说是去洗手间，她却拿了挂在一旁的大衣，往酒吧门口走去。

其他人还在热烈地讨论着，没有注意到她出去了。

谢昳穿上大衣，一个人走到外面的大街上，神色有些茫然。

夜色初起，北都的街道上灯火如初，又和五年前大不相同，比起当年更加拥挤热闹，却也更加让她感觉陌生。

近些年，外来人口越来越多，城市里年轻人的比重明显上升，于是，比起当年老北都的胡同文化，现在更主流的是年轻人借以排解生活压力的酒吧文化。

北都公园附近的酒吧不少，晚上一直都很热闹。

爱泡吧的人聚在一起蹦迪、喝酒，不爱酒吧里吵闹氛围的人也愿意来，坐在随便哪个花坛边厚厚的花岗岩上，就着这条街上满满的人气唠会儿嗑，似乎这样才不显得孤单。

她茫茫然地环顾四周，视线在嘈杂的人群中忽然锁定一个身影。

那人靠在车门上，两只手插在裤兜里，眉目冷峻。

他隔着几米的距离看向她，神情有些复杂，隐隐的恨意中又带着一丝自我怀疑。

——舔狗舔狗，舔到最后，一无所有。

附近的街道上人潮涌动，高大的国槐躯干挺直，叶子已经落光，早已不复夏日遮阳避雨的风采。

四目相对，比起前两次见面，今夜灯光昏暗，足够隐藏情绪。

隔着这距离，也足够她瞧清楚他——比起五年前，他的个子好像又蹿了两厘米，浑身气场冷峻，那长眉一压，便是成熟凛然的气质，比之过于漂亮的五官更令人瞩目，宽肩窄腰的身材撑起了精致的黑色西装，单排扣的西装款式低调，但面料挺阔，走线做工极为讲究，肩头和袖口尺寸丝毫不差，看得出是请了世界级的工匠量身定做的。

谢昳视线下移，瞧出他脚上的皮鞋是高定，这个品牌的宣传口号是“Whose shoes have a soul”，然而，这鞋穿在男模的脚上看着平平，便是有灵魂，也是呆滞木讷的灵魂，直到今天换了个人穿，她才忽然觉得那广告词言之有理。

他已经长成了万众瞩目的模样，成熟，多金，优质，那个喝免费紫菜蛋花汤的少年，如今已经成为万里挑一的商界贵胄——至少来来往往的人们，无一不会回过头看一眼这个男人，认出他的人会远远惊呼一声“江神”，神情激动，却再不敢靠近；没认出的人，则感叹这世上竟有这样的极品。

谢昳的嘴角轻轻勾起。

他本来就应该这样。

他那么好，怎么能一直活在腐朽肮脏的烂泥里，任人踩踏？他从来都值得被如此对待。看到他现在这般模样，她才没有后悔，才不会每天在夜间噩梦不断，醒来后锥心刺骨地质问自己当初是否做了错误的决定。

隔着不过几米的距离，两个人对视了许久，却谁都没有走向谁。

两分钟后，那人忽然就恼了，长腿一迈，气急败坏地转身，重重地打开车门上了车。黑色布拉迪昂贵的前车门被他毫不怜惜地大力关上，发出“嘭”的一声响。

谢昳咋舌，不知道自己怎么惹着他了。五年过去，这人变化良多，脾气大了，心眼却小了——就这么五六步的距离，他偏偏要在意谁先主动。

谢昳捏了捏手心，原本想往那边迈步，最终却转身往酒吧里走去。夜风微凉，她提醒自己不要回头，每走一步要多下一分决心。然而，就在她快要走到酒吧时，身后忽然响起纷乱的脚步声，并且越来越近，谢昳以为是去而复返的江泽予，回头却发现是个陌生人。

身后的年轻人二十来岁，浑身名牌，一副油腻轻佻的模样。他醉醺醺地冲谢昳咧嘴一笑，浓重的酒气霎时喷在她的脸上：“美女，一个人啊？我和几个朋友在旁边的酒吧定了包厢，要不要一起来玩儿？”

说完，他还自以为帅气地冲她眨了眨眼睛，抛了个媚眼。

谢昳盯着他的脸看了片刻，觉得这人有些眼熟。

那年轻人见她没说话，又没拒绝，便以为她是同意了。这么漂亮的女孩子，穿着精致地出现在酒吧门口，又是一个人，显然是同道中人嘛。于是，方才还稍稍收敛的姿态完全放开，那人胳膊一绕，竟然往谢昳的肩膀上搭去，强行搂着她往一旁的酒吧里走。

谢昳皱了眉，还没等她有所动作，肩头的那只胳膊便被人狠狠地拽了下来，胳膊的主人因为那迅猛的力道跌出去好几步。

谢昳的心脏狂跳起来，蓦地回头看去，只见酒吧廊下的昏暗角落里，江泽予表情狠戾地按着地上的年轻人，一拳接一拳地揍着。那人酒也差不多醒了，一声接一声号叫着。

极其熟悉的画面唤醒了她的回忆，谢昳总算想起来这人是谁了。

大二上学期期末，她和江泽予在一起正好半年。

那天，她本来答应了要陪他去看电影，打车往电影院赶的路上却接到了韩寻舟的求救电话。谢昳担心她出事，于是给江泽予发了酒吧定位，简短地说明了一下，便让司机师傅掉头往酒吧赶。

她赶到的时候，看见昏暗的酒吧角落里，韩寻舟正被几个人围堵着，非说她路过的时候撞掉了他们桌上的酒，人头马路易十三，小杯就要几千块，几人说是不赔钱就不让走。韩寻舟当时身上没带这么多钱，更别说她压根就没撞到那杯酒。她心里清楚这些人就是在找碴，又怎么肯赔钱？于是，便和对方僵持住了。

谢昳只看了一眼，便猜出了个大概。这些人多半是无所事事、成日游手好闲的富二代。不过，看那身上的穿着打扮，顶多也就是个半吊子暴发户。她皱着眉头走过去，对方人多，这么僵持下去对她们没有好处。

她心想，几千块而已，于是掏出皮夹，打算付钱了事。谁知，钱还没拿出来，那几个富二代里头有一个外观尤为油腻的人忽然伸出手搭上了她的肩膀，自认为十分帅气地冲她眨了眨眼："美女，你亲我一下，几千块就不用赔了，怎么样，划算吧？"

那人还出其不意地在她脸上摸了一把，说着嘴往她的颈边凑，那呼吸险些烫着她的脖子。

谢昳恶心得不行，还没来得及反应，那人忽然狠狠地跌在地上，痛呼出声。

她回头，发现是江泽予来了。少年捏着拳头，收紧下颌，压低了眉眼看着那人，眼神里是她从来没有见过的狠戾和阴冷。

少年的拳头太狠，眼神冷厉，挨揍的富二代当即就慌了，意识到这种狠戾角色绝对不是普通人。他只觉得自己被一头恐怖的非洲猎豹盯上了，刹那间清醒了很多，顾不上喊疼，踉踉跄跄地爬起来往门外狂奔。

一切都发生在电光石火间，等其余几人反应过来追出去时，酒吧门口，那富二代惊恐地爬上车，不顾人已经跟上来，慌里慌张地关上车门，发动了车子。

紧闭的车门夹住了少年的衣服，车子开动，引擎轰鸣作响，人被拖着走。

水泥路面粗糙，少年的裤腿被磨开一条大口子，有血流出来，然而，他连眉头都没皱一下。看那个样子，像是连命都不要了。

那富二代哪里见过这般狠人，心里一慌，车子熄了火。几秒钟后，他神情恍惚地被拖下车来，挨了一顿猛揍。那少年的腿明明受了伤，出拳却凶狠无比，他毫无还手之力，只得抱头求饶，哭天抢地，过了好久才被追上来的人拉开。

后来，谢昳拉着江泽予去医院包扎腿上的伤口，一路上，他一句话都没讲，格外地沉默。

她把人按在医院走廊的椅子上，转身要去排号，却忽然被他从背后环住了腰。

他把脸埋在她背上，静静地抱了一会儿才出声，声音又哑又闷："昳昳，我以前不是这样的。我是有案底，但我不是一个坏人。我今天只是太生气了，才会……”

他说不下去，他有案底是事实，法官都判了，要如何让她信他？

他很难过地抱紧了她：“昳昳……你不要怕我，好不好？”

谢昳当即湿了眼眶，什么话都说不出来，好久之后，才轻轻地回了一声“嗯”。她说：“你不是一个坏人，我知道的，我相信你。”

她的话音刚落，那个从来都沉着一张脸的浑不吝少年将脸贴在她背后，狼狈地呜咽出声。

同样的三个人，竟然这么凑巧地再次上演了当年的剧情。

眼看着男人的拳头毫不留情地往下砸，谢昳急忙跑过去，想把人拉起来，然而，他肌肉紧绷，她完全拉不住他。

谢昳咬了咬牙，突然弯下身子，用力地从背后搂住了他的腰，把脑袋紧紧地贴在他坚实的后背上。

她坚定地抱住他，就像当年那个少年坐在医院的长廊上，腿上流着血，在她背后抱着她一样。

时隔多年，男人的后背贴上温暖的柔软，他低下头看着环在腰间的纤细手臂，身子猛然一僵，不再暴戾。

倒在地上的年轻人总算松了一口气，红着脖子愤怒地抬眼，看到打他的人之后，那几年让他噩梦连连的惊恐记忆瞬间涌入脑海，一张脸由红转青，由青转白，最后哆哆嗦嗦地爬起来就跑。明明还没挨几下打，还有余力，他却连还手都不敢，气喘吁吁地往酒吧里跑，仿佛身后有恶鬼在追。

酒吧门口有几个人站在那儿看他的笑话：“詹超，你也太㞞了吧？被人揍了好几下都不敢还手？”

詹超的一腔怒气终于找到地方发泄：“你知道什么？我再不跑，小命就没了。”他擦了擦嘴角的血迹，“嘘”了一声，咕哝道，“我上辈子跟这小子有仇吧？隔了七八年又挨了他一顿揍。”

说着，他有些后怕地回头看了一眼，却见那昏暗的廊下，极美貌的年轻女子从背后紧紧地抱着男人的腰。

酒吧门口霓虹摇曳，人来人往，那两个人的姿势像是定格成了一幅画。女孩子露出的半边侧脸精致无比，眼眶和鼻尖都泛着红，虽说穿着打扮不同，但模样未变。

刚刚他没认出来，现在仔细瞧去，赫然就是当年的那个人。

詹超忽然觉得自己就是活该，两次都栽在同一个人的手上。

憋屈的同时却又莫名觉得有点儿羡慕——羡慕那小子，时隔这么多年，还能为同一个女人不要命般地打架。

谢昳贴着江泽予的后背，双手紧紧地交握在他腰前。

这个拥抱不算长，但足够让谢昳感受到许多东西，比如，男人腹部和腰部的肌肉紧实，身体很烫，这样抱着他，她忽然感觉心脏的某个角落被一点儿一点儿地填满。

空气里弥漫着酒精的气味和香香甜甜的各色汽水味，然而，她此刻只能闻到他西装外套刚刚干洗过，又仔细熨烫后的清新味道。

他和从前一样，不爱用香味太重的东西，身上的味道总是很清爽。

她忽然想起来，当年他们分手的时候，他好像想过来拥抱她，她躲开了。

在那之后的许多年里，她一直在想，当时为什么要躲得那么快，如果没有躲开的话，起码还有一个最后的拥抱，可以让她用来缅怀和回忆。

分手那天是举行大学毕业典礼的半个月之后。

她在家里待了十二天，那是第一次出门。

十二天里，他像是有了什么不好的预感，统共给她打了三百多通电话，她一次都没有接，却也没有按掉，每次都屏着呼吸，等铃声结束。

这一天，她终于做了决定，给他发了条短信，约他在学校的湖边见面。

那天，北都城下了很大的雨，她恍恍惚惚地准备出门。

张叔从别墅客厅里追到玄关，递给她一把黑伞，他看向她的眼神里满是无奈和疼惜："小姐，您没有带伞。"

她愣愣地看向屋外，暴雨如注，天色很暗，她轻轻地接过那把长柄黑伞，向他道谢，而后撑开。

伞是张叔的，很大，衬得她格外瘦小。

她转身要走，却听到张叔叹了一口气："您这副样子，他不会相信您是去提分手的。"

谢昳看了一眼玄关处的巨大试衣镜。

才二十二岁的她意志消沉，脸色惨白，由于好几天没睡觉，眼眶浮肿，眼睛里充满了红血丝。那副茫然若失又颓然消沉的模样，确实不像要分手，倒像是被分手了。

谢昳冲进一楼的洗手间，好好洗了把脸，化完妆，看向镜子里那个重新变得高傲起来的女孩儿，又轻轻地抬了抬下巴，甚至练习了一会儿眼神斜睨的角度，才去赴约。

天空飘着雨，湖边没有什么人，谢昳远远地看到江泽予站在湖边的石子小路上等她，淋着雨。他手里拎着一个袋子，用油纸包得严严实实的，身形比起上一次见面的时候清瘦了许多。

谢昳停下脚步看他。

他的样子比化妆前的她好不了多少，面孔苍白，唇色很淡，浑身湿透了，黑发凌乱，不断地往下滴着水，湿漉漉的样子看着难堪又窘迫——甚至还不如她，他连伞都没带。

谢昳忽然感到难受，手指紧握伞柄，指节因为太用力而显得有些苍白。之前的十二天里，她以为难受到极点之后心脏便不会再疼痛，可现在，站在湖边看着他，她的心再一次痛得难以呼吸。

她曾经在这湖边让他做她的男朋友，他们在这湖边偷喝谢川的冰酒，一起看雪，他在这湖边一声声唤她“昳昳”，然后一下下地亲吻她。

但今天，她是来提分手的。

谢昳有一瞬间想逃跑。

就这样吧，不分手了，就这么过下去也不错啊。明天，她再好好睡一觉，然后给他一个甜甜的吻，就当什么都没有发生；后天，他们可以开始之前约定好的毕业旅行，她连火车票都买好了，跟他一起坐最慢的卧铺车去拉萨。她也不需要他做什么大事，她家里有钱，足够他们过上一辈子。

谢昳忽然笑了。

她太自私，自私到竟然想让他就这么背负着屈辱，一辈子陪着她。

再这样下去，她只会毁了他。

想到这里，谢昳抬了抬下巴，缓步走过去。

昏暗灯光下，江泽予蓦然看到谢昳走过来，那暗沉沉、湿漉漉的眼神亮了几分。他或许是感觉到了什么，以至于在看到她的几秒钟之后，他小心翼翼地讨好般对她笑了一下。

在她还没有说出分手前，他便已警惕，开始祈求她的怜悯：“昳昳，你这两天过得好吗？我打过电话给你，你没有接，是有什么事情吗？”

谢昳却没给他丝毫的怜悯，她神情冷漠地在离他几步之外的地方站定，任由他在雨里淋着。

她勾起嘴角说道："江泽予，我真的不知道，原来你这么有毅力。我整整十二天没有理你，我的意思难道还不清楚吗？我们好歹也在一起三年了，我不想最后搞得太难看。"

少年讨好的笑容就这么凝在了嘴边，他无措地张了张嘴，还没说话，眼眶便红了。

他早就有过这般猜测，却绝对不愿意承认，又或者说他是在做最后的挣扎和努力："昳昳，我去你家里找过你，他们说你不在家。"

他绞尽脑汁，避开了刚刚那个话题，红着一双眼睛走过来，明明额角的青筋暴起，却依旧忍耐着笑了一下，接下来的一句话说得很艰难："过几天……我们去拉萨玩儿吧。"

说完，他张开手臂，似乎是想抱住她。

谢昳往后退了一步，面无表情地躲开了那个拥抱，用了点儿力气打掉他的手。

她眉头微蹙，满口责怪："你怎么能找去我家里？你不知道我爸爸一直都不接受你吗？我跟我爸爸说过，我早就和你分手了，所以他不知道我们的事。"

她抿了抿唇，做出一副很不开心的模样，却尽量把话说得客气些："你能不能不要给我添麻烦？"

江泽予顿时有点儿慌了，他为自己辩解，乞求饶恕："我知道，我没打算去的，但是……你不接我电话。昳昳……我只是很想见你。"

说完，他像是忽然想起了什么，把手上用油纸包着的袋子打开，拿出里头用防尘袋裹住的东西。

他通红的眼睛又燃起了少许的光亮："这是你上次说想要的那个包，我本来打算七夕再送给你的。"

谢昳用一只手撑着伞，另一只手接过防尘袋，根本懒得打开，只对着开口处的缝隙看了一眼。是个包包。上个月，她看一个博主街拍的时候随口提了一句，不便宜，两万多块钱。

她忽然叹了一口气，看向他："我上次是说过我想要这个包包，但我已经买了。你知道的，我想要的东西，从来用不着等到下个月。"她把防尘袋递回给他，语气生硬道，"你拿回去退了吧，我还没拆吊牌，这家店的售后很好，可以退全款的。"

江泽予却突然固执了起来，他抬眼看着她，一双眼睛越来越红，嘴角抿成了一条线。

他像是失去了所有希望一般，脊背僵硬着，硬邦邦地说："我买给你的，你不要就扔了，别还给我！"

谢昳闭了闭眼，忽然笑了，把防尘袋扔在他脚边："你觉得你这样很有尊严吗？我都听纪悠之说了，前几个月，你一直在给公司外包写代码，每天工作到晚上两三点，才攒下这笔钱。"

她说这话的时候，心里难过得要命，却还是强撑着继续说道："上学的时候我不觉得有什么，但现在我们都毕业了，很多现实的问题就是需要考虑的。难道我以后想买包、买裙子，都要靠你每天写代码吗？还是说，我嫁人了以后，也得管家里要钱？"

江泽予总算明白了她是为什么想和他分手，他感觉脸上火辣辣的，那种尊严尽失的感觉让他几乎想掉头就走，身子却死死地钉在那儿，再开口，更是低到了尘埃里："昳昳，这个问题，我不是没有想过。三年前，你说让我做你男朋友的那天，我回去给自己列了一个计划表。这两年，我一直在提高自己的专业能力，还辅修了金融的双学位，我都想好了，国内的互联网市场还有很大的空缺……以后我会努力的……"

江泽予抬起头，通红的眼里满是痛苦，他恳求般看着她，声音抖得厉害："昳昳，我会对你很好的，你再相信我一次，好吗？昳昳……我，我求你……"

江泽予觉得，在遇到谢昳之前，他是块硬骨头。这种乞求的话，他从来没有想过有一天会从他的嘴里说出来。

毕竟，就连法院荒谬地宣判的时候，他都没有说过一句。

为了偿还债务，他去外地务工的那两年，拿着微薄薪水被当成牲口使唤的时候他都没有这样过。

可这会儿，他竟然求她了。

话说出口后，他难以置信了一瞬间，忽然就释然了。

他一向都知道的，他爱惨了她，爱惨了这朵带着刺的小玫瑰。

他只是不想离开她。

谢昳却像是突然被他激怒了，红了眼睛，声音变得尖锐："你别搞笑了成吗？你靠什么努力？大三的时候，我想着以后和你一起出国留学，大不了我来出钱，后来才想到你连出国留学必需的无犯罪证明都办不下来。好，这我忍了，出国的事儿我提都没提，又想着和你一起保研，可是后来呢？

“你专业成绩在系里排第一，明明过了学校的保研线，最后保研名单里却没有你。你毕业前去面试了好几家大公司吧？技术面试都通过了，最后却没有收到一份录用通知，你以为，这都是为什么？”

谢昳提高了音量：“你有案底，你不明白吗？你做任何事情，都会比旁人难千百倍，就算你再努力也没有用的，你以为我……”

你以为我忍心看你这样吗？

她没有说下去，转移了话题，声音发颤道：“你说你会对我很好？我信，那就等你真正有那个资本了再来说给我听。”

等她发泄完，少年好看的脸已经惨白到没有了一丝生气，他的眼睛红得似乎能滴出血来。因为淋了雨，他闷闷地咳嗽了几声。

谢昳注意到他垂在一侧的手狠狠地握紧，又松开，再握紧，再松开。

他没有再说话，也没有再求她，只是绷紧了下颌。

雨下得越来越大了，昏暗的天空时不时响起一两声闷雷。

谢昳知道，差不多了。她用力捏了捏伞柄，收起了所有的表情：“江泽予，我们就到这里吧。你用不着不甘心，毕业就分手的情侣不是很多吗？追我的人能从这儿排到西郊，你家境贫困，还有过案底，你凭什么认为我会陪你走到底？”

说完，她撑着那把黑伞从他身侧离开，再也不敢看他那双绝望又暗沉的眼睛。

擦肩而过的时候，她听到他说了最后一句话，那声音哑涩得厉害，仿佛说话的是困在沙漠里干渴了许多天的旅人。

可惜，那一刻，雷声轰响，把他的那句话压了下去，她只听清了开头的一个“你”字。

“你”字开头，又是在分手这样的场景，肯定不会是“保重”，大概是爱极生恨的咒骂。

她什么狠话都说尽了，任他这般挽留，依旧毫不留情面地将他贬低到了尘埃里。

任谁被这么对待都不能够原谅对方，也不能够释怀吧？

十二天的锥心之痛后，她终于说了分手，他终于还是恨起了她。

雨声渐大，谢昳狠狠地抹了一把眼睛，踉跄着加快脚步，不再回头。

五年之后的北都城，十一月份，一样是晚上，却没有下雨。

晚风呼啸，酒吧门口灯红酒绿，夜色繁华，谢昳抱着身前的男人，忽然难过地收紧了手臂。

被她抱着的人浑身一僵，她甚至能感觉到他腰间的肌肉在轻微颤抖，像是过于震惊而没能及时推开她。

许久之后，谢昳才舍得放开他。

江泽予神色复杂地转过身来，不想承认她抱着他的那一会儿，他的心里竟然软得一塌糊涂，身体仿佛漏了一个洞，几年来积攒的恨意全都无法抗拒地顺着那个洞漏了出去。

他整个人像是被按下了某个名为“温柔”的按钮。

他看着眼前神情高傲的姑娘，想问她刚刚那样抱着他的意图，又有些难以启齿。谁知道，这时她竟然又伸出手，极为轻佻地在他的胸口和腹肌处摸了几下。

“啧啧，江泽予，你可以啊，这身材比我另外几个前男友都要好。等等，抱一下，摸一把而已，让我负责？你想都不要想。”

她的语气实在随意，对比之下，他刚刚难得的心软和认真显得无比愚蠢。

江泽予顿时像是被踩了尾巴的猫般奓了毛：“谢昳！”

谢昳见他奓毛，无所谓地摊了摊手：“怎么，说你身材好都不行？这么不爱听别人夸你啊？”

江泽予被她气笑了：“谢昳，我以为刚刚我至少是帮了你，现在看来是我多管闲事，碍了你的事？”

说着，他面无表情地指了指酒吧的方向，指着那纸醉金迷的温柔乡，说道：“我都忘了，你大概是这种地方的常客吧？你在美国的几个前男友，就是这么来的吧？”

他猛然记起那次在车里，她喝醉酒后对他无比娴熟的搭讪。

难怪。

江泽予的心里像是被坦克狠狠轧过。

她向来出众，这样的容貌和气质，没有男人能够拒绝。

当初分手的时候，她就说过，追她的人能排到西郊，所以，他明明知道她离开他之后不可能空窗，这会儿内心却还是愤怒又酸涩——愤怒到毫不掩饰地质问出来。

谢昳听到他的质问，安静了好久之后冲他勾唇一笑，拨了拨长发最下边的一个卷，模棱两可地答了句：“或许吧，谁知道呢？我不记得了，毕竟数量有点儿多。”

她的声音很轻，几乎淹没在酒吧的靡靡之音中，江泽予却清晰地捕到了。眼前，女孩子的眼神坦荡又真诚，仿佛这种事对她来说算不上事，而揪住不放的他，才是那个奇怪的人。

也对。

他没有了她的那五年，和她没有了他的那五年，本来就不是同一种“五年”。

江泽予看了她许久，眼里的温柔和无措逐渐散去，取而代之的是无奈与怨恨。他没再说话，铁青着一张脸，转身便走。

站了许久后，谢昳忽然觉得有些冷。

他们的第三次见面，以久违的温存和拥抱开头，结尾却依旧针锋相对，不欢而散。

她抬脚往酒吧的方向走去，眼角的余光却瞥见那昏暗的长廊下掉了张卡片。她走过去，弯腰捡起那张卡片，就着昏暗的灯光看了看，发现竟然是江泽予的名片——大概是刚刚，两人打架的时候，他不小心掉落的。

她顺手将那名片塞进口袋，回了酒吧。

十分钟后，北都公园附近的马路上，天色昏暗，路灯的光却很晃眼。

江泽予开着车，慢慢地驶过了一小段路。这边的路灯光很是晃眼，他眯着眼睛，想适应前方变化的亮度，然而，双眼酸涩无比，眼前的道路变得越来越模糊。

车子行到拐弯处，他却依旧直直地往前开，直到车轮斜斜地轧过某个异常显著东西，整个车子都有了些微的起伏。这种高低差不会是减速带，倒像是马路边绿化带的路基石。

江泽予顿时清醒过来，猛地打了一下方向盘，同时狠狠地踩下刹车，经过巨大的减速度后，跑车的车速迅速降为零，车轮与地面摩擦发出尖锐的一声“吱”，随后深深地碾压进绿化带中已经干枯的草坪里。

由于惯性，江泽予整个人往前一倾，他暗骂一声，打开车门下车查看。

夜色昏暗，车灯光又太刺目。极暗与极亮都超出了他对于光线的感受范围。

眼前像是被人蒙上了一层纱，江泽予扶着车门站稳身子，伸手探进车子里，关上前灯，转而拿出手机，按亮了手电筒，调到他能接受的亮度。

车头已然进入绿化带一米多远，差几厘米便会撞上路边的树干。

马路上，原本行驶在他后头、被这猝不及防的一幕吓到的几辆轿车呼啸而过，脾气差的车主探头出来想骂街，却在看到黑色布加迪的标志后把脑袋缩了回去，只当无事发生。

江泽予面无表情地坐上车，试图倒车，但又看不清倒车镜里的场景，深深的无力感让他顿时心情躁郁，重重地捶了一下方向盘。

他闭上眼，做了几个深呼吸平复心情，半晌后讽刺地笑了笑。

还是被她影响到了，他竟然连车都开不回去了。

他静坐了许久，翻开手机才想起来，成志勇去度假了。

他只好拨通了纪悠之的手机。

同为择优的创始人，纪少爷永远比他悠闲，这会儿，他正陪着媳妇儿做着按摩，接起电话时，口气很不耐烦："有事儿吗？我这儿正忙着呢！"

男技师的技术很好，按得他的肌肉刹那间放松，舒服地"嘶"了一声。

江泽予开口道："成志勇休假了，你找个人来帮我开车……我刚刚不小心开进绿化带了。"

纪悠之愣了一下，从按摩床上坐起来，音量提高了许多："大晚上的，你自己开车？你不要命了？"

江泽予皱眉："别废话，快点儿找个人来接我，或者你自己来。"

纪悠之听着他硬邦邦的语气，知道他大概是在哪儿吃瘪了，只好压下心中不满，说道："今晚 YR 集团中国区副总裁到北都，司机被我打发去接人了。我一会儿过去接你，你在哪儿？"

江泽予沉默了良久，抬手扶额道："我在……北都公园附近。"

听到这个地名，纪悠之安静了片刻，半晌后，那头传来一阵压抑不住的爆笑："哈哈哈，你真去那儿了？我就说你是舔狗，你还不承认！怎么样，谢大小姐给你好脸色看了吗？我猜，肯定没有，不然，你也不会自己开车回来。"

江泽予的脸色越来越青，他狠狠地捶了一下方向盘："你还来不来了？不来我就挂了。"

纪悠之压住笑，忙道："别，我马上过去。"

纪悠之赶到的时候，已经是一刻钟以后了。他把江泽予赶去副驾驶座，自个儿坐在了驾驶座上，幸灾乐祸道："这条路偏，也难怪你没被交警拖走。怎么，差点儿撞树的滋味好吗？"

没有人回答。他转头看去，发现江泽予正仰头靠在椅背上，一只手盖在眼睛上方，整个人都隐在黑暗里，不知道在想些什么。

他看上去似乎很疲惫。

纪悠之收起调侃的神情，语气难得有些严肃：“你看看你，这些年吃了多少苦头！你又何必这么轴，总想着她呢？”

说罢，他有些恨铁不成钢地道：“这个世界上，女人多的是，不是只有一个谢昳！”

许久之后，江泽予仍然没有作声，也没有将手从眼睛上拿下来。

纪悠之以为他是不想回答，便悻悻地发动了车子。他打着方向盘，将车子缓缓地从绿化带里倒出来，放慢速度，稳稳地往路口开，却忽然听到江泽予的声音。

“只有一个。”

纪悠之没有反应过来，随口问了句：“你说什么？”

江泽予仍然把手背压在眼睛上，声音很哑，有些难过和脆弱，甚至带着难以察觉的鼻音：“我说，在这个世界上，只有一个她，别的人都不是她，和我又有什么关系？”

纪悠之闻言，着实有些愣住了。

他和江泽予认识九年了，对他的印象一直是特别能扛，又特别怪。

大学的时候他们俩是室友，他经常见江泽予在大冬天穿件薄棉衣，冷得唇色发青都面无表情。

江泽予一直是自动化系专业课的第一名，却从来没有拿过奖学金，甚至没拿到保研资格，但他都觉得无所谓，只从早到晚坐在图书馆里钻研乱七八糟的创业、市场、金融知识。

有段时间，他想攒钱，天天给企业写代码，夜里就用那台卡得不行的老式电脑敲代码到凌晨两三点。后来，也不知道那笔钱花到哪儿去了，他再也没有提起过。

更别说后来，他们一起创业。最开始是他掏钱，江泽予负责提供技术和创意，纪大少爷家里有钱，根本不在乎这一百多万，原本他就想着随便创个业，却发现这小子是来真的。

在长达一年的时间里，江泽予每天只睡三个小时，像不要命一样地做网站、拉投资、找品牌入驻。他在大学期间研究的乱七八糟的东西竟然全部派上了用场，市场、管理和技术，统统由他一手抓。

短短几年，公司发展飞速，营业额如同滚雪球般越滚越大，公司的技术团队从最开始的五个人增加到现在的上千人。业务方面，公司也从做高精尖的产品扩展成为国内数一数二的大型网购平台，前段时间，他们更是收购了包括茶话会在内的成名已久的社交平台。

纪悠之还记得，两年前，择优在纽约证券交易所上市的时候，数以亿计的美元市值让他这个从小在钱堆里长大的富二代都觉得震撼与热血沸腾。

还真让江泽予弄成了。

可以说，他纪悠之能有今天，能在如今北都城豪门世家公子里头成为最成功的一个，江泽予功不可没。

江泽予就是这样的一个人，有野心，有狠劲，聪明能干。

可就是这样一个事事都能扛的爷们儿，纪悠之却见他崩溃过两次。

上一次，是谢昳离开的时候；这一次，是谢昳回来的时候。

纪悠之的心里有点儿不是滋味，他一只手把着方向盘，另一只手拍了拍江泽予的肩膀，笑着劝慰："没事儿的，哥们儿，这世上的女人就她谢昳一个，那你就去追，行了吧？"

他缓了缓，又说道："这个周末，让成志勇陪你去复查一下眼睛吧。"

聚会散场已是凌晨。

谢昳打了车回家，却毫无睡意，于是干脆开始录拖欠了很久的"关于我"的视频。

网友大多八卦，在微博上征集的问题中，一大半和她的感情生活有关。谢昳借着醉意随口胡诌了几句，最后导出视频，听到自己的回答后，她惊觉这种视频还是该等清醒的时候再来录。

她合上电脑，抱着膝盖坐在椅子上。

墙上的时钟缓缓走动着，发出"嘀嗒""嘀嗒"的声音。谢昳从前习惯用静音的电子钟，这几年却爱上了机械钟表，它似乎能够让她在夜深人静无法入眠的时候感受到一点儿陪伴。

她闭上眼睛，缓了一会儿，打开工作邮箱，发现章朝下午五点钟时给她发了封邮件。

"刚刚接到新消息，明天的新品发布会上会挑选这次新品主题的中国区代言人。听说，之前试镜的女明星他们不太满意，所以，这一次挑选的范围不限于明星，各大时尚博主也被考虑在内了，加油，我看好你！"

谢昳给他回了封邮件，稍稍坐直了一些。

YR 集团收购了许多煊赫一时的奢侈品品牌，是现在时尚界最大的风向标，每一次的新品发布会或者时装周，都让全世界的时尚弄潮儿们趋之若鹜。这么大的集团，挑选代言人时通常用最红、最有流量的女明星，这次的行事风格倒是颇为古怪。

她没把这事儿放在心上，她虽然喜欢这份工作，但野心并不大。

谢昳疲惫地走去衣帽间换上睡衣，然后抱着一堆脏衣服去卫生间旁边的洗衣房，把衣服一股脑地放进洗衣机之前，她习惯性地翻了翻口袋，忽然找到了一张名片—— 是刚刚在酒吧门口捡到的江泽予的名片。

她拿着名片走回客厅，坐到布艺沙发上，翻来覆去地看。名片上面印了他的名字、职位，还有手机号码，一共十一个数字，只要拨过去，她就能听到他的声音。

谢昳默念了两分钟，记住了那串数字。

她翻出手机，把那个手机号码一个数字一个数字地按进手机里存了起来。

她其实并没有打算拨通电话，然而，右手的拇指在输完全部数字后，竟然鬼使神差地按下了通话键。谢昳惊慌失措地把手机往沙发上一压，又用抱枕盖住，企图掩耳盗铃。

对面已经迅速地接了起来：“喂，你好。”

他的声音隔着抱枕传出来，带着疏离，客气而不失礼貌，是标准的面对陌生人时的平静问候，和前几次见面时候的气急败坏、针锋相对都不同。

谢昳的大脑一下子卡壳了，她没有说话，只悄悄地把压在手机上的抱枕拿下来，又缓缓地把手机举到耳边。

几秒钟后，那边的人又问了一句：“你好？”

谢昳还是没有回答，屏气凝神地听着他平静的呼吸声，再过几秒，他大概就会当这是骚扰电话，然后挂掉吧。

然而，对方非但没挂断，反而和她一起沉默起来。

午夜，电话的两头都很安静，他们只能听到对方浅浅的呼吸声，一分钟，两分钟，三分钟过去，那头忽然出声，有些无奈和疑惑：“谢昳，你找我有什么事？”

他竟然知道是她？

慌乱中，谢昳想挂断电话，但理智告诉她，这时候挂断只会欲盖弥彰。

她不可以露馅儿。他们俩现在这样疏远的距离，完全是靠她一个人强撑着，她如果都撑不住露馅儿了，他们该怎么办呢？

她调整了一下语气，想到了一个完美的借口：“听说，明天晚上，YR 集团的新品发布会会从茶话会签约的博主里挑选代言人？章朝告诉我，咱们公司对这次的代言人人选也有决定权……我觉得我的气质和 YR 集团很匹配，我可以毛遂自荐吗？”

她的语气尽量轻快，恰到好处的一点点尴尬让人丝毫不会怀疑这是一通企图靠裙带关系走后门的电话。

果然，江泽予听完之后，呼吸声重了一些，沉默了许久后，他又出声，语气冷漠：“我凭什么帮你？我和你有什么关系吗？”

谢昳眨了眨眼睛，想挂了电话：“是没有，那我……”

她话音未落，那头就传来了一道高傲至极的声音：“让我帮你？你想都不要想。”然后，“嘟”的一声，电话挂断了。

谢昳拿着被挂断的手机，不由得愣住了：他刚刚的语气怎么那么耳熟？

谢昳忽然想到今天晚上她随口说的那一句：“让我负责？你想都不要想。”

一模一样的句式，毫无差别的语气—— 这男人的报复心可真强。

谢昳拿着手机愣了好一会儿，叹了口气，心情复杂地去睡觉，却又接到了电话。

她没有看号码，下意识地以为是江泽予又打了过来，于是调整了下心情，接了起来：“怎么，江泽予，你改变主意，想帮我了？”

她的语气轻佻，对面的人没说话，许久之后才发出一声冷哼。

这声音严肃又苍老，绝对不是江泽予的。

谢昳听到这声冷哼，脊背不由得一僵，好久之后才乖乖坐直了身子，压低声音道：“爸爸，这么晚了，您怎么给我打电话？”

那头是谢川。

谢昳的语气很恭敬，她从前很叛逆，对谢川没有什么好态度。

但五年前，他好歹冒着风险帮了她一次，她欠他良多，自那之后，她便再也硬气不起来。

说着，她看了一眼墙上的挂钟，已经过了十二点半。他和周婉玲一向睡得早，这么晚打电话过来，肯定是有要紧事情。

“你为什么不告诉我你回国了？你还去了江泽予的公司？怎么，五年前说的话都忘了？”

谢昳一个激灵，僵硬着身体坐着，又从旁边扯了一个抱枕紧紧揪住，支支吾吾道：“是，但那都是巧合，我没有要跟他……”

话还没说完，她就收到谢川发来的一条短信。短信里只有一张图片，昏暗的酒吧里，拥挤的人群中，年轻女孩子从身后紧紧地抱着西装革履的男人。

照片的拍摄角度选得非常好，两人的神色一览无余。女孩子微红的眼眶和男人一脸的愣怔，让这张照片有了一种说不清道不明的感觉。

——是她和江泽予。

辩解的声音戛然而止，谢昳看了照片半晌，觉得嗓子发干，尴尬地笑了笑：“爸爸，这是他今天和人家打架，我只是为了把他拉开……”

那张充满了暧昧气息的照片就在眼前，她现在的解释显得那么无力。

谢川又发出一声冷哼：“你用不着跟我解释这些，这张照片，我已经让人拦下来了，没有出什么岔子。谢昳，人生在世，最重要的是什么？你小的时候，我教过你多少次，你忘了吗？”

谢昳闭了闭眼，一字一顿地说：“我记得，言而有信。”

他声音沉沉地质问她，语气不像一个父亲，倒像是训话的高中教导主任：“那你言而有信了吗？”

谢昳的心里难受得厉害，却又无法反驳。

她承认，她没有做到当年说的，她难以控制地再次动心了，没有在拉开江泽予后及时离开他，所以才又紧紧地抱了他三分钟。甚至，她为了听一听他的声音，找借口打了他的电话。

谢昳艰难地开口：“爸爸……我只是觉得，都已经过去五年了，当初那件事情……”

她一句话未说完，谢川再次语气严厉地打断了她：“过去了？周子峻还在牢里蹲着呢，你以为这事儿就过去了？周家是北都城里最显赫的家族之一，就连我都得仰其鼻息，而周子峻又是周奕唯一的儿子。你以为，他们如果知道了你和江泽予之间的感情，知道了当年的真相，他们会放过你，还是会放过你的那个老情人？”

北都城的商界里，最显赫的家族当算是周家，比起谢家这个几十年前才崛起的家族，周家行事很低调，民国时候便有无数的产业遍布全国，后来更是发展出了许多支脉，几乎国内的房地产、新闻娱乐、煤矿、货运等产业背后，都有他们的身影。

这才称得上是真真正正的豪门。

而周奕则是周家这一代的当家人。

谢川的语气里隐含着恼怒和不耐烦：“谢昳，当初是你自己做的决定，我当时就说过，你不要后悔。要是反悔，还不如不做这个决定。我是不是早就把所有的后果告诉你了？”

谢昳控制不住地吸了吸鼻子，带着哭腔点头：“我知道，我知道的，那件事情，我很感谢您。”

听到了感谢的话，谢川的语气却依旧冷硬，更带了些责怪：“真不知道你的脑袋里都在想些什么。好好待在美国不是很好吗，回来做什么？就知道添乱……你要是有小意一半听话，我也不至于……”

谢昳委屈地听着他的责骂，听到最后一句，忽然就崩溃了：“爸爸，您怎么能这么说呢？我没有想给你们添乱，我只是……”

她一只手紧紧地握着手机，另一只手抱住膝盖，整个人蜷缩在沙发上，声音可怜兮兮的：“爸爸，我已经五年没有回国了，我在美国一直是一个人，你们从来不给我打电话，也不关心我在做什么。

“我的工作不用到单位上班，一整天都待在公寓里，那么大的城市，外面有多喧嚣、多热闹，都和我没有关系。我每天都是自己一个人吃饭、睡觉、工作，除了有时候舟舟会找一找我，跟我说上几句话。”

“可是她也忙，我们不是经常联系……爸爸，时间长了，我有的时候甚至会怀疑……我自己到底有没有活着。”

她一边说，一边抽泣着，眼泪很快弄花了脸上的妆。

在谢川面前，她从来都没有脸面。别人都当她是公主，觉得她冷漠而高傲，只有他知道她的底细。

谢昳的生母生下她后就出轨了，连带着谢昳一起被赶出了谢家，谢川另娶了一个比他小很多岁的妻子周婉玲。

她十一岁之前，都跟着妈妈住在北都郊外的那个破房子里。

有一次，谢昳和妈妈偶然在街上遇到谢川牵着小她两岁的谢秋意，谢秋意穿着小裙子，撒娇说想要橱窗里的那个洋娃娃。

那么贵的洋娃娃，谢昳连喜欢都不敢说，谢川当即就给谢秋意买了一整套。谢昳缩在妈妈的身后，难过地咬住了自己的手指头。她当时就想，谢秋意那样的才是公主，以至于后来的许多年里，她都学着谢秋意当年的样子。

那么贵的洋娃娃，谢昳连喜欢都不敢说，谢川当即就给谢秋意买了一整套。谢昳缩在妈妈的身后，难过地咬住了自己的手指头。她当时就想，谢秋意那样的才是公主，以至于后来的许多年，她都学着谢秋意当年的样子，趾高气扬。

那年，她有幸被接回谢家小住，当时，北都城暴发了极严重的流感，对一个十一岁的孩子来说，那几乎是致命的。

谢昳回谢家的前一天，妈妈破天荒带着她去游乐场玩了一天，或许是在那个时候不慎感染了。第二天，她把流感传染给了谢秋意。

谢昳还记得，那个晚上，谢家大宅里，她和谢秋意都发着烧，她更严重些，烧到了四十度。神志不清的时候，她听到谢川和周婉玲心急如焚地叫救护车，一口一个“宝贝”，抱着谢秋意送上救护车，等到了她这儿，他们却担心被传染，戴了好几层口罩和厚厚的手套，才敢抱着她坐上另一辆车。

再后来，谢秋意没了，她活了下来，成了谢家唯一的“公主”。

这些年，谢川恐怕是恨极了她，才会事事都拿她和谢秋意比，怎么比怎么不满意。在他的心里，谢秋意乖巧、听话又聪明，谢昳却顽劣不堪。

这也倒罢了，可是现在，她自认为这五年里她已经做得够好了。

谢昳十分难过地继续抽噎着，断断续续地说：“爸爸……我在美国的时候每天都睡不着觉，常常睁着眼睛到天亮。我的心理医生告诉我，再这样下去，我会出问题的。”

她不再需要维持自己的形象，像是找到了一个宣泄口，抑制不住地诉说着高傲的外表下满心的疲惫和委屈：“她建议我回国，多出去社交，和亲近的好朋友接触接触。我前几天去参加了李教授办的宴会，看到了好多同学，我喝了点儿酒，觉得很开心。还有，今天晚上，我和舟舟他们也聚了一次……”

“爸爸……你说我回国不告诉你，可是我……我回国前给你打了电话的，你没有接。你的秘书说……你一直很忙，那你空闲的时候，又为什么不给我打电话呢？”

“爸爸，我现在真的有点儿难过，我是真的有点儿撑不住了，才会想去找他的……”

谢昳停下来，听着电话那头无声的寂静，轻轻笑了一下。

她知道的，这通电话早就挂断了，她刚刚只不过是借了个由头，让自己发泄罢了。谢川从来没有空，也没有耐心听她说完话。

谢昳的心疼得快要裂开，她张了张嘴，打开手机里谢川发给他的那张两人相拥的照片，紧紧地贴在心口，跪坐在沙发上，号啕大哭。

这个世界上，真正把她当作公主的，就只有一个人。

可是，那人也被她弄丢了。

第四章
我会去找你

第二天下午，YR 集团和茶话会联合举办的新品发布会在附近的大型宴会厅举行。

这天晚上会来不少重量级的明星和网络红人，甚至有消息说，YR 集团中国区副总裁林景铄和择优集团的 CEO 江泽予也会来。

先不提林景铄刚刚接任 YR 集团副总裁，这是他在国内市场的首次亮相；就说江神江泽予，也是各大时尚晚宴的稀客。现场来了好多记者，都是中午不到就等在外头候场了，想抢独家的一手消息。

谢昳中午便到了后台化妆间，做完妆发造型，已经是三个小时之后。她对着座位表找到自己的位子坐下，打量起这豪华的宴会厅。

场下，第一排都是些商界大佬，谢昳一眼看过去，有好些和谢家有来往，其中几个老总在她小时候还到谢家拜过年。第二排和第三排则是许多大明星，像这样的时尚晚会，明星们都打扮得珠光宝气、贵气逼人。

明星果然是明星，不管是脸蛋、骨相还是头身比都很完美，相比之下，第四排往后的博主和各路网红就逊色了许多——所以，同样是博主的谢昳甫一落座，便引起了许多人的关注，一些媒体记者悄悄转过镜头，“咔嚓咔嚓”对着她拍起来，更有几个小博主和网红看着她窃窃私语。

谢昳收回目光，跟一旁的小助理周伊聊起天来。周伊还在因等会儿就能看到江神而兀自兴奋着，每隔几秒钟，就得往宴会厅门口张望一眼，那副迷妹的样子引得谢昳直发笑，却不知她这样子早已落入某人的眼中。

宴会厅隐蔽侧门，江泽予站在门口，目光凝在某处，久久无法挪步。

璀璨的灯光下，她穿着黑色的挖背礼服，露出修长的脖颈和精致的蝴蝶骨，背后那道绝美的沟壑一直延伸到腰下，侧过身挑眉笑的时候，眼睛里光芒万丈，自信与高傲中仿佛藏着些旁人看不分明的故事。

昨晚，她打了那通电话，他抱着手机一夜难眠，她倒是容光焕发。

下午四点半，发布会正式开始，这次，YR集团和茶话会联合推出了好些新品，有联名款T恤、裙子、包包，还有几款最新研发的口红和香氛。

现场搭了个 T 台，方便模特展示衣服和包包，更有几个晶莹剔透的玻璃展台，展示着新出的一些美妆产品。

两个小时后，发布会结束，记者离场，持邀请函的嘉宾到隔壁的晚宴厅吃饭。晚宴是西式的，众人不用入座，端着香槟到处走，更加方便大家开展交际。

周伊喝了口果汁，眼珠子滴溜溜地转，待锁定她想看的人之后，她的眼睛猛地一亮，扯了扯谢昳的裙摆，说道："Sunny姐，快看，九点钟方向，是我亲爱的江神！哇，刚刚发布会的时候我只看到了他的后脑勺，现在总算看到真人了，他真的好帅啊！"

谢昳顺着她说话时的视线看过去，江泽予西装笔挺，手上端着高脚杯和对面的人聊天，一副年轻贵胄、斯文败类的模样，酒杯里，那浅色的香槟酒液轻轻地晃动着。

想到他昨晚气急败坏的那句"让我帮你？你想都不要想"，谢昳不由得轻声笑了一下。这男人在人前冷静理智，人后却幼稚成那样，连简单的一句话都要回呛。

周伊看到她的笑容，神色激动："Sunny姐，你也觉得江神很帅是不是？以后，你可以和我一起嗑啊，我跟你说，我长期嗑江神和纪总的cp。"

谢昳疑惑道："纪总？"

周伊点点头："是啊，择优的另一位创始人纪悠之，纪总。他长得也很好看，虽然没有我们家江神这么漂亮，但也很帅气，我觉得他俩特般配。"

谢昳像是吞了只苍蝇，半晌之后才幽幽地问了一句："你嗑的cp里，谁更厉害？"

周伊思索了许久，才说道："这个不好说，但要论性格的话，我觉得还是江神更强，当年择优的条件那么差，他都是一个人扛下来的。"

周伊说完，神情有些低落："我听贴吧里的人透露，江神的双侧视力好像受损了，光线太亮或者太暗都看不清楚。他们都猜测是因为他工作太忙了，唉，年纪轻轻的，这么拼干什么？"

谢昳听到这话，心中一凛，险些没拿稳酒杯。

怎么可能？

她仔细回忆了片刻，他们前几次见面时，他都好好的啊，昨天晚上他还开了车回家。如果他双侧视力受损，肯定不能在夜里开车吧？这应该是子虚乌有的传闻？

谢昳正想着，身后忽然有人唤她："Sunny 小姐？"

谢昳回头，见眼前的男子身材高大，年纪看着比她要大几岁，面容俊朗，气质洒脱，看着有几分眼熟。

那人见她没认出自己来，也不恼，笑着打趣："果然是好看的人容易被记住，我记住了 Sunny 你，你却没记住我，真是枉费了五年前在威尼斯海滩上那么长时间的陪伴啊。"

谢昳恍然记起他是谁，满脸歉意地笑了笑："Max ？好久不见，你怎么在这儿？"

Max 摊了摊手："我升职了，回国上任。"

谢昳看着他的胸牌，慢慢地回过神来，不免惊讶："你是 YR 集团新上任的中国区副总裁林景铄？"

这五年，他的职位升得也太快了吧？当初他们认识的时候，他还只是《Vogue》杂志时尚部的一个小编辑。谢昳心下思索，看来，他肯定是一个下放到基层锻炼的富二代。

林景铄冲她眨眨眼："是啊，惊讶吧，我也没想到会在这儿遇见你。其实，我在网上看过你的视频，品位很好！"

说完，他上下打量了谢昳一番，忽然眼前一亮，像是想起什么一样，拉着她的手腕边走边说："我们公司今年要入驻择优和茶话会，准备挑选一位国内的代言人，由我亲自把关。之前几个试镜的女明星都被我否决了，总觉得差点儿味道，今天见着你，才知道她们差在哪儿了！走，我把你介绍给茶话会那边的人，要是没问题，咱们今天就定下来！"

谢昳身边的周伊惊讶得张大了嘴。Sunny 姐竟然和 YR 副总裁林景铄是熟人？还有什么威尼斯海滩的陪伴？这信息也太劲爆了吧！

林景铄一向是个时尚痴，见到美的东西从来不吝称赞，但眼光也挑剔，之前来试镜的几个女明星，有的都被他犀利的言辞嘲讽哭了。眼下，他刚看到 Sunny 姐就拍板了，那这次的代言岂不是非 Sunny 姐莫属了？周伊后知后觉地觉得自己抱上了一条大腿。

晚宴厅里，有几个博主和网红远远地看到林景铄拉着谢昳的手腕，震惊了片刻，而后又酸酸地冷嘲热讽起来："我说嘛，这 Sunny 总是一副高傲的样子，原来是傍上 YR 的副总裁了，看来这回，咱们都是陪跑的。"

"就是，仗着自己长得还算好看，尽做些龌龊事……"

这边，谢昳被林景铄这想到一出是一出的做法搞得哭笑不得。

五年前在国外遇到他的时候，谢昳就明白，这人活得太豁达，以至于行事和常人异常不同。

他三岁就跟着家里移民去了美国，虽然长着一副东方人的皮囊，但其实内里是个美国人—— 是典型的今朝有酒今朝醉的性格。

他活着有热爱的东西，行事有闲钱，长到这么大，一直万事无忧，所以当初她坐在海滩上痛哭流涕的时候，他才皱着眉头过来训她。

当时，他的中文说得还不好，带着点儿口音："小姑娘年纪轻轻的，长得又介么(这么)漂亮，有什么看不开的？买个包包，什么事情不能解决？要是不能，那就买两个。"

想到这里，谢昳不禁失笑，愣怔间却没发现，林景铄已经拉着她走过了大半个宴会厅。

林景铄总算停下脚步，拉着谢昳的手腕，兴冲冲地对眼前的人说："江总，这位是的我朋友，Sunny 小姐，你看，她是不是特别漂亮，特别有气质？我觉得她和我们这次要找的代言人的形象特别符合，你觉得呢？"

江泽予酒杯里的酒液被晃出去了一些，他的视线从两人的脸上逐渐往下挪，最终凝在被林景铄牵着的那截手腕上。

晚宴该死的灯光竟然亮得恰到好处，以至于他视力受损的双目清清楚楚地看到了这一幕。

他的喉结上下滚动着，随即他面无表情地眯了眯眼睛："你们是朋友？"

谢昳无奈地做了个深呼吸，将手腕从林景铄手里抽出来，背到身后。她正想开口，却听到林景铄笑着说："是啊，当初在洛杉矶的威尼斯海滩，我和 sunny 小姐有过一夜之缘，至今还念念不忘。"

谢昳：该死的没学好中文就出来瞎混的美国人。

五年前，洛杉矶威尼斯海滩的海滨大道。

谢昳刚到美国，整个人很颓废，的确坐在那沙滩上痛哭了一整夜，而彼时，恰巧路过又闲得没事儿干的林景铄也确实在她身边絮絮叨叨了一整夜。这个该死的美国人大概是觉得“一面之缘”不足以表示他们那次相遇的时长，于是自作聪明地篡改了。

但是，中文有多博大精深，你一个美国人知道吗？！

谢昳无奈地张张嘴，正想解释，却听到江泽予面无表情地“嗯”了一声，复问：“当初，是什么时候？”

林景铄也不知道江泽予为什么要问得这么详细，他思索了片刻，随意地答道：“五年前吧，对，五年前的秋天，Sunny 小姐当年和现在一样漂亮，实在是让人印象深刻。”

五年前的秋天，恰巧是谢昳丢下他出国之后不久。

江泽予闻言，顿时咬肌骤紧，然而，内心酸涩之前，更多的是疼痛与愤怒——那个时候她才二十二岁，在这方面没有丝毫经验，看着心智成熟，实则单纯得像张白纸。可见这个美国人的手段有多高，用花言巧语骗了被他捧在手心、舍不得碰一下的姑娘。

该死。

江泽予残存的理智极力提醒自己，他和谢昳早就没关系了，眼下他才是那个多管闲事的前男友。

然而，理智这种东西，遇上她，从来没有作用。

宴会厅里人声喧嚷，灯光璀璨，他把高脚杯轻轻地放在铺了香槟色桌布的长餐桌上，低下头看着晚宴厅里暗灰色的地毯，卷起了一侧衬衫的袖口。

林景铄尚且不知他的意图，自顾自举杯笑着，可谢昳一看他那动作和漠然的神情，还有什么不明白的？

她眼皮狂跳，连忙上前一步，隔在两人中间，背对着林景铄，极小声地对兀自低头解袖扣的男人说了句：“这里是宴会厅，好多人看着呢。”

没承想，这句话竟然起了反作用，江泽予当她是在维护身后的人，极其讽刺又酸涩地勾了勾嘴角，撸袖子的动作越发利落，露出的一截小臂上肌肉隆起，竟有种不管不顾的架势。

谢昳急了，伸手想拽他的胳膊，又担心引起周围人的注意，只好放低了声音恳求道：“江泽予，他中文不好，用词不恰当，我和他真没关系，一点儿都没有。你别生气，我回头跟你解释。”

她的语气里带了些许哀求，竟有些撒娇的成分——两人要真在这种场合打起来了，可比昨天被拍了照片严重得多。

谢昳见他听完这话没有什么反应，又低声恳求：“你信我，好不好？”

江泽予停手，抬起头仔仔细细地看她。

她的眼睛里这会儿只装了他，她让他别生气，她说一会儿跟他解释，让他信她。

她的语气那样柔软，如同许多年前一般，带着些许柔和却不容拒绝的撒娇，竟然与前几次见面时那全副武装、如临大敌的模样大相径庭。

从前她这样的时候，他什么不都听她的？

江泽予仰头叹了一口气，捏了捏拳，只好放下挽起的衣袖。

他抿着唇站了一会儿，又端起一旁被他放下的酒杯，勉强冲林景铄点了点头，声音沉得没有一丝起伏：“这种小事，不必和我说，你决定就好。你们聊，我还有事。”

说罢，他深深地看了谢昳一眼，转身往宴会厅外走去。

谢昳见他离开，总算是松了口气，却听背后那浑然不知自己躲过一劫的美国人邀功般得意地道：“你看，我轻轻松松就搞定他了，早就听说择优的CEO很平易近人，果然人如其名。”

谢昳听到他又把“名副其实”错用成了“人如其名”，无语地扶额，随即语重心长地道：“Max，作为朋友，我劝你一句。”

林景铄闻言，有些惶恐：“怎么了？”

他知道，中国人说“劝你一句”的时候，接下来都不是什么好话。

谢昳深吸一口气，压抑住暴躁的心情，笑得温柔：“以后不要说成语了。”

林景铄疑惑道：“为什么？我热爱中文，我每天都学成语，还抄了一本小抄呢！”

谢昳再也忍不住，翻了个白眼：“没什么，我就是怕你挨揍。”

高档香槟气味浓郁，硕大的吊灯和舒缓的钢琴曲都让人心情愉悦。这珠光宝气的宴会厅，不仅是为了让参加发布会的众人能够饱餐一顿，亦是觥筹交错的生意场。

一些商界巨擘纷纷借着这个机会攀谈起来，聊到高兴处，互相留张名片，为日后的合作打好基础。

没多久，林景铄就被众人围住，谢昳乐得轻松，端着酒杯走到角落里。

“谢小姐？”

身后忽然有人迟疑着唤她，谢昳回头，发现宴会厅门口站着个四十多岁的中年男人，他身形清瘦，穿着打扮不像今天出席的大多数人那么讲究。

谢昳疑惑，这人她可真不认识。

成志勇手里拿着个袋子，一面四处张望，一面问谢昳："谢小姐，您看到江总了吗？"

江总的手机落在公司里，他开车回去帮他取，到了门口却没见着人，还好遇见个"熟人"可以问问。

然而，还未等谢昳回答，成志勇便自个儿醒悟过来："看我这脑子，上回见面，您醉得厉害，大概是不记得我了。我是江总的秘书，那天晚上您胃病犯了，还是我推您去做的检查。"

谢昳愣了半晌，才明白过来整件事的始末，原来那天坐的并不是拼车，而是江泽予的车—— 韩寻舟真是皮痒。

她礼貌地朝成志勇点头："抱歉，那天谢谢您了。江泽……江总刚刚还在宴会厅，这会儿我也没见着他，不过，他刚刚好像出了宴会厅，大概是在外面的走廊上。"

成志勇闻言走出宴会厅往走廊上看去，然而，悠长的走廊上壁灯耀眼，空无一人。他拿出手机想给江泽予发条短信，告知自己的位置，却想起他这趟就是来给江泽予送手机的。联系不上江泽予，他又不敢乱跑，索性收了心，站在门口和谢昳攀谈起来。

成志勇看着谢昳手上端着的酒杯，中年人絮叨的毛病犯了："谢小姐，您的胃好些了吗？医生上次让您少喝些酒。"

谢昳听到他话里隐含的关心，笑着冲他晃了晃杯子里的香槟，说道："嗯，老毛病了，已无大碍，我就是端着酒杯做做样子。"

成志勇这才放心，看着谢昳一脸的笑容，忽然想起江泽予前些天别扭的样子，于是眼神一转，假装不经意地说道："那就好，我还担心江总煮的粥吃坏了您的胃呢，这么多年，他还是第一次下厨。"

谢昳闻言，心下一惊，上次江泽予不是说那粥是他家大厨做的吗，还借此坑了她好几百块钱。

没想到竟然是他自己煮的，怪不得味道那么特别。

怪不得——味道这么特别。

谢昳想起她念大学的时候，为了出行方便，谢川在S大附近给她买了个公寓。

公寓里有投影仪和巨大的幕布，有时候下午没课，她便会拉上江泽予去那儿吃零食、看电影。

很多时候，她看着看着便窝在沙发上睡着了，醒来时，他已经做好了一桌菜，等她吃晚饭。她每次都会笑他像个贤惠的小媳妇，他却只回她："昳昳，我比你大三岁，本来就应该照顾你。"

他为了还债打了两年工，又复读一年，所以比同届生大了三岁。偶尔提起生命里这被浪费的漫长三年时，他通常是庆幸的语气："我比旁人晚了三年，才能遇见你。"

时光深处的些许温柔让谢昳陷入恍惚之中，就在此时，宴会厅上方那盏璀璨的水晶灯忽地一闪，然后在刹那间熄灭。

—— 竟然停电了。

谢昳回过神来，上前几步往走廊上看了一眼，那悠长通道两侧的墙上每隔半米一盏的壁灯也暗了下来，看来是整栋楼都停电了。

周围骤然变黑，整个晚宴厅陷入短暂的宁静，片刻后，意识到停电的众人七嘴八舌地讨论起来。

"怎么回事啊，怎么停电了？大家小心点儿，别摔了。"

"没事儿，外面还亮着呢，窗户透光，没有灯也能看清。"

"就是，正好月色朦胧，气氛合适，来，咱们再喝一杯。"

昏暗的夜色下，众人因为突如其来的停电有些兴奋。成志勇却猛地一拍脑袋，神色万分焦急："谢小姐，您说刚刚江总往走廊那边去了？光线这么暗，他又没带手机，可别摔跤了……上次他在医院里摔了一跤，胳膊上的擦伤现在都还没痊愈……"

说到这里，他咽下话头，指了指长廊的左侧："谢小姐，您能帮我去那边找找他吗？我去右边找。"

谢昳听到成志勇焦急的话，忽然想起之前周伊的话——"江神的双侧视力好像受损了"。

她的心顿时怦怦加速跳起来，她点了点头，立刻抬脚往左侧长廊走去。

古典宫廷风的酒店，弧形窗户外头零星的光线依稀照亮了眼前的路，十厘米的鞋跟稳稳当当地落在地面上，那声音的频率透露出些许焦急。

谢昳仔细地在那片昏暗之中寻找起来。

她小心地推开走廊里一个又一个房间。今天茶话会包了场，竟都空无一人。

黑色缎面礼服裙摆翻飞，经过整段窄长的走廊后，谢昳走到拐角处，终于停下了脚步。

拐角的地方，两三级台阶下面，男人姿势狼狈地倒在地上，大概是腿受伤了，他撑了一下地面，却没能站起来，只得慢慢地伸出一只手，在四周小心翼翼地摸索着，像是想寻找墙壁或扶手。

然而，他摔倒的地方在台阶的正中央，周围的墙壁离他很远，怎么触碰得到？

微弱的光线里，谢昳站在他身后清楚地看到他小心谨慎的动作，可他什么都看不到。

心仿佛跌到了谷底，她忍着翻涌而上的泪意走上前，紧紧地握住了那只仍旧在虚空中摸索的手。两人的手都很凉，握在一起，也没有增加几分温度。

隔了几十米远的宴会厅里人声喧闹，可拐角处很安静，只剩下窗外洒入的极淡极淡的月光。

谢昳牵着他，弯下腰来说道："你不要怕，我在这里，我扶你起来。"

这声音实在耳熟，也太温柔，晚宴上被人敬了好些香槟的男人愣了一会儿后，笑得莫名讽刺。

在这种糟糕的情况下，他幻想出来的救世主竟然是她的模样。

江泽予的眼神微带嘲讽，他醉醺醺地借着那力道站起身，小腿抽疼之下，步伐踉跄，重心不稳地往身后跌去。他本以为又会狠狠地摔一跤，没想到却倒进了一个温软的怀抱，他的侧脸甚至能感受到她礼服前襟那绸缎顺滑又冰凉的质感。

—— 这回他着实愣住了，竟然……不是幻觉，真的是她。

站稳身子后，谢昳松了一口气，幸好江泽予往后倒的力道不大，她仅仅是被带得后退了小半步。

她引导着他慢慢地走到拐角处的墙边，让他靠着墙，察觉到他已经站稳了，她这才打算抽出自己的手，同时问道："江泽予，你没事吧？还能坚持吗？你在这里等我，我去叫你的秘书过来。"

谁知他不仅没有回答，还固执地没有松开她的手。

谢昳稍稍挣了一下，奈何他握得很紧，比她大了一圈的手掌牢牢地包着她的手。

她不知道他的意图，疑惑地低下头，就着窗外马路上寥寥几盏路灯和昏暗的月光看他。男人紧紧抿着唇，双眼失焦，脸上明明没有什么表情，动作却固执得很，丝毫没有要放开她的意思。他沉默了很久，忽然说了一句："你别走，我看不清，站不稳，你留下来扶着我。"

谢昳低下头，看着两人交握在一起的手，很是无语。

明明他整个人都靠着墙，丝毫没有借她的力，何况，就算要扶，也不是这么个扶法吧？

谢昳腹诽完，不禁想，这人喝了酒，神志不清，此时此刻又是个伤患，她多用点儿力气，大概是能挣开的。可周围的环境让她觉得很有安全感，一些情愫不受控制地在心中滋长，让她不由得卸去了白日里的防备，心里忽然生出了一个念头—— 反正这么暗的地方没有人能看到他们，也没有人能拍到照片。于是，她破天荒地没有再动。

两人的手就这么牵着，她离他很近，近得能闻到他身上淡淡的酒味。酒店长廊安静的拐角处，两人的呼吸声清晰可闻，浮动的暧昧气息霎时间弥漫开来。

谢昳的心脏怦怦地猛烈跳动起来，简简单单的牵手，加上这黑暗又安静的环境，竟然比上次酒吧门口的那个拥抱还让她面红耳赤。

僵了片刻之后，她的鞋跟轻轻地在地面上敲了敲，十分缓慢地试探性地收紧了五指，指尖从自然下垂的状态改为轻轻圈住他的四根手指头。

身边的人觉察到她的动作，干脆将五指分开，利落地扣住她的五指，好像这样能扶得更加稳一些。

两人都很心虚，于是心照不宣地不再管手的事，异口同声地抛出了各自关心的问题。

——"你的眼睛是怎么回事？"

——"刚刚的解释是什么？"

什么解释？愣怔之下，谢昳便被江泽予抢了先机："你刚刚在晚宴厅说过的，关于林景铄的事情，之后要和我解释。"

他的语气执着，不容反驳，竟然带了小孩子向大人要求兑现之前许下的承诺时的固执。

谢昳"哦"了一声，自知理亏，只好先回答："你说他啊……他是个华裔，从小在美国长大，中文水平一般，你不要听他的话。我跟他不过是五年前在威尼斯海滩上偶遇过罢了。"她说完，又义正词严地道，"海滩上人很多，什么都做不了。"

所以，她当时号啕大哭的那个样子，真的很给祖国丢脸。

然而，这句话刚说完，谢昳就察觉到了不对劲，什么叫什么都做不了？说得好像她很惋惜一样，她立马亡羊补牢地为自己辩解：“我的意思是，我什么都不想做。”

黑暗里，江泽予不再固执地睁着眼，他牵着身边人的手，安心地闭上了眼睛，让干涩无比的眼角膜和疲惫不堪的心得以休息片刻。

丧失视觉之后，听觉和触觉越发灵敏，他能感受到她手上的温度和掌心的纹路，也能捕捉到她语句中任何一个停顿和急促的呼吸。

他听着她语无伦次的回答，没忍住，轻轻地勾了勾嘴角。

从重逢到现在，她总是一副死猪不怕开水烫的模样，总算在今天有了些破绽，挺好。

谢昳在这片昏暗里分明看清了他唇边的笑意，以为他是在嘲笑她，于是奓了毛：“也不是什么都没做，我们坐在沙滩上聊了一整夜。”

一整夜。

江泽予闻言，低下了头，思考了许久。

一夜的时间有多长？

金黄色沙滩，湛蓝色的大海波光粼粼，海岸边，欧式风格色彩明亮的小房子对面是成片的椰子树。到了夜晚，行人们三三两两地脱了鞋子，踩在那沙滩上，深色海面上映着满天繁星，他和她一高一矮，并排坐在沙滩上，一夜的时间，足够他们从现世寂寥聊到人生理想，再从人生理想聊到风花雪月。

从日落，等到黎明海面上的日出。

他恨恨地挥散脑海中油然而生的画面，再开口时，虽然没有了方才在宴会厅里的怒气和痛心，语气却像是往榨汁机里丢了几百颗青柠檬：“聊了一整夜……你和他有这么多话聊？”

谢昳没察觉他语气里的酸意，更不好意思说当初她痛哭流涕之际，满口的胡言乱语都是关于他，只好含含糊糊地咕哝了一句：“嗯，大概吧……他是个很幽默的人。”教训起人来相当幽默。

听到“幽默”两个字，她身边的人越发沉默起来。

当初，她和他在一起的时候便常常调侃，说自己看走了眼，怎么跟他这么个闷葫芦在一起。那会儿，她便总是叫嚣着以后要甩了他，要找个幽默的、能逗笑她的。

所以，那年她刚刚到美国，就找到了？那个林景铄也是几个“前男友”中的一个？

酒意上涌，男人的脑子里乱糟糟的，醋怒交加，可碍于没有发火的立场，便只好咬了牙，更加握紧了那牵着的手，以发泄满腔的情绪。

他觉得自己真是太窝囊。

谢昳见他不说话了，生怕他再纠缠着不放，于是赶紧转移话题，用另一只手在他眼前晃了晃："江泽予，你的眼睛是怎么回事？虽然停电了，但窗外有光，你……看不见吗？"她顿了顿，又小心翼翼地说，"我听他们说，你的双侧视力都受损了……为什么？"

她说完，狭窄的空间里陷入了一片宁静。

这个问题好像很难回答，江泽予慢慢地睁开眼睛，沉默了许久才出声："如果我说是，你会怎么样？觉得我很可怜吗？"

谢昳闻言，呼吸一滞，那种不受控制的心痛和难过瞬间蔓延上来。

明明她和他重逢的时候，她满心以为他已经过上了足够完美的生活。几年违心坚持下来，谢昳的心中早已经生了执念，根本接受不了他一点点的不如意。她只有看到他活得好，才不会日日捶胸顿足地后悔。

所以，刚刚，她站在他身后，看到他在黑暗里胡乱摸索的时候，才会止不住地泪意翻涌。

谢昳的心里正乱着，却又听到他淡淡地道："可惜，只是过度用眼导致的暂时性眼疲劳，让你失望了，这五年里，我绝对过得比你要好。"

谢昳顿时松了一口气，他的语气冷静，倒不像是在说谎。

她放下心来，这才注意到男人的语气。

他喝了酒，微醺之下咬字本就比往常软了几分，可语气偏偏更加冷硬。谢昳扭过头看他，只见他睁着的一双眼睛里没有焦点，眼角在暗暗的光线下显出一些红。

这神情，竟然和当初她和他说完分手的时候别无二致。

谢昳忽然脱口而出："这么些年，你很恨我吧？"

恨她当年无端说出分手，恨她说了那么多绝情的狠话，一点儿尊严都不给他留。

可这个问题一问出口，她就后悔了，她懊恼自己非要在这个时候自讨没趣。她心里清楚，谁也说不准停电的时间有多长，等灯亮了，人多了，他们之间便会是另一番光景，她又何必纠缠于这种煞风景的问题，浪费时间。

然而，她脱口而出的这个问题像是激怒了身边的人，连带着握着她手的力道也加重了许多。

谢昳的指节被握得生疼，禁不住“嘶”了一声，过了许久许久，就在她以为他不会回答的时候，方才听到他嗓音沙哑地说：“谢昳，我恨你。”

连名带姓的恨意，生怕对方没有听清“恨”这个强烈的谓语动词所对应的主语和宾语。

明明是心知肚明的答案，亲耳听到他说，又是另外一番感受。谢昳眨了眨眼睛，偏过脑袋，看向窗外，几层楼高的巨大槐树几乎落光了叶子，那树枝把月影切割成好多份。

“嗯，我知道。”

她的声音微不可闻，本就是自言自语，可江泽予蓦然抬起头盯着她，言语间充满了隐隐的恨意和嘲讽：“你知道？你知道什么？”

他直直地看着她所在的方向问道：“你还记得分手那天，我和你说的最后一句话吗？”

谢昳闻言，有些疑惑，不由得想起了五年前的那天。

那天，她和他说完分手，撑着那把伞擦肩而过之时，曾经听到他说了最后一句话。可惜，北都城夏日暴雨夹杂着雷鸣，她只听到他那句话的开头是个“你”字。

可这和他恨不恨她有什么关系吗？

江泽予等了许久，没能听到她肯定的回答，忽然偏过头，喉头滚动着勾了勾嘴角：“你果然不记得了。”

他背过身咳嗽了几声，很是疲惫的样子，咳嗽完，嗓音却越发沙哑起来：“我只是，想让你不要走得太远，等我去找你。”

谢昳的呼吸停滞，浑身都僵住了，她原以为那“你”字开头的一句话必定是一句不入耳的咒骂，直到今天，她才恍然发现，那后头跟着的，竟然是这般委曲求全的恳求。

她仿佛看到那天倾盆大雨之下，浑身湿漉漉的少年握紧了拳头，一双眼睛通红，绝望又无可奈何。他不知道自己为什么被放弃了，只知道说尽了好话，她却依旧绝情，他知道，或许这一次真的无法挽回，于是，他退而求其次，最后一次放下尊严哀求她——

“你不要走得太远，等我去找你，我会去找你。”

或许他还抱有一丝侥幸，或许等到某一天，他去找她的时候，她的气已经消了，想通了，就会愿意回到他的身边。

可惜，他没有等到。

她说完分手后，干脆决绝地出走，横跨了半个地球，毫不留情地将他甩在了身后。

谢昳只觉得心里酸疼到无法言语，恍惚间，竟然不知道当时那响彻的雷声是幸还是不幸。如果当初没有响那声雷，如果她听到了那句话，或许她会不顾一切地转过身，把之前的绝情全部推翻，转过身去拥抱他。

如果是那样的话，他们现在又会是什么样？

不待谢昳开口，江泽予低下了头，满眼的颓唐。

他的声音哑得不像话，时隔五年，当初撕心裂肺的疼痛消退，只剩平静："可三天之后，你就去了美国。谢昳，你问我恨不恨你，我怎么可能不恨你？那个时候……我连机票都买不起，你让我怎么去找你？"

他全部的积蓄都用来买那个被她随口提了一句的包了，所以，当初她离开他的时候，他身无分文。

谢昳听到这声质问，只觉得五脏六腑都移了位，心脏骤痛间，竟然不知作何回复。

她一直知道是她辜负了他，可她似乎还是低估了他当时受伤的程度，她低估了曾经的那个少年有多喜欢她。

她自欺欺人地安慰自己，没关系，谁还没有为情所伤的时候，他不是挺过来了吗？他现在过得那么好，他成了人上人，活成了应该有的样子。

她没有做错。

很久之后，江泽予收起了所有的情绪，淡淡地说了一句："所以，我没有去找你。"

我宁愿我没有去找过你。

谢昳心尖发疼，恍恍惚惚地"嗯"了一声，她难过得再也说不下去，想抬手按一按酸涩得厉害的双眼，却忘记那手被他牵着。

江泽予敏锐地感受到她想把手抽走的意图，一瞬间，刚刚平复下来的呼吸又重了几分，他的五指紧紧地穿插在她五指之间，向里收紧，死死地握着不放开。

他做完这动作，他又抬起头注视着她，尽管什么都看不到，但那双失神的眼睛依然固执地看着她所在的方向，像是在控诉她想要在这样的困境里再次抛下他。

谢昳知道他是误会了，立马又牵住他：“我不走，灯亮起来之前，我会陪着你。”

可身边极度敏感的人抓住了她在字里行间设下的陷阱，言辞犀利地质问：“那灯亮之后呢？”

——灯亮之后，他们俩便是不再有牵扯的两个人啊。

谢昳在心里回答的同时，心狠狠地抽动了一下，还没来得及编个谎话应付他，那长廊两侧墙壁上嵌着的许多盏壁灯同时发出“嗤”的细微声响，又在电光石火间闪了几下。

几秒钟后，灯亮了。

不远处的宴会厅里再一次传来众人的惊呼声，有人从宴会厅门口探出头来，想看看楼里的通电情况，甚至有那么一两个人已经走过了半个长廊，脚步声几乎就在她耳边。

谢昳的心脏“扑通扑通”地跳起来，血液涌上了大脑——他们站在走廊拐角牵着手，刚刚熄了灯，不会有人乱走动，可现在难以保证。

何况，酒店外面还有一群没来得及离开的记者，发布会上停电算是个不大不小的新闻，他们或许也会再次进来。

——绝对不能被看到。

谢昳动了动五指，急切地想松开身边人的手，可他偏偏要在这个时候刁难她，用了些力气，握住她的手不放。

随着灯光变亮，眼睛适应了几秒钟后，江泽予慢慢恢复了视力。他看着谢昳漂亮的面孔，黑色长裙衬出的莹白色肌肤，以及那副急着要和他撇清关系的模样，略带讽刺地勾了勾嘴角。

“怎么，这就是你的回答？灯亮了，你就翻脸不认人了？谢昳，我就这么见不得人？我要是不想放开，你能有什么办法……嗯——”

他喋喋不休的唇被封住，攥紧了的手在震惊与惊慌失措中骤然松开。

他闭上眼，在神志彻底沦陷前想，她果然还是有办法的。

窗外月光凝滞，树影婆娑，楼道里壁灯耀眼，墙上那幅中世纪风格的油画色彩浓郁厚重，谢昳像许多年前那样，努力地踮起脚吻上他。

终于，这轻柔又仓促的吻作用巨大，所有的喋喋不休与声声讽刺，统统在这一刹那骤停。

男人的呼吸乱了，紧紧攥着她的手慌乱地松开，他皱着眉头，睫毛轻眨着，似乎是认命一样闭上了眼睛。

谢昳抽回手，脑海中却不禁想起他们之间的初吻，也在满是喧嚣的场所，在一个没有人的角落里。

两人刚在一起的时候，江泽予着实真诚，每天都乖乖听她的话，一大早就到她家公寓楼下接她去上课，晚上送她回来。他履行了男友应尽的义务，却不索求权利——他就连牵手都觉得是亵渎了她，更别说亲吻。于是，在一起两三个月，两人竟然还未亲吻过。

大一下学期，考完最后一门课程，自动化系组织了活动。韩寻舟当时刚刚和上一个男朋友分手，转眼又看上系里一个打篮球很帅的男生，非要拉着谢昳和江泽予一起去参加活动。

包厢里有二十几个人，都是一群刚刚考完试放飞自我的S大学子，众人一边唱歌，一边玩桌游，气氛很嗨，除了中间出了一个岔子——

韩寻舟当着众人的面，直接向那个男生告白。男生愣了好久，整张脸涨得通红，最后也没能说出个所以然来，慌不择路地跑了。

韩寻舟也不伤心，眨眨眼睛继续唱歌，还就着舞曲，跳了一支桑巴，很快把气氛搞到火热。

在众人疯狂的起哄声里，谢昳走出包间，却发现走廊对面站着个人，是贺铭。他背靠在墙上，手里夹着支雪茄，任它一点一点燃烧成灰烬。

雪茄不是什么稀罕物，谢川做生意压力大时偶尔会抽上一两支。可谢昳从来不知道贺铭会抽烟，他们这个年纪，能有什么难以排解的心事呢？

谢昳来不及细想，以为他是参加另一个局，恰巧遇到，于是冲他点点头。

他和韩寻舟没了关系，和她自然也就没什么太大的关系。

可经过他身边的时候，谢昳忽然听到他问了一句："她……"

谢昳回过头，见贺铭眼睛泛红，他摇了摇头，把那还在燃烧着的雪茄往手心一揉，冲她礼貌地点点头，然后头也不回地走了。

谢昳这才回过神来是怎么回事。

她心下唏嘘，却并不太同情他，之前提出退婚的是他，现在站在KTV包间门口眼睛发红的也是他，男人的心真是海底的针。

不管怎么说，在KTV表白，韩寻舟可真是个人才。

然而，当谢昳从洗手间回来之后，才发现S大绝对是个人才济济的地方。

或许是受到了刚刚那一幕的激励，系里的另一个男生温正奇竟然鼓起勇气向谢昳表白了，而且还现场拿出一封情书要读给她听，谢昳都怀疑他是不是每天把那封情书随身带着，只等找到机会就念。

刹那间，包间里的二十多个同学都沸腾了，大声起哄给他打气——谢女神名声很响，但从开学到现在，除了有人在私底下写情书，大庭广众之下向她表白的，这还是头一次。

谢昳扶着包间的门，有些无语地听着那念得抑扬顿挫、文采飞扬的情书，眼神却直直地看着坐在包厢沙发一角的江泽予，气得嘴角轻颤。

要不是他一直只是坐在她身边，不牵她的手，也不抱她，再加上平时他对她也礼貌克制，怎么会给其他人她还是单身的错觉？

谢昳看着他沉默不语的模样，心里有一点儿失望，只觉得这个人就是个闷葫芦。当她回过神来，想打断温正奇的表白时，发现江泽予不知什么时候走到了她身边。

KTV里，五彩斑斓的灯光打在两人脸上，他伸出一只胳膊紧紧地搂着她的肩膀，低下头看着声情并茂念情书的温正奇，勾了勾嘴角："怎么，你想挖我墙脚？出去打一架。"

温正奇念情书的声音骤停，包厢里也随之爆发出一阵更加热烈的惊呼声，众人都被这一幕闪瞎了眼——这是什么意思？挖墙脚？他还搂了她的肩膀？她竟然没推开他？

谢女神竟然和江泽予在一起了？什么时候的事？他们怎么不知道？

吃瓜群众的八卦之心熊熊燃起，然而，包间里还有几个男生对谢昳有点儿想法，看到这一幕，不禁目眦尽裂。

可不论众人怎么想，江泽予自顾自搂着谢昳的肩膀，宣示主权般把人往怀里护，稍稍低头俯视着眼前比他矮了半个头的温正奇。

两人对视了半分钟，温正奇讪讪地笑了一下，躲避开那目光，哭丧着一张脸把情书折起来放回口袋，神情尴尬："咳咳，谢女神，你和江……你们在一起啦，我都不知道……那个，我一会儿还有事，打架就不……"

江泽予点点头，没听他说完，便搂着谢昳的肩膀出了包间。他走得很快，抿着唇把人拉进旁边一个空着的包间里，神情平静，呼吸声却沉重。

谢昳还未反应过来，便觉察出他重重地带上门，然后将她抵在了门后。

包间里空无一人，也没有开灯，昏暗的环境中，隔音却好，其他房间的搞怪嘶吼和深情对唱，在他们这里统统听不到。

谢昳的心脏怦怦地跳动着，她捕捉到少年暗沉的眼睛。

他看了她许久许久，久到谢昳都忍不住出声提醒："你要干吗，舟舟还在包间里，我一会儿还得——"

她话音未落，他便偏过脑袋，强硬又温柔地压下来。

潦草又生涩的初吻带来尖锐的疼痛，几分钟后，他伏在她耳边克制地喘气，他忽然低低地说了一句："昳昳，你已经有我了，不会答应别人的，对不对？"

原来刚刚，他在包间里面对温正奇的时候表现得那么强势，其实内心却是忐忑又无比担忧的。他怕她会像和他在一起的时候一样，随意地答应别人。

谢昳的心里生平第一次泛起了关于爱情的酸，那种心尖酸痛的感觉，让她忽然正视起这段感情。在这段感情里，她随意地开了头，可他是用整颗心，表示了重视与虔诚。

"嗯，我不会的。"

谢昳在黑暗里抬起手，轻轻抚上少年冰凉的脸，而后踮起脚凑了上去。

她得给他一点儿安全感。

第五章
你哭什么

几年后的这天，豪华酒店的长廊一角，当初穿着公主裙的姑娘，此刻身着大露背的绸缎礼服，化着精致完美的妆；而当初那个穿着单薄T恤的少年，此刻西装革履，已经是万众瞩目的模样。

一样的吻，一样的角度，回忆漫长，可其实整个过程不过几秒钟，男人的手在怔忡与慌乱之中很快松开，谢昳飞快地离开他，提着裙摆便跑，还不忘丢下一句："你待在这儿，我让你的秘书过来。"

江泽予愣神了许久，后知后觉地伸出手，却连她的衣角都没有够着。

谢昳已然提着裙子跑过长廊，正好遇见往这边找来的成志勇，她冲他礼貌地点点头，语速飞快："江……江总在走廊那头，他腿受伤了，你过去接他吧，我还有事，先走了。"

谢昳一路跑到晚宴厅门口，四处张望着，没看到她的助理周伊，却看到了一旁闲着没事儿的林景铄。他正走到门口，像是要打算离开的样子，看到她，眼睛蓦地一亮："Sunny，你刚刚去哪儿了？这晚宴太无聊了，我打算回酒店了，你呢？"

谢昳放下被发型师绾在脑后的头发，遮掩滚烫的耳尖，她的心脏此刻还在剧烈跳动着，伴随着轻微的耳鸣。

闻言，她猛地点头："嗯，正好我也要走，你能不能带我一程？"

还不待林景铄答应，她便拽着他往门外走，看那急匆匆的模样，仿佛身后有恶鬼在追她。

林景铄一愣，被拉着匆匆出了门，不由得回头看了一眼她刚刚跑来的方向——只见长廊尽头，缓步前行的男人腿脚似乎略有不便，又或许是脸上受伤了，他伸着一只手，轻轻地按在嘴角。男人的目光幽幽地盯着他们，骤然冷了好几度。

林景铄被他那目光看得心中一凛，一路头皮发麻地跟着谢昳走到停车场，直到坐上车，才慢慢地回过神来。他转过身，看向满脸通红的女孩子，没好气地说："Sunny，那个人是他吧？"

谢昳坐在车里，心中充满了懊恼与慌乱。她的精神仍然有一些恍惚，闻言抬起头，神情茫然："什么人？"

林景铄翻了个白眼，重复了一句："五年前，在威尼斯海滩上，让你哭了一整夜的那个人，你的初恋，是他吧——择优的CEO，江泽予。"

谢昳还沉浸在刚刚的情绪中，面颊绯红滚烫，她按下车窗，借车窗外的风降温。

谢昳闻言一愣，方才降温的侧脸又升腾起红晕，好在脸上化的妆足够厚。

"为什么这么说？"

林景铄摊手道："男人的直觉。"

谢昳看着他，发现那双桃花眼里只有纠结，没有疑问，她由此判断出，他在说这句话的时候内心已经十分笃定，自己再否认只会显得欲盖弥彰，于是把车窗再度按下几分，声音很低地回答："是。"

他是她的初恋，至今还在她心里住着的初恋。

林景铄倒吸了一口气，只觉得这世界有些荒诞，但这荒诞里，又透露出些合理来："难怪……我当时就在想，是什么人物，才能让这么漂亮的姑娘为他痛哭一整夜，如果是江泽予的话，那倒是情有可原了。"

这次他倒是没有用错成语。

五年前他去出差，在酒店赶杂志最新一期稿子的时候，没有一点儿思路，便穿着条沙滩裤跑去了酒店附近的威尼斯沙滩，想找点儿灵感。

这期的时尚主题是初恋。

他的目的十分明确，所以，在那沙滩上自然地搜寻着特别的素材。两分钟后，海岸边一棵高高的椰子树底下，光脚坐着的亚洲女孩儿入了他的眼。她年轻漂亮，满脸的泪水和哭晕的妆让他内心无比激动，这女孩子肯定有故事，这不就是天降素材？

林景铄当即毫不犹豫地走过去搭话，装作一副过来人的样子，表面是训斥，实则是为了套故事。

谁知道那女孩儿的口风紧得很，聊了大半个小时，他除了知道她是受了情伤，竟然什么都没套出来。

他讪讪地起身要走，可见她哭得实在是伤心，于是没忍住，劝了句："抛弃你的人，你还想着他干吗？有这工夫哭，不如换个男朋友。"

女孩儿忽然就抬了头，带些傲气的眸子盯了他几秒钟，笑着抹了把眼睛："我不是被抛弃的那个。"

林景铄噎了一下，摊手道："那就更没道理哭了啊？"

女孩儿的眼睛红红的，散着头发，显得有些狼狈，但说话的时候很沉静："中国有句老话，不知道你听过没，伤敌一千，自损八百，我们这是……两败俱伤。"

听罢，林景铄挑眉，又坐到她身边："我大概明白了。但你们中国人的想法实在是奇怪，既然两边都伤了，又为什么要这样呢？这不符合利益最大化原则啊。"

女孩儿漂亮的脸蛋上挂着晶莹的泪珠，说道："感情上是两败俱伤，但别的不是啊，没有我，他只会过得更好。"

见他没听懂，她给他出了个选择题："选项一，一世艰难，路途险阻，空有才智却无的放矢，或许一辈子都没法出头。虽然感情上算顺遂，但你女朋友的家里根本不会同意你们在一起。选项二，虽然感情不顺，但这社会对你没了桎梏，大可放手一搏，去追求自己想要的自由、财富，还有地位。"

她平静地说完，转过头来问他："如果是你，你选哪个？"

彼时，林景铄对于认真谈恋爱的概念还相当模糊。

他看了一眼自己身上那件 Kenzo 的 T 恤，还有那条看着邋遢实则昂贵的沙滩裤，毫不犹豫又十分诚恳地做出了选择："第二个。要是没有钱，我可能会死。"

女孩儿听完笑了，一边笑一边哭，喃喃重复："是吧，你看，是个人都会这么选，我就说我没有做错吧……"

回忆至此，林景铄"啧啧"了两声，桃花眼一眯，朝谢昳摊手："你这回可欠我一个大人情啊，刚刚江总看我的眼神，实在是不友好。"

谢昳笑得勉强，只叮嘱了一句："这件事，还希望你能保密，毕竟我和江泽予的事情已经过去好多年了，只不过是不值一提的陈年往事。"

林景铄闻言点头，手指头在后座的真皮扶手上敲了敲，他回想了一下江泽予刚刚的眼神，心里有了些判断，于是忽然出声："Sunny 啊，我觉得你犯了个很严重的逻辑错误。"

谢昳有些跟不上他跳跃的思维，问道：“什么？”

林景铄转过身看她，戏谑的桃花眼里难得满是诚恳：“我从小在美国长大，家境富裕，生活奢侈。还有，我从十二岁那年开始，交过的女朋友到现在少说有七八十个，还不算那些约过几次会没有结果的。但是你的初恋情人，他和我完全不同。”

谢昳不明白他说这话是什么意思，皱着眉等他的下文。

“所以……”林景铄眨眨眼睛，切入主题，“所以，五年前，你给过我两个选项，问我怎么选，那是完全没有意义的。你的选项里涉及金钱观和感情观，我和他都不一定相同，那么，我的选择当然和他的也不会相同。你用我的想法，或者用旁人的想法来印证自己的决定是否正确，实在是很不明智——你想知道答案，不如自己去问他。”

他没有再往下说，但心里明白，刚刚江泽予那个复杂又疼痛的眼神告诉他，她多半是做错了。

经过短暂堵车后，车子驶入旁边一条空旷些的马路，加速的同时，窗外的风猛地灌进来。

谢昳第一次听到这样的话。她在那一瞬间，头皮发麻，五年来坚信的东西忽然有了动摇，那动摇让她的心脏疼得快要爆炸，所有的坚持和付出都好像忽然就没有了意义。

谢昳只觉得耳膜剧痛，耳鸣声盖过了周遭一切，于是，直到车子开到她家公寓楼下，她都没有再说话，甚至上楼的时候，她的腿都软得不行。

很快到了十九楼，她从包包里翻出公寓钥匙，抖着手去开门，可钥匙插了好几遍，都插不进钥匙孔里。

谢昳深吸了一口气，用左手轻轻托住右手腕，才顺利开了门。她开门进去，瞬间犹如失力一般瘫坐在地上。

是她错了吗？如果他知道真相，知道她这个选择背后的意义，他难道会宁愿一辈子都出不了头，永远受到不公平不公正的待遇，也要和她在一起？

可是她不忍心啊。

她怎么可能忍心呢？

大三那年暑假快结束的时候，江泽予送了她一条手链，说是用奖学金给她买的礼物。她那时候根本不知道是骗她的，他哪里能拿到奖学金？他的档案里有污点，就连最最普通的实习工作都做不了。

当时，她每天开开心心地戴着那条手链，直到有一天，她偶然在学校附近的一家商场看到他在帮忙运货。

少年戴着一顶素色的棒球帽，黑色的T恤上沾满了灰尘。他面无表情地把一箱一箱的商品从卡车上搬到仓库货架上，来回往复，机械地搬了一趟又一趟。

廉价的货物，廉价的劳动力，他满脑子的学识丝毫派不上用场。

谢昳看到那一幕的时候，脑子里一片空白，她忽然意识到，对他来说，赚钱是多么多么不容易的事情。

她无措地在那路口站了十五分钟，看到他搬完第三趟，搬第四趟的时候，少年手里托了两箱极重的货物，可卡车上的人忽然又推了一箱到那两箱货物的顶端。

突如其来的重量让他猝不及防地踉跄了一下，膝盖猛地点地。他咬着牙站起来，腿上肌肉激烈颤抖，可脸上的神色依旧未变。

车上那人见状，轻飘飘地说了句："抱歉抱歉，搬快点儿吧，半个小时，搬不完可就不是说好的工资了。"显然是拿准了他缺钱。

谢昳当时心疼到了极点，简直想冲上去狠狠地甩那人一个耳光，可摸到自己手腕上的手链时，又血液倒流，浑身发冷——一条手链，他起码得搬一个暑假的货才能买到。

还有，大四上学期，系里的保研名单出来，她破天荒地去敲了辅导员的门，拿着那张保研名单质问他，为什么江泽予的成绩是系里第一，却没有保研的资格？

辅导员冷漠又嫌恶的眼神让她记忆犹新，她到如今还觉得如鲠在喉："谢同学，保研看重的不仅仅是成绩，还有思想品德。你不知道江泽予有过案底吗？这样的人怎么可能保研？"

她张着嘴，无力地和他辩驳："当初那件事情本来就没有直接证据，您怎么知道他……"

可这次，辅导员压根懒得听她说完，耷拉着眼皮，不耐烦地道："你和我说有什么用？我又不是法官，法院都判了，还能有什么问题？谢同学，谈恋爱不能没脑子。"

从那以后，谢昳一句话都没有再替他辩解过，她知道，说那些没有用。

这样的事情发生了太多次，她眼睁睁地看着他所遭受的一切，感受着他木讷冷清背后承受的所有痛苦，她终于难以承受。

毕业的时候，谢昳去翻了江泽予的档案，才知道他当年是北都城的高考状元。

他原来是那么优秀的一个人，现在却活得艰辛落魄，不论是谁提到他，除了鄙夷，便是唾弃。

他们到底凭什么呢？她又到底怎么才能忍心？

谢昳拿着那份档案去找了谢川，她生平第一次跪在他面前，求他帮她查一查。

是她做错了吗？

她没有错啊，她……没有错，她只不过是想让她心上的人能够照到太阳。

就在这时，谢昳的手机忽然响了一声，打破了满室的沉默，她按着发涩的眼睛，将手机从包里拿出来，一脸怔忡地看着那条短信："谢昳，你刚刚……是什么意思？"

她用手指头一个字一个字地摸过去，心下揣摩着江泽予发这条短信时的表情，是恼羞成怒？是不解还是怨恨？

她的脑海里忽然响起了Max刚刚的话——你想知道答案，不如自己去问他。

她抖着手点开短信想回复，但只敲到"如果"两个字，便再也敲不下去。

她把手机塞进包里，低着头抱着膝盖。她的露背礼服还没有换下来，冰凉的大门贴着后背，丝丝寒意蹿遍全身。

现在再问又有什么用呢？

和当年不同，这件事情，现在牵涉得太多，周家、谢家、她，还有江泽予，哪里是她一个人能够做出什么选择的？

距离YR和茶话会的联合新品发布会过去了一个星期，今年YR集团中国区主题代言人正式官宣，男主角是最近风头正盛的偶像岑宁，模特出道，气质冷淡，凭借前几个月爆火的偶像剧男一号的角色迅速走进大众视野。

岑宁能拿下YR的代言人，可以说是实至名归。

然而，令人瞠目结舌的是，和他搭档的女主角竟然是茶话会签约的一名时尚博主，虽说常年出现在时装周和各大时尚杂志，但和娱乐圈八竿子都打不着。

谢昳在时尚界的名气虽大，可时尚圈子毕竟小，关注的人不算多。对于很多网民来说，她不过是个不知名的十八线网红，这不，一官宣，谢昳的微博下便全是岑宁的粉丝留言了。

“哪里来的十八线网红，蹭我家宁宁的热度，能挤掉这么多明星，肯定是走了后门吧。长得这么明艳有攻击性，脾气一看就很不好……什么叫攻击性，那叫气场，气场！ Sunny 姐，这些人太过分了！”

谢昳正在写视频脚本，闻言推了推鼻梁上架着的眼镜，手速飞快，边打字边说：“知道过分你还看？这不是自讨没趣吗？”

周伊锁上手机说：“我不看了，我要画个圈圈诅咒这些人出门摔跟头，被鸟屎砸到。”

说罢，她闷闷不乐地把话题转移到工作上：“Sunny 姐，你电脑里的那个视频，我刚刚在几个平台上都上传了，我看到你的文件夹里有一个之前录好的旧版本，需要剪辑成花絮吗？”

谢昳听到她提起旧版本，神经登时紧绷：“不用，咳咳……那个版本你不要打开，是我喝醉的时候录的。”

周伊没有在意，“哦”了一声。

想到刚刚上传的完整视频，她一改方才的丧气神情，托着腮帮子，眉飞色舞地八卦起来：“Sunny 姐，你真的打算在今年年底之前找到男朋友啊？还是要阳光帅气幽默的那种？”

谢昳听到她的问题，不禁一愣，才想起来，因为在当时征集的问题中，有好多粉丝在关心她的终身大事，甚至有几个在线给她相亲的。于是，她便在视频里许了这么个新年愿望。

当时她就是随口那么一说，并没有当真。

谢昳抬手按了按嘴角，一周之前，那个在她大脑短路之下发生的短暂仓促的吻，除了江泽予发的一条短信，再没有了后续。

下午五点钟，谢昳摘掉眼镜，按了按酸涩的眼眶。她从工作室出来，恰好接到韩寻舟约她喝咖啡的电话。咖啡厅离公司不算远，打车也就需要二十分钟。

谢昳遵循习惯，点了一杯意式咖啡，端着咖啡杯坐在靠窗的吧台边。

十一月中下旬，北都的温度已经到了零下，街道上除了飞驰而过的车辆，只有寥寥几个行人裹紧了外套顶着呼啸的大风前行。

离约好的时间还有十多分钟，谢昳按照惯例从手提袋里拿出笔记本电脑，搜索着周家的新闻。周家这两年着实低调，除了上个月投资了一家新兴互联网企业的新闻，竟然没有任何消息。

谢昳皱了皱眉，正想再搜一搜相关的经济论坛，便听到咖啡厅的玻璃门被推开了。

她抬眼，姗姗来迟的韩寻舟愁眉苦脸的模样撞入眼帘。

韩寻舟穿着件简单的白色棉袄，下面配了浅色牛仔裤和尖头高跟靴，一身浅色却衬得她肤色黝黑，好在她个头小，一张脸只有巴掌大，五官又生得极为可爱，整体看起来，还是蛮顺眼的。

她浑不在意地抬手，嘟着嘴拉开椅子在谢昳身边坐下，瞥了一眼吧台上的那杯咖啡，嫌弃道："昳昳，你怎么总喝些苦不拉几的玩意儿？这一小杯下去，我能清醒到明年。"

谢昳不甚在意地分三口把一杯浓缩咖啡喝完，混混沌沌的大脑瞬间清醒了几分，说道："那是你没喝到好的，做得好的意式咖啡浓香醇厚，你还没感觉出来苦，咖啡的浓郁香气就充满口腔了，和红酒同理，这家就不错。"

说完，谢昳也不免觉得自己真是好笑，这五年来，她夜里得靠酒精帮助才能入眠，白天则靠意式咖啡保持清醒，人活成这样，真的是再讽刺不过了。

"再好喝也比不过——"韩寻舟听罢，无所谓地摊摊手，都懒得起身，侧过身冲吧台那边招手，"服务员，要一杯摩卡，我要加双份糖。"

咖啡还没上，谢昳打量了韩寻舟一眼，那天晚上在酒吧，光线不足，她还没有察觉韩寻舟黑得这般分明，于是促狭地笑道："你现在这个肤色，实在不适合愁眉苦脸。我猜，人家黛玉妹妹葬花的时候，大概都没有晒黑成你这样。说吧，什么事儿让你不开心了？"

韩寻舟闻言，哀哀低呼："这不是在愁找不到工作嘛。我研究生毕业后只上了三个月的班就去了非洲，在那里一待就是两年多，履历上几乎是一片空白，最近投的简历全部被拒了。去应聘初中老师，别人都不要我。我好歹也是S大本硕连读的高才生好吧？"

看着她那副模样，谢昳简直想笑，她指了指被韩寻舟随意搁在桌子一角的爱马仕菜篮子，说道："就算找到工作，哪家公司能给你每个月开一个爱马仕的工资？"

韩寻舟一噎，连忙为自己辩解："那不一样，包包是包包，工作是工作。昳昳，我需要社交！现在整天待在家里，我都快成个黄脸婆了。还有，你都不知道，贺铭太过分了，每天一下班就回家，早中晚给我打电话查岗，我都不知道我是嫁了个老公，还是找了个监护人。"

谢昳闻言，翻了个白眼："你家贺律师肯在事务所业务最关键的阶段抛下所有，陪你在乌干达待上大半年，你就知足吧。”

韩寻舟听到这儿，唇边不自觉浮出笑意来。她自知理亏地吐了吐舌头，为自己不经意间秀的一把恩爱冲谢昳讨好卖乖。不多时，摩卡送过来了，她把咖啡推到自个儿面前，眼睛眨动间，正好瞄到谢昳的笔记本电脑还亮着的屏幕。

“周家？”韩寻舟抿了一口摩卡，含混不清地咕哝，“昳昳，你查周家的新闻干吗？”

谢昳利索地合上电脑，面色平静地道：“没什么，刚刚收到个乱七八糟的推送消息，好奇，就搜了一下。”

韩寻舟毫不怀疑地“哦”了一声：“说到周家，我记得周子骏初中的时候还追过你。现在想起来都让人毛骨悚然，这个人渣。我听说，他高中的时候祸害了不少女孩子，但就因为他是周家人，没有一个人把他告成功的。”

“是吗？我不太记得了。”

谢昳不太想谈这个话题，但又不好表现得太明显，而韩寻舟果然也没有察觉到，说道：“怎么就不记得了，好像是咱们初三那年？他不是还约你出去玩吗，我那天生病请假了，收到消息的时候急得不行，幸好后来你没事儿。你是两耳不闻窗外事，我可是门儿清，那小子，从小就是个坏坯子。”

谢昳听到她提起那件事，心中一凛，勉强回答了一句：“是啊，幸好。”

其实从那个时候起，她就知道周子骏是个人渣，“人性本善”这个词，在周子骏身上似乎是行不通的。当初，她以为周子骏追过她的那件事情便是他们之间唯一的交集，可没有想到，后来，命运会给她开那么大的玩笑。

谢昳的心里被搅得很乱，下意识拿起搅拌棒敲了敲杯沿。

好在韩寻舟不再纠缠这件事，迟疑片刻后开口道：“对了昳昳，你知道……江泽予的眼睛怎么了？我妈不是得了白内障嘛，前几天，我陪她去医院检查，在眼科看到了江泽予和他的秘书。”

“我敲门的时候，听到医生说他眼睛的情况在恶化，建议他之后几个月都减少用眼的频率，最好是住院观察，还提到了之前做过手术什么的……后来我偷偷问了他的秘书，他不肯透露具体病情，只说之前几年一直是请的私人医生，但那医生回美国了，所以才到医院看。”

谢昳心里“咯噔”一下，登时想到些许被她忽略的细节。

上周在晚宴现场，灯光熄灭的时候，江泽予和她解释过，他只不过是用眼过度造成的眼疲劳，那时候，他的表情和语气太自然了，以至于谢昳根本没有怀疑。

可现在想来，处处都透露出不对劲。

如果只是像他说的用眼疲劳，那为什么在灯熄灭的一瞬间，他的秘书会那么着急？而且，在她找到他的时候，他的模样分明是完全看不见的，那种程度，可不是简单的眼疲劳能解释的。

“你在哪家医院看到他的？”

“同仁。”韩寻舟喝了口咖啡，接着道，“不过，我听江泽予的秘书说，他很不喜欢医院，可能会选择回家疗养……江泽予前两年买了别墅，和你们家在一个小区，你也很久没有回家了吧？”她说完，语气难得有些认真，“昳昳，你真的打算和他老死不相往来吗？我觉得你们之间，明明……”

明明就还有感情啊。

谢昳沉默了一会儿，用搅拌棒的另一头敲了下她的脑门：“喝你的咖啡。”

晚上，谢昳回到家，发消息找周伊要了之前在晚宴上她提起的那个贴吧的链接。

周伊大概是那个贴吧的常客，收到消息后，她火速找到了链接发给她，还附带一句遇上知音般激动无比的话语：“Sunny 姐！没想到你也入坑了，以后咱们一起嗑啊！”

谢昳回复了一个“捂脸”的表情，抱着笔记本电脑坐在沙发上，点进链接，聚精会神地翻起来。

这个贴吧是江泽予和纪悠之的 CP 吧，点进去之后，弹出来的那些不忍直视的标题让她的嘴角猛地一抽，简直想赶紧关电脑。

谢昳忍着抽痛的脑壳，努力让自己忽略那些不堪入目的内容，一页一页地往下翻。大概翻了十页，才找到周伊昨天提到的那个透露江泽予视力问题的帖子。

标题是：江神的视力受损竟然是真的！亲眼所见！

谢昳不禁坐直了身子，犹豫了一会儿才点进去。

楼主自称是择优的一名程序员，一上来便道出了事情的原委。

其实，在我们公司里，早就有传言说江神双侧视力受损，不过大家都当作无稽之谈，毕竟，江神平时工作那么忙，从来没有因为身体问题请过假。但那次我亲眼见到的一幕，让我不禁觉得，他好像真的有点儿不对劲。

那天是周末，我有份文件落在公司里，只好回去拿。没想到，恰好老板专用的电梯坏了，于是，我有幸和江神搭了同一班电梯。当时，电梯里只有我们两个，我站在他的右后方，正在疯狂地看江神的侧脸，他忽然转过头和我说话了。

我当时太紧张，没听清他说了什么，他就重复了一遍“能否请你帮我按一下十七楼，谢谢”。题外话，江神的声音真的超级有磁性！我当时整个人都傻了，愣了一会儿后乖乖按照他的要求按了十七层的按钮，但按完忽然觉得很奇怪。明明电梯楼层的按钮就在他手边，而我是站在他的右后方，要按那个按钮，得越过他。他的请求根本不符合逻辑啊。

还没等我想明白，我要去的楼层就到了，我下电梯的时候回头看了一眼，就看见江神靠在电梯墙边，一只手盖住眼睛，一副很疲惫的样子。我后来思前想后，觉得这件事情只有两个原因，要么是江神在撩我（呸），要么就是……他的视力有问题。

帖子下面的回复很热烈，也有几个人说了和楼主类似的经历，一个个都讲述得绘声绘色、真假难辨。

谢昳心下一紧，合上电脑，坐在沙发上发了一会儿呆。客厅墙上的时钟“嘀嗒嘀嗒”地走，然而，一刻钟过去了，她的心情丝毫没能平静下来，越想越慌乱。

他似乎真的没有她想的那般过得很好。

谢昳想到这种让她难以接受的猜测，无措地咬住了唇。

她抖着手拿出手机，对着短信的输入框编辑了又删除，再编辑，再删除。

“江泽予，你的眼睛怎么样……”

“江泽予，你上次说视力疲劳，是不是在骗我？”

有那么多想问的，她却前瞻后顾、举棋不定，最后一条短信都没能发送成功。

两分钟后，谢昳泄气地把手机搁在茶几上，无力地抱住了膝盖。

她觉得自己像是拼命地捧着一捧昂贵的珍珠，浑身僵硬地捧了五年，但不知道从什么时候起，她的手指间忽然就漏了一条缝。

那些珍珠一颗颗顺着缝隙往下坠，噼里啪啦地砸在地上，可她不敢松开手去寻找，生怕一松手，余下的珍珠也全部落地，于是，她只好瞪着通红的双眼，直到目眦欲裂、肝肠寸断。

第二天一早，雾霾遮了大半边天，凄惨的晚风里，街道上的一切都发灰。

谢昳裹得严严实实，坐进出租车里。

“姑娘，去哪儿？”

“碧海云天。”

因为戴着口罩，呼吸有一点儿困难，谢昳小口小口地喘着气，心里也有一些忐忑。

她在碧海云天长大，里边有谢家，现在也有江泽予的家，可这两个都不是她应该去的地方。但她实在是没有办法，她得去见他一面，确认一些事情。

同一时刻，碧海云天东南角一处宽敞豪宅，三楼书房里。

和别墅豪华的外观不同，书房的装修非常素雅，作为主色调的灰色、米色和白色几乎占据了整个空间的百分之九十，落地窗前却有两片粉红色窗帘，显然和整体风格有些格格不入。

书房一侧有张巨大的书柜，占据了一整面墙，上头摆放着好些专业书籍，还有形形色色的杂书，从打发时间的悬疑小说，到哀哀切切的爱情作品，统统齐全。书桌上摆放着一个地球仪，旁边搁着个医学人体模型，白色的骨架在冷色调的空间里更显森冷。

江泽予坐在书桌后大大的实木椅子里，闭着眼睛发了会儿呆。

今天是周六——她每周五更新视频。

他蓦地睁眼，把医生让他少用眼的医嘱抛之脑后，戴上眼镜，打开书桌上的电脑，轻车熟路地点进 B 站。

和那些人不同的是，他的关注栏里只有一个人。

那人的头像是一张照片，以洛杉矶的蓝色大海为背景，年轻女孩子穿着吊带裙，神色漠然地站着。再普通不过的姿势，却获得了一众粉丝的吹捧，纷纷称 Sunny 大人是神颜。

江泽予点进她的频道，最新的一期视频是“关于我”，是近期有很多博主会做的主题。

他点进视频。

简短的片头后，女孩子那张冷艳的脸跳出来，神情平静，比平日里见到他时张牙舞爪的模样好了太多。

江泽予推了推鼻梁上的眼镜，眼睛一眨不眨地看完了大半条视频，她挑选的问题大多数很正经，偏向事业、学业、性格和人生经历方面，弹幕纷纷在说 Sunny 大人避重就轻。

视频最后，女孩儿话锋一转，忽然许了个新年愿望：看到后台有很多宝贝关心我的终身大事，借您吉言，希望我在新的一年到来之前，能够找到一个阳光、帅气、有幽默感的男朋友。

——男朋友。

——阳光、帅气。

——有幽默感。

江泽予抬手摸了摸嘴角，“啪”的一声合上电脑，摘掉眼镜，手一挥，扔得老远。

那价格不菲的镜片无辜地从金丝边镜框里脱落出来，倔强地弹了几下，最终被地心引力拽回去，躺在冷冰冰的地板上。

眼镜的主人气笑了，只觉得，人还是要遵医嘱，不遵循医嘱肯定死得早——就算眼疾恶化死不了，气也得被气死。

他正生着闷气，桌上的手机响了。

江泽予低头一看来电显示，神情漠然地接起电话：“公司里出什么事了？”

电话那头，纪悠之翻了个大大的白眼：“我说工作狂大人，你都休假了，能不能别张口闭口提公司啊……我又不是周扒皮，打你的电话只能是让你工作吗？”

江泽予心里烦得很，语气也不好：“有话快说。”

“我今儿吧，还真有件大喜事儿，我和我媳妇儿一会儿去看你，我们还带个朋友一起……”纪悠之似乎往外走了几步，声音放低了许多，神神秘秘道，“就是我上次跟你说的，比谢大小姐好一百倍，不，一千倍的那个，我媳妇儿的闺密，她今儿个刚到北都，这不，我正在机场接人呢。”

心情超级差的某人听到这一堆毫无意义的话，二话没说，干脆利落地挂了电话，留下纪大少爷一人在机场咬牙切齿、骂骂咧咧：“这小子真是身在福中不知福，人家 Meggie 可是留美回来的医学生，专攻眼科的！”

从纽约到北都的国际航班晚点了三个小时。

机场航站楼里，宽敞的到达口，来接机的人们一个个伸长了脖子，望眼欲穿，总算陆陆续续地盼来了这班飞机的乘客。

顾澜一眼就瞄到从玻璃门后面走出来的女人，兴奋得直挥手，随即又回头压低了声音，警告道：“Meggie 虽然喜欢江泽予，但还没到那份上，你不要表现得太明显。”

纪悠之讪讪地点头，只觉得这事儿办得可谓是两边不讨好，说道：“媳妇儿，知道了，我不是合计着她是专攻眼科的高才生嘛……你也知道的，江泽予的眼睛五年前受了伤，虽然做了手术，没有大碍，但这两年工作太忙，眼睛的情况有所恶化。如果他俩能成，医生配病人，那不是正好合适嘛。”

顾澜闻言，带着怒气睨他一眼：“您可真行！你的哥们儿是真哥们儿，我的闺密就是假的了？一会儿去江泽予家，你就当是带了个医生去给他看看眼睛，别给我整那些没用的！”

半个小时后，碧海云天。

趁着顾澜带Meggie四处观赏，纪悠之看着坐在椅子上、从他们进门到现在一直双眼紧闭的男人。

他抬起手在男人合住的眼皮子前晃了晃，压低声音说：“我说，你就算不把人家当女人，当个医生总行吧？人家可是从美国留学回来的准眼科医生，你不睁开眼睛看一看？”

江泽予面无表情地坐着，手指头在实木椅子的扶手上轻轻敲着，一下又一下。

待纪悠之快要沉不住气，他才漠然地来了句：“不好意思，医生让我近期不要用眼，我得遵医嘱。”

纪悠之气笑了，遵医嘱？！前几天还被我撞见你在看谢昳的视频！

他咬牙切齿地来了句：“行行行，你有种，你可千万别睁眼，我让她过来给你看看眼睛的外伤。”

北都十一月末的秋风着实瘆人，阴冷和寒气仿佛能顺着大衣的纤维缝隙钻进来，再穿过皮肤表层的毛孔，直直吹到人的骨子里。

谢昳付了车钱，轻轻推开车门，凛冽的秋风猛地刮过来，吹得她踉跄了几步。她勉强顶着风走到车外，不免暗自庆幸为了防人耳目戴了墨镜和口罩，这会儿倒算得上是无心插柳了。

碧海云天是建于十几年前的豪宅区，和后来开发出来的许多新中式别墅区不同，这里的建筑风格是二十一世纪初比较受众人喜欢的欧式建筑风格，娴静又雅致。

多年没有回来过，小区里却没有太多变化，高尔夫球场与独栋别墅还和多年前一样，在这满目萧条的秋日里，竟然显出了一丝丝春意。

下了车，谢昳正发愁怎么进小区，恰巧看到一辆眼熟的黑色宾利车往小区门口开去，那车子往前开了十来米，不多时，又缓缓地往回倒。

“谢小姐？”成志勇一只手把着方向盘，放下车窗，探出脑袋来，神情有些疑惑，“您怎么在这儿？”

谢昳抬手摸了摸脸上的墨镜和口罩：“呃……”

江泽予聘请的秘书大概是火眼金睛，她都裹成这样了，竟然还能认出来？

成志勇问完，又拍了拍脑袋，一脸恍然大悟道：“哦，您是来看江总的吧？”

谢昳把墨镜往头顶推，露出一双眼睛，咳嗽了两声，含糊咕哝道：“咳咳，不是，我回家，我父亲住在这个小区。”

成志勇闻言，脸上的表情明显很失望：“哦，这样啊，我还以为……我得给江总送文件去了，那……再见。”

说完，他作势要开车走，却听到谢昳又咳嗽了两声，并没有要走的打算：“你……来这儿送文件？江泽……咳咳，江总也住这个小区吗？”

成志勇一愣，半晌，脑子忽然转过来，寻思着，这谢小姐和江总合该是一对，连这股子别扭劲儿都别无二致。

他的眼珠子转了转，一张脸上笑出了褶子：“可不是巧了嘛！谢小姐，您家和江总家竟然在同一个小区。既然路过，要不要和我一起，去他家看看他？”

说罢，他送佛送到西般又递了个台阶：“江总这两天在家养病，成日困在家里，无聊极了。要是有老同学去看他，他肯定会开心很多。”

谢昳的目的达成，假装思索后，从善如流地踩着台阶往下走：“好，那就烦劳您带路了。”

车子缓缓地往小区里头开，却不是去往谢昳熟悉的西北边——谢家的方向，而是去往东南角另一处豪宅。

谢昳担心，一会儿江泽予又要给她放烟幕弹，于是问成志勇：“您知道江总的眼睛到底是怎么回事吗？”

成志勇转着方向盘，慢慢地把车开进那豪宅的庭院，说道：“江总的眼睛受过伤，具体原因我也不知道，我来择优上班的时候，他就已经受伤了，刚接受过治疗。那会儿，他的两只眼睛几乎都不能用，办公也只能听听会议的音频，我都担心他会不会变成瞎子。这件事，公司内部没几个人知道，恐怕只有江总和纪总知道来龙去脉了。”

谢昳捏紧了手心点头，却听到成志勇忽然“咦”了一声。

他把车子开进车库，看着庭院里停着的那辆拉风的法拉利车，咕哝道：“纪总过来了？”

成志勇有江泽予家的钥匙，直接开了门，带着谢昳径直走上三楼，书房的门半掩着，他轻轻敲门：“江总，纪总，我过来送文件。”

听到里面的人“嗯”了一声，他回首冲谢昳颔首，推开了门：“我在路上巧遇了谢小姐，就带……”

成志勇一句话还未说完，便被眼前的场景惊得愣住了。

中午时分，天光大亮，久违的阳光穿透秋天的霾和雾，像柄利剑劈开满城的昏沉。书房左侧整面的落地窗干净得不像话，窗外黄绿相间的高尔夫球场与远处蓝灰色天际相接。

书房里开着暖气，暖到让人能够轻易忘记刚刚外头的凛冽秋风，却似乎依旧忘不掉那寒意。

谢昳抱着胳膊靠在门框上，她没有摘掉口罩，露出的一双眼睛微微眯起，饶有兴致地看着书桌后画面“温馨”的两个人——他们旁若无人般，靠得很近，男人闭着眼仰头，年轻女人的两只手捧着他的脸，鼻尖几乎快要碰到他的脸颊。她的头发肆无忌惮地往下垂，有那么几缕垂在他的肩膀上。

这姿势看起来，仿佛下一秒就要吻上去。

大白天的，还是在书房，倒是好兴致。

谢昳掩在口罩下的嘴角微勾，不再看那边，垂下眼皮数起地板上的原木花纹来。

成志勇刚刚的一句话虽然只来得及说出半句，然而，其中的信息量已经足够爆炸，让原本面对着窗外的纪悠之夫妇俩登时转过身来，也让书桌后一直谨遵医嘱、紧闭双眼的男人蓦地破了戒。

而对“谢小姐”这三个字的分量一无所知的Meggie，不为所动。

江泽予睁开眼，盯着她，一秒，两秒，三秒，他忽然歪了歪脑袋，推开了Meggie的双手，眼神却没离开门口的人。

书房门口，成志勇此番弄巧成拙，亲手造成了这腥风血雨的修罗场，哪里还敢多留，只匆匆地把文件夹放在桌上，哭丧着一张脸告退：“那个……江总，会议的音频文件在这里，您……有空就听，不听也行……我还有事，就先走了。”

说罢，不待江泽予点头放行，他便以老年人竞走的速度，脚底抹油般开溜。

而在书房窗边站着的纪悠之，在短暂的震惊过后，则恨不得抽自个儿两个巴掌。

这都能撞上？

他手抖得洒了大半杯的茶，拼命给一旁的顾澜使眼色，对她心里的猜测表示肯定。

——媳妇儿，你猜得没错，这个“谢小姐”就是那个“谢小姐”，就是江泽予这辈子唯一如梦魇般的“谢小姐”，谢昳！

顾澜狠狠地瞪了他一眼，默契地用眼神回话。

——废话，我能不知道？刚刚还满口遵循医嘱、装模作样的人，现在目不转睛地盯着她，一下都舍不得移开眼，还能是哪个谢？

顾澜看向门口。

谢家的大小姐，美貌冠绝，傲气非常，虽说她从来没见过真人，却听过许多和她有关的传闻。比如，这位大小姐从小冷傲，不爱搭理人；又比如，她做了时尚博主，常常一掷千金，挥金如土；再比如，她让江神心甘情愿、魂不守舍地等了五年。

如今，这位传说中的谢大小姐俏生生地站在门口，虽然只露出了一双眼睛，但顾澜知道，Meggie 大概没戏了。

顾澜叹了口气，把手里的茶杯搁在书架上，走到书桌后面，拉过尚在怔忡间的 Meggie 往外走。经过门口的时候，她轻轻地朝谢昳点了点头，考虑再三，还是解释了一句：“谢小姐，我是纪悠之的妻子，顾澜。Meggie 是我们的朋友，也是位准医生，今天恰巧过来，给江总看看眼睛。”

谁知，她不解释倒也罢了，解释完之后，漫不经心地低头数地板纹路的人倏地抬起眼。

谢昳的手指头不自觉地蜷起来，指甲轻轻刮着手心的掌纹。

她抬起眼睛，仔仔细细地打量了几眼被顾澜牵着的年轻女人。女人的年纪和她差不多，一头乌黑柔顺的长发垂在肩头，眉目清秀，个子不高，一米六的样子，身上穿着一件淡粉色的连衣裙，柔美又素雅。

一米六的个子，粉色，学医。

谢昳眯了眯眼睛，忽然问了句：“你爱看张爱玲的小说吗？”

Meggie 不知眼前这人是谁，闻言，没有反应过来，问：“什么？”

“我说，你爱看张爱玲的小说吗？”

张爱玲？很多女孩子在情窦初开的年纪，都在夜里辗转反侧的时候点亮床头的灯悄悄地读过她的书吧？那大概还算喜欢吧。

Meggie不明所以地点点头，还顾不上多说几句，便被顾澜拉着匆匆下了楼，自然没有听到方才提问的人沉默了很久，而后，她的唇边溢出一声轻笑。

身高一米六，喜欢粉红色，爱看张爱玲的小说，学医。

还真有这样的人啊。

落地窗前，纪悠之面色复杂地看着门口裹得严实的谢昳，原本还纠结着，多年不见，要不要上前去打个招呼，这会儿，见媳妇儿都跑了，便顾不上书房里这两人，忙不迭地大步下楼追人去了。

短短几分钟内，楼下的玄关大门接二连三地响起开门、关门的巨大声响，灰色的风找准了机会，三番五次咆哮着往房子里灌。

阳光正好，秋风依旧，偌大的书房里，最后只剩了两个人，一坐一立，隔了好远。书柜上方古典样式的摆钟“嗒嗒嗒”地摇晃着，时间缓缓地流逝，一室寂静，没有人说话。

可能过了三分钟，也可能过了五分钟或十分钟，还是坐着的人先沉不住气开了口：“谢昳？你……来看我？”

最后三个字的语气颇为复杂，不自信之中又透着令他自己都鄙夷的期待。

江泽予的心情有些忐忑，还不待她回答，就像生怕听到否定答案一样忙不迭地转移了话题：“咳咳，上周我给你发的短信，为什么不回？”

谢昳没有说话，只摘掉了口罩，冰冷的口罩微潮，大概是被呼吸间带出来的水汽润湿了一些。她今天没有化妆，一张巴掌大的脸，面色苍白，淡粉色的唇，显得气色也不算好，可比起平常浓妆的模样，看起来小了好几岁。

安静的空间里，她瞥了一眼他书桌一角摆放着的白色的医学人体模型，又把视线投到书柜第二格左侧的第三本书上，书脊上有小楷所书的“倾城之恋”四个字。

她的视线紧接着顺着那本书移到书柜下方的梯凳上。

他们在之前的很多个午后，也像今天一样？又或许只有两个人？

那女人送给他象征她的专业的人体模型，也在他这儿藏了她爱看的书。他办公的时候，她就窝在一旁看些杂书，书柜上层的书就借助梯凳拿，又或者让他帮忙。她或许会躲在他怀里撒娇，或许会亲吻他的侧脸，那她是不是，也像她曾经那样逗笑过他？

落地窗边，粉色窗帘安安静静地垂着，谢昳胡乱地思索着，忽然就想起了张爱玲另外一本书里的一段描写。

她当年看的时候，只是觉得那段文字把一个女人的敏感表现得甚是到位，所以誊抄了几遍。

可如今，那文字就这么一个个地从心底清晰准确地爬上来。

“深夜的汽车道上，微风白雾，轻轻拍在脸上像个毛毛的粉扑子。车里的谈话也是轻轻飘飘的，标准英国式的，有一下没一下。玫瑰知道，她已经失去他了。”

是吗？

是的吧。

也好。她这个人太复杂，心里藏了那么多不见天日的东西，背着沉重又危险的包袱前行，本来就没有办法和他在一起。

那又有什么好奇怪的，不是应该早就料到了，总会有这么一天，她彻彻底底地成了他的过往，而他彻彻底底地属于另外的人，属于一个能给他单纯快乐的简单姑娘。

谢昳忽然干脆利落地把头顶的墨镜往眼睛上一扣，指甲重重地嵌进手心里，而嘴角却扬起一丝笑意：“哦，我大概是忙得忘了吧。我今天只是路过，没有别的意思，一周之前的事情，是我的失误，你别当真。”

失误？

书桌后，江泽予听到她敷衍的回答，那颗悬浮了一整周、忽上忽下的心脏抑制不住地向下沉，像是掉进了某个深不见底的沟涧，又或者是被某个引力极大的黑洞所捕获，麻木酸疼之后，竟然短暂地失去了知觉。

是啊，他所有的惊慌失措和辗转反侧，他日日梦到的那个轻飘飘的吻，不过就是她的失误，又或者是在国外待了五年的谢大小姐眼里不值一提的举动。

像这样给个甜枣之后再打的一巴掌，才最是伤人。

江泽予忽然想起刚刚看的视频里，她在亲了他之后，还肆无忌惮地说要找个男朋友的场面，他当时只是气她开玩笑都伤人，这会儿才知道，那些根本不是玩笑话。

他愣了片刻，认清现实般伸手按了按心脏的地方。

原来从见面起，她就一直牵着他的鼻子走。真是好样的，时隔五年，她的能力和狠心依旧不减当年。那他又为什么要一次又一次地期待，仍旧对她抱有希望呢？

掺了粉尘的阳光从落地窗里照进来，江泽予逼着自己不再看她，默然地闭了眼睛，靠在椅背上，声音突然变得冷硬起来：“哦，是吗？既然如此，那就请谢小姐继续路过吧。”

门口站着的人似乎沉默了一会儿，半晌后，轻轻地“嗯”了一声，毫不留情地转身，抬脚往楼下走。

她走得不算快，一步又一步，稳稳当当的步子像是踩在他的心里，每一步都踩得他血管炸裂、心脏骤停，就如同五年前的那个雨夜，她撑着伞离开，那脚步声就算藏在响彻天际的雷声之下，依旧清晰到让他痛彻心扉。

甚至在之后的很长一段时间里，让他午夜惊醒的元凶都是那坚定的脚步声。

——犹如午夜凶铃。

就算是离开，她谢昳也有本事让他不得安宁。

江泽予握紧拳头，红着眼睛把桌上的文件一把挥到地上，青色的陶瓷茶壶从木质杯托上摔落，猛地触碰地面，发出“砰”的一声巨响，随即摔得粉碎。

尖锐的响声总算把她离开的脚步声掩盖，不会再扰人心神，也还给他一丝思考的能力。

这一点儿思考的能力，让他登时察觉出些不对劲。

刚刚在书房里，她为什么要戴着墨镜？

片刻的愣怔后，书桌后面自暴自弃般发泄的男人忽地站起身，一把推开椅子，往门外跑去。

他不顾因为奔跑变得模糊的视线，径直下了两层楼，终于赶在玄关之前拦下了即将推门离开的人。

十二点整，楼上中世纪的摆钟开始敲响十二声钟声里的第一声，江泽予毫不犹豫地伸手握住谢昳的肩膀，不容拒绝地把人转过来，又抬起右手，一把摘掉她眼睛上盖着的墨镜。

谢昳咬着嘴唇，惊惶不安。

摆钟的声音一下一下响着，敲了整整十二声，不多不少。

江泽予抖着手，用粗糙的拇指指腹温柔地拭去女孩子通红眼角的那一滴泪，方才充斥心间的愤怒和不甘，此刻统统融化成了软和疼。

他是真的对她没有办法。

“昳昳，你哭什么啊？”

别墅一楼客厅里有巨大的落地窗，就连玄关处也被阳光照得明亮，遮挡眼睛的墨镜蓦地被摘掉，骤然大亮的视野让谢昳惊慌失措地偏过脑袋：“我没有。”

可那明显通红的眼角和男人指尖擦拭过的滚烫眼泪，怎么也骗不了人。

江泽予的一颗心顿时又酸又软，他忽然察觉到，这是他认识谢昳这么多年以来，第一次看到她的眼泪。

纪悠之从前总说，她谢大小姐就是台铁石心肠的机器。怎么会有这样的人呢？不管遇到什么事儿，她都是一副事不关己、高高挂起的样子，似乎从来没有什么人或者什么事儿能让她上心。

纪悠之甚至说过，在他的一众发小里面，形形色色的人都有，有单纯洒脱如韩寻舟，有心思深沉如贺铭，也有纨绔真性情如庄孰，但他唯独看不清谢昳。

这样的女人，对别人狠，对自己更狠，谁对她动了真情，才是倒了八辈子血霉。

那个时候的江泽予在他说这话时不置可否，他曾经一度觉得，他比所有人都要懂她。

她会在吃饱午饭之后慵懒地躺在他腿上午睡，像只小猫一样轻轻地蹭他的裤腿；也会在看完某些拍得很烂的电影之后皱着眉头糟心一个下午；更会在某些月影绰约的晚上，在公寓楼旁的路灯下偷亲他之后，露出肆意又张扬的笑。

她不是他们眼里对什么都无动于衷的冰山，她只是她。

所以，在那段长达三年的感情里，虽然谢昳几乎没有对他说过诸如“喜欢”和“爱”之类的字眼，江泽予依旧觉得，他在她心里和旁人是不同的，他看到的才是完整的谢昳。

可他今天忽然想到，他其实也从来没有见过她的眼泪——以至于现在见到了，他的心脏像是瞬间被陨石击中，慌乱心疼间，全然不知所措起来，甚至难以思考她是为了什么哭。

江泽予的心里软得一塌糊涂，急忙将她侧过去的脑袋轻轻扳正，放低了声音，生怕再惹哭她：“昳昳，到底怎么了？谁惹你不开心了？”

“你。”

眼看装不下去，谢昳强忍着被人看穿的恼怒和羞意，直直地瞪着他：“你惹我了。”

江泽予闻言愣住了，仔细地回想刚刚发生的一切和他说过的每一句话，实在是百思不得其解，只得小心翼翼地试探：“我……刚刚说话是重了一点儿，不该叫你继续路过，我还……嗯，我不应该不送你到楼下，更不应该……砸东西。”

他现在一点儿都记不起自己方才听到她漠然又敷衍的说辞是何等心情，只见到她一滴眼泪，他便立刻缴械投降。

谢昳听他越检讨越离谱，抹了把眼泪，语气冷硬地跟他摊牌：“你有女朋友了为什么不说？这是新的报复手段？行，我承认，你达到目的了，但也就一点点……”

这回，倒是江泽予愣住了：“女朋友？什么女朋友？”

毫无经验的江某人在这会儿反应过来：“你是说……Meggie？”

谢昳从鼻腔里“嗯”了一声，脸上的神情已经被她管理好，只剩泛红的眼眶没能恢复，说道：“不然呢？江总，以后我们就不要再见了吧，不管怎么说，我是你的前任，我想，你的女朋友也会不开心。”

说完，她丝毫不拖泥带水地推开他的手，转身就走。

江泽予在心里把纪悠之的祖宗十八代都问候了一遍，急忙上前两步把人截住：“真不是，那是纪悠之他媳妇儿的朋友，学医的，说是带过来给我检查一下眼睛。今天是我们第一次见，我连她长什么样都没有注意，医生嘱咐我不能过多用眼。”

听他解释完，谢昳沉默地站了一会儿，忽然抿着嘴角转过身，“噔噔噔”地上了楼。

待回到三楼书房门口，她指着落地窗前那整片的粉色窗帘问跟上来的男人：“我怎么不知道你喜欢粉色？还有书柜上这些书，我怎么没发现你还爱看张爱玲的小说？书柜底下的这个梯凳，以你的身高用得着吗？还有书桌上的医学人体模型，是怎么回事？”

谢昳捏了捏手心，复杂的情绪蔓延开来，一双发红的眼睛直直地盯着他看：“喜欢粉红色、个子不高、爱看张爱玲小说的学医的姑娘，这个世界上哪有这么多巧合？这些，难道不都是你给你喜欢的人布置的吗？”

她本来难以启齿，可心里复杂的情绪不断膨胀，便不得不找个宣泄口了：“既然这样，又为什么要在重逢之后一次又一次地招惹我？”

江泽予听到她的话，原本只觉得匪夷所思，可那几句似曾相识的问话，让他顿时想起那天在车上她醉酒后说的话——“是不是怕你那个身高一米六，爱看张爱玲小说，喜欢粉红色的学医的小女朋友吃醋啊？”

他当时只觉得那句话前言不搭后语，以为她是酒后胡言乱语，这会儿才终于反应过来她的想法和逻辑。

江泽予对照着时间线回忆了一下，总算得出结论——她大概是在采访视频里看到了他的书房，所以心里生出这样的疑问来。待缓过神来之后，被误解的恼怒一闪而过，接踵而至的，则是莫名的轻松愉快……和无可抑制的狂喜。

即使再没有经验，他也知道，一个女孩子会因为这种事情哭代表了什么。

方才在书房里满心的郁气一扫而空，男人的嘴角没出息地向上翘起来，垂在身侧的指尖不自觉微动，然而一张脸装模作样地板起来。

“是，从某种角度来说，你的话没错，这座房子里确实有许多东西是我给喜欢的女孩儿准备的。何止这些，还有更多你没有看到的，想看看吗？”

说着，他轻轻地拽住谢昳的手腕，带着她往三楼的另一个房间走去。

谢昳听他毫不避讳地承认，还扬扬得意地向她炫耀起来，只觉得五年过去了，这人竟然不可理喻到这般地步，于是边走边气得笑了：“江泽予，你有病吧？”

她话音刚落，已经被那力道带着走到了书房左侧第二个房间门口。

江泽予松开她，没有说话，轻轻转动门把手，推开那扇房门，指了指里头：“我给我喜欢的人布置的东西，都在这儿。”

谢昳怒气冲冲地一眼扫过去，宽敞的房间里，三面都是透明的玻璃格状橱窗，每一个格子里都放着一只包包，各种品牌、包形应有尽有。看得出来，这人并不懂包，只胡乱地买回来，一只一只地供在里面，完全没有按照包包的款式、颜色、皮质等分类陈列。

尽管如此，柜子里的这些包却没有一只是普通的，不是某些品牌的高定或者联合限量款，就是早就已经停产的中古款式。

满柜子的包实在是价值不菲，就连作为知名时尚博主、和各大品牌方合作频繁的谢昳，在离开谢家的经济支持后，也很难任性购买。

她看了一眼那琳琅满目的包，气得深吸了一口气。

——他这是想告诉她，他对现在的女朋友有多大方？

谢昳转过头，对眼前的人怒目相视：“江泽予，你能不能不要这么幼稚？”

可她话音刚落，便注意到了他背后、房间最左侧橱窗顶端放着的那个包，那是一个米白色的 Celine 品牌包，品相完好，毫无使用过的痕迹。

那是他们分手那天，他送给她的那一个。

谢昳愣怔住，随即又转过眼，仔细打量房间里其余的包。

第二排第三个，是爱马仕喜马拉雅 Birkin 的手袋，她一见倾心，在视频里提到过想买回来收藏；第三排第一个，是她曾发过微博求购的 LV 停产已久的中古包款；第五排第四个，是 Chanel 去年出的限量款，她仅仅是转发了官方发的微博……

这里面的每一只包似乎都和她有关联，有的甚至她自己都忘了是什么时候、在哪条视频里提到过。

江泽予站在门口，看到她愣怔的神情，轻轻地咳了一声：“书房里的那些布置，是这栋房子原来的主人留下的，我懒得变动。只有这个房间里的东西，才是我给喜欢的人准备的。”

他的嗓音哑了半分，脸上竟然显出些颓唐来：“你说得没错，我确实是很幼稚。我做过的最幼稚、最矛盾的事情，就是我明明恨你，却没有办法只是恨你。”

偌大房间里窗明几净，玻璃柜里各种皮质的包在阳光下格外美丽。

谢昳站在门口，内心受到了极大的震动。

重逢至今，她感受过他的恨意、恼怒，也感受过他对她或许还残留着的一点点的情意。可这满柜子的东西让她恍然大悟，原来这五年来，他从来没有放下她。

她如此清晰地感受到他对她的深深情意，可心下愉悦之前，有更多的事情压得她喘不过气来。

他们走到了现在，隔着五年的物是人非和沉重现实，真的还有可能走到一起吗？周家、谢家，还有他和她，这么多错综复杂的因素都是他们之间的阻碍，更何况，如果他知道了当年的真相，真的会原谅她吗？

江泽予说完话，看到谢昳咬着嘴唇看他，脸上挣扎的神色十分明显。

他在心底叹了口气。

就算是企业并购，也没法一步到位，何况是要收复一颗复杂的人心？

江泽予咳嗽了两声，不再顺竿子往上爬，而是带着人回到书房里，拉着她在落地窗前的沙发上坐下，问道：“昳昳，你今天来找我，有什么事？”

听他从方才开始就一口一个“昳昳”，谢昳佯装生气地瞪了他一眼，却没有舍得拒绝。

“我听韩寻舟说在同仁眼科看到了你，所以过来看看……”说着，她的语气变得严肃，“江泽予，刚刚在过来的路上，我问过你的秘书，他告诉我，你的眼睛属于外伤性视损伤。你别再骗我是什么视疲劳。”

江泽予听了这话，知道她是关心他才专门过来这一趟，只觉得心下熨帖至极。

他凑到她面前，伸手拨开浓密的眉毛，露出平时掩藏着的细微疤痕，说道：“五年前，我摔了一跤，有点儿严重，眉骨骨折导致视神经损伤。有过短暂的失明，好在手术及时，修复了视神经。”

他看着谢昳刹那间变得水光荡漾的一双眼睛，心下责怪自己说话不知分寸，于是立马改口，声音放轻了许多："其实没有那么严重，现在都好了，不碍事的。"

谢昳看着男人轮廓好看的侧脸，抖着手，缓缓地摸上他的眉骨，在他浓密的眉毛上轻轻地抚过，果然摸到了一处粗糙的疤痕。那疤痕不长，但附近的眉骨有一处轻微的凹陷。

看着这处凹陷，她心里像是也被挖了个洞。

他说得简单，可视神经损伤比一般的眼科疾病难恢复得多，基本是永久性的。

她的指腹轻轻地摩挲着他的眉骨，另一只手攥得很紧，张了张嘴，却只说出一句："还疼吗？"

江泽予看着她发红的眼睛，只觉得比当初受伤的时候还难受。他轻轻地握住按在他眉骨处的手指，说道："现在不疼了。"

谢昳心里难过得不行，抽出手盖在他的两只眼睛上，语气有点儿凶："医生不是嘱咐你少用眼吗？"说罢，她立刻侧过脸，悄无声息地用另一只手抹了把眼睛。

江泽予的双眼被一片温暖和柔软覆盖住，她的手上大概是涂了玫瑰味的护手霜，温润的指尖香气扑鼻。他的眼睫在谢昳的手心里眨了几下，最终乖乖听话闭上了眼睛。

肌肤相触间，房间里顿时陷入一片沉静。

偌大的书房里，空调轻微的机械运转声音响着，皮质沙发十分柔软，正午的暖调光线俏皮地在他的侧脸上跳动。谢昳趁着他闭上眼，轻轻拿开手，肆无忌惮地打量起来。

他的脸和几年前相比其实没有太多变化。

这世界上长得好的人有很多，谢昳因为职业的关系，常年出现在各大时装周、品牌秀场，见多了长相出色的男明星和时尚界赫赫有名的男模。他们大多皮相优秀，有的眼如星辰，有的鼻若悬胆，有的面如冠玉，各有各的好看之处。

但江泽予这张脸，胜在骨相。他的骨相太完美，那眼上的两侧眉骨恰到好处地隆起，衬得眼窝格外深邃，面部正中又靠着那挺直的鼻梁，显得格外饱满，而到了那下颌骨处，一丝赘肉也无，棱角分明，不窄不宽，真是多一分嫌多，少一分不够味。

如果整容医院征集整容模板的话，这张脸大概能在男生类别里名列前茅。

谢昳看着看着，突然觉得自己也挺虚伪的，当初她总是自己骗自己，和他在一起是为了报复谢川，可时隔多年后，二十七岁的谢昳总算能够心平气和地在心里面承认，其实在很多年前，她就爱上眼前这个男人了。

她嘴硬又故作骄傲地爱了他很多年，一点儿都不比他爱得少。

江泽予虽然闭着眼，却也能感觉到谢昳在打量他。一开始，他倒是气定神闲任她打量，可时间久了，不免有些如坐针毡。

他今天好像没有好好刮胡子。

他不自在地侧过脸轻咳了两声："昳昳，书桌上有成志勇送来的会议音频，你能不能放给我听？我眼睛不方便，现在只能听音频，你能不能……帮我一下？"

他听到谢昳沉默半晌后，闷闷地"嗯"了一声，之后便有窸窸窣窣的起身的声音和一步两步的脚步声。她的脚步声实在是让他惶惶不安，江泽予皱着眉头忍耐了一会儿，忍不住偷偷抬起眼皮看了一眼她的背影，确认她是往书桌那边走，而不是要离开，他才安心地再次闭上眼睛。

谢昳在书桌上找到文件袋，从里头拿出一个U盘。桌上正好有台笔记本电脑，她把U盘插好，打开笔记本电脑。笔记本并没有设置密码，她一打开，就看到了之前没有关闭的页面。

谢昳看着屏幕里自己妆容完整的脸，和视频暂停时候那句"能够找到一个阳光、帅气、有幽默感的男朋友"的字幕，不禁吸了一口气。

——难怪那一屋子的包包都是她曾经想要的，原来，她的每一条视频，他真的都看过。

她心里又酸又暖又疼，复杂的情绪如一杯调砸了的鸡尾酒，所有的味道混合在一起，丝毫品尝不出来各色滋味。可到了最后，那舌尖残留的一味，竟然还是怕。

他这样，她又该怎么办呢？

谢昳神情复杂地把页面关掉，端着笔记本电脑，走到沙发前在他身边坐下，打开音频文件，说道："开始了，听吧。"

会议和择优平台年底的促销策略有关，与会者轮流提出各种各样的方案，从某种程度上来说，算得上是商业机密了。谢昳虽然没学过商科，但谢川的生意做得大，她从小耳濡目染，对这些东西还算感兴趣，所以听得津津有味。

反倒是江泽予，没法专心听。

"昳昳，能不能倒退十秒钟，上一句话，我没有听清楚。"

"这里倒退十五秒，我再听一遍。"

“倒退五秒。”

三番五次后，一个绝妙的提案被弄得七零八落，谢昳恼了，点了暂停，说道：“你能不能好好听？”

男人沉默了一会儿，语气很无辜：“昳昳……你在我身边，我怎么好好听？”

谢昳脸颊泛了红，心里恼怒，过了五年，这人的撩妹技术倒是见长。她不自在地把笔记本电脑推到他的腿上，看了一眼书柜上的摆钟，已经十二点半了。

谢昳暗叹了一口气，站起身来，硬邦邦地说道：“我先走了，下午还有事。”

这倒不是借口，今天下午两点钟，YR 集团的广告导演周子扬约了她和饰演广告男主角的另外一位代言人岑宁一起试镜，让彼此熟悉熟悉。

谢昳说完，看到男人骤然暗淡下去的神色，一时心软，又补了一句：“我视频里的那句话就是随便一说，你不要当真，然后……你好好休养，我有空了再来看你。”

说完后，她不顾男人听到这话后刹那间弯起的嘴角，急匆匆地大步往楼下走去。

——这短短半个多小时的相处，竟然是他们重逢以来最静好的一段时间。

第六章
是她做错了

周导的工作室距离碧海云天有一个小时的车程，谢昳打车往那边赶，在路上忽然收到一条消息：“是谢昳吗？我是纪悠之，好久不见，要不要哪天出来聊一聊？”

谢昳还没来得及回复，那边很快又发来了一条短信：“聊一聊关于江泽予的眼睛，我想，他大概没有告诉过你，他为什么受了伤。”

这条短信的发出是有缘由的。

方才在碧海云天，纪大少爷眼睁睁地看着顾澜开车带着 Meggie 扬长而去，他只好徒步二十几分钟到小区门口打车。然而，他刚到办公室，便接到了来自顾澜的好几个谴责电话。顾澜为闺密鸣不平，更恼怒他办事儿不靠谱，两人拌了几句嘴之后，尘埃落定——他纪大少爷得被迫睡办公室的沙发一周。

这惩罚实在过分，以纪悠之睚眦必报的性格，怎么可能罢休？他恨恨地想，这亏可不能让他一个人吃了，他得找个人跟他一起受苦。他思来想去，打电话问庄孰要了谢昳的手机号码，撒气般给她发了短信。

如他所愿，谢昳收到这两条短信的时候，着实心悸了许久。

在她的印象里，纪悠之一直是个吵闹又不正经的人，同庄孰两人就是一众朋友里的一对活宝，都是擅长插科打诨、油嘴滑舌的纨绔子弟，所以，在她收到纪少爷规规矩矩的两条完全不带脏话、语气相当客气的短信的时候，即使是还没有看完全内容，她也察觉出了事情的严重程度。

以至于手机从她微抖的手里溜出去，掉在司机的座椅下面，她费了好大劲才够到。

手头没有纸巾，她把蹭脏了的手机屏幕用裙边胡乱擦了擦，看了一眼时间，正好下午一点钟，离和周导约好的试镜时间还有一个小时——哪怕她再迫切地想知道事情的全部原委，现在也来不及了。

没有太多考虑的时间，手机忽然铃声炸耳。

谢昳接起来，对面是操着美国混上海口音的林景铄。

“喂，Sunny吗？周子扬把一会儿的试镜取消了，订了今晚的飞机飞往温哥华。这人就是个疯子，不知道听谁预测了今年黄刀镇的极光在这两周是最佳观赏时间，非要剧组里有签证的人马上飞过去，Sunny，你有吧？”

乱七八糟的事情接踵而至，谢昳按了按太阳穴，稳了下心神，语气里带着些疲惫：“嗯，有是有，不过……什么时候出发？”

林景铄正在焦头烂额地打包行李，靠脑袋和肩膀夹住手机，说道：“晚上八点的飞机。周家少爷发疯，我们也只能跟着兜底。你赶紧回家收拾行李，我让秘书给你订票。”

晚上八点，离现在还有七个小时，她说道：“好，到时候机场见。”

谢昳挂完电话，又和纪悠之约了一会儿在择优总部见面。几件事办完，她锁上手机，脱力般靠在汽车后座的靠垫上，疲惫地闭上了眼睛。

她的心犹如脱缰野马，毫无头绪地狂奔。

他为什么受了伤？不是说是摔了一跤吗？难道他受伤的原因和她有关？当年，真的是她做错了吗？

可是，如果她不那么做，周子骏栽赃给他的无端指控就不能洗清，他一辈子都会被人看不起，永远得背着耻辱的案底，艰辛又毫无希望地活在黑暗里，保不了研，拿不到大企业的录用通知单，进不了体制内的企业，甚至创业，他都不可能拿到银行的贷款。

似乎最好的结局就是——她不管周家的事，不帮他翻案，逃离谢家后和他在一起，两个人做一对平凡又贫穷的夫妻。

可是，那样的话，他真的会甘心吗？

怎么可能呢？他当年可是北都城的理科状元。大学四年，他夜以继日苦读，修了自动化、金融的双学位。这样勤奋又上进的少年人，怎么可能甘愿平凡呢？

在谢昳的价值观里，和自由、财富与尊严比起来，爱情实在是缥缈又可有可无的东西。

不说别的，妈妈当年飞蛾扑火般投身所谓的爱情，东窗事发后，出轨对象一走了之，而妈妈和自己则被赶出谢家，过了好久的潦倒日子，最后，妈妈因为心有积郁和劳累过度早早病逝。她死的时候告诉过自己，爱情不能当饭吃，爱情连个屁都不是。

谢昳很小的时候就将她的话铭记于心。

可现在，自以为做出理智选择的谢昳在北都城繁华的市中心的车水马龙里头痛欲裂、几欲窒息。她百思不得其解，恰好听到司机吐槽了一句："今儿个天气真是怪，您看啊，咱背后是太阳，前方又是大片的乌云，特像我前两天看的灾难片。"

谢昳恍恍惚惚地抬起头。

车窗外依旧晴朗，她的小臂被橙色的阳光照耀，然而，车前方不远的天空，乌云盖顶，狂风大作，梧桐叶子被风卷起来几米高，还真像是电影《2012》里渲染得极其逼真的世界末日。

她模糊地想起，当初在S大旁边的公寓里，她和江泽予一起看了这部电影。

电影里，末日来临的特效迫人，世界各地不同肤色的人们忙着哭泣、逃生、告别，但所有的一切，在骤然来临的灾难面前显得那样脆弱。无法阻止的地震、海啸，在一切人类赖以生存的物质基础崩溃之后，这世界上像一座巨大的坟墓，所有的人类文明被毁灭，人类的意志也被击垮。

那个时候，两个人坐在宽大的沙发上，身上盖着条灰色毛毯。她靠在他腿上，咽下一颗他喂给她的小番茄，被酸得牙疼又困倦，说道："啧，末日，如果地球都毁灭成这样，那世界上真是什么都不剩了。"

彼时，少年低下头，轻轻抚摸她的发丝，很久之后，他在她额上亲吻了一下："不啊，还剩很多东西。"

谢昳实困极了，丢下一句含含糊糊的"剩了什么啊"，便沉沉睡去。

她没有听到答案。

然而，此时此刻，谢昳看着车前翻涌的乌云和云里头偶尔亮起的闪电，脑海里忽然冒出了一个清晰的答案。

如果末日真的来临，房子毁了，公路没了，世界上的一切都消失殆尽，什么喜马拉雅鳄鱼皮，什么布加迪跑车，什么昂贵的香槟晚宴，什么尊严，什么自由，什么贫贱或是富贵，在不可避免的自然灾害面前全部成了齑粉，灰飞烟灭，那她还是会爱着他的吧？

谢昳被这个突如其来的想法狠狠地吓了一跳，心脏狂跳间，出了满头的冷汗。

这五年来的每一天，她都好像在演一部没有观众的谍战片，孤独、想念、害怕像是活埋过程里的一捧捧泥土，似乎下一秒就要把她压垮。

她自己都想不明白，是何等信念让她独自一人支撑到现在的呢？

如果那信念崩塌，那她又该怎么办呢？

市中心，写字楼十七层，秋风一直从西郊吹到这里，好像把红叶的红也带来半分。CFO办公室里摆着一张躺五个人都绰绰有余的浮夸沙发，纪大少爷斜躺在沙发上，跷着二郎腿看着墙上的钟表。

几分钟后，办公室门被敲响，秘书小刘恭敬地道："纪总，有位谢小姐说和您有预约。"

纪悠之没有想到人来得这么快，立马正襟危坐："让她进来。"

窗外的阳光洒进来，来人摘了口罩和墨镜，银灰色长发在头顶绑成高马尾，鬓角边毛茸茸的碎发卷曲着。她巴掌大的脸上未施粉黛，额角青筋毕露，看着精神很差。因为来得匆忙，此刻，她微微喘息，胸口剧烈起伏着，一双平底鞋白色的鞋帮发灰，黑色的裙边竟然也有些醒目的污渍。

五年不见，纪悠之忽然觉得，眼前的这个人和他记忆里的那个谢昳似乎有些不同。当年，他们这几个人里，最让人看不透的就是她谢大小姐。她自信、骄傲、目中无人，每次出门必须打扮精致，从妆容、首饰、服装到香水，她都是最讲究的那个，哪里有过像今天这样的狼狈模样？

纪少爷一向是吃软不吃硬的主儿，到嘴边的找碴话立马压下去，他咳了两声，有点儿心虚，不敢看她："你来了？"

"好久不见。"谢昳走到沙发近前，和他寒暄，"抱歉，今儿时间紧迫，我一会儿还得去机场，咱们就切入主题吧。江泽予五年前受的伤，到底是怎么回事？"

纪悠之听到这里，逼迫自己把方才软下去的心肠硬起来，板着张脸走到奢华酒柜旁边一个小的密码箱前，输入几个数字后，他从里面翻出来一个U盘。

"跟我来。"

比起隔壁江泽予的办公室，纪悠之的办公室实在豪华，书桌后那扇门推进去，竟然是个完全密闭的私人影院。

纪悠之把幕布降下来，打开U盘里的视频文件，顿了一会儿，又有一点儿不忍心，大发慈悲道："你要是很急，也可以回来后再看。"

谢昳有些疲惫地坐在沙发上，摇摇头，带着谢意道："不用了，你今天能让我过来告诉我事情的原委，我已经十分感激了。”

纪悠之犹豫了一会儿，不再多说，走出去的时候，还给她带上了门。

于是，房间里唯一一点儿光线随着门缝关闭严实而消失殆尽，投影仪开始工作。谢昳的心怦怦地跳动起来，死死地盯着屏幕，手指抓紧了沙发上随意搭着的毛毯。

视频的前几秒，白色幕布上还没有什么内容，投影仪运行的声音呜呜作响，气氛诡异阴冷，像是临刑前来自鬼门关的风声。十七秒的沉默之后，屏幕一闪，有了画面。那画质不算清晰，背景是审讯室，一胖一瘦两个戴了手铐的黑人坐在桌子对面，没有什么表情。

画面近乎静止了几秒钟后，视频里忽然传来一个非常年轻的声音，口音很美式，大概是一个美国警察，审问方式很标准：“把你们发现他的地点、时间再陈述一遍。”

几秒钟的沉默后，瘦点儿的黑人Mike先开口，大概因为不是第一次陈述了，他回忆起来非常流畅：“我们是在威尼斯海滩附近发现他的，他一个人走在街道上，时不时向附近的人打听着什么。我当时就觉得，这个人是我们的目标——孤身一人的亚洲游客，看起来才二十来岁，肯定有钱又怕死。”

警察严肃发问：“他在打听什么？”

Mike抬起被铐在手铐里的两只手，用大拇指挠了挠脑袋：“他在打听一个女孩子。这个亚洲人有点儿愚蠢，洛杉矶这么大……”

警察不耐烦，不想听他无意义的评价，语气冷硬地打断：“那他为什么后来会跟你们到巷子里去？”

两个人对视了一眼，最后还是Mike开口：“当时，我们告诉他，那个女生是我们的校友，就住在附近的学生公寓里。”

胖胖的黑人Aaron紧接着补充，回想起得逞的过程，他竟然还有点儿得意：“亚洲女孩儿都长得差不多，和美国本地的女孩儿比起来，大部分很腼腆。我就随便比画了个身高，问他是不是眼睛大大的，皮肤白白的，留着黑色长发、不爱笑的女孩儿。没想到，大概是蒙对了，他没有犹豫，就跟我们走进了巷子。”

在他们说话的间隙，视频里还有细微的“沙沙”声，大概是另外有警察在做笔录。

那个年轻警察继续发问：“所以……你们把他骗到巷子里，目的是实施暴力行为？”

Mike 听到这里，有点儿慌，声音提高了许多，想为自己辩解："Sir，我和 Aaron 真的只是想抢点儿钱，没有想伤人。"

Aaron 此时的面色也有些难看，粗鲁地骂了句脏话："我们真的不知道他会反抗得那么激烈，一般的亚洲游客被抢了都不敢反抗。而且，我们拿了钱，通常会把他们的护照、证件扔在旁边的垃圾桶里，他们最多就是损失一些现金。但这个人非常奇怪，发现钱包被抢之后没有逃跑，反而死死地追着我们不放，整整追了两条街。"

"是啊。"Mike 不甘心因为一次无关痛痒的抢劫进局子，说道，"再过几条街就有巡逻的警察，我们俩不想惹事儿，直接跑进了另外一条巷子。我们想打开钱包拿钱，那小子突然就发了疯，像是不要命一样地冲过来抢他的钱包，我以为他是要上来打我，就……正好，那巷子里有根废弃的钢管。"

他又骂了句脏话，有一点儿后悔："我应该把钱包还给他的，我后来才发现，他那个破钱包里竟然只有二十刀……就二十刀！居然还追了我两条街！"

他陈述完后，视频里有一阵长久的沉默，许久之后，年轻警察把一个被血污染透了、已经看不出原来颜色的钱包扔在两个嫌疑人面前，问道："是这个钱包吗？"

Mike 笨拙地打开折叠钱包，看了一眼仅有的一张二十元面额的美金，点头："你看，出了事情，我连这二十刀都没有敢拿，这钱包里除了这张纸币，就连一个钢镚儿都没有。所以，我是真的不知道他为什么要拼了命一样过来抢这个钱包。"

他的话音落下后，审讯室里陷入了很长时间的一段缄默。

许久之后，那视频的斜下方伸出一只手来，修长的手指头重重地点在钱包右下角放证件照的透明格子上。那里面放着一张女孩子的照片，被已经干涸的鲜血掩盖了大半张脸，却还是能依稀看出很漂亮。

昏暗的私人影院里，不论是皮质的沙发还是绒质的毛毯都异常冰冷。

谢昳的嘴唇抖得厉害，耳鸣声嗡嗡作响，震耳欲聋，可她还是清晰地听到了那位年轻警察带了一些愤怒的声音。他指着那张照片说道："这是他喜欢的女孩儿，就是你们嘴里瞎编的那个留着长头发、不爱笑的女孩儿。这位年轻人从中国千里迢迢地到美国来，到洛杉矶来，他得靠这张照片找到他的女孩儿。"

原来，他来找过她啊。

二十七岁的谢昳绝望地闭上了眼睛，听到心里响起的巨大轰鸣声，她仿佛穿过了漫长的时间隧道，看到了五年前黄昏时候的洛杉矶。

黄金海滩边海风味儿很咸，椰子树随风摇晃，年轻的中国男生在街头无助地走着。

这样聪明的一个人，却用了最最笨拙的方法，他竟然企图在洛杉矶这么大的城市里，靠着一张照片找到她。

可是，他们怎么能打江泽予呢？

那个人还说他们用钢管了，他们用巷子里生了锈的废旧钢管打了江泽予，江泽予躺在地上，流了好多好多的血，吓得他们连钱包里的二十刀都不敢拿。

谢昳仿佛闻到了幽深巷子里的铁锈味，是钢管上的，更是他额角喷涌而出的鲜血带来的。她仿佛看到了那个不要命的少年，捂着额角痛苦又绝望地倒在异国他乡冰冷的地面上。

他那个时候肯定很疼吧？怎么可能不疼呢？

被打得眉骨骨折、头破血流，以至于险些双目失明，以至于五年之后，额间的骨头都有一处凹陷，以至于双侧视力受损看不清楚路，时常摔得青一块紫一块。

是她错了啊。

谢昳忽然弯下腰，脱力地跪在地上，一声又一声地干呕着，绝望地号啕出声。

这一切，都是她做错了，是她错了。

从择优的写字楼里走出来，雨已经下得很大。

谢昳在纪悠之的私人影院里整整待了三个小时，哭到浮肿的眼皮经过漫长的时间总算降了温，看上去没那么狼狈了。

路两旁，巴掌大的梧桐叶被湿冷的风卷起，紧紧贴在711便利店的玻璃门上。她推开门走进去，从货架上拿了一块三明治。

此时再回家收拾行李已经来不及，何况，必要的手机、电脑和充电器，还有证件，恰好都在随身携带的包里，谢昳一口吃下大半块三明治，跑到附近的商场买了个小旅行箱，又买了件大羽绒服和一些简单的生活用品。

她打了辆车打算往机场赶，便是在这个时候收到了江泽予的短信："昳昳，下周六有时间吗？一起吃晚饭？"

手机屏幕在灰色雨水里发着蓝色的光，谢昳大概能想象江泽予发这条短信时候，脸上没有什么表情的样子，也能想象，那双一贯暗沉沉的眼睛里微亮的光芒。

从一开始，他就是个很内敛的人，却被她逼出了各种各样的情绪。

谢昳收起手机，把行李箱往出租车后备厢里塞，噼里啪啦的雨珠打了她一脸。她把帽檐压低，最后推了一下行李箱的底部，关闭后备厢，坐上车。

脸上的雨珠顺着长发流到脖子里，她木木地抬起手，用袖口擦掉满脸的水渍。

她想了一会儿，给江泽予回了个电话。

电话几乎是即刻就被接了起来，他的语气有一些迟疑，分明是猜不透她来电的含义："昳昳？"

谢昳揪着自己的衣襟，没有办法去想五年前昏暗小巷子里的洛杉矶，夕阳如血，那锈迹斑斑的钢管落下的力道若是再重几分会怎样。

所以，她听到那声音的瞬间就哽住了。

出租车无动于衷地往前行驶着，司机嘴里哼着半吊子京剧，随手调出个电台频道。电台频道里，两家人在争夺孙子的抚养权，用夹杂着方言的普通话激烈对骂，吵得不可开交。

电话两头的两个人都没有说话，很久之后，谢昳在漫天雨声里开口："你五年前，去美国找我了。"

对面沉默了许久，大概超过了一分钟的时间。在这个时间段里，电台的主持人已经来回劝了那两家人好几轮。

江泽予根据谢昳的语气，判断出她的话并非疑问，思考片刻之后，他老实地回答："是，你听纪悠之说了？"

五年前，谢昳走得实在仓促，他走投无路，只能到韩寻舟那里打听了她去的城市，却没有人知道她的电话号码和具体住址。

那会儿，他虽说身无分文，但又怎么可能不去找她？他向纪悠之借了一些钱，办好签证，买了一张去洛杉矶的机票。

可他没有来得及见到她，醒来就已经是在北都的医院里，眼睛上缠了厚厚的纱布。

"嗯。"谢昳把手按在眼睛上面，笑道，"还好没有被你找到，我那个时候太邋遢，家里没有洗的衣服堆了一沙发，冰箱里也是乱糟糟的，藏了好多烂掉的香蕉。"

江泽予听她絮絮叨叨地说着，觉得对面的人的情绪好像有一点儿不对劲，他试探地打断她："昳昳，你在哪里？"

“还有，我喝了很多酒，二十四小时里都醉成一摊烂泥，见到人就发酒疯……”谢昳没有理会他的打断，继续说道，“刚到美国三个月，我胖了二十多斤，你敢信？我整张脸有现在的两倍大，你要是看到我，肯定认不出我来。”

她笑了笑，像是在讲一些有趣的往事，可回忆到最后，还是哽咽住了。

“可是，如果知道你来，我一定好好洗头，化好看的妆，然后去机场接你。我会给你买你喜欢吃的火龙果备着，给你做你最爱吃的菜……”

五年之后的现在，年岁渐长的女孩儿似乎比当年更加脆弱了，从前不可一世又骄傲非常的她，一天之内在他面前哭了两次。

嘈杂的背景声里，她的哭泣声压抑又沙哑：“我可以带你去逛我的校园，洛杉矶那么大，有很多景点你肯定没有去过……”

江泽予听到她的哭声，登时从书桌后站起身，苍白的指节蓦地收紧：“昳昳？你在哪儿，我过去找你。”

淅淅沥沥的雨水溅在车前玻璃上，又被雨刷打落。

谢昳把额头抵在司机的座椅背后，依旧在自说自话，鼻音很重：“江泽予，我们这一辈子都不要再去洛杉矶了，好不好？我不喜欢那个城市。”

电话那头的人忽然好像听懂了什么，好半天之后，他哑着嗓子对她说：“嗯，我们再也不去了。”

谢昳举着手机，听着他淡淡的呼吸声，压着声音哭了很久之后，总算平静下来些许，这才察觉到车载音响里的争吵声小了很多。

出租车司机大概也没想到，拉个客人还能听到这么多感情八卦，他把电台的声音调低了，虽然目视前方，两只耳朵却竖了起来。

谢昳登时不好意思起来，讪讪地咳嗽两声之后，她转移了话题，语气平静得像是无事发生：“下周六，我不能和你一起吃饭，我得去一趟加拿大。”

对面的人骤然紧张起来：“去加拿大？做什么？”

“我去出差，得去两周，你……你在家好好待着，等我回来。”谢昳说完，捂着听筒，压低声音补了一句，“等我回来，我有好多话得跟你说。”

北都机场的VIP候机室里，剧组十几个人员在候机。

岑宁嘴里吃着助理端来的绿提，两只手操纵着手机游戏，面色很难看。他正当红，这一个月在微博流量榜上久居前三，脾气自然也跟着上来：“那个周子扬到底是什么人啊？凭什么大晚上的不打招呼，就让人飞往加拿大？这种活儿以后甭给我接了。”

身边的助理混娱乐圈很多年，闻言，猛地给他的嘴里塞了颗提子，嘘声道：“咱林哥作为 YR 副总裁都得亲自跟过去，你这又是发的什么牢骚？那可是周家啊，哥，北都城赫赫有名的周家，你不知道吗？”

岑宁哪能不知道，他不甘心地“啧”了一声后，把矛头转移：“那个什么十八线网红呢？她怎么还没来？我这儿刚接了个国际大品牌的代言，女主角竟然是个名不见经传的网红。对了，她叫什么来着，下雨还是下冰雹？”

“呸，人家叫 Sunny……”助理白了他一眼，“喏，那不就是，往这边走的那个姑娘。”

岑宁不屑地抬起头，往 VIP 室门口看——年轻女孩儿穿着黑色的大衣，个子高挑，她面无表情地拉着个连吊牌都没摘的登机箱，一头银灰色长发高高束起，巴掌大的脸上干干净净的，嘴角抿成了一条线。

几秒钟后，岑宁麻利地退出游戏界面，不留余地直接关掉后台程序。偶像小生容颜可人，笑起来一双眼睛弯弯的，他冲谢昳招了招手，露出两颗虎牙：“Sunny 小姐，来这里坐啊，我是岑宁，你的搭档！”

谢大小姐从小见惯了这种源自外貌的友善对待，只礼貌地点点头，随即自顾自地坐在候机室一角，闭目养神起来。

那生人勿近的模样让岑宁不由得摸了摸下巴——这年头，网红的门槛这么高了？

几分钟后，林景铄姗姗来迟，坐在岑宁身边将气喘匀，而后拍了拍他的肩膀：“小宁来了，带羽绒服了吗？十个小时后落地就是零下二十五摄氏度。”

“带了，不说这个……”岑宁凑到他耳朵边，瞟了瞟坐在那儿闭目养神的谢昳，说道，“林哥，你知道 Sunny 的微信号吗？告诉我呗！”

林景铄闻言，刚刚才喘匀的气又乱了，翻了个白眼说道：“你们不是很爱劝人吗？我今天也劝你一句，那姑娘，连哥都不敢追，你就省省吧。”

听完这话，岑宁讳莫如深地“啧”了两声：“她……背后有人？”

林景铄显然还没有掌握这句话的深意，重复了一句：“背后有人？”

不等岑宁回答，身旁的助理立刻又塞了颗青提到他嘴里，替他圆场：“咳咳，就是……有个很有钱的男朋友。”

林景铄恍然大悟地点头：“那是那是，比我有钱多了。”

岑宁闻言，垂头丧气地重新打开游戏界面，一局开启前，他目露怜悯又很不赞同地看了一眼角落里的谢昳。难怪能拿到这次的代言，唉，漂亮的小姐姐果然都属于有钱人。

他愤愤不平地打了半局游戏，几分钟后，头等舱客人开始登机，候机室门口有人缓缓走来，出色的外貌和贵气的打扮引得一众乘客频频回眸。

众人目光中，一个男人面色清冷地迈开步子，走到角落里闭目养神的女孩子身边坐下，又抬起手，给她遮住头顶刺眼的光线。

玩得正嗨的岑宁的胳膊被人戳了戳。

林景铄压低声音指了指谢昳的方向，说道："看到没，她背后的人！"

所谓"背后的人"竟然是江神。

机场广播滚动播报着，北都飞往温哥华的航班开始登机。

广播连着播了五次后，谢昳才勉强睁开睡意昏沉的眼皮，要不是她一向神经衰弱，这一天的奔波和狼狈已足够让她昏睡过去。

睁眼后的光线却没有她想象中的刺目，她眨了眨干涩的眼睛，顺着挡在眼前的手掌看去，震惊得险些咬到舌头："江泽予？你怎么在这儿？"

离她挂了电话到现在，不到两个小时，他竟然跨过小半座北都城，出现在她的身边，谢昳觉得自己是出现了幻觉。

江泽予慢条斯理地收回手，站起身来，从上衣口袋里抽出一张机票，冲她勾唇："走吧，该登机了。"

头等舱的客人们陆续登机，谢昳小跑几步追上他："你要跟我一起去加拿大？医生不是让你这几周好好在家养病吗？还有，公司的事情呢？你不管了？"

江泽予把护照和机票出示给登机口的工作人员，闻言回了下头，面无表情地道："纪悠之接下来两周打算住在公司里，通宵达旦，宵衣旰食，我很放心。"

敢惹哭她的人，就得做好被奴役的准备。

谢昳咋舌，只觉得五年过去了，这人的行事风格大变，让她实在捉摸不透："那你也不能这么草率就决定啊……这趟的行程很紧，舟车劳顿，你的眼睛受得了吗？"

江泽予没有回答，眼睛受不受得了是其次，心脏受不受得了才更重要吧？

彼时，谢昳刚挂电话，他就吩咐成志勇了解了她这次出差的相关情况，暂且不说广告的男主角是个比他小了好几岁的偶像，甚至那个五年前和她促膝长谈了一整晚的美国人也跟着去了。

相遇一次就能畅谈一夜，那相处两周还得了？

通道尽头，下了楼梯便是机场的摆渡车。不同于航站楼里的灯火通明，这里的光线很昏暗。江泽予从光明的地方一头扎进黑暗处，眼前骤然一片混沌，他眯了眯眼睛，想判断摆渡车的方向，衣袖却被人牵住了。

谢昳牵住他的袖子，拉着他在摆渡车的最里面坐好，这才松开他："既然来了，这一路上你少用眼睛，等到了加拿大，就待在酒店里养病。"

男人听着这略带训斥意味的话语，不仅不恼，反倒弯了嘴角乖乖点头："嗯。"

此时已是晚上八点，北都灰蓝色的夜风猛烈地刮过卷起漫天尘灰。广阔无边的停机坪上，一架架飞机轰鸣声剧烈，像是蛰伏在长夜里的巨鸟。

谢昳听到他回答中带着的淡淡笑意，不禁抬眼看去——男人坐在摆渡车角落里的窗边，眼神没有什么焦点，却能准确地捕捉到她的方向。他坐得离她很近，一双带着笑意的眼睛像是雾霾中闪亮的星星，两人的衣角重叠，呼吸相接。

谢昳就着夜色遮掩，就这么看呆了。

她突然有一种荒谬的不真实感，这种恍若重生的不真实感让她想起过去的那五年。

她在洛杉矶时，常常一个人站在窗边望着无边的黑夜发呆，而每当她想他的时候，就会喝些度数很高的伏特加，酒精之下，他便会出现在深沉的夜里，就像现在这样，眼带笑意地看着她。

此刻的摆渡车里载满了人，徐徐往远处停着的飞机处开去。

而他，就坐在她的身边。

风声骤起，机场里飞机的轰鸣声嘈杂。江泽予的双眼难以适应这昏暗夜色，开始隐隐作痛起来，他干脆闭上眼睛，手指轻轻移动着，攀住她的一片衣角说道："昳昳，你刚刚挂电话之前说，等你回来，有话要和我说？"

谢昳噎住了，确实有这么回事。

她是有很多话想和他说，比如，她想问问那个困扰她多年的选择题，比如，她想告诉他，当年她为什么离开他，再比如，她想和他一起商量周家的事，讨论下一步路该怎么走。

但这一切太复杂沉重，谢昳张了张嘴，发现自己一个字都说不出口。

实在不能怪她优柔寡断，只因为当年的秘密被她藏在心里太多年，她曾死死咬着舌头不肯透露一个字，以至于就算现在想告诉他，她张开了嘴，却发现舌头已经烂了半截，想说也说不出口了。

江泽予见她沉默不语，劝诫自己不要着急，人在身边，还能跑了不成？

摆渡车缓缓前行，北都的秋风萧瑟，他得寸进尺地顺着她的衣摆攀上衣袖，找到女孩儿温暖柔软的手，小心翼翼又不容拒绝地一把牵住。

半晌后，他试探性地挠了挠她的手心："你想说了再告诉我，我随时都可以听。"

摆渡车上人声嘈杂，周围的人不经意瞟过来的视线让谢昳神经紧绷，五年来的本能反应让她想松开他的手，潜意识里，她只觉得他们之间的关系绝对不能被其他人看到。

思绪纷乱间，她停住挣扎，反倒是收紧了手指，回握住他的手。

既然所有的秘密和背负都没有办法一下子说出口，那么从这里开始，似乎也不错。

喧嚣良夜里，狂风变得温柔。

谢昳沉默了很久，好半天才闷闷地回了个"嗯"字。

经过十一个小时的航程后，飞机顺利抵达温哥华。飞机降落的时候，不远处层叠起伏的雪山像是戴了一顶顶的白色帽子。出海关外加转机，到达黄刀镇时，当地时间刚过晚上十一点半。

黄刀镇是加拿大人烟罕见的西北地区唯一热闹的地方，可人口也不过两万。

机场很小，却似乎是世界版图的小小缩影——初冬时分，在这个全世界最靠近北极的镇子上，前来观赏极光的游客来自各个国家，各种肤色的人们用不同的语言交谈，让在夜晚本应寂静的机场显出些热闹来。

林景铄把手机贴在耳边，边走边讲："我们现在刚刚拿到托运的行李，飞机提前了半小时起飞……我带他们出来。"

他挂了电话，转身说道："周导安排的车子已经在外面等着了，一会儿，我们先去酒店。"

剧组众人经过了长途跋涉、舟车劳顿，闻言皆欢呼叫好，疲惫过后才察觉出公费旅游的好处来，于是兴奋地讨论着当地的天气、文化和风景。

没有人注意到走在队伍最后的两个人——谢昳和江泽予一起慢悠悠地落在人群末尾。

到达口的咖啡厅边上，几个印度裔的小孩儿因为抢一块百吉饼在他们身旁嬉笑打闹着，这复杂的"交通状况"令刚睡醒不久、视力还处于模糊状态的江先生躲得很狼狈。

谢昳干脆拉着他的衣袖，几步带着他闯出熊孩子们的包围圈。

她身上穿着之前在商场买的羽绒服，显得略臃肿又笨拙，可再怎么样也比不过身边这个男人。

他出发匆忙，除了必要的证件，几乎没带任何行李，衣裳也穿得单薄。这会儿，他身上披着因为长时间坐着而发皱的羊绒大衣，脖子上挂着谢昳从商场胡乱买的粉色颈枕，领口还围着她硬给他绑上去的芥末黄巴宝莉围巾，这土洋结合的新潮流，就连对时尚挑剔至极的林景铄都不由得回头看了好几眼。

谢昳笑得促狭，指了指他身上的羊绒大衣和脚上那双一尘不染的郎丹泽鞋，说道："我刚刚在飞机上看了当地气温预报，黄刀镇现在零下二十五摄氏度，你穿这衣服和鞋子肯定不行。"

江泽予任她牵着衣袖，脸上没什么表情："择优在加拿大的分部负责人已经提前过来了，他们会准备的。昳昳，一会儿你跟着我，我让他们在城堡酒店订了两个房间，就是你们剧组的人入住的酒店。"

谢昳点点头，今天这么晚了，不可能再开会或者工作，跟着哪边的车走都无所谓。

江泽予见她一副乖巧模样，心情愉悦地弯了弯嘴角。

从航站楼到达口往外走，机场巨大的落地玻璃窗外，夜晚的黄刀镇昏沉黑暗，隔着厚厚的玻璃依旧散发出冷硬的气息。

这是一个坚硬又浪漫的地方，有最冷的风、最烈的酒，也有最美的极光。

机场门口的马路两侧都积了极厚的雪，零下二十五摄氏度的猛烈狂风给了旋转门极大的阻力。几个人合力才让那旋转门艰难地转动起来。

待他们步履维艰地从玻璃门走出来，远处刮过来的湖风像是一柄柄冰刀，毫不留情地穿透他们的身体。

天气预报显示此刻的气温是零下二十五摄氏度，可体感温度绝对超过了零下三十摄氏度。一刹那，所有人都不由自主地想念起北都那顶多把梧桐叶卷到几米高的秋风来。

不过，更加令人吃惊的是，这漫天风雪里停着的三四辆林肯加长车。

剧组的众人咋舌，暗道他们家导演最爱大场面，出差出到这份儿上，还真是面子里子都有了。

为首的林肯车边，一个年轻人精神奕奕地靠在车门旁，他穿着正儿八经的短款极地羽绒服，浑身上下都是挑不出任何毛病的户外装备，就是直接去附近的雪山滑雪，都不会引起异议。

如果不是长着一张亚洲面孔，看这身专业打扮，倒像是在这儿住了几十年的本地人。

林景铄见着人，立刻眼神发亮，顶着两天没刮的胡楂和两个硕大的黑眼圈走过去，伸出被冻得通红的手勾了勾那年轻人的肩膀，嘴里咕哝着抱怨道："啧，周大少爷亲自过来接我们，算你还有点儿良心。"

两人一番寒暄后，剧组的众人纷纷和导演打过招呼，兴奋地拖着箱子上了那几辆林肯车。

谢昳则跟着江泽予朝停在那排车后面的一辆黑色奔驰车走去。

司机是择优的员工，神情恭敬地从驾驶座上下来，替他们打开后门。

"谢昳？"

谢昳方要上车，忽然听到身后迟疑的问句。在这异国他乡竟然能遇到个认识她的人，实在是稀奇，她挑着眉转过头，发现身后站着的是刚刚和林景铄寒暄的年轻人。

这年轻人是周子扬。

谢昳参加公司的活动以及这次的代言工作，用的都是Sunny这个网名，所以，骤然听到导演叫了她的本名，着实有些愣住了。

周子扬顶着十分精神的板寸头，一张脸棱角分明，过分粗的眉毛显出些狂野来。他冲谢昳勾了勾一边嘴角："果然没看错，咱们在我父亲办的慈善晚宴上见过，那时候你才上高中吧？说实话，Max给我看的照片实在是不像你，修得太过，没有本人三分之一的神韵。"他说完顿了顿，又道，"不说这个，谢叔叔最近身体还好吧？家里长辈总和我提起他，都说这两年少了来往，很可惜。"

慈善晚宴？

周子扬……周子骏，周家。

她想起来了，这个周子扬是周奕的大哥的儿子，周子骏的堂哥，因为脱离了商场，成了一位广告导演，基本淡出了人们的视线，以至于她压根没想起来还有这么个人。

谢昳心中一凛，忽然伸出手，干脆利落地把一旁听到声音、正作势要回头的男人猛地推进车子后座上，然后"砰"的一声关上了车门。

她撩了撩长发，抖落大片冰冷的雪花，背抵在车门旁，冲这一米八几的平头年轻人随意地笑了笑，扶着门的手却微抖。

时隔五年，她养成了每周查一次有关周子骏和周家的新闻的习惯，但这还是她第一次见到活生生的周家人。

谢昳的声音很稳，笑容更是挑不出一点儿毛病：“家父身体不错，周导也替我向周叔叔问好啊。”

周子扬闻言，略带探究的目光从紧紧关闭的车门上收回来，聚焦在女孩儿漂亮的脸上。他正要再说话，林景铄恰好从车窗里探出个脑袋来冲他招手。

于是，周子扬对谢昳颔首：“今天太晚了，咱们明天拍摄再见，我带你去喝当地印第安人酿的酒。”

谢昳脸上带着礼貌的微笑冲他摆手，等人大步走远了，才皱着眉站直身子，拉开车门坐进去。

黄刀镇夜色苍凉，大奴湖湖风肆虐，奔驰车内灯光暖黄。车门阻隔住外面的冰天雪地，车内却好似气温更降低了几度。

谢昳看着车子里冷着张脸不理她的男人，以为他是在气她刚刚推他的那一下太用力。

谢昳拉不下面子道歉，只皱着眉伸手挽住他的胳膊，轻轻地晃了晃：“别生气了，要不，我让你推回来？”

江泽予闻言气笑了，又发作不出来。

还生气……他哪里是生气啊？满肚子的气，早就被某一种酸腐蚀得气焰尽灭了。

他就这么见不得人？还是说，刚刚的那个人也是她的某一个老相好？偶像明星倒也罢了，一夜之缘也算过去了，现在又来了个莫名其妙的男人，让她下那么大狠劲推他进车里。

她可真有本事。

谢昳咕哝完，自己都觉得有点儿过分。

刚刚她见着周家人，本能反应之下，推的力道可不轻。现在仔细想想大可不必，江泽予来黄刀镇的事情，周子扬总会知道，也自然会知道他是和她一起来的。

她现在才想起来，周家从老一辈起便一直纷争不断，周子扬的父亲和周奕属于两个派系，所以，对方是敌是友，其实还不明朗。

可谢昳这人的大小姐脾气本来就厉害，五年过去了也没有丝毫的改变。从前他们在一起的时候，她便是这样，就算做错了事情，也从来拉不下脸来认错。

当然，大多数时候，谢大小姐是不觉得自己有错的，就算极少数的时候，她自觉理亏，也只会像现在这样十分敷衍地摇摇他的胳膊，便算是示弱了。

可是他一向脾气好，她的万般骄纵他都照单全收，太好哄，以至于谢昳从来没有深刻地反省过自己。

北极圈以外四百公里，黄刀镇的天空被风雪盖住，传说在这两周会爆发的神秘极光没有一点点的影子。

谢昳看着男人冷峻的侧脸，感慨这人五年下来脾气渐长的同时，心里又有些不是滋味。

她在从前的日子里，对他实在不算好。

或者说，她曾经以为来日方长，所以还没有来得及对他好。

谢昳放低了姿态凑过去，声音软软的，带了些鼻音，两只手轻轻地捏上他的胳膊说道："是胳膊疼吗？我给你揉揉好不好？我不该推你，下次一定注意。"

江泽予沉默了半晌，忽然想起她曾经说过的那四个"前"字，犹如泰山压顶般压在他心头。或许刚刚那个男人也是四个"前"之一？

他忽然开口道："既然是老相识，怎么不去坐他的林肯加长？"

谢昳一双眼睛里瞬间含了满满的笑意，笑了一会儿后，闭上眼把脑袋靠在他的肩膀上，又伸了一只手到他僵直的背后，如同抱着一个巨大抱枕一般环住他："别吵，我哪儿也不想去，困了。"

她趴在他的肩头，细小的声音钻进他耳朵。

"刚刚的那个人，我不喜欢，但因为某些事情，我不得不警惕。阿予，给我一点儿时间，等我想明白了，我什么都告诉你，好不好？"

这称谓，在这雪夜中震撼人心。

多年前，他们刚在一起的时候，谢昳对江泽予向来是直呼其名。

"江泽予，明天来接我上课，不要迟到。"

"江泽予，包太重了，你帮我拿。"

"江泽予……"

那时候，纪悠之和庄孰他们还吐槽过，就算是谈恋爱，谢昳也是大小姐架子十足，她这个颐指气使的模样，不知道的人还以为被叫的是她家用人。

然而，事情的转折发生在大二下学期。

五月份的S大校园里，满树的西府海棠，花朵团簇压弯了枝条，雨后春风带潮，几片玉兰打着旋儿落地。

一节课后，江泽予刚出教学楼，便被一个大一的学妹堵在了台阶上。学妹红着一张脸，把一个粉色的信封塞进他手里，连抬头看他一眼都不敢，匆匆忙忙地走了。

江泽予捏着那封情书，皱了皱眉，刚想着尽快毁尸灭迹，却已经来不及了。

彼时，还不到二十岁的谢昳留着及肩的黑发，妆容精致，香奈儿针织外套下是一条甜美又仙气十足的褶皱长裙，脚上还踩着一双她学生时代很爱穿的匡威，和周围刚进大学、还在摸索穿衣风格的青涩女学生们比起来，她好看得很张扬。

她站在楼梯口等他下课，从头到尾目睹了这一告白场面，还十分有耐心地等妹子走远了，才迈着长腿过来，挑着双长长的眉毛面无表情地抢过那封信，一边走一边撕开信封开口念道："亲爱的阿江学长……"

她看了前头的几个字就读不下去了，皱着眉头，把那张粉红底色、布满樱花图案的信纸折起来塞回信封里，重重地拍在他手里，嫣然一笑道："哟，阿江学长？我听纪悠之说，上周还有个新闻系的系花通过他给你递情书吧，她在信里叫你什么？好像是什么……泽哥哥？啧啧，昵称还挺多。"

江泽予听着她阴阳怪气的语气，又看到她满脸的笑意，知道这朵带刺的小玫瑰是恼了。

他连忙上前牵她的手，踌躇了半天，才来了一句："我以后出门都戴口罩，昳昳，你别生气，好不好？"

温柔的春风里，谢昳把落在他肩头的一片玉兰花拈起来，闻言斜睨他一眼："算你态度不错。江泽予，我告诉你啊，别给我在外面拈花惹草，不然……我暴躁起来连自己都怕。"

江泽予急忙搂住她的肩膀，连连称是。

这事儿看似告一段落，可其实，谢昳还心存芥蒂，想到这些乱七八糟的昵称就来气。

她想起刚刚那个长相甜美又腼腆的小学妹。

男生是不是都爱听女孩子声音甜软地叫他们？最好还是昵称，而不是硬邦邦的大名。

啧，真麻烦。

虽然如这般嫌弃地想着，可在那天晚上，在江泽予送谢昳到公寓楼下的时候，她忽然转过身来，从书包里拿出一枝带着叶子的淡粉色西府海棠，递到他手里。

她伸出两只手，抬高扶着他的肩膀，踮起脚来，吻在他唇畔。

褶皱裙摆随着抬手姿势往上蹿了几寸，露出修长白皙的一截小腿。

她亲了一下又一下，然后凑在他耳边，狡黠又霸道地说道：“我们阿予真的很有人气呢，喏，这枝海棠花送给你，就当补偿那些被我扔掉的情书，不许不要。”

她说完，自觉肉麻地转身上楼，连招呼都没打一个。

五月的良夜无风，北都城灯火璀璨，月影被高大槐树枝割得破碎。红着耳尖的江泽予握着手里的那枝娇艳海棠，在楼下停留了很久。

第七章
我要和他在一起

久远的回忆被手机疯狂振动的声音打断，江泽予拿起手机一看，是纪悠之发来的微信消息，一共三条。

“到黄刀镇了？怎么样，零下三十摄氏度滋味好受吗？”

“谢昳在你身边？我猜，她肯定没有挑明你们的关系吧？”

“我说哥们儿，人家在加拿大也不缺轮胎啊，你非得上赶着去备着，这奉献精神还秀到国外去了，真牛。”

江泽予侧过头看着身边女孩子的发顶，心烦意乱地深思起来。

重逢以来，她抱过他，亲过他，现在还叫着专属于她的昵称，靠在他的肩膀上睡觉。

但是她确实没有挑明他们的关系。她一直挑动着他的情绪，却没有给过任何解释，既没有解释五年前的离开，也没有解释此刻突然的亲近。

他也真的搞不清楚自己在谢昳那里，怎么就从收海棠花的地位，混成了今天这样。

十一月底正是观赏极光最好的季节，黄刀镇因此迎来了每年最热闹的时候，虽说有许多来自世界各地的散客都选择在大奴湖附近住帐篷或小木屋，但镇上的酒店依旧人满为患。

司机把两人送到城堡酒店楼下，从车子后备厢里拎了一箱给江泽予准备的衣物和一些必需的日用品，随即挠挠头，有些不好意思地说道：“江总，您交代得匆忙，这家酒店的房间确实很难订。好在有间套房还空着，里面有两个独立的房间，您和谢小姐要是不介意的话——”

他拿出打印好的房间预订确认函，说道：“拿着这个和证件去前台办理入住就行。”

江泽予闻言，看向一旁一直哈欠连连的谢昳。

谢昳点点头，表示没问题，接过确认函，径直朝酒店门口走去。

她这会儿困极了，从北都到黄刀镇这一路几十个小时里，她几乎完全没合过眼。

五年前，她刚到美国时频频失眠，当时为了能睡着，每天大把大把地吃褪黑素，吃到麻木，这也导致了后来严重的神经衰弱和对睡眠的极度心理焦虑，即使周围只有一点点的噪声或者不安全感，她都难以入眠。所以，这会儿，她哪还顾得上是不是套房，只要有安静的空间和一张舒适柔软的大床，她便满足了。

房间是酒店里唯一的总统套房，一共有主、次两个卧室，还带有厨房、巨大的客厅。落地窗外就是在黑夜里沉默着的大奴湖。

谢昳把厚重的羽绒服脱下来，挂在门后面，直奔洗手间。作为对脸蛋极为操心的博主大人，长途飞行后的第一件事情就是仔仔细细地洗脸——就算再困，回家倒头就睡也不符合精致时尚博主的自我修养。

洗手台上放置的洗漱用品、护肤品等全是意大利的一个高端药妆品牌，一次性包装看起来卫生又安心。

谢昳看着镜子里被冷风吹得泛红的脸，皱了皱眉，从装护肤品的篮子里拿了一张补水面膜。

黄刀镇的纬度太高，天气本来就干燥，何况她已经有两天没休息了，皮肤实在是缺水又干燥，冰凉的面膜刚一贴上去，脸颊上的刺痛感就让她龇牙咧嘴，险些敷不住面膜。

房间里的吊灯发出暖黄的光，谢昳从卫生间走出来，从行李箱里拿了换洗衣服，打算泡个澡，然后睡觉，路过客厅时，余光扫到坐在沙发上的男人。

大大的液晶电视开着，他似乎也有一些疲惫，闭着眼睛听着加拿大本地时政讽刺脱口秀里的无聊笑点，一只手还轻轻地按着太阳穴。电视里的主持人讲到自认为搞笑的地方拍着桌子大笑，他却面无表情，一副很无聊又很孤独的模样。

不知为何，谢昳心里忽然有些酸软，她走过去，从行李箱里拿出自己的电脑，又伸出手摸了摸男人刚从室外进来冻得冰凉的侧脸。

他感受着她指尖的温度，睁开眼睛看着她，忽然抬起手盖在她的手背上，眼睛里迷雾阵阵。

谢昳没有看出他有心事。

“阿予，你是不是很无聊啊？你可以用我的电脑看看邮件什么的，开机密码是我的生日。不过——”谢昳说完，抽出手，脸上顶着面膜往洗手间走，“眼睛重要，只能看到我泡完澡，一会儿，等我出来，我们一起吃晚饭。”

她走到卫生间里，把浴缸上的水龙头拧开，试了试水温，水流淌间，卫生间里漫起一阵大雾。

客厅里，江泽予心烦意乱地拿过电脑，输入谢昳的生日。他登录邮箱，随意浏览着几天积攒下来的邮件，工作上的事情一律转发给了纪悠之处理，生活上的就仔仔细细回复，甚至认真地标记了垃圾邮件。尽管分心处理着这些烦琐的事情，他的心情还是没法平复。

他实在是没有办法琢磨透她的心思，从前不能，现在更是天方夜谭。

这五年里，她在异国他乡成长了许多，也经历了很多段感情，或许，爱情观念和从前已然不同。那他又该如何去判断，她是不是真的想回头呢？又或许，就算她回头了，会不会哪一天又忽然离开呢？他还能忍受几个这样的五年？

就在江泽予退出邮箱页面，想关掉电脑的时候，忽然瞥到桌面有个名为“关于我”的文件夹，里面躺着两个不同版本的视频文件，一个只有十五分钟，而另一个足足有一个小时那么长。

他点开后者，发现这并不是之前在网上看到的视频版本，谢昳身上穿着的衣服也不是同一件——暖色灯光里，视频背景是客厅的落地窗，她微醺的脸庞离摄像头很近，就连脸上的绯红和眉毛的流畅毛流都看得一清二楚，喝醉酒之后迷迷糊糊的样子很可爱，比起平时冷着张脸的模样，显得小了好几岁。

她盘腿坐在转椅上，手上拿着手机，飞快地翻着网友们给她留的种种问题，翻到某一个问题后，手指头突然停住。

“想知道 Sunny 小姐姐的感情经历？”

“什么小姐姐，我……嗝，我今年十八岁，是小妹妹好不好？”

“感情经历啊……”她撩了撩长发，眯着眼睛对着镜头呼出淡淡的酒气，又笑了一下，随即伸出四个手指头，张开，神情很是骄傲自满，“我谈过四个男朋友！”

……果然。

江泽予盯着屏幕，捏紧的手指头戳进手掌，心里酸得像不小心放错菌种酿成醋的酒。

他极力克制着没有再次摔东西，视频得以继续播放，屏幕里，谢昳在说完这句话后沉默了很久。

很久之后，她低下头，神情看起来有一点儿难过。

她扳着手指头认认真真地数起来。

“给你们介绍一下我的四个前男友啊，分别是……二十一岁的阿予，二十二岁的阿予，二十三岁的阿予，还有一个……哦，二十四岁，还有二十四岁的阿予。”

酒店浴室里，雾气蒸腾，圆形陶瓷浴缸直径两米，边上镶嵌着一圈粗糙的鹅卵石，形态、颜色各异。谢昳闭上眼睛躺着，香薰淡淡的桦木和雪松味道让人仿若置身于广袤森林间的自然温泉里。

在飞机上乱糟糟的脑袋逐渐沉静下来，她开始思考之前堵在脑子里又不愿意去想的事情。

自从那天看了审讯视频之后，她终于明白，自己当年的选择给江泽予带来的伤害或许更胜过那些她曾深信不疑的自由与财富。也是从那个时候开始，她不再想推开他，而是想试着和他在一起。

可这样必然会有巨大的风险。

这件事情牵扯面太广，一旦被周家察觉出当年的端倪，谢家和江泽予都会受到巨大的打击。好在从五年前开始，谢川便逐渐把谢家的产业转移到了国外，所以，即便这时候受到打击，也不会是灭顶之灾。

最大的风险还是江泽予。

虽说择优在中国互联网行业里独占鳌头，可毕竟也只是一家成立才四五年的企业，还没完全站稳脚跟。而周家则是国内的老牌商业世家，不管是人脉、资源还是经济实力，都比择优高了几个等级。

所以，就算真的要和他摊牌，也得谨慎行事。

微烫的水温让她感觉很舒服，谢昳慢慢地把脑袋也沉没进水里，回想着当年那段惊心动魄的日子。

大四那年，江泽予有过案底的事情不知道被谁捅了出来。各方猜测之下，流言满天飞。短短一个月里，学校收到了各种匿名、实名的举报信和家长的不满。迫于压力，教务处开了三次会，虽然最终没有对他进行开除处理，但取消了保研资格。

那段时间，两个人都过得无比艰难，江泽予默不作声地承受着来自外界的唾骂和压力，从没在她面前表露过一丝脆弱，却疯了一样地开始学习。他不仅得完成金融、自动化双学位的毕业论文，为了提升自我，还参加了一个大学生编程大赛，开始做各种各样的市场调研以及投简历。

后来，江泽予投出的简历全部在初审阶段被刷掉，谢昳陪着他在附近的酒吧喝酒，他沉默着喝完两瓶白酒，终于醉醺醺地告诉了谢昳那些他缄口不言的事，那些被法官盖棺定论、即便说出来也不会有人相信的事。

在他知道的故事里，并没有周家这一环，只有一个名叫张秋红的孕妇。

高三毕业的那个暑假，高考分数出来后，江泽予成为北都城的理科状元。同年七月，他拿到了T大的录取通知书。学校对此非常重视，做了许多宣传，还邀请他回母校进行招生演讲。

那天是七月中旬，北都城最热的一天。下午两点多，江泽予演讲完，从学校回家。三十八摄氏度的高温下，街道上行人罕见。

从学校到他家的路上，有一个老旧的居民区，他骑车经过，恰好碰见一个买菜回来的孕妇满头大汗地倒在小区门口，模样很是痛苦。水泥地面滚烫，那孕妇侧着身子摔在地上，难受地哀号着。她身子笨重，几次辗转着想爬起来，却一次次摔倒在地。

小区门口空无一人，空气里热浪翻滚，只留有夏日的蝉鸣声阵阵。

虽说江泽予向来性子冷清又混不吝，可当年，年方十八岁的他对这个社会仍然抱有极大的善意，更何况，他的生母就是因为生他难产而亡，这让他对所有的孕妇都存有强烈的恻隐之心。

于是，那会儿，听到一位孕妇的呼救声，他几乎没有犹豫便停了车，匆忙地上前几步扶起她。经过短暂的沟通，江泽予知道那孕妇住在离这里不远处的巷子里。孕妇声称自己崴到了脚，苦苦哀求他扶自己回去，还连连保证，她家离这里来回不过十分钟的路程，不会耽误他太多时间。

江泽予没有犹豫，锁了自行车扶着她往巷子里走去。

那条巷子的两旁都是七八十年代的老式居民区，非常偏僻，在这拥挤的北都城里显得相当冷清，就连两旁的停车位都只稀稀拉拉地停了几辆车，自然也就没有监控摄像头。

他顺着孕妇的指示，扶着她往朝北的方向一直走，石板路并不平坦，其间，那孕妇不慎被一块凸起的石头绊了一下，手里装满菜的袋子掉在地上，她购买的一小袋半凝固的“猪血”砸了一地，也沾满了他的裤脚。

孕妇当即惶恐地道歉，还提出可以帮他洗裤子。江泽予想着自己就要回家了，于是拒绝了她的好意，只送她到门口。

十五分钟后，他原路返回，骑上车子回了家，只当这是寻常的一天里一件微不足道的小事情，却丝毫没有料到一个针对他的圈套正在一步步收紧。

一周后，江泽予在家附近的超市里被警察带走。

他曾扶起的孕妇张秋红对他提起了刑事诉讼，控告他在没有监控的巷子里对她实施了人身伤害，导致她流产。

江泽予经过了愤怒、难以置信和慌乱之后，最终冷静下来，在被告人口供中条理清晰地讲述了当天发生的事情，为自己辩解，还申请了法律援助。

可令他没有想到的是，噩梦这个时候才开始。

几份几乎是“实锤”的罪证打得他措手不及。

小区门口装有监控摄像头，监控记录显示，他于当天下午两点二十五分扶着孕妇进了巷子，又在两点四十二分出了巷子，时间与孕妇诊断书上的受伤时间大致相符。

更致命的是，监控摄像头里非常清晰地拍到了他走出巷子时沾满了斑斑血迹的裤脚。

江泽予当即经由前来法律援助的律师之口提出申辩，强调他的裤角只是沾上了张秋红购买的猪血，这一切都是她在污蔑他。

警方立即去了江泽予家，并从他家搜寻到了那条裤子。经过检验，裤脚上依旧残留的血迹明显与张秋红的血液一致，事实证明，在这一项证据上，是被告在撒谎。

当年，这件事情着实古怪，双方各执一词，令人费解。

警方也担心会判错案，于是对于被告人江泽予的质疑进行了反复侦查，可最终得到的结论是，受害者张秋红平时为人和善，与被告人之间也并无任何纠葛，不存在陷害的动机，反而是被告人拥有伤害孕妇的动机。

张秋红在第二次陈述时，回忆了江泽予在殴打她的时候，面目狰狞地反复咆哮：“生孩子会死的，为什么要怀孕？既然会死，又为什么要把孩子生下来？你以为你的孩子就愿意吗？”

警方就她的这番话做了调查，发现被告的母亲在十八年前为了生下他而难产去世，以至于他一直在单亲家庭中长大，性格孤僻冷清。

警方由此合理猜测，他极有可能在这样不正常的童年成长氛围里，产生了极度扭曲的变态心理。

至此，人证物证俱在，甚至连动机也有了，一切尘埃落定，江泽予的罪名成立。由于江泽予还未成年，于是被判处刑事拘留加刑事赔偿，T大也取消了江泽予的入学资格。因为这巨额的赔偿金，他背井离乡，做着最底层最吃力的工作，耗时两年才全部偿清。

当年，幕后指使自始至终没有露过面，所以，江泽予到今天都百思不得其解，当年那位孕妇到底为什么费尽心思地陷害他。就连谢昳也是借着谢川的人脉关系和经济实力，有针对性地查了好几个月，机缘巧合之下，才得知了周子骏在这背后所做的一切。

然而，这般攻心算计的背后，竟然不是仇深似海，更非什么惊人宿怨。

那理由太可笑，也太悲哀。

逐渐变凉的水没过口鼻，谢昳在几欲窒息的边缘心跳加速、头痛欲裂。她几乎立刻便感受到了当年她得知真相后，心里那极度的愤恨和疼痛，以及不顾一切想报复的心情。

那个人渣，就这么轻易地毁掉了她最爱的人的一生。

桦木香薰的气味逐渐渗透到水中，谢昳缓缓地探出头来。水温逐渐下降，凉意沁入皮肤，她却没有要起身的意思。

思绪翻飞间，谢昳忽然听到浴室外响起一个女人的声音。她心下疑惑，这么晚了，有谁来他们的房间？

谢昳屏着呼吸仔细听着，忽然觉得那声音很耳熟。

女人的声音里带了几分醉意，含混不清、毫无逻辑地讲着中文，那声音熟悉极了，像是……她自己的声音！

是电脑里的那个视频！

谢昳感觉头皮炸裂，血一下子涌上脑袋，她猛地从水里坐起来，随手抓了件浴袍裹住，迅速系好腰间的带子，推开洗手间的门往外冲。

果然，打开门后，视频的声音更加清晰地传来。

她听到视频里的自己醉醺醺地大声喊着："呜呜呜，你们都不知道我有多想他，我每天都在想他，走路也想，吃饭也想，睡觉也想。还有，你们知道我有多亏吗？我都没有睡过他！我都没有睡过他，我就跟他分手了，呜呜呜……"

几秒钟后，谢昳涨红着一张脸，头皮发麻，三步并作两步地跑过去，弯下腰“啪”的一声合上茶几上放着的电脑，怒气冲冲地瞪着眼前看视频看得津津有味的男人。

偌大的总统套房里寂静无声，羞恼和尴尬像一锅滚动着的沸水，源源不断地往外冒水蒸气，很快便满溢了整个房间，逼出赖以呼吸的空气，几乎要令人窒息。

她怒气冲冲道：“江泽予，你干吗翻我的电脑，你这是侵犯我的隐私，要是我愿意，我都可以告你！”

灰色的真皮沙发上，和她隔着一个茶几距离的男人抬起头来，脸上没有什么表情。

恼羞成怒的谢昳没有发觉他先前眼底泛着的些微红色，只注意到了他目光灼灼地盯着她。半晌后，男人的眼神从她的脸上逐渐往下移，一寸一寸挪到了她精致的下巴以下十五厘米的地方。

他的视线停驻在那儿，窗外暗夜沉沉，屋内灯光照亮如白昼，女孩子胸口起伏间细腻的肌肤在雪白浴袍的衬托下白得扎眼。她着实有副好身材，二十出头的时候便初现端倪，如今五年过去，明明脸上没有太大变化，可岁月还是在她身上留了一些东西。

他的眼神逐渐发沉，喉结滚动了一下。

谢昳疑惑地顺着他的眼神往下看——

刚刚，她听到声音就迅速从水里爬出来，只来得及披上一件浴袍，匆忙间连带子都没系紧。此刻，因为弯下腰合上电脑，那浴袍的领口敞开几分，露出大片的锁骨和胸口。

薄肩窄背之上，凌乱的银灰色发梢还在往下滴着水，水珠汇成线顺着脖颈经过锁骨，又流进浴袍深处。虽然房间里暖气开得足，可裸露肌肤上水珠蒸发吸走热气带来的凉意，又或是某些人毫不掩饰的灼灼目光，让她立刻起了成片的鸡皮疙瘩。

最致命的还是他语气沉沉的一句话：“昳昳，你要是想的话，为时不晚。”

——“我都还没睡过他！”

——“你要是想的话，为时不晚。”

谢昳刹那间满脸通红，平日里伶牙俐齿，此时却像是哑巴。最终，她只是咬牙切齿地瞪他一眼，然后抱起电脑跑进房间，恼羞成怒地反锁了房门。

好半天后，她才懊恼地哀号出声，暴躁地在床上翻滚着。

既然他看到了视频后面，那最开始，她的那堆胡言乱语肯定也被他听到了。

该死的害人不浅的酒精！

韩寻舟从前就说过她这个毛病，清醒的时候死要面子，最不耐烦也最不屑的就是煽情和温柔，但是只要沾染上酒精，就会变成另外一副样子。

尴尬的气氛在整个套房里弥漫，客厅里，江泽予看着紧闭的房门，轻轻地笑出了声。

几分钟后，江泽予敲了敲门："昳昳，再生气也不能饿着自己，我给你叫了晚餐，出来吃点儿东西再睡。"

谢昳没有吱声。

这种时候出去吃饭？她就算饿死也不会去！

可几乎两天没有进食的胃在此刻发出了强烈抗议，她安安静静地躺了两分钟后，"噌"的一下折起身，冲门外低低地喊："你先发誓，你刚刚看到的听到的，全部忘掉，谁提谁就出门摔个大跟头！"

过了好久，门外才传来无奈的一声"嗯"。

谢昳自知她这样不过是掩耳盗铃，自欺欺人，但他乐意配合，她心里便好受了许多，觉得总算保住了几分颜面。她打开房门走出去，板着脸把自个儿的行李箱拖进来，又"砰"的一声关上门。片刻后，她穿好整齐的睡衣，用毛巾包住湿发，打开房门，走到餐桌边上坐下。

白酱意面奶油味十足，香气在舌尖弥漫开，在各种意面口味中，她最中意这一款，而撒了欧芹碎的蔬菜汤又最能解腻。

五年过去了，他对她的口味依旧把握得精准。

意面味道极好，眼看着少了一大半，谢昳才停下筷子，别扭地回头问江泽予："你吃点儿吗？我吃不下了。"

江泽予闻言点点头，站起身走过来在她对面坐下，接过她用过的餐具，毫不避讳地开始收拾残局。

这一点，曾经的谢昳很不习惯。

她在谢家长大，习惯了谢家人的相处模式。周婉玲碗里的东西，不管剩了多少，谢川都不可能接过来吃。家里的饭菜几乎都是分成小份，像西餐那样一人一份，如果真的是不可避免的中式家宴，那么桌子上便会放一双公筷和一个公勺，避免直接接触。除了吃食，每个人的衣物也会分开清洗，分开存放。

谢昳一直以为家人都是这样的，直到遇见他。

谢昳想起当年在S大附近的公寓里，江泽予偶尔会下厨，有时候是简单的一碗面，有时候是一桌子丰盛的饭菜。她胃口一直不大，往往没吃几口就饱了。通常来说，她都会控制好盛到碗里的饭量，但也有失手的时候，而那时候，江泽予便会自然而然地接过她的碗。

他明明有些洁癖。

时隔好几年，不管是当年那个清贫的穷小子，还是如今衣着讲究、身家百亿的商场新贵，他对她一如当初。

谢昳忽然觉得有点儿难过，如果没有那些乱七八糟的事情，他们是不是就会彼此恩爱、相互陪伴一辈子，而不会有那段违心的五年分离。

可如果没有那些事，他大她三岁，生活圈子没有任何重叠，他们或许就会是两条平行线，永远不会有交集。

“江泽予……”谢昳张了张嘴，只觉得命运实在是荒诞又爱捉弄人，对善良的人施予最大恶意，她忽然问道，“你……你还记得我们的第一次见面吗？”

男人闻言放下筷子，眼里笑意温柔“怎么会不记得，在行政楼办公室的门口，我捡了你的耳钉，换了三个月的青椒炒肉盖饭。”

说这话的时候，他的语气里是少有的轻松，似乎回忆他们之间的往事对他来说，是很愉快的事情。

谢昳的喉咙哽了一下：“嗯，我也记得。”

她曾经也一度以为，九年前的那个下着雨的日子，是他们的初见。

吃饱喝足后，谢昳又规规矩矩地刷了牙，觉得脑袋昏沉实在撑不住了，回房间倒头就睡，一向难以入眠的她这次竟然一沾枕头就睡着了。隔着整个客厅的另一个房间里，江泽予方洗完澡，裸着上身坐着，完美的肌肉线条显示他平时应该经常健身。他用浴巾擦着仍在滴水的头发，安静地靠坐在床头。

黄刀镇的夜很沉默，这种安静和世界上绝大多数地方不同，这里实在人烟稀少，安静里头蕴含着一种属于广袤大自然的神秘力量。

在这样的深夜里，五年来从未有过的愉悦如春水般漫上心头，他觉得这个镇子、这个夜晚，还有另外一个房间里睡着的姑娘，都那么可爱，可爱到他的心几乎就要融化了。

——那是一种被爱着的感觉。

他从年少时候开始就过得太苦。年幼丧母，父亲又是沉默寡言的性格，不懂得怎么照顾人。后来，在他最意气风发的时候，他又被陷害，为了偿还赔偿金，背井离乡两年，其间尝尽人情冷暖，却唯独缺少那柔软的、温暖的爱意。

直到有一天，这朵小玫瑰忽然闯入他灰暗又世故的生命，昂着头神色骄傲。

曾经，他甘之如饴地觉得，只要他爱着她就可以，却从未想到，她竟也在那看似不在意的外表下，同样付出了轰轰烈烈的爱。

他遵守承诺，不再提这些令她觉得面红耳赤的尴尬事，却把她喝醉酒后说的那些话一句一句藏在心里。这几句话足够支撑他从此坚定不移地走向她，足够他感激一辈子。

江泽予在今天突然想通了，他耿耿于怀这么多年的，其实并非她和他分手，而是在意她是否爱过他。如今得到答案，他忽然就没了一点儿恨意。

谢昳当年跟他分手，或许真的是撑不住了，毕竟那时候的她，只是个二十出头的小姑娘，他又怎么忍心跟她计较？

重要的还是当下。

他想起今天在车上，谢昳说过的因为某种关系不得不警惕的那个人。那个人和林景铄说话的时候，他看到了，应该就是这次广告的导演，姓周。

江泽予的嘴角抿成了一条线，其他的事情，他愿意给她时间，但如果有关于她的潜在危险，却不能不提前打算。

他拨通了成志勇的电话："帮我查一个人。"

第二天，周子扬带着团队来到大奴湖踩点找机位。

下午一点多，大奴湖上的冰面被厚厚的白雪覆盖，冰雪宛如镜面，反射的阳光照亮了周边冬日白昼里的黑色森林。一望无垠的冰湖上，有一些游客在当地旅行社的带领下，不亦乐乎地尝试冰钓，但说实话，真正能钓上来足够中午享用的并没有几个。

剧组的车停在湖边森林外，几个摄像大哥吭哧吭哧地扛着三脚架，小心翼翼地在湖面上走。那边，周子扬戴着护目镜、穿着防滑雪靴，亲自扛着个镜头在湖面上找机位，设计构图，同时，也在等待最好的光影时间。

充满野性的辽阔冰湖上，狂风大作，温度比镇上还要低。

谢昳和岑宁都裹着厚厚的羽绒服，面对面坐在大奴湖边的小木屋里读剧本，林景铄则一脸困顿地坐在一旁看视频，时有时无的手机信号让他抓狂。

短片旨在为 YR 集团第一次进军珠宝市场做宣传，主题是爱情，准确来说，就是万变不离其宗的公主与骑士的设定。其中，谢昳饰演的女主角是个万众瞩目的明星，而岑宁饰演的男主角则是她的助理。

这个广告剧本相对简单，所以对于演员自身气质的要求极高。岑宁看完所有戏份后，有点儿担忧地抬起头看了一眼对面认真读剧本的谢昳。他的戏份不多，穷小子的人设也很符合他出道前默默无闻的北漂经历，但 Sunny 饰演的是万众瞩目、眼高于顶的女明星，那种气场，一般人还是很难把握的。何况，这是一个珠宝广告，如果女演员没有气场，很容易被衬托得丝毫没有存在感。

谢昳翻过一页剧本，忽然感受到头顶上方的灼灼视线，挑了挑眉，抬起头与他对视："怎么？"

岑宁满脸怜悯，委婉地说道："Sunny，咱们尽量多熟悉熟悉剧本找找感觉，否则一会儿试镜的时候怕是——"说罢，他环顾四周，悄悄地凑到她耳边，神神秘秘地八卦着自己昨天晚上刚搜索到的信息，"那个周子扬导演，你知道吧？他是周家的大少爷，听说脾气很臭的，要是表现不好，可能会被骂得很惨。你做好心理准备。"

谢昳挑了挑眉，笑道："放心吧，我应该不会挨骂。"

不久后，周子扬让两个演员过来试镜。

第一幕便是谢昳站在湖边，任由一旁的摄影师从各个角度拍摄。虽然她没有当过平面模特，但之前也接拍过一些时尚杂志，大致的造型还是会的。

岑宁站在周子扬身边，看着显示器里一秒"入戏"的谢昳，瞠目结舌的同时，他听到周导语带赞赏地来了句："Sunny 的感觉很好！"

岑宁眨了眨眼，何止是好？

镜头里一半是白色的冰湖，一半是浓黑的雪松，强烈的对比构成了一种奇异又和谐的美感。远处暖红色的太阳斜斜地缀在半空，镜头正中的女孩子没有刻意去凹造型。她背对着镜头，伸手扶着被冰凌包裹住的雪松枝干，而后侧过脸看着斜后方。

明明脸上没有一点儿妆，可那脸上的每一丝神情甚至下巴抬起的角度，都带着恰到好处的随性与高傲，那种高傲仿佛是从骨子里沁出来的。一般人第一次面对镜头，以及周围一大群机组人员，都会有些放不开，然而，她丝毫没有。

她站在那儿，有一种睥睨众生的沧桑美感。

岑宁觉得自己的下巴快要掉了。

拍广告的难度虽然比不上拍电影，但想找到广告本身追求的感觉和气质是相当难的，至少，他每次都得琢磨很久。这姑娘是一个天生的演员吧？镜头感也太强了！

其实，这绝对是高估谢昳了，她哪里有什么演技，不过是把自个儿被人唾弃良久的“嚣张跋扈”的大小姐脾气放出来几分——要是这广告拍的是个灰姑娘或傻白甜，那她肯定浑身僵硬、不知所措。

谢昳试完镜后，整个剧组进行短暂休息，周子扬坐进小木屋里给他们讲戏。讲完之后的戏份和角色分析，他毫不吝惜地称赞道：“不愧是北都城谢家的大小姐，当年我在宴会上第一次见到你，便觉得这姑娘气质超群，有天生的公主范儿。”

谢昳在心里翻了个白眼，面上却嫣然一笑：“周导说笑了。”

可木屋里的另外两人险些咬到舌头。

气氛凝固许久后，林景铄大着舌头震惊出声：“你、你……Sunny，你是谢家，谢川的独生女？”

那可是谢家，北都城里，仅次于周家和贺家的豪门！

岑宁更是目瞪口呆了半分钟。他之前还以为谢昳不过是个有幸傍上江神的灰姑娘，担心人家演不好光彩夺目的女明星。现在想来，着实可笑，谢家大小姐的身份，圈子里哪个女明星能比得上？

试镜结束，已经到了日落时分。

收工后，谢昳跟着助理往森林里走去，没走几步，见到江泽予站在不远处的雪松下面，眯着眼睛看着远处的剧组。她示意助理先回去，而后走到江泽予身边，伸手在他眼前晃了晃：“你怎么来了？不是让你在酒店里休息吗？”

这冰面上反射的光线太强，对他的视力没有好处。

江泽予收回视线，没有说话，只伸手揉了揉谢昳的脑袋。他偏过头看着红日之下的沉默森林，冰天雪地下寒风骤起，惊起几只不畏严寒的鸟儿。

昨夜，成志勇很快给他回复了消息。这位周导名叫周子扬，是周家的少爷。周家，他当然知道，在房地产、媒体、娱乐圈都有极为庞大的产业，前些日子进军互联网行业，甚至和择优之间还有过间接的商业合作。

但谢昳说过要警惕周子扬……这让他不免对周家上了心。

他一夜未眠，搜索了所有有关周子扬和周家的新闻，搜着搜着，他倒是想起了当年的一件事。当年，他从拘留所出来后曾经去过张秋红家，想查清她陷害他的动机。可当时，她的街坊邻里告诉他，张秋红搬家了，搬去了城北的别墅区。

“别墅区？哪个别墅区？”

那时候他很是惊讶，因为在他的印象里，张秋红只是个朴素又穷苦的孕妇。

街坊阿姨一脸艳羡地指了指巷子口贴着的一块广告牌：“喏，就是这个，听说是北都城周家新开发的别墅区。张秋红前几天中了彩票，真是好运啊！”

周子扬，北都城周家，别墅区，张秋红。

一些毫无关联的事情隐隐拼成了一张诡秘的拼图，江泽予只觉得脑子里有什么东西灵光一现，却没能抓住。这拼图里似乎还少了最重要的一块，以至于他难以看清全貌。

此时红日坠下，天边极光初显端倪。

两人没跟剧组的车，徒步穿过半个黑色森林，往不远处暖黄的镇子上走去。

拍摄地离他们下榻的酒店不远，走路只有四十分钟的距离，正好适合在这样的傍晚散个步。说是傍晚，其实刚过下午四点，但对于纬度极高的小镇的冬日来说，已经是落日时分。

两个人都没有说话，安安静静地走过雪松之间被冰雪覆盖的小路。

眼前的马路似乎是某一条原始与现代的分界线——他们的背后是大自然最原始的冰原与森林，而他们的身前则是车水马龙的西北首府，但这所谓的西北首府也不是那么繁华，甚至比不过国内随随便便一个小城市。

谢昳还没有适应这里和北都城十五个小时的时差，眼皮子不断耷拉着，她做了个深呼吸，闻到了空气里冬日特有的清冷味道，还有背后雪松的涩涩香气。两人沿着街道缓缓前行，倒是像极了一对来游玩的小情侣。

黄刀镇上没有太多高楼，地势也算是平坦，极远处海拔不高的冰原起伏着从四周环拥，峰顶有皑皑白雪覆盖，那副岿然不动的模样，似乎是存在于这地球上几千年。

这里有许多大都市中常年难见的自然力量，一切都原始地、野蛮地、不经雕琢地展露在眼前，而仅仅两万人口的镇子，更像是一群孤独的人聚集在这北极圈之外，从大自然的手中抢了那么个地方，画地为城。

江泽予忽然出声：“昳昳，你看前面那对夫妻。”

谢昳抬头看去，距离他们前方几步外，一对年迈的老夫妻挽着手从一家印度小店走出来。白发苍苍的老头儿穿着洗得有些褪色的派克大衣，左手拿着一包煮菜用的咖喱、一盒看不出种类的肉和一捆绿油油的西芹，右手牵着同样白发苍苍的老太太，慢慢地往前走着。他们走进不远处橙红色砖瓦巷子里，身影逐渐消失不见。

谢昳偏过头，看着比她高将近一个头的男人，夕阳沉沉，他的侧脸被映照得泛红，那眉眼极为出挑，依稀还是当年英俊得令人心动的模样。

良久后，江泽予哑着嗓音说道："我很羡慕他们。"

谢昳登时松开挽着他的手，她的心怦怦地跳动起来，说道："羡慕什么？那两个老人应该是当地的居民，这个镇子这么偏僻，方圆几百里都是人烟稀少的山脉和冰原，一辈子在这里生活有什么意思？何况……你看那个老人家，他左手拿了这么多东西，却没有购买一次性袋子，身上的大衣也洗得褪色了，大概是经济条件很不好。"

她不自然地笑了笑，继续试探地问道："江泽予，你如今是上过《时代周刊》的有钱人了，这么穷苦潦倒的生活，又……有什么好羡慕的？"

她眼睛一眨不眨地盯着他看，热切又渴望。

江泽予揽在她腰间的手收紧，从一整条街亮着灯的饭店门前走过，声音如同沉沉的晚风："我只是羡慕他到了这个岁数，还能牵着他的女孩儿回家。"

他用了"女孩儿"这个词，其实和方才那个臃肿矮胖的白发苍苍的老太太形象很不相符，在这时候，却让谢昳险些热泪盈眶。

白发苍苍或是行将就木，在爱情里，在爱的人面前，她依旧是少女。

他说不出来什么露骨的情话，表述间似乎完全不涉及他和她的事情，但一字一句如冰刀般敲进她心里："昳昳，我曾经以为，我这辈子不会有这种时候。如果有，我愿意拿一切去换。"

他说，他愿意拿一切去换，包括自由、财富，甚至生命。

果然。

果然是和她曾经想的截然相反的答案。

落日沉沉，偶有飞鸟掠过。谢昳停下脚步，耳膜鼓动，心脏狂跳，她听到自己开口道："江泽予，有一些事情，我得告诉你，是一个很长很长的故事，你愿意听我说吗？"

这件事情太久远，久远到很多时候她自己回忆起来，都觉得那些沉重的故事模糊又支离破碎，像是发生在前世。

街边红日沉沉，墨蓝色的房子被染成紫色，江泽予点头，虽然不知道她要说什么，但心里似乎有了一点儿预感。

谢昳深吸了一口气，说道："江泽予，你还记得昨天我问过你，记不记得我们的第一次见面吗？其实……"

她硬着头皮说出开场白，然而，好不容易鼓起的勇气又被身后刺耳的喇叭声打断，谢昳回头，路边斜斜地靠过来一辆粗犷的越野车，轮胎上绕着重重的防滑铁链。

穿着一身红色冲锋衣的林景铄从副驾驶窗口兴奋地探出头来，眉飞色舞地冲他们挥手："Sunny，无巧不成书！带上你的男人跟我们一起去喝酒啊！周导说带我们去喝当地印第安人酿的酒，小岑宁也去哦。"

这个美国人口中乱七八糟的词儿和喜笑颜开的一张脸，成功地把她的心情从浪漫又壮烈的泰坦尼克号甲板一下子拽进了夏威夷热热闹闹的草裙舞聚会上。

"其实我们的第一次见面，在……呃……"谢昳挣扎着，想不顾他的打断继续述说自己的故事，却发现脑子里刚刚酝酿好的情绪已经难觅踪迹了。

谢昳总算明白，为什么国外电影里，老人家给自己的儿孙们讲年轻时候的故事之前，往往要一家人整整齐齐地围坐在壁炉前，也总算明白，为什么那个关于小和尚的故事，每次都要从"从前有座山，山上有座庙"开始。

讲故事，真的是需要氛围的。

她转过头，撇着嘴看向身边的男人，眼神里有着可怜巴巴的挣扎感。

江泽予好笑地揉了一把她的脑袋。

他知道，她要说的故事大概不轻松。其实，他刚刚看着她眼睛里的红血丝时，便觉得今天或许不是一个听故事的好日子。

"五年我都等过来了，还差这一时半会儿？昳昳，你要是想去的话，今晚跟他们一起喝点儿小酒，然后回去好好睡一觉，明天养足精神了，再说给我听，好不好？"

谢昳眨了眨眼睛，垂头丧气地拉着人朝越野车边走去。

后座上只有岑宁一个人，他正蔫了吧唧地靠在沙发垫上玩手游，抬头看到进来的人，立刻坐直身子往旁边让了让。江泽予冲他点点头，坐在后座正中，又朝车窗外的谢昳伸出手。驾驶座上，周子扬一只手搭在方向盘上，另一只手屈起支在打开的窗框上。

车子很快开到他说的那家印第安酒吧，招牌是一块粗糙的铁板，粗犷的木门漆成血一般的红色。几人推门而入，狭窄黑暗的空间里只有几盏简陋的灯，还有稀稀拉拉的人。

这里离镇中心比较远，游客甚少，来的大部分是本地人，喝着最原始的酒，听着最狂野的歌。酒吧台上，一个扎着脏辫的黑人女歌手弹着电吉他，低低的烟嗓唱着涅槃乐队的重金属摇滚乐。

谢昳有点儿诧异，她曾经有段时间很喜欢涅槃乐队的音乐，觉得那些律动能唱进人的灵魂。但自从一九九四年乐队主唱柯本自杀后，乐队便逐渐淡出了人们的视线。

周子扬去吧台同老板用本地语言交流了几句，那老板一拳头砸在他肩上，豪爽地笑着点头。两个人看起来很熟悉，他大概是这里的常客。与此同时，林景铄招呼三人在吧台边的卡座上坐下，笑着说："听说周导从前在这里住过一年，对黄刀镇感情十足，他一直想把极光拍进自己的广告里，这次我们算是沾光了。"

说话间，周子扬端着个木质托盘回来，上面放了几只琉璃杯和三大瓶酒，里面米白色酒液如同桦树皮上流下来的雪色树脂。

"这酒不算烈，但风味很特别，可以尝尝。"

周子扬坐下，把酒杯分到他们面前，一一斟满酒，紧接着，他举起酒杯，先看向江泽予："这杯先敬江总。久仰江神大名，我对你可是早有积怨，谁让家父每次提起你都会狠狠地教训我一番，说我不成器。"

谢昳从小就不喜欢这种应酬式的寒暄，她以为江泽予也会觉得别扭，没想到他的回答倒是自如："周导客气了，人各有志，周导要是回来经商，这世上就缺了一个艺术家。"

周子扬听他这么说，豪爽地笑起来，喝干了一整杯酒。他喝完酒，又看向谢昳："我之前竟然不知道谢大小姐和江总是恋人，实在是般配，冒昧地问一句，你们在一起多久了？"

谢昳闻言，看了一眼江泽予。

他们现在算是在一起了吗？好像也不是吧，顶多算是在复合边缘小心翼翼地试探的前任。

她不知道该怎么回答，却见江泽予端起酒杯一饮而尽，而后挽起袖子用手背擦干净嘴角残留的酒液，笑道："我还在追求她，革命尚未成功，仍需努力。"

林景铄和周子扬闻言惊讶地对视一眼，而后均是大笑。

周子扬无奈地摇摇头："江神，这我可帮不了你，谢小姐念初中和高中的时候很受欢迎，追她的男生怕是能围长城一圈，你可得再加把劲儿。"

那边一直在听八卦的岑宁的关注点却不在这里。情商极低的岑宁抿了口酒，瞠目结舌地问江泽予："江神，你……不是'风吹涟漪'江泽予吗，还能千里迢迢地跑过来追妹子？不是吧？"

说好的薄情寡义呢？明显不对啊！

这种话，一般人不可能当面问，但岑宁显然不是一般人，问完之后还丝毫没觉得不妥当，一脸等待解答的模样。

林景铄作为一个不太懂人情世故的美国人都看不下去了，敲了他的脑门一下：“小岑宁，你是不是傻？‘风吹涟漪’江泽予，你还不明白吗？你面前坐着的这个，就是‘晚风’本人啊。”

五年前，Sunny 在洛杉矶威尼斯海滩上就问过他那个问题，后来，她也承认她的初恋就是江泽予，他要是再搞不明白，那他才真是猪了。

岑宁杯子里的酒液洒了一半，瞪大眼睛看向谢昳，显然很震惊。

原来，江神说的晚风，并非因为薄情寡义，而是爱而不得，这也太惨了……岑宁这么想着，显然忘了，就在前几天，他还在机场里跟助理吐槽江神。

眼看岑宁嘴皮抖动，似乎又要冒出什么惊人言论，谢昳立刻转移话题，不动声色地问周子扬：“周导，我父亲有次闲聊时候告诉我，近几年你们周家经商、行事好像低调了很多，是改变经营模式了吗？”

她跟他们过来喝酒，并非想凑个热闹，主要还是想探一探周子扬的底，看看这人站在什么样的立场上。又或者说，当年周子骏的事情，他有没有掺和进去。

至少从这几次的相处看来，他虽然看着粗犷随性，但行事作风也算是坦荡，对剧组众人也很善待，和周子骏半点儿都不相像。

周子扬闻言，倒了杯酒，一口气喝干，然后把酒杯往桌上一搁，两道粗眉蹙起来：“周奕……我二叔他哪里还有什么心思做生意，整个周家现在完全是在走下坡路。要不是我父亲这两年进军互联网还算有点儿起色，周家离没落也不远了。”

他说罢，停顿半晌，接着平静地开口道：“谢大小姐应该也听说过，我二叔的独生子，也就是我的堂弟，前些年犯事儿被抓了，现在还在牢里蹲着。”

谢昳没想到他会直白地提起这件事，低下头没有说话。

周子扬没在意，语气平淡得像是在闲聊旁人的八卦，酒意上头后，甚至连“二叔”都不叫了：“啧，周奕这人一辈子城府太深，做事情更是心狠手辣，唯独这个儿子被他宠成了个智障。”

他毫不吝啬地抖出被周奕捂得严严实实的丑事儿，依旧是一副事不关己的模样：“当年，不知道是谁匿名举报了周子骏。好像是五年前吧，我当时在国外，听我父亲说，公安部收到的举报信足足有一本书那么厚。背后的人大概是跟周子骏有仇，搜集了他所有的罪证，而且全部是公诉案件。每一桩都是铁证如山、没有一点儿可以含糊其词的地方。”

他说着，皱着眉头冷哼了一声：“也不怕你们笑话，外界都不清楚，其实我父亲和周奕不和已久，而我和周子骏虽说是堂兄弟，更是形同陌路。我从前只知道他行事顽劣，但真的没想到人还能坏成这样。你们知道吗？这个人竟然还涉嫌吸毒和强奸。”

“我二叔想着要揪出当年举报的人——”周子扬说到这里，话语间是抑制不住的厌恶，“想搜查到那么多详细的罪证，连警察都做不到，背后肯定是个大人物。周奕查了所有和周子骏有过节的人，以及他们的关系网，但都没有发现谁有能力和动机做到这一切。”

林景铄和岑宁第一次听这些豪门秘事，无不咋舌，毕竟是他人家事不好置评，只当茶余饭后的消遣了。

谢昳却心里一紧。

周子扬说的最后一段话，正是当年她不得不和江泽予分手的原因。

五年前，她和谢川“约法三章”，和江泽予分手。她去美国半年后，针对周子骏的打击才算是开始。那时候，她每天都在噩梦中惊醒，又在惶惶中沉睡，她担心功败垂成、弄巧成拙，担心她不仅不能帮到江泽予，还会害了他、害了谢家。也正是那个时候，谢川给了她全力的支持，就冲这一点，不管他这个父亲从前待她如何，谢昳都得感激他一辈子。

可她终究还是不能言而有信了，好在如今，谢家的产业大部分转移到了国外，这让谢昳在做出决定的时候，不必背负那么沉重的负担。

想到这里，谢昳放在桌下的手攥紧了却仍然控制不住地颤抖。

片刻后，那只手忽地被人握住。

她偏头看去，昏暗灯光下男人身影高大，嘴角抿成一条线。他低着头，不知道在想些什么，修长手指坚定地掰开她握紧的拳头、耐着性子展平，然后轻轻地握住，不顾她手心里濡湿的汗液。

广告拍摄逐渐进入正轨。这是谢昳第一次接触广告短片拍摄，也是第一次体会娱乐圈的不易。

周子扬平日里桀骜不驯，工作时却非常严格，一些剪辑后只有一秒钟的镜头，前期都得反复拍摄好多条。这般忙碌的拍摄行程直接导致谢昳每天回酒店都困得像条死狗，完全没有精力同江泽予继续上次的谈话。

转眼一周半的时间过去，拍摄进行到最后一天，亦是整个短片里的灵魂场景——漫天极光下，广告女主角戴上 YR 的水晶项链，站在冰天雪地之间。

这场戏在晚上，冰湖附近的气温降到了全天最低，体感温度零下三十五摄氏度。在这种天气里穿大露背礼服、保持美好的身体姿态和面部表情，对于谢昳来说是个巨大的挑战。

岑宁和林景铄在湖边浅滩上站着，眼里都有些担忧。依照导演之前的苛刻程度，这个灵魂片段起码得拍几十条，估计人都得冻傻了。

整个场地被剧组租下来，湖面上打着强光，除了剧组人员，没见到其他人。岑宁凑到林景铄耳边问："江神今天怎么没来现场？"

"Sunny 不让他来，他要是看到这个拍法，估计能跟咱周导干一架。"

"Action（开机）！"闲聊间，拍摄已经开始。

或蓝或绿的极光在天际翻滚，黑色雪松屹立湖边。雪夜之中，林间木屋里的暖灯泛着黄色，宛如童话故事里的神秘场景。年轻女孩身着墨绿色吊带礼服，锁骨下方坠着一颗晶莹剔透的水晶。她低下头，略弯着腰从木屋里走出来，乌黑的长发在脑后松松绾住，鬓边几缕挂在裸露的肩膀上，映衬得那肌肤越发莹白。

雪夜，林间，木屋，美得不似人间所有的女孩，仿佛是山野间动人的精灵。可等那女孩儿抬起眼挺直脊背的一刹那，所有人都能意会到那慵懒随意间透露出的些微气场，不像是古灵精怪的精灵，倒像是哪个不小心沦落山野的高傲公主。

"卡——"周子扬反反复复地看着 TV 里的完美画面，情绪难掩激动。最后一场戏表现难度极大，但谢昳做得特别好，超乎了他的想象。整个拍摄过程顺利得不可思议，只拍了一条就通过了，完全符合周子扬的高标准。

周子扬刚喊停，谢昳再也绷不住脸上"高贵冷艳"的神情，皱着眉头哆哆嗦嗦地骂了几句。一旁的拍摄助理赶紧上来给她披上羽绒服，扶着她朝通着暖气的小木屋走去。

她换好衣服，边卸妆边问助理："明天还有行程吗？"

"没有了，周导说明天和后天让咱们公费旅游两天，大后天回国。"

结束了也好，有些事情也该说清楚了。

谢昳擦去下巴上的最后一点儿底妆，看着镜子里素淡的自己，过往的许多年如同加速电影，在她脑海中飞快地放映着。

在此之前，她大概还得再做一件事情。

谢昳脱下高跟鞋，换上厚厚的雪地靴走出木屋。大奴湖上，剧组众人在忙着收拾场地。湖面上一片黑暗，谢昳一个人往雪松林间走去，犹豫半晌后拨通了谢川的电话。

“嘟嘟嘟……”许久没人接，谢昳拿着手机的右手冻得发僵，只好换了左手来拿。直到她以为他不会接的时候，电话被接起了：“什么事？”

苍老却有力的声音带着公事公办的语气，丝毫没有因为电话那头是自己的女儿有什么不同。

谢昳面对谢川的时候，早就没有了年少叛逆时的勇气，语气很恭敬：“爸爸，我是谢昳。”

对面“嗯”了一声。谢川大概是在办公室里，谢昳听到他慢悠悠地翻过几页文件后拔开笔盖的声音。

“找我有什么事？”冷淡的语气并不因为对面是她而有所改变。

谢昳闭了闭眼睛，极光在她背后开出一朵幽蓝色的花，零下三十摄氏度的风灌进羽绒服领口，竟然比方才穿着礼服还要冷。她感觉嗓子发干，卸完妆的脸紧绷得厉害。她很艰难才张口：“爸爸，我可能……我没办法再做到言而有信了。我打算跟江泽予坦白，我想……”

她说到这里，稍稍挺直了脊背，声音有一点儿颤抖：“我想重新和他在一起。”停顿几秒，她仿佛给自己打气，重复了一遍，“我要和他在一起。”

第八章
第一次见面

此时的城堡酒店五楼，客厅里没有开灯，电暖无声地工作着。巨大的落地窗外，神秘极光占了大半苍穹，年轻男人立于窗前，手里端着半杯红酒。

江泽予在思考着这几天他吩咐成志勇查到的一些事情。

张秋红搬去别墅区之前，曾告诉过邻居朋友们她中了彩票。但成志勇调查的结果显示，当年，北都城所有的彩票机构里，够得上这个数额的大奖得主都与她特征不符。

张秋红入住的别墅区是西郊一带当年新开发的小区，负责人是周家。调查资料表明，周奕在工程收尾后，就将那片别墅区分到了他的儿子周子骏的名下。周子骏在大学的时候，曾经传出过和某个模特的绯闻，据说他送给那个模特的豪宅就在这个别墅区。

江泽予得到消息后，让成志勇联系上了那个模特，对方承认了和周子骏曾经的关系，并说他常常拿他父亲的资产收买人来替他做事，其中用得最多的，就是凭借房地产起家的周家最不缺的房子。

而张秋红，在陷害他故意伤害之后，便得到了一幢位于该别墅区的房子。

还有，就是无比巧合的时间线和巧合的匿名举证手法。

四年半之前，周子骏被人匿名检举坐了牢。而在他入狱后的两个月，江泽予接到了法院的通知，告知他有人匿名邮寄了一段案发现场的视频。

视频来自一辆汽车的黑匣子。那辆车在案发时间段内曾经短暂地停在张秋红家所在的巷子里，因为停留时间很短，没有被警方留意到。

视频显示，江泽予将张秋红扶到巷子里，一路将她送到家门口，其间从未有过任何暴力行为。法院收到证据后，很快重审了案子。几个月后，张秋红因为诽谤罪入狱，而江泽予也因此翻案。

江泽予从来是信己不信命，但也不得不承认，在翻案之后，做一切事情都比之前轻松太多。当时择优的项目刚刚起步，纪悠之给他投资的那些钱已经河落海干，公司团队里的几个人都得吃饭。作为公司的法人代表，他档案里的污点直接断绝了公司向银行贷款的途径。之后，他转而寻找一些融资项目，可许多投资方因为他贷不到款而怀疑择优存在问题，不肯投钱。

然而，就在那个时候，他奇迹般地翻案了，从此，他得以大展身手，择优也一步一步走到今天，在国内的互联网企业中一骑绝尘。

那么，当年是谁举报了周子骏？那份匿名视频文件又是谁寄的？谢昳又为何要远走美国，一去五年？

隐隐约约的猜测让江泽予觉得非常恐慌，以至于端着酒杯的手止不住地颤抖着。

他曾经埋怨过她在没有他的日子里能够过得那么好，可如今大旱望云霓般，由衷地希望一切都是他猜错了，希望她确实欢乐无虞地过了那五年。

江泽予轻轻地抿了口酒，在脑子里一遍又一遍地过着那条时间线。

五年前，毕业半个月后的六月底，谢昳在消失了十二天之后，突兀地和他说分手。

七月三日，她仓促出发去美国，从此五年没再回来过。

次年一月，周子骏被人匿名举报，很快被警方收押。三月，他因为一段匿名寄送的视频翻案。

五年之后，灯火璀璨、人声鼎沸的晚宴上，她在黑暗里失了理智一般吻住他，却在灯亮起之后匆匆离去，似乎生怕他们的关系曝光。

两周前，在来黄刀镇之前，她说有很多话要告诉他，让他等她回去。

更早的时候，她在没有发布的视频里借着酒意一遍又一遍地说想他。

当时，他听到那些话时，如荡魂摄魄、满心欢喜，却没有深思这背后存在的逻辑关系——倘若她这五年里一直念他爱他，当初又为何要分手？又为何整整五年不再回来？

这些线索像是荆棘丛中的野生藤蔓，不断地向着他猜测的方向胡乱生长，让他心惊肉跳、几欲窒息。

沉沉黑夜里，沙发上的手机忽然疯狂振动起来。

江泽予闭着眼摸索着走过去，拿起手机，屏幕上的来电显示是许久没有联系过的贺铭。

“喂？江泽予吗，我有一件事情要和你说。”对面的声音很嘈杂，有人醉醺醺地碰杯吆喝，却分不清是酒吧还是饭店，电话那头的贺律师向来习惯单刀直入，“今天我们律所有聚餐，我听到了一些事儿，大概和谢昳有关系。”

“是一件让我觉得很——”平时巧舌如簧的人找了半天才找到一个还算贴切的形容词，“很诡异的事情。”

电话那头，贺铭推开饭店包厢门，把检察院和律所几个男人醉醺醺的吆喝声锁在门后。几个刚毕业的实习生说说笑笑地结伴从洗手间回来，看到他后立刻收敛了笑闹，毕恭毕敬地站定：“贺律师好。”

贺铭举着手机，点点头往外走，声音有些严肃：“这件事，我猜，或许和她当年的离开有关系。”

果不其然，他话音方落，国际长途那边淡淡的呼吸声停滞了几秒钟。

为了照顾老朋友的情绪，一向严苛的贺律师故作轻松地耸耸肩，试图缓和气氛：“一时半会儿可能说不清楚，这国际长途的费用你可得报销。”

“今天中午，我们律所同事和几位检察官一起聚餐，大家都喝醉了……”

律所聚餐，饭桌上照例开始拼酒，几巡酒后，女律师们结伴离席，只留下一群醉醺醺的大老爷们儿。

一群酒足饭饱的男人，讨论最热烈的难免就是那两个话题——票子和妹子。

贺铭懒得参与，便坐在一边有一搭没一搭地听着。几轮下来，话题已经从某个胸大腰细的女明星转移到了身边的人，一个律师大着舌头说：“你们发现没？东城区警局前几天新来的那个女警，长得贼……贼好看。”

一群人中，最年轻的李检察官喝得满脸通红，闻言愁眉苦脸地回忆：“哪个啊？”

“就……就是小孟啊，上次那个入室抢劫案不就是她去抓的人吗？那身手，那大长腿，绝对是北都城警局一枝花。”

另一个检察官也跟着附和：“对对对，小孟真漂亮，我见过的妹子里，数她最好看。”

喝醉的男人最爱攀比，李检闻言“嗤”了一声，不屑地道：“小孟好看是好看，不过还是比不上我见过的。应该是五年前吧，那时候我大学刚毕业，还是个小片警，没进检察院。我工作的第一天见到一个报案人，啧，那张脸，演电影都绰绰有余。”

“呵，就你爱吹牛，要这么说，我上次去办案还见着仙女下凡了呢，编呗！”

李检皱着眉头辩解：“真的！那姑娘当时也就二十出头吧，长得太让人惊艳了，那眉眼，那鼻子，比现在很多女明星都漂亮。可惜我当时被那个案子整蒙了，等人走了很久才想起来忘了要联系方式，后来懊恼了好多天。”

周围几个男人眼神都没什么变化，显然是不相信。

李检急了，为了证明自己没说谎，他回忆了很多细节：“那天正好是我第一天工作，是五年前的六月十七日。她是在傍晚的时候来的，穿着打扮非常精致。姑娘手腕上戴了一串银色的手链，底部坠着一朵火红的玫瑰，反正，一看就是有钱人家的小孩儿。”

听到这里，一旁懒懒散散的贺律师忽然皱起了眉头。

玫瑰手链……在他的记忆中，也有过这样一条手链。

大三或者大四那年，听说江泽予在外面兼职了几个月，给谢昳买了条很贵的手链。那条手链设计得很好，谢昳几乎天天都戴在手上。铂金底链，坠子是一朵雕刻得相当精致的红玫瑰。舟舟还因此发过空间动态，说怎么没有人给她送这么好看的礼物。而且，五年前，二十出头、打扮精致、长相漂亮、家境优越的女孩子，全部能对上。

贺铭心里隐隐觉得或许不是巧合，于是不动声色地递了个话头：“然后呢？”

李检听到有人捧场，来了倾诉欲，眉飞色舞道：“但她报案的内容相当古怪，她说有人绑架她，企图对她实施性侵犯，可案发时间距离报案当天竟然长达七年，是在她念初三的时候。”

“初三，还是个未成年人！我当时一边觉得愤怒，一边又觉得诡异，一桩七年前的性侵案，为什么要时隔这么多年才来报案？如果案情不严重，都已经超过公诉时效了。”

“当时，那姑娘的脸色很差，看着死气沉沉的，神情却极为冷静，和很多歇斯底里的报案人不同，她的叙述非常平缓，说起施暴人当年对她犯罪的全部过程时，从头到尾表情都没有变过，简直像是在说一件无关痛痒的小事。”

贺铭心下一凛，抓住了重点问道：“也就是说，十二年前，她在念初三的时候被人绑架、性侵未遂？有没有具体的时间点和案发地点？”

李检回忆了一会儿，说道：“有，因为这是我毕业进警局接到的第一个案子，所以印象非常深刻。姑娘陈述中说，案发时间是在她初三毕业的暑假，地点……

我想一想，对，是在北都城东那一带，一个当时刚刚被推平、等待开发的废弃工厂。她说，施暴人曾经约过她出去玩，她没有同意，结果在补习班门口被施暴人带人绑架到了那个废弃工厂。那人企图对她实施性侵犯，好在她冷静地等到他有所松懈后，挣脱开逃跑了。”

贺铭的眉头皱得更加厉害，一只手摩挲着棉质桌布，低声问道：“你知道施暴者……是谁吗？”

这次，李检犹豫了许久才出声：“绑架、性侵未成年人是重罪，一般追诉时效超过十年。我准备给她立案，但她不说自己的名字，只说了施暴者的名字。”

话至此，他滑稽地四处张望了一下，压低声音神神秘秘道：“她说……施暴者，是周家的周子骏。贺律师，你们贺家和周家应该很熟悉，周子骏，你知道吧？就是周奕的独生子！之前，她在说案发过程的时候特别平静，脸上的神情古井无波，可在说到施暴人姓名的时候，整个人开始剧烈地颤抖起来，眼底的愤怒和恨意猛烈到隔着张桌子都令我头皮发麻。我还记得她红着一双眼睛，像是把全部的希望压在我的身上，她说：‘他叫周子骏，周家的周子骏，警察哥哥，您能不能帮帮我，帮我抓住他，好不好？’”

饭桌上，几个律师和检察官听惯了各色离奇的案件，对于一个性侵未遂的案子实在提不起兴趣，大多醉醺醺地聊起别的来，有的睡死了过去，只有贺铭还听得专心致志。

但凡有一个听众，李检也得讲完故事：“你猜怎么着？接下来就是最古怪的事情，我仔仔细细写完笔录，告诫那姑娘，想立案必须要有受害者的姓名。姑娘犹豫了一会儿，方要开口，警察局门口忽然进来好几个人。为首那个是她的父亲，个子很高、非常气派。他面色不虞地走过来，从桌上拿走了那份笔录，然后吩咐身后的几个人硬生生地拉走了那姑娘。”

“那天傍晚的情况非常混乱，警局里没有其他报案人，值班的警察也没有几个。我正想呵斥他们不要在警局闹事，结果警察局局长亲自过来，哈着腰跟那人打了招呼，接着便过来警告我不要多管闲事。”

“偌大的警局里，姑娘当时就崩溃了，拼命挣脱跑过来，再也没有了方才体面的模样。她眼底血红、满脸是泪地跑到我身边，还想说些什么，可还没张口，便被她父亲狠狠地扇了一巴掌。我后来猜测，他们家里应该也是做生意的，大概是惧怕周家的权势吧。”

李检说着有些唏嘘，皱着眉头道：“我当时也是一下子蒙了，竟然就眼睁睁地任由她被家里人拉走。那姑娘临走前，眼里的绝望和痛苦，我到现在偶尔还能想起来……所以，那桩案子后来也没有记录，除了我，并没有任何人知道。好在善恶终有报，就在她来报案半年之后，周子骏被人匿名举报，现在还没从牢里出来呢，真是活该。”

国际长途那头，细微的电流声作响，贺铭说到这里，说出了自己所认为的这件事情里最诡异、最不符合逻辑的地方。

“我觉得，那个报案人十有八九就是谢昳，但奇怪的是，明明案发时间是十二年前，也就是她念初三的时候，可她为什么要等到大四毕业才去报案？”

“而且根据时间节点来看，谢昳五年前的六月十七日去警局报案，被谢川拦下后，七月三日就飞去了美国。由此可见，这件事情或许和她当年的离开有着直接的联系。再者，谢昳离开半年后，周子骏被人匿名举报，周家这么多年都找不出背后的人。”

出于谨慎，贺铭只陈列了一些有关事实，并没有具体说出自己的推测：“或许，谢昳当年的离开，有我们不知道的隐情，我听舟舟说过，她当年真的对你很上心，应该不可能无缘无故地一走了之。”

贺律师说完，对面陷入了长久的沉默。过了好半天，电话那头男人的声音沙哑，竟然带了些难以克制的颤抖和浓重的鼻音，他哑着嗓子对他说“谢谢”，而后挂了电话。

像他们这个年纪、这个地位的人，向来很会掩饰自己的情绪。

可是贺铭轻易地感同身受了——外表再坚硬的成年人，内心深处都有他难以承受、视为禁地的一方柔软，绝不容许被人侵犯。

贺律师靠在饭店的门边，目光沉沉地看着这俗世。十二月的北都城正在下雪，鹅毛一般轻轻落地，偶尔又被狂风卷起三两米高。

在这个世界里，每个人都有着难以启齿的疼痛与疯狂。谎言原本是恶的代名词，可很多时候，又是溺水的人赖以生存的唯一浮木。

贺铭心里乱七八糟地想着，下意识地拨通了韩寻舟的电话。

对面的人一觉睡到中午，脾气很臭：“老公，你干吗啊，让我再睡会儿！”

浮木难寻，还好，他已上岸。

十五个小时时差之外的黄刀镇，晚上九点半极光越发亮眼，蓝绿色光芒透过落地窗依稀照亮了半个客厅。男人脱力般坐在沙发上，拿着手机的指尖抖得厉害。

他比她大三岁，十二年前，她念初三，而他刚刚高考完。江泽予记起了一件微不足道的小事。那年，在城东一个废弃的工厂前，他曾经救过一个衣衫褴褛的女孩子。

北都城东的废旧工厂，女孩儿，初见，周子骏，张秋红，还有……他。所有的拼图残片诡异地回到了它们本应该待的位置，一幅时隔十二年的巨大画卷缓缓展开。

江泽予浑身僵硬地靠在沙发上，颤抖着把手盖在眼睛上，窗外，零下三十摄氏度的气温似乎渗透进了开着暖气的房间，让他难以抵抗地深切感受到了这北极圈外的寒冬。

从刚刚开始，眉间沉寂了五年的伤口剧烈地疼痛起来，连带着额前的眼部神经也抽搐着跳动。双眼痛到没有知觉，以至于他完全没有察觉到止不住的热意自眼底疯狂流淌。

原来，那才是他们的初见。

原来，十二年前，在那个废弃的工厂旁边，被他机缘巧合之下救下的满脸脏污的女孩子，是她啊。那是他的昳昳，是他的全部执念和软肋，是他在这泥泞深潭里遇到的炽热玫瑰。他曾经发过誓要护她一生周全，许她一世富贵，可是后来，竟然是那个不可一世的、玫瑰一般的姑娘，抛掉了所有的体面和骄傲，拼掉性命也要守护住他。

她和他说了再见，从此拾起地狱里的刀与剑，头破血流地替他挡住这世界上所有的肮脏与魑魅魍魉，然后笑着、闹着，由着他恨了她许多年。

十二年前，城东一带正在扩建，二十世纪几十年代就建成的老旧纺织厂、粮厂成了现代化发展的拦路虎。那几年里，江泽予家附近的很多厂房和平房都被推平，规划成新时代的住宅区、商业区。

于是，那片地也就成了最荒芜、阴森的地方，但那是他回家的必经之路。

高考完的第一个月，他接了一份家教的工作，那天，他像往常一样下了课往家里走，却听到一个废旧厂房附近传来几声脏话和怒骂，故作狠戾的声音像是在变声期，大概是附近某个初中不求上进的小混混。

“别让人跑了，不然一会儿周哥怪下来，我们都讨不了好。”

“溜得还真快，你们两个往左边去看看，我往那边找。周哥瞧上了好久的女人，真是给脸不要脸。”

江泽予几乎立刻就知道了他们在找的人是谁——废旧工厂里，一块推了一半的废墟残壁底下躲着一个年纪很小的女孩子，身形非常瘦弱，明明衣衫不整、一张脸上满是泥渍和脏污，却有着不像那个年纪的孩子该有的冷静的眼神。

女孩儿在同一刻也看到了他，两人隔着一堆炸得露出生锈钢筋的建筑物残骸对视了几秒钟。之后，她冲他勾起嘴角，慢慢地举起食指，竖在嘴唇正中。

可惜，还是迟了，往这边找来的一个脸上有道刀疤的小混混已经看到了他们，一双眼睛里刹那间暴露出寻到猎物的狂喜来。

“小子，别多管闲事啊，省得哥们儿误伤到你。”他一边说着，一边向躲在废墟下的女孩子跑去。

江泽予立刻皱了眉头，他不是爱多管闲事的人，但方才，要不是他这个人形标志在，从小混混的角度看不到那个女孩儿。何况，对方不过是个初中还没毕业的毛头小子，比他矮了一个头，不管怎样都构不成威胁。

他当即做出了判断，抬脚跨过重重残壁，抄了块砖头，转身看了那小混混一眼。

那刀疤小子愣了片刻，就在这空当里，江泽予一把拉过废墟下缩成一团的女孩子，飞快地往工厂外头跑——他们一言不发，在北都城的温柔夏夜里跑过了几条街。

随后，他把女孩子送到附近一家警局门口，他不愿牵扯进这些小孩子幼稚的仇怨里，自觉送佛送到西，已经仁至义尽，也从未把这么一件微不足道的小事情放在心上。于是，在将人送到警局门口后，他未留下半句话，转身就走了。

此时的江泽予想起当初那个夜晚，无比庆幸，又万分懊悔。庆幸的是，曾经一向混不吝的他，在那一次没有视而不见；懊悔的是，那个时候的他，竟然没有能够看透女孩子坚强又骄傲的外表之下，几乎压制不住的惶恐与脆弱。

他的昳昳那个时候只有十五岁啊，她被人绑架，还险些被性侵。她拼尽全力逃了出来，清楚地知道自己肯定会被追上，发着抖藏在角落里，满心祈祷他们找不到她。

她当时该有多么害怕啊？

他怎么就没有注意到，他拉着她跑的时候，她的手一直在抖？怎么就没有注意到，她冲他举起食指的时候，带着笑的眼睛里藏着的恐惧和期冀？

他什么都没有注意到，所以自认为好事做尽，把她送到警局门口后，自以为是地转身离开。那时候，他至少应该给她一个拥抱的，应该夸夸她的勇敢和冷静，应该告诉她，以后不用再害怕。

大奴湖上狂风呼啸，冰面上升腾起阵阵雾气，在这种摧枯拉朽的大自然力量面前，以防风抗寒闻名的某品牌羽绒服也显得单薄——似乎正是印证了人类工艺在大自然面前的不堪一击。

谢昳走到一棵两人身体那么粗的雪松后面躲风，等待电话那头谢川的回应。尽管已经下定决心，但她仍然希望能得到他的同意和祝福。

电话那头，谢川久久没有说话，翻文件的声音很沉稳，一页又一页。

“我要和他在一起。”

风吹过被冰雪覆盖的雪松，几团厚厚的雪从压弯的枝丫上重重地砸下，在落地的刹那摔得粉碎。

对面翻文件的声音总算是停了。

他的语气没有变化，还是谢昳记忆里那个严父的模样：“我劝过你一次，懒得再劝了。你爱怎么样就怎么样吧，反正你从小就不听话，顽劣任性的事情，你做得还少吗？”

谢昳的心里有点儿失望，但她看不到的电话那头，两鬓斑白却依稀可见年轻时候英俊模样的年迈男人，脸上的表情比语气轻松很多。

其实五年前，他就料到早晚会有这么一天。毕竟这个世界上，能让他这个倔强又顽劣的女儿心甘情愿付出这么多的，大概也只有那么一个人。好在，那个年轻人是真心待她，他会对她好。

谢川摘下眼镜放在桌上，拿起刚刚填完的移民文件，沉声道：“谢昳，我和你周阿姨打算移民去澳大利亚了，往后见面的机会不多。”他很少和她说这些，不是为了辩解，只是想着至少要有个交代，“你从小就聪明，肯定也知道，你周阿姨对于当年的事情依旧耿耿于怀。你妹妹去世之后，她得了很严重的抑郁症，我得顾着她，不能两头都讨好。碧海云天的房子，还有国内的其他房产和家业我都留给你，往后，你再怎么折腾我都管不着了。”

谢昳握着电话的手一紧。

这些年来，谢家宛如地狱，谢川、周婉玲和她，三个人都在这地狱里挣扎，没有一个人好过。谢昳明白，这么多年来，谢川在夹缝中严厉地教育她成人，又替她担下了那么大的重担，他终于想做出选择。

她没有立场去怪他，总归，周婉玲是他的枕边人，只有她才能陪伴他到老。

谢昳很轻地“嗯”了一声，并没有对他们即将要移民这事提出异议，却抢在他挂电话之前，固执地问了一个困扰她很多年、如鲠在喉的问题：“爸爸，当年我回谢家之后，您……您为什么要给我换名字？”

在搬到谢家之前，她并不叫谢昳，她是在谢秋意去世之后才改的名字。当时的谢昳并不知道原因，还因为自己的新名字是个生僻的多音字，感到新鲜了许久，直到有一天，她听到家里的用人背着她讨论得热烈。

“唉，老爷怎么给大小姐起了这么个名字，昳昳，意意，叫起来怪像二小姐的名字。可怜我们二小姐，小小年纪就……多乖巧的孩子啊，像个小太阳，每天总是呵呵地笑着，一点儿架子都没有。不像大小姐，成天冷冰冰的，看着瘆人。”

“是啊，不过，大概是老爷实在舍不得二小姐，所以才给大小姐改了名字吧。这人嘛，虽然知道不一样，但总归得有个念想。”

从那个时候开始，谢昳越发叛逆，讨厌那个家，讨厌谢川，甚至对自己的名字都厌恶至极——这种迁怒的情绪，直到大学的时候，看到那个和她一样活得艰难的少年在草稿纸背后一笔一画地、虔诚地写满了她的名字之后，才得以释怀。

“您当初为什么给我换名字？是因为……”谢昳咬了咬牙，在她的整个年少时代都难以启齿的事情，如今总算能够倔强地又故作轻松地问出口，“是因为谢秋意吗？”

电话那头，谢川沉默了很久，淡淡的回答却出乎谢昳的意料。

他毕竟年纪大了，语速没有很多年前教育她的时候那么快，说起事情来，带着一种老年人特有的平缓：“和你妹妹有什么关系？当年，你们两个都得了流感，她没能挺过去，你也在重症监护室里待了很多天。我去找人给你算了命，算命先生说，你五行缺火、容易夭折。果然，改了日字旁的名字之后，没过几天，你就出了重症监护室。”

“谢昳，我是个商人，做事情总归是有目的的，在这世界上，你妹妹只有一个，你也一样。咱们谢家那年的运道不好，我不能连着失去两个女儿。”

犹如她十二三岁时，他在书房里严厉地教她很多道理一般，一字一句地嘱咐她：“谢昳，从今往后，你就和你认为对的人一起，好好生活，做你认为对的事情，好自为之吧。”

电话挂断之后，谢昳站在那棵傲立的雪松下，迟迟没有挪步，直到助理过来喊她上车。

她沉默着上了车，盯着车窗外的沉沉黑夜，没有作声。

其实，有很多人说过，比起谢秋意，她更加像谢川一点儿，冷漠、傲气，不近人情，对别人狠，对自己更狠，偏偏没有办法冷漠到底。谢家的人，心脏里流淌的血液从来都是温热的，他们没有办法那么博爱，对这世界上的所有人都负责，却尽力地想守护住自己在意的人。

从前，那些人里也有她；但往后，他要她好自为之。

车子很快开到了城堡酒店，剧组的众人终于得到了解放，心情都很放松，嬉笑打闹着各自回了房。

五楼，在铺着暗红色地毯的走廊尽头，总统套房相比普通房间有着实木的雕花双开门。

中世纪的天使油画里的人在温柔地哭泣，窗外的极光依旧璀璨，谢昳心情复杂地拿出房卡，开了门。

客厅里没有开灯，诡秘的绿色极光照亮了部分阳台，她有些疑惑，这么晚了，江泽予怎么会出门？想到这里，她不免有些着急。他眼睛不好，大晚上的，能去哪里？

谢昳拿出手机，想给他打电话，却听到沙发上有细微的动静，她抬头看去，就着极光的些许光亮仔细分辨——原以为不在房间里的男人此时正端端正正地坐在沙发上，两只胳膊支在膝盖上，掌心撑着额头，沉默得像一尊雕像。

谢昳觉得好笑，她去剧组前明明把电脑借给他了啊，怎么会无聊成这样？她摇了摇头，脱掉笨重的雪地靴和羽绒服，趿拉上拖鞋，正想抬脚向他走过去，却被男人出声制止。

“昳昳，你站在那里不要动。”男人的声音比往常都要沙哑，倒像是在冰天雪地里行走多日，冻坏了嗓子。

谢昳虽然不知道他的意图，但仍挑了挑眉，乖乖地站在原地。

男人说罢，站起身，从一片寂静黑暗里向她走过来，他走得很慢，每走一步都得判断前面有没有障碍物，脚步却坚定。她几步就能过去的距离，他花了很长时间，才终于走到她面前。谢昳这才闻到他身上淡淡的酒味。

谢昳笑着推搡他，抬起手想开灯，说道："你喝酒了？难怪发起酒疯。别闹，我替你放点儿热水，你去泡个澡——"

她没有能够把话讲完，身边显然是喝醉了、想要酒疯的人毫无顾忌地将她推在门上，抓住她想开灯的手，低下头将脑袋放在她的肩膀上，伸手抱住了她。

他步履艰难地走过来，似乎只为在这片幽绿色的昏暗中紧紧地拥抱她，带着滚烫的体温和坚硬宽厚的胸膛，如同一个深情的恋人，也像一个宽厚的友人。

谢昳从狂风和冰雪中归来，手脚和脸颊都冰凉，她原本没有觉得怎样，只觉得一切都理所应当，但在骤然接触到这炽热的温暖之后，忽然潸然泪下。

她抬起头，凑在他耳边，轻声问他："我父亲要移民了，在我和周婉玲之间，他放弃我了。阿予，从今往后，我只有你了，你还要我吗？"

可江泽予并没有回答她的这个问题，或者说，他并没有用苍白的言语来回答——他将她抵在门上，按在她背上的手倏地上移，温柔地滑到她脑后，修长的手指轻轻地探进她冰凉的发丝。

与此同时，他抬起埋在她肩侧的脸，于这黑暗中精准地找到她喋喋不休的唇，炽热又猛烈地吻上来。

他的唇齿间带着顶级红酒辛辣、苦涩和一些香料的味道，这些气味明明和已经挥发的酒精分离开，却依旧让人沉醉。

他下巴上的胡子扎得她有些疼，他的嘴唇温热又干涩，在厮磨间重重地磕上她的牙，却仍旧不管不顾地压上来。

年近三十的男人已经不是当初那个青涩无比、眼神沉郁的毛头小子，可他接吻的技巧竟然不进反退，太直白的横冲直撞令她并不好过，两人的唇齿碰撞之间，不似情人的温柔抚慰，倒更像打架。

可谢昳没有工夫想这些，她的心里软得像夏天里消融了冰块的大奴湖。她毫不矜持地抬起一双手臂，勾着他的脖子，跟随着他生涩笨拙的节奏，心甘情愿地同他一起沉沦。

谢昳想起两人在S大湖边带着醉意的温柔的吻，想起在她家公寓楼下每个夜晚告别的吻，想起某些午后，她躺在他腿上，闭着眼睛任他低下头轻轻吮吸她的嘴角——很多年前，她就没有办法抗拒他的亲吻，不管多生气，只要他主动献吻，她总会歇了嚣张气焰，乖乖沉沦。

当初，他们明明那么相爱。

可这五年里，她在国外的高层公寓夜夜难眠。隔壁的意大利人常常在假日的晚上开派对到深夜，她便会站在阳台上感受着洛杉矶温柔干燥的夜风，听着隔壁公寓的疯狂喧闹和重低音音响震耳欲聋的摇滚乐，眺望很远很远的海平线。从阳台望出去的方向，一万多公里之外，有她最爱的人。

谢昳不知道那将近两千个昼与夜，他是如何度过的，但就她而言，她从来没有停止过追寻他的消息。她知道他的公司在纽约上市，也知道他上了国内的青年富豪榜单，她甚至在每一个商业晚会的报道视频里一帧帧追寻他的身影，有时候，模糊到极致的一个侧脸，就足够她缅怀几日。

她看着他一点一点变好，看着他从一个籍籍无名的穷小子变成商界呼风唤雨的年轻新贵，可她从来没有想过，有一天她能重新拥有他。

谢昳泪眼蒙眬，发了狠劲地叼着江泽予的下嘴唇又磨又咬，心里却温柔又庆幸地想，还好，他和她，他们没有错过一辈子。

一吻良久。

窗外的黑夜为画布，绿色极光温柔缱绻，谢昳从失而复得的动荡情绪中回过神来，忽然感受到男人坚硬宽阔的胸膛和某些无法控制的身体变化。她猛地红了一张脸，体会到漫长岁月带来的不同——曾经的他，可比现在克制又羞涩许多，哪里在她面前展示过这么赤裸又原始的欲望。

谢昳恼怒地推搡了他一下，在男人密集的吻里找到一丝间隙，口齿不清地道："趁着喝醉了占我便宜啊？"

江泽予极其不舍地停下来。时隔五年，他在接吻这一项技能上重新回到了新手村，方才那么长时间里，他竟然忘记怎么调整呼吸。这会儿，缺氧的大脑难以控制地开起眩晕的花朵，他喉结上下滚动着，轻轻喘息，而后才听明白她话里的意思。

气氛着实有一点儿尴尬。

他从前觉得比谢昳大了三岁，又奉她作公主，一向把她捧在手心里，不敢逾越。他们在一起的三年时间里，他正是血气方刚的年纪，哪能没有欲望？但他从来都克制得很好，唯恐吓到她。

可刚刚那种情景，他实在是顾不上想那些——女孩子身体的柔软和香甜活生生地从这五年每一个令他汗湿的梦里走出来，勾得他彻底失了魂，哪里还能有半分克制？

江泽予硬着头皮离开她，维持着成年男女间的体面距离，却还是没忍住，靠在她颈侧轻笑，有些为自己辩解的嫌疑："昳昳，过完年我就三十岁了。我的高中同学，很多都有孩子了。”

谢昳觉得他分明就是在暗示些什么，只觉得这男人身上没有一点儿她那个羞涩单纯的初恋的影子。可真等她恼怒地瞪他一眼后，心底又泛上不知从何而来的酸涩。

江泽予比她大三岁，年纪不小了，三十岁的男人，已经立业，却还未成家。

他固执地等了她这么多年。

她忽然觉得，他比她要艰难得多，至少这五年里，她对分开的原因心知肚明，也有不得不坚持下去的动力，可他是抱着什么样的心情在等她回来呢？身边的人纷纷结婚、生子，就连他最好的哥们儿纪悠之都结婚了，那他就没有想过再找一个？

谢昳这么想着，话便从嘴边漏了出来：“阿予，这五年里，你就没有想找其他人？这些年应该不止一个 Meggie 吧，你就没有瞧得上眼的？”

男人依旧弯着腰，埋头在她颈边，双手松松地搂着她的肩背：“有啊。”

谢昳这人真是矛盾，明明心疼他孤独一人，听到这话，却依旧横了一双长眉，恶狠狠地作势要掐他的脖子，开口后却又酸涩不已：“谁啊？我就不信她有我好看。”

江泽予真是爱极了她这吃醋的模样，想再逗逗她，于是用额头蹭了蹭她的脸颊：“那还真不一定，她们都很漂亮。”

感觉到女孩子刹那间变得急促的呼吸，他知道玩笑不能开得太过，于是莞尔道：“我是说，二十三岁的昳昳，二十四岁的昳昳，二十五岁、二十六岁，还有二十七岁的……”

谢昳在他说完之前，一把捂住了他的嘴，只觉得脸上骤然升腾起来的臊意比屋里的电暖还要烫人。

这混账男人竟然学她！

谢昳咬牙切齿地捂着他的嘴，臊到想跺脚：“你果然还是看到了那个视频的前面，你答应过我，不再提那天晚上的事情的！”

在听到男人低沉的笑声后，谢昳越发恼怒了，皱着眉拧了一下他的胳膊，忽然想起今晚的任务来。

她恼怒的气焰一下子熄了下去。

半晌后，谢昳推推江泽予的肩膀：“阿予，你还记得我之前问你的，知不知道我们的第一次见面在哪儿？”

"记得。"

谢昳一边听着他沙哑的声音，一边再次把手探到门侧的墙上，想打开灯。

几番摸索后，她的手指总算成功探到墙上的开关，"咔"的一声，客厅里的水晶吊灯倏地亮起。

谢昳低头，推了推男人抵在她肩头的脑袋，想要开始讲那个漫长的故事，却忽然看到从来都克制冷静的人此刻红肿的双眼和眼角似乎闪着光。

谢昳的心脏怦怦地跳动起来，心想，难怪他刚刚不让她开灯。这男人，怎么喝个酒还多愁善感起来了，分手的时候都没见他掉眼泪。

她仍然停留在开关上的手指轻轻往上，重新关上了灯，仿佛刚刚刹那间的明亮只是两个人的错觉。

她觉得自己可真是个善解人意、不轻易让人尴尬的好女孩儿，可又难以解释心间忽然涌上来的酸涩和心疼是怎么回事。

谢昳没有拆穿他，只是抬手搂住了他的肩膀，好久都没说话。

事实上，她也不知道该怎么再开口了，她当初根本没有考虑他的想法和感受，自顾自地为他做了决定，让他耿耿于怀了五年，还伤了一双眼睛。他现在没听故事情绪就不佳，听完指不定得一边骂，一边抱着她哭呢。

可谢昳怎么都没有料到江泽予接下来的回答，他说的是"记得"，竟然不是记得她说过。

江泽予紧紧地搂住谢昳，一下又一下虔诚又克制地亲吻她的动脉，声音干涩如松林间吹过的风："我记得的，十二年前，在北都城东的废旧工厂里，你躲在废墟后面冲我笑。那个时候我刚高中毕业，而你只有十五岁。"

"昳昳，原来我们已经认识了十二年。我从来没有想到，我当初牵着跑过四条街的女孩子，长大之后会这么美。"

谢昳听到他的这句话，震惊得险些咬到舌头。他……竟然记起了他们十二年前在废旧工厂里的初见？那……其他事情呢？

还没等谢昳发问，江泽予便靠在她耳边轻声说道："昳昳，这段时间我一直让人在调查。我不仅知道了当年发生的事，更知道了……"

他说这句话的时候十分艰难，嗓音都跟着颤抖，停顿片刻后，他仍然说出了口："更知道了五年前，你为什么要离开。"

谢昳花了很长时间才接受这些信息——原来她想说的话他都已经知道了，难怪喝了这么多酒。她不知道江泽予是怎么知道的，却不忍再问，因为她能够从他的声音里听出来，他在难过。

黑夜如心底野兽遮天蔽日，极光逐渐隐去，窗外下起了雪。

谢昳的心里同样很难过，她扯了扯嘴角，故作轻松地笑道："喂，你是专门来拆台的吧，我这儿戏台都搭好了，主角儿还没开唱，台下的观众就跑光了。"

玩笑话说完，不论是讲的人还是听的人，都没有笑的心情。

沉默中，只剩两人压抑的呼吸声。

谢昳咬着唇，在这黑暗里慢慢试探，从发间绕到额前，轻轻地抚摸着他温热的眼睛，不出意外地探到满指的水渍。

她像是被烫到一样拿开手，心里一阵钝痛，勉强动了动嘴角，口是心非道："干吗啊，哭得跟个小媳妇似的，你行不行啊？"

谁知，她话音方落，便觉得身子一轻，竟然被他像个沙袋一样扛在了肩膀上，往房间的方向走去。谢昳惊呼一声，可身下男人的动作相当轻松，扛着她的同时还能保证飞快的步速。谢昳在头晕目眩之际庆幸地想，好在从玄关到他的房间畅通无阻，不然，靠着他的这双眼睛，两个人怕是会摔得很惨。

江泽予踢开房间门，把肩上轻飘飘的人扔在床上。大床柔软宽阔，雪白的床单被夜色染暗了。在这样的黑夜里，他只能依稀看到女孩子比起五年前更加凹凸有致的轮廓，听到她轻轻的呼吸声。

江泽予没给她反应的时间，毫无顾忌地压了上去，醉眼蒙眬地盯着她看。他的呼吸贴到她的唇边，却又不直直地亲上去，最后，竟然一口咬在她的下巴上。

疼痛感让身下的人紧张得弓起了脚背。

谢昳面红耳赤地躺着，床单和枕头上都有着和她的房间不同的、属于他的气味，身上的人又微醺，房间里掺杂的气味酝酿着极其暧昧的气息。房间里和客厅一样，没有开灯，夜晚降临。

小孩子们的夜晚有甜甜的童话和装着一麻袋礼物的圣诞老公公，但两个成年男女躺在一张床上的夜晚，只会让人脸红心跳。

谢昳看着近在咫尺的俊脸，感受着身上的沉重压力，只觉得这人喝醉酒之后大概是属狗的，逮着她的下巴啃个不停。

她恼怒地推他："你起来，不许咬我！"

男人固执地啃着她的下巴，带着醉意威胁道："你再说一次，我行不行？不然，我就咬着不放了。"

谢昳下巴上的肉又疼又麻，忽然想起一年多前的某一天，韩寻舟痛心疾首地从非洲给她打电话，跟她哀号自己损失惨重。韩寻舟说，男人这种生物最是奇怪，你说他什么都行，但绝对不能当着他的面质疑他不行，不然吃亏的肯定是你自己。

敢情还是方才她的那句话害的。

想到这里，在这方面底气并不足的谢大小姐立刻认输：“当然行，你比我行，你最行……”

身上的男人听到她的示弱，松开她的下巴。他用两条胳膊撑着床，离开她半分，随即翻了个身，躺在她身边，闭着眼睛，似乎是睡着了。

谢昳恨恨地盯了他半晌，没能得到半点儿回应，只得无奈地扯过被子一角替他盖上，却忽然看到他睁开眼，如梦呓般说：“戏台搭好了，听众也还在，昳昳，我想听你说。”

他想听她原原本本地告诉他，这些年来，她是怎么过的。

第九章
寻找江神的晚风

其实从谢昳的角度来叙述，并没有那么多东拼西凑的线索。经过五年的时间，那些惊心动魄的情节被时间冲刷得趋于平淡，整个过程讲述起来显得干涩又索然无味。

大四上学期期末，江泽予告诉了她有关张秋红的事情。

谢昳听完后又气愤又难过，周末回家后，便恳求谢川帮她调查，看能不能找到当年警方遗漏的线索。谢昳求了整整一周才说动谢川帮忙，凭借谢家庞大的人脉网络，以及他们先入为主的目标，查起来的确比警察们还要便捷许多。

可饶是如此，查清事情的真相仍旧花了小半年的时间。

五个月后，六月十六日，谢昳拿到了能够为江泽予翻案的直接证据——那个拍到小巷子画面的黑匣子视频。

那一天，是在 S 大毕业典礼之后的一天。

毕业之前，她和江泽予商量好了要一起去毕业旅行，两人做了攻略，决定要坐最慢的绿皮火车去拉萨。他和她想去西藏喝一喝正宗的酥油茶，在布达拉宫感受一下文化。

那天晚上，她吃过午饭坐在房间里，订好去拉萨的火车票后，就开始看酒店信息。

就在这时候，房门被敲响了。谢川走进来，神情平静地递给她一个 U 盘。

谢昳还记得，在那之后的一个小时里，她把 U 盘中的视频文件翻来覆去地看了四五遍，直到反复确认视频里的画面足以让江泽予翻案之后，才满脸冰凉地拿着 U 盘往一楼的玄关处狂奔。

她想把那视频文件拿给江泽予，告诉他翻案的证据找到了，他没有错，是法院错了，是辱骂他的那些人错了，是这个世界错了。或许是她的情绪太激动，从别墅二楼到一楼，短短十几级台阶，她险些被绊倒三次。

可惜，谢昳最终没能拿着那份视频文件走出谢家——还未出家门，她便被谢川拦下了。

彼时，谢川的神情一反常态地凝重，和当初在她的恳求下帮忙查这件事情时视若儿戏的态度截然不同。

谢川把谢昳叫到书房，难得温和地请她坐下，却强硬地掰开她的手，拿走了那个U盘。他的神情很冷淡："我把这个U盘给你，不是为了给他翻案，只是让你知道事情真相。谢昳，知道这些就够了，到此为止吧，他的案子翻不了。"

"为什么？怎么就翻不了案？这个视频不就是最好的证据吗？"

谢川闻言也不生气，慢条斯理地把U盘锁进书桌的抽屉里，语气很犀利："我能帮你查这些已经是仁至义尽，谢家不是为你一个人服务的，不要得寸进尺。"

他冷哼了一声，继续说道："这件事情没有你想的那么简单，张秋红的背后还有人。"

"背后？"谢昳有些疑惑，她以为这件事不过是简单的碰瓷，从没有想过背后竟然还会有更深的阴谋，问道，"什么意思？"

"她背后的人是周奕的独生子，周子骏。想帮江泽予翻案，就意味着要对上周子骏。得罪周家对我们谢家一点儿好处都没有，而我从来不做赔钱的买卖。"

周家？怎么可能……

周家的地位和权力，谢昳再清楚不过。她的心里顿时"咯噔"了一下，明白他大概是不肯帮忙了，却仍旧不肯妥协。如果没有拿到证据也就罢了，现在拿到了足以翻案的证据，却不能有任何举动，她又怎么可能甘心？

她不依不饶地想拿回那个U盘，却遭到了谢川的怒喝："做人不能这么自私，你凭什么觉得我会去冒这个险？何况，江泽予当初多管闲事，从周子骏手里救了个女孩子。周子骏这人睚眦必报，他招惹周子骏的时候，就该想到有这一天。"

谢川说着，事不关己般把一个文件袋丢给她："你回去吧，自己好好看看，这个社会就是这样，想有为善的勇气，就得有承受恶的能力。"

当年那件事情，谢昳一直没有对别人说过，以她高傲的自尊心，这种肮脏的事情，她难以启齿，更何况是在向来看不上她的谢川面前。巧合的是，底下人的调查事无巨细，却恰巧没有在这件事情上深究，以至于谢川并不知道，调查报告里那个险些被侵犯的初中女孩就是谢昳。

可谢昳看完那份文件上熟悉的时间、地点后，立刻想起了当年发生的一切，她想起了那绝望又寒冷的一天，想起了当年拿着块砖头、拉着她跑了几条街的少年。谢昳当时便觉五雷轰顶，只觉得这世界竟荒唐至此，原来他受的所有苦竟然都是因为她。

第二天的傍晚，一夜未眠的谢昳瞒着谢川跑去了警局，随后，便有了贺铭从李检口中听到的一幕。

也不知道谢川是从哪儿得到的消息，他大概以为她是不死心，想去警局给江泽予翻案，当场便狠狠地扇了她一巴掌，让人硬生生地把她拖拽出警局，又立刻找人封锁了消息。

谢昳还记得，在从警局回谢家的车上，她披头散发、满心绝望地坐在后座上，如同木偶般听他在身旁声色俱厉地训话。

谢川的语气无疑是暴怒又失望的，打了她一巴掌的手再次扬起，似乎是恨不得再扇她一耳光："我真没想到我竟然养了这么只吃里爬外的白眼狼，你那个男朋友对你重要，谢家在你心里就狗屁不如了？你什么证据都没有，你以为警方能相信是周子骏陷害了江泽予？简直就是愚蠢至极！"

彼时，筋疲力尽的谢昳如同一具行尸走肉，她看着窗外，僵硬地笑了一下，轻声道："我自己就是证据。等他被抓了，我可以跟谢家撇清关系，不会牵连你和周婉玲，你不要担心。"

谢川闻言狠狠地皱起了眉头，根本不知道她在胡言乱语些什么，他一边把刚刚从那个小警察桌上拿的笔录本展开，一边冷笑着讽刺她："我倒要看看你算什么证据。"

当年的北都城没有现在这般拥堵，车子很快驶回了碧海云天，谢川也安静地看完了笔录里的最后一句话。

谢川从年轻的时候开始，便是那副波澜不惊的一家之主模样，那是谢昳这辈子第一次见到他失态。

车子早已熄火，他却没有下车，坐在黑灯瞎火的后座上，不知道在想什么。几分钟后，他忽然下了车，拿起庭院里修缮用的一截废弃钢管，猛地砸着那辆昂贵的商务车，一下又一下，直到车灯破碎、车头深陷。

那个圆滑世故、唯利是图的商业巨擘，似乎找回了年轻时候的戾气，满脸狰狞，额头青筋毕露。

谢昳却静静地坐在家门口的台阶上，看着自己已经生了白发的父亲如同暴怒的猛兽，生生地砸坏了一辆车。她的眼睛里再次流出了滚烫的眼泪，她抱着自己的胳膊发着抖，号啕大哭起来——似乎是时隔七年的委屈，第一次有地方发泄。

谢川毕竟人到中年，已经没有了年轻人旺盛的体力，他砸完车子，有些颓废地在谢昳身边坐下，喘着粗气扯掉已经歪歪扭扭的领带，对她说："小初，咱们弄死他，好不好？"

谢昳从前的名字，叫谢梦初。

"后来，我和谢川'约法三章'，和你分手。之后，他开始搜集周子骏的所有罪证。"

谢昳平静地说完这一切，翻了个身，对着江泽予的侧脸。

他的呼吸平稳，大概是听得睡着了。

也难怪，她没有讲故事的天分。

谢昳轻轻地摸着男人眉毛中间凹凸不平的伤疤，半是认真，半是戏谑地笑着轻声说话，不知道是在问他，还是在问自己。

"你说我是不是特别傻？折腾了这些年，做了这么件中二又愚蠢的事情。这五年，谢川不好过，我不好过，你更不好过，结果到头来，我没坚持住。啧，我总说舟舟空有一腔热血，其实，这世界上最蠢的就是我自己了。"

她越说越信以为真了，越发觉得自己愚蠢至极，不仅做错了最简单的选择题，更是花了五年的时间，交了一张写得一塌糊涂的考卷。

谢昳叹了口气，却忽然感受到睡在她身边的人侧过身子，然后抱住了她。

他的手绕过她的肩膀，轻轻地拍着她的后背，微哑又哽咽的声音响在她耳边："昳昳，你没有做错，错的是他们。你很勇敢，这五年来，谢谢你。"

她为了他破釜沉舟的勇气和不惜头破血流的坚持，值得这世界上最好的称赞。他又怎么舍得她在经历这万般苦难后，还要质疑自己呢？

"谢谢你。"

"谢谢你。"

"谢谢你。"

他一句又一句，不知疲惫地重复着。

直到他听到怀里的姑娘抑制不住地号啕大哭起来。

"我没错吗？我没错，对不对？我……这五年……我做得没错，对不对……"

她哭得像一个孩子。

次日一早，江泽予睁着眼睛适应了一会儿与黑夜截然不同的亮度，许久之后，失焦的双眼才勉强看清天花板上的吊灯。

他如往常一般想起身，撑开的左手却触到一片如绸缎般的黑色长发，他才想起，昨夜，谢昳是在他的房间里睡的。

她为了广告角色，把原本满头的银灰色长发染黑了，一张尖尖的脸埋在枕头里，长眉紧皱，耳朵和脸颊的轮廓都被黑色长发盖住，看起来竟然有一种穿越时空的既视感——曾经二十岁出头的谢昳，就是这个模样。

在江泽予的记忆里，有过很多谢昳睡着的模样。

曾经，在S大的图书馆里，他学习的时候，她便懒洋洋地趴在一旁睡觉，长发铺了半张桌子；在她的公寓里，两人明明说好一起看电影，她却往往在中途睡着了，任性又没有耐心。

但那个时候的谢昳是张扬又肆意的，一双眼睛里满是不可一世的自信光芒，哪会像现在这样，就算在梦里，也皱着一双长眉。

江泽予极轻地伸手抚平她的眉头，指尖碰上她眉眼的刹那，起床气强烈的女孩子不耐烦地咕哝了一句："你别烦我，睡觉。"

虽然是凶巴巴的一句话，眉头却随之展开，她还顺带着往他的方向拱了拱，找了个舒服的姿势，窝在他的腿边。

她色厉内荏地在他身边浅眠，像一头暴躁的小狮子，这世界的空气从此不再混浊，难以呼吸。

江泽予无声地勾了勾嘴角，并不着急起来，松松地盖着被子，靠坐在床头，拿起方才振动了许久的手机看了一眼。

屏幕上骤然跳出几条狂轰滥炸的微信消息，每条只隔了几秒钟，这情况像极了欠揍的纪某人所为。江泽予皱着眉头点进去，果然是纪悠之的消息。

第一条消息是一张图片，房间里，昏暗的灯光下，床上铺着凌乱的被子和满是褶皱的床单——大概是偷偷摸摸地趁着顾澜去洗手间之后拍的，尽管没有人出镜，这画面也相当引人浮想联翩，非常符合纪大少爷的恶趣味。

时隔两周，总算通过惩罚、得以回房睡觉的纪悠之发来的每个字都透露着舒爽和得意："久违的床和被子，还有久违的媳妇，啧，这才叫人生。"

他还不忘日常挑衅："我就问你，你有啥？枫叶国的马路平坦吗？哦，抱歉，我都忘了，你是备胎，上不了路，哈哈哈……”

江泽予完全能想象出这个人一边抖腿一边笑的样子，虽说他从小就是个教养很好的豪门贵公子，还吊车尾地考上了S大，但这素质真的和以纨绔出名的庄孰不相上下。

从前，江泽予对于这种信息，通常采取和垃圾邮件同样的处理方式，但是今天……

不论是年纪还是头脑都压纪悠之几头，偏偏在这方面从没胜过一回的男人皱着眉头，沉思了一会儿，对着雪白枕头上铺着的长发一角拍了一张照片，然后点击发送。

几分钟后，对方有了回复。在铺天盖地的叹号之后，纪悠之一把鼻涕一把泪地感慨：“哥们儿，你总算开窍了，她谢昳有什么好的，我支持你移情别恋！不过，这姑娘是谁啊？睡了人家可不能拍拍屁股就走人啊。带回来给我瞧瞧，要是定了，我现在开始准备份子钱，保准丰厚！”

江泽予思索了片刻，猜测到大概是截然不同的发色让本来就思想龌龊的纪某人合理地产生了这种想法。

江泽予看了一眼依旧在沉睡中的女孩儿，勾着嘴角发了一句：“我就是想说，你才是备胎。别的不说，份子钱准备好。”

谢昳一觉睡醒，偌大的房间里只剩下她一个人。

床头柜上贴着一张便笺，男人的笔迹和当年的一致，但经过岁月沉淀，显得苍劲有力了一些：昳昳，睡醒了记得到自助餐厅吃早饭。

谢昳捏着那张鹅黄色的便笺，愣愣地坐了一会儿，蓦地笑出声来。

过去的五年，她生活得极不规律，总是日夜颠倒，晚上经常睡不着，白天则偶尔靠酒精刺激入眠，一日或许只有一餐，哪有人管她吃不吃早饭。

她利索地翻身起床洗漱，穿着舒服的居家卫衣裙去等电梯。

酒店里住的大多是从世界各地来黄刀镇看极光的游客，电梯里站了一家三口，看肤色和模样，像是墨西哥裔的。站在正中间的是个眼睛大大的小绅士，穿着身笔挺的迷你西装，卷曲的棕黑色头发上抹了发胶，还规规矩矩地系了暗红色的领结。

小孩儿晒得很黑，他看了谢昳一眼，笑起来一口牙白得发亮，极为绅士地向她弯腰，手臂屈起，一句英文里还夹着几个浪漫的西班牙语单词：“美丽的小姐，请让加西亚带您去餐厅就餐。”

谢昳诧异地挑了挑眉，便听到小孩儿的父母抱歉地对她笑了笑，调侃自己的儿子："小加西亚今天是餐厅的一日服务员，不过业绩排在倒数——他专门盯着漂亮的女孩子。"

交谈间，电梯到了二楼，谢昳从善如流地挽着装出一副小大人模样的小绅士的胳膊，跟着他一起走进餐厅里。

二楼的自助餐厅和城堡酒店现代化的风格很不一致，有种北欧小清新的气质。餐厅专门搭在二楼的巨大露台上，顶部是通透的拱形玻璃，餐厅一角放置了上百盆高低错落的绿植盆栽，纷纷张开了枝叶，在贪婪地沐浴着阳光，光合作用循环后，给整个餐厅提供了新鲜的氧气。

取餐区排了很长的队，谢昳一眼便看到前排英俊挺拔的男人的侧脸。

他有一副好皮囊，是丢在人群里一眼就能瞧见的那种。

取餐区的一侧有个花房，成束的玫瑰和郁金香上面还带着新鲜露水。一个扎着马尾辫的亚裔小姑娘站在卖花的柜台后面，眼神一直追随着他们这边，咬着嘴唇，有点儿胆怯的模样。

她大概也是参与了一日售货员之类的活动。

谢昳眨眨眼睛，等小绅士帮她把椅子拉好，她给了他点儿东西，又凑在他耳边说了句话。小孩儿闻言看了她半晌，之后红着脸，满心欢喜地跑开了。

谢昳随即心情很好地坐下，托着腮看窗外半米厚的积雪。这个镇子四季如冬，每年要下八个月的雪，往往是去年的雪还没化干净，来年的雪就接着堆积上去。

"昳昳，你过分了啊，连个十岁左右的孩子都不放过。"目睹了一切的江泽予端着一个托盘走过来，好心地拨了个酒店招牌班尼迪克蛋到她面前的空碟子里，又放了一杯她爱喝的咖啡，随即酸溜溜地问道，"你刚刚跟他说什么了？看那小孩儿脸红的。"

这男人，连小孩子的醋都吃。

谢昳挑了挑眉，不客气地拿起叉子，尝了一口沾满酱汁的鸡蛋，极嫩的口感让她的眉头舒展开。

"你猜？"她咽下一口鸡蛋，又问他，"你刚刚做什么去了？我早上迷迷糊糊间有印象，你好像起得很早。"

江泽予面无表情地切开一片西多士，丢了一小半到她的碟子里，语气不太好："当然是找周子扬算账。我刚刚看到昨晚剧组工作人员发的路透照，这么冷的天，让你穿着露肩露腿的礼服拍广告？他怎么想得出来！"

谢昳噎了一下，难以置信地问："你真找他算账去了？人家是拍广告大片，我总不能裹床棉被拍吧？没事儿，我这个人虽然娇气，但还是很敬业的。"

当然要算账，不过，不仅仅是算账。

江泽予低下头，拿着黄油刀，轻轻地刮了点儿枫糖在吐司上。

成志勇的调查显示，周子扬的父亲和周奕不和已久，当年，两人争家主之位时便针锋相对，周奕略胜一筹，这些年一直在打压异己，两人所属的派系之间摩擦不断，宿怨一直在升级，如果利用好这一点，对之后的局势会很有利。

而且方才，周子扬的态度也很明显，直截了当地告知了他双方合作的可能性。

江泽予慢条斯理地吃完一片吐司，相当有报复心态地学谢昳问道："你猜？"

谢昳翻了个白眼，在桌子底下轻轻地踢了幼稚鬼一脚，没好气地想，早知道，她才不让那个小孩儿去……

可惜，迟了，西装笔挺的墨西哥裔小绅士拿着一束火红的玫瑰花，红着脸走了回来，把玫瑰递到她的手上，然后又飞快跑回了花店，帮小姑娘一起卖花去了。

谢昳撇撇嘴，把花往桌子那头一推，随意说道："喏，送给你的。阿予，既然你重新成了我的人，我总得有点儿表示。"

她方才告诉那个墨西哥小孩儿，隔壁花店的小姑娘肯定喜欢他，然后塞给了他一百加币，让他帮忙买束花，说是给他制造机会。小孩儿果然红着张脸就去了，谢昳侧过身，看了一眼花店里拘谨又红着脸的两个人——事实证明，她倒是没猜错。

青春年少，两小无猜，啧，爱情可真美好。

谢昳弯着嘴角回过头，才发现餐桌对面，阳光清冷，穿着休闲毛衣的男人捧着一束鲜艳的玫瑰花，眉目俊朗，可脸上的神情复杂极了，是集喜悦、懊恼、矛盾于一身的表情。

谢昳疑惑地挑眉，用刀柄戳了戳他的碟子，说道："怎么，不喜欢红玫瑰？要不，我给你换一束？你喜欢什么，百合？"

江泽予收紧了手中的玫瑰，抿了抿唇，无奈开口："不用，我很喜欢。但是，昳昳，哪有女孩子像你这样的？"

——从前送海棠，现在送玫瑰，她花样百出又肆意妄为，可他又被她吃得死死的，欲罢不能，自甘沉沦。

谢昳听着他略带幽怨的语气，眨了眨眼睛，有点儿不明白。

难道是送少了？

她和江泽予在一起的那三年，天性使然，又总认为来日方长，她一直改不掉傲慢的臭毛病，向来对他颐指气使、吝于表达爱意。两人之间的相处模式和地位像是倾斜的天平，谢昳看得出江泽予足够喜欢自己，恃宠而骄又耀武扬威，却从来没有想过放低身段，好好对待他。

她的视线穿过男人脸侧，落在窗外漫天冰雪之上。黄刀镇的天气预报总是不准，有时候，当地旅行社的人信誓旦旦地说当晚会有暴风雪，看不到极光，可那极光不等天黑就挂在漆黑苍穹上；而有时候，当他们拍着胸脯保证当天是极光的最佳观赏时间时，它反而隐匿在厚厚的云层之后。

当今发达的科学尚且无法解释宇宙和大自然的种种现象，又何况是人生？世事变幻莫测，谁又能预料到明天会发生什么呢？或许，不到生老病死，却也可能爱别离。

所以，只有现在，只有尚且呼吸着同一份空气的每一秒钟，才值得去珍惜。

谢大小姐自以为自个儿的人生哲学境界上了一层楼，于是歪了歪脑袋，搁下手中的刀叉，轻轻地伸手过去，用手背蹭了蹭男人的面颊，嫣然一笑：“没事，你要是喜欢，以后我天天给你买。”

江泽予从来都知道的，她的脑回路与寻常女孩子的不同。

他早就应该习惯的。

好在谢昳没有执着于送花这个话题，她重新拿起刀叉，慢悠悠地吃起早餐。吃饱后，脑细胞终于开始正常运作，她说道：“阿予，你有没有想过接下来该怎么办？我是说，关于周家——”

餐厅里陆陆续续地走进来几个剧组的工作人员，谢昳压低声音道：“当年我还是太心急了，把你翻案的时间设计在了周子骏入狱两个月之后。他刚入狱不久，你就翻案了，举证的手法又都是匿名。从时间和形式上来看太巧合，所以，我猜，这五年来，周奕应该一直在关注你。”

只不过，他应该没有想到这个穷小子能有这么大的能量，也没想到那个早就抛弃了江泽予的豪门前女友会不遗余力地为他做这么一件有风险的事吧。

谢昳目露担忧：“过几天我们回国以后，如果还像现在这么亲密，周奕肯定会察觉的，只不过是时间问题罢了。周家在上世纪就是国内商业巨擘，周子骏的父亲周奕又是周家这一辈卓越的企业家。他不仅经商很有头脑，也很懂培养心腹。他年轻的时候担任过 B 大经管学院的教授，如今，北都城有很多商业大佬是他扶持过的门生。我记得，择优最初的投资商里，有好几个和周家相关，要是周家发难，你怎么办？”

她一口气说完这段时间横亘心间的忧虑，却见对面坐着的男人连表情都没有变一下。他将那束玫瑰花搁在桌上，随意地把衣袖向上卷起一截，露出白皙有力的手臂。

江泽予端着咖啡，喝了一口，显然，意式浓缩咖啡苦涩的味道比她方才凝重的话更能让他皱眉，他只好再次拿起刀叉，吃了一口撒满培根碎的可颂。

见他不语，谢昳转了转眼珠子，想出了一个自认为绝妙的馊主意：“要不……我们发展地下情？以后在街上，我可以戴着口罩跟你接吻。”

江泽予送到嘴边的小块可颂“啪”的一声掉在碟子里。

他有些无奈地放下叉子，揉了揉谢昳的脑袋，看着她亮晶晶的一双眼睛，总算有一种她的的确确比他小三岁的感觉了，说道：“好好吃饭，别胡思乱想。”

谢昳有点儿泄气地“哦”了一声。

她虽然出生于谢家，但对于完整的经营体系并不了解。

何况，谢川现在摆明了是在仁至义尽后跑路了，她的确帮不上什么忙。

“要是有一天，你真的破产了，谢川给我留的国内产业也被周家弄没了，大不了我——”谢昳沉思片刻，那双修得精巧的长眉一横，有些肉痛又大义凛然的味道，“我当博主也能挣不少钱。而且，我还存了好多限量款包包，还有你家一屋子的包，那个喜马拉雅鳄鱼皮，要是拿出去卖，肯定能卖——嗯……”

喋喋不休的话被一片烤得焦香的白吐司噎住，谢昳的舌尖尝到枫糖独特的甜度，餐厅靠露台那边的门打开了，冬季特有的雪的味道乘着寒风卷进来。

耳边的风声微弱，玫瑰香气寡淡，对面那个曾经为了省钱总喝食堂免费的紫菜蛋花汤的初恋笑得脸上带有一点儿痞气：“昳昳，你信不信我？”

谢昳愣怔了两秒，随后用舌尖舔舔那甜得发腻的枫糖。她收起愁眉与苦脸，低头藏起眼底的微涩，下巴轻轻点了两下：“嗯。”

她从他的眼里看到了当初那个少年藏在心底的野心和自信，她注意到他宽阔的肩膀和笃定的眉眼，他和当初一样，又不一样。

时间把他变成了最好的模样。

谢昳这小半生很少尝到有人可依的滋味。

她记起了在她很小的时候，她和她的生母刘梦一起住在北都城的郊外。刘梦为了生计，在巷子口开了一家早点店，娇生惯养的上海小姐为了迎合北方人的口味，每天起早贪黑地摸索着揉面、发面，调各种各样的包子肉馅儿。

谢昳经常能听到她大半夜在厨房一边揉面，一边号啕大哭。

然后，谢昳就会起床，去帮忙揉面、捏包子。当时，她只有五六岁，踩着高高的凳子，站都站不稳，至今却都能记得包子的褶应该怎么捏，肉馅该怎么打。

回到谢家之后更是如此，所有青春年少的懵懂都没有人可以倾诉，甚至，她第一次来月事都是自己上网查了之后，偷偷去附近的超市买了护垫——那时候，她不知道卫生巾和护垫的区别，错买成护垫，毁了两条裤子，也得偷偷地自己洗。

所以，她变成了今天这个样子，不需要倾诉，也不需要所谓的避风港，看似无所谓，其实心思比谁都重，也很难完完全全地依靠这世界上的其他人。

谢昳咽下那口甜甜的带着枫糖味道的焦香吐司，舌尖抵住牙齿，把剩下的半片夹到男人碗里，弯了一双眉："多吃点儿，以后，我就靠你啦。"

吃罢早饭，谢昳回到酒店套房，抱了个松软的枕头，舒服地窝在阳台靠椅上，看着玻璃窗外冷色阳光下熠熠生辉的雪景。

客厅的落地窗正对着远处的大奴湖与宽阔的黑色松林，虽然楼层不高，依旧能窥得其壮丽的面貌。这种阳光明媚的时候，多适合谈恋爱。

谢昳偏过脑袋，睨了几眼坐在沙发上、用着她的电脑在开国际视频会议的男人。她盯了他许久，谁料全身心投入工作中的男人毫无所觉，谢昳暗自翻了个白眼，只好百无聊赖地拿出手机，刷着几个用惯了的软件。

此时，她恰好刷到林景铄一分钟前发的微博里那张掩在护目镜后笑容刺目的脸，以及脚下酷炫的滑板。

谢昳盯着照片里满屏的蓝天白雪和林间蜿蜒曲折的雪道，手指头有一下没一下地揪着抱枕底下的流苏，好在那流苏缀得还算牢固，才没被她揪秃。

她实在是有些愤愤不平。

她就该跟着他们一起去滑雪的——看极光、喝烈酒和滑雪，是黄刀镇本地的人们赖以度过漫长冬日的三项必要活动，没有一项应该被错过。

周子扬、林景铄和岑宁他们一车人方才吃完早饭，便租了车出发去附近的滑雪场，这会儿估计都玩嗨了。几人出发前还问她去不去，可谢昳寻思着江泽予视力受损，不能进行危险的运动，又想多陪陪她这个刚刚死灰复燃的"前"男友，所以拒绝了。

谁能料到，他一回房间就一头扎进工作里。

谢昳恶狠狠地揪了一把抱枕，起身往洗手间走去，绕过沙发的时候，她顺便看了一眼江泽予的电脑屏幕。

视频会议有好几方，除了他和两个中国人，左上角分屏框里还有一个印度裔的大胡子。大胡子那边的背景和黄刀镇一样阳光灿烂，估计也是在相似经度的北美洲。

谢昳木着一张脸，身上穿着一条轻便的卫衣裙，光着一双腿，轻手轻脚地走过去，却不知道这举动在视频里掀起了轩然大波。

加州伯克利大学的计算机实验室里，大胡子库纳勒本来正在口沫飞溅地用咖喱味的英语讲他们实验室和择优合作的项目："我们的社交推荐网络绝对能打败脸书用的那个——"下一秒，他的眼神像被人用绳子牵着从左侧绕到右侧，喃喃着，"我的天，你的妻子真漂亮。"

此时，视频里的另外两个中国人——国内择优的技术部门总经理和副总，两人的眼睛几乎在同一时间和大胡子进行了雷同操作，但他们没敢吱声，只敢暗暗想着：江神可是万年单身汉好吗？不过，原来一直单身的江神偶尔也是会约个会的，还专挑这么漂亮的，啧。

江泽予尽量把话题引回到推荐系统上："之前计划在明年开春推出我们的社交平台，现在因为某些因素得提前了。库纳勒，你们实验室的推荐系统最快什么时候能落实到产品上？"

库纳勒闻言，撸了一把自己日渐稀疏的大胡子，苦兮兮地道："我上次凌晨两点前睡觉还是两周前。"

江泽予抬了抬眼，忽视他的哀号，说道："跟你导师说，两周内落地，合同上定好的价钱翻 1.5 倍。"

1.5 倍？那是多少个零？还是美元！

谢昳上完厕所回来，江泽予终于切断了视频电话。他戴着眼镜坐在沙发上，身上穿着休闲的毛衣和居家的裤子，头发也微乱，看起来倒像个清纯又俊秀的大学生。

他似乎在查看邮件，神情平淡地上下滑动着屏幕，听到她路过时，还抽空抬起头看了她一眼，朝她招手示意，让她坐到他的身边。

谢昳没理他，赌气窝回了阳台上的躺椅里。

果然，片刻后，江泽予非常顺从地拿着笔记本电脑起身，几步走到她身边，盘着腿在她躺椅边的地毯上坐下。

他的脑袋靠着她的腿，他用脸蹭了蹭她的膝盖，有些讨好的意味：“昳昳，抱歉，一直在工作，都没多陪陪你。”

啧，真上道，他上辈子绝对是她肚子里的蛔虫。谢昳正想顺着台阶就下了，结果听到男人话锋一转道：“还有一件更抱歉的事情……公司里有事，我订了下午的飞机回国，你要和我一起吗？可以的话，我让人给你订机票。”

明明昨天晚上才确认关系，她还打算好好陪他两天，以弥补这五年来缺失的“女友力”，结果这人工作了一整天不说，竟然晚上就要回国。

就算他是因为工作，谢昳仍然在心里猛翻白眼——都说得不到的才是最好的，两周前，他义无反顾地追到加拿大来，结果现在前脚确认了关系，后脚就要跑回国了，男人啊。

谢昳没好气地揍了抱枕一拳，说道：“这么要紧吗？刚刚剧组的人给我发消息，明天下午，我和岑宁得补拍几张平面图，工作量虽然不大，但一时半会儿还回不了国。如果不是很紧急的事情，你能不能等我两天，一起回去？”

说罢，她想起之前自己领悟到的人生哲理，放软了语气，伸手揪了一下他的毛衣衣袖，看着窗外，有点儿别扭地说了句：“坐几十个小时的飞机，又累又无聊，我想……你陪着我，好不好？”

她乌黑的头发高高地束在脑后，说话间，马尾一荡一荡的。

谢昳在外人面前一向是冰冷又坚硬的，说话习惯性傲气又疏离，要么就是火药味十足，江泽予哪里见过她这样软乎乎的模样？

事实上，江泽予很不喜欢软乎乎的女人。

前几年，择优还没上市的时候，公司找了个代言人，是个如今在大荧幕发展得很好的一线明星。当时，公司规模没有现在这么大，很多事情他都要亲力亲为，他因此和那女明星见了几面。那个女明星在他面前就是软乎乎的，每一句话说出口，都像是在示弱、撒娇，一颦一笑似乎都刻意拿捏好了分寸。纪悠之信誓旦旦地说人家对他有意思，但江泽予只觉得她很烦人，软乎乎的，像一块隔夜麻薯。

可如今，一向生人勿近的江神听着他的大小姐语气里隐约透露出的依恋，只觉得心里某块地方飞速塌陷。

他的昳昳，怎么连撒娇都这么可爱啊。

从前，纪悠之总怀疑他有受虐倾向，谢昳越傲气、越冷淡，他就越欲罢不能。

纪悠之还预言，万一有一天，谢大小姐良心发现，变成贤妻良母了，他大概就食之无味了。江泽予觉得纪悠之肯定不懂爱情，他怎么可能会食之无味？明明是食髓知味——她是他的斯嘉丽，是他的夏娃，是他所有风月与人性的来源。

江泽予的眼神明显暗了暗，视线从女孩子开开合合的嘴唇逐渐下移。

她身上穿着件鹅黄色的连帽卫衣，大概是工作人员给准备的，和平日里穿搭精致的博主模样很不同，非常学生气，也非常显小。这件卫衣很长，房间里暖气开得又很足，所以，她没有再套裤子。谢昳个子高挑，身材比例非常好，两条又长又直的腿白得晃人眼。

她刚刚……说了什么来着？

江泽予想得眼睛疼也没想起来，干脆懒得再去想。

年近三十又失而复得的男人没有必要，也没有时间再委屈自己，他利落地撑着地板站起来，两只手一抄，轻轻松松地将躺椅上的人抱起来。江泽予随即坐进那躺椅里头，在谢昳的惊呼声中把她轻轻地搁在了他的腿上，揽着她纤细的腰身，把人拉进怀里，低头封住了她的唇。

阳光与冰川对抗，雪松露出黑色枝干，光秃秃的冰湖上偶尔有鸥鸟飞过。

分离五年的一对爱人，在重新在一起的第二天，窝在躺椅上毫无理由地接吻。

许久之后，窗外的阳光被乌云遮住，两瓣唇分离开来。

谢昳有点儿不好意思地靠在江泽予的肩膀上，微微喘着气。

她其实还有点儿没习惯五年后的他，或者说，有点儿没习惯他们现在的相处模式。

明明当初，在这种事情上，十有八九都是她主动，而他就那么红着耳尖，直愣愣地站着，乖乖地任她踮起脚偷亲——只有某几次喝酒后，他才会有现在十分之一的热情和直接。

可五年之后，这人浑身上下充满了攻击性和侵略性，像一只成年后捍卫自己领土的公狮子。

谢昳摸着江泽予毛衣领口处细密的纹理，声音有一点儿哑，气息也有点儿不稳："阿予，把机票退了吧，两天之后，我们一起回去。"

谢昳说这话的时候没想过用疑问句，因为从逻辑上来说，她提出了要求，他吻了她，那就是一场很公平的交易。

然而，刚刚色令智昏，江泽予满脑子只记得她撒娇的样子，丝毫没想起来她的要求，他心虚地沉默了。

谢昳见许久没得到回应，双眉一横，从他怀里挣出来，脾气一下子就压不住了：“什么意思？不陪拉倒。”

江泽予熟练地给她顺毛，弯腰从旁边的地毯上抄起笔记本电脑，放在她的腿上。他用胳膊环着她，在键盘上操作着，打开方才库纳勒给他发的邮件，然后下载好文件，说道：“昳昳，你看看这个。”

谢昳不知道他为什么转移话题了，冷哼了一声，乖乖看着屏幕。

屏幕里是一篇长长的英文报告。

谢昳念了标题，回头看他：“这个我听过，大概是现在许多电商、社交网络平台都在竞争的智能推荐系统，国内外有几家公司做得不错。你给我看这个干吗？”

智能推荐系统基于现在的人工智能、深度学习技术，能够根据用户的轨迹塑造出每个用户的行为特征，并据此做出合理推荐。譬如，在社交网络上推荐志同道合的好友、音乐或者博文，又或者，在电商领域推荐感兴趣的商品。这方面做得好，能够很大程度上提升用户的使用体验。

好的用户使用体验，也就意味着有潜在市场。

谢昳看着他，等他解释。

阳光正好，环着女孩儿身体的手臂很有力，极其年轻的企业家推了推鼻梁上的眼镜，给他的女孩儿解释他在没有她的这几年里，都搞出了一些什么。

“这是择优和伯克利实验室合作的智能推荐系统，经过许多次内测之后，确定已经走在了国内外行业前端——而这只是我现在掌握的顶尖核心技术中微不足道的一部分，它们经历细致的打磨、封装，不久之后会服务于择优即将推出的一款社交平台软件，这也是我得尽快回去的原因。”

如果没有周家的压力，或许，他的野心会缓步推进，但如今这款社交平台软件能够提前面世，他亦觉得是最好的安排。

“昳昳，庞大的社交平台意味着庞大的用户基础，择优一半的核心技术工作人员扑在里面整整二十七个月。这将是择优未来生态链里最基础的一步，接下来，我们将不再故步自封于电商领域，未来的五年里，我想让每一个择优的用户，不管是聊天、听音乐、分享，还是购物，都能自由且惬意地享受我们提供的网络生态系统。”

他说着，轻轻地刮了刮怀里女孩儿的鼻尖，话语间有三十岁的沉稳老练，也依旧保留着二十岁的锐气和野心：“吃早饭的时候，你不是担心东窗事发后，那些和周家有关的投资人会撤资吗？在这名利场里，连亲情都不见得可靠，何况师生或者朋友？归根到底，利益才是行动的驱使者。”

“择优的未来将会让那些投资人赚得盆满钵满，他们又哪里舍得撤资？只会有更多的人挤破脑袋，想来分一杯羹。”

谢昳靠在他怀里，怔怔地看着他的侧脸，听他自信又笃定地告诉她——什么都不用担心，他有这世上最锋利的刀，最完备的武器，何惧虎豹豺狼。

补拍加上漫长归程，谢昳到达北都机场已经是三天后的下午。

“昳昳，这里！”韩寻舟手里捧着一束蓝紫色的风信子，堪堪一米五八的小个子被淹没在接机的人群后面，只得一边跳一边向她招手。

谢昳拖着行李箱走过去，捞过那束花，凑在鼻尖闻了一下，昏沉的脑袋清醒了几分，笑着问她：“怎么是你来接我？江泽予呢？”

韩寻舟闻言，痛心疾首地“啧”了一声，撩起自个儿半湿的长发，说道：“看到是我很失望吗？你男人之前打电话告诉我说他有个紧急会议，我头发都没吹干就跑去买花，然后马不停蹄地过来接你了。”

两人一路往停车场走去，韩寻舟的红色玛莎拉蒂非常醒目，位置却停得不好，紧紧夹在两辆车的中间。

谢昳原本担心会蹭到旁边的车子，却见韩寻舟姿态沉稳地坐上驾驶座，轻巧的一手倒车加上转弯，十分帅气。

谢昳不禁感慨美国的交通状况还是太好，以至于她现在被对比成了一只弱鸡——当年高考完，她俩一起考的驾照，韩寻舟还不如她呢，那烂技术，天天被教练训，倒车入库她足足考了三次才过。

韩寻舟熟练地打着方向盘，将车开出地下车库，看着谢昳咋舌的模样，很是得意：“怎么样，车技不错吧？我在非洲的那两年，重型越野车都没少开，这算什么？”

谢昳点头称是，韩寻舟在非洲的那两年过得确实不容易。

车子风风火火地驶入主道，副驾驶窗户开了一线，北都城十二月中旬的风带着午后人来人往的烟火气，比起黄刀镇温柔了许多。

红灯路口，谢昳抱着一束花正有些昏昏欲睡，驾驶座上的韩寻舟忽然侧过身来，一脸暧昧地冲她眨了眨眼睛：“不是我说，昳昳，你和江泽予发展得也太快了吧？前阵子不是还针锋相对的吗，怎么两周之内，进度条拉得这么快？”

韩姓已婚妇女凑过来，笑道：“怎么样，爽吗？”

谢昳真没想到有一天，她竟然能在气势上输给韩寻舟。好在交通灯由红变绿，驾驶座上的某位已婚妇女不再看她。

谢昳没好气地道：“没，我们重新在一起还不到五天，哪有这么快？”

韩寻舟也不回答，单手拉开车前抽屉，掏出手机，解锁后丢给她，贱兮兮地道：“有什么不好意思的，相册第三张，自个儿看。”

谢昳点开相册，打开第三张图片。

谢昳有些咬牙切齿，简直怀疑自己的身上被装了监控，问道：“你怎么会有这张照片？”

照片背景里的床头柜显然属于黄刀镇城堡酒店的套房，那床单和枕头，还有一角的凌乱长发，让整张照片显得十分暧昧。

韩寻舟“嘿嘿”一笑，用胳膊肘轻轻撞了她一下：“是你男人发给纪幼稚的，前天你们不在，纪幼稚破天荒地找我们小聚了一次，这照片就……你别岔开话题，我就问你，爽不爽？”

谢昳暗恨江泽予大嘴巴，耸耸肩道：“还真没骗你，就单纯地在一张床上睡了一晚，盖棉被纯聊天，什么都没做。”

韩寻舟闻言，惊得险些踩了急刹车。

她忧心忡忡地沉默着，等到下一个红灯路口，才停稳车子转过身来说道：“昳昳……江泽予他——不会不行吧？跟你在一张床上睡了一晚上，他还能忍住？说实话，当年我就有此怀疑，你俩在一起三年都没——也真的算是S大的一对奇葩了。”

谢昳翻了个白眼：“哪有你奇葩，前前后后谈了七八个男朋友，都没把初吻送出去。”

谢昳扳回一局，韩寻舟果然慌慌张张地过来捂住她的嘴，讪讪地道：“嘘，你可千万别跟贺铭说啊，我在他面前吹得厉害，一直都是身经百战的好吧？”

她又把话题引回谢昳身上：“如果不是他不行，那……就是你不行。”

趁着红灯还有三秒钟，韩寻舟迅速凑过来，拉开谢昳的毛衣领口往里头看了一眼，然后一边发动车子，一边嫌弃地说道：“我说您啊，好歹是个时尚博主，每天打扮得光鲜亮丽又精致，怎么内衣款式比我那个上高中的堂妹还朴素，真是白瞎了你的C罩杯。就这种纯色的无钢圈内衣，穿着舒服是舒服，但也太普通了吧？”

谢昳胸口一凉，还没来得及骂她流氓，就见韩寻舟把车子拐进了一条小路，导航里甜美的女声重复提醒着“行驶路线已偏航，为您重新规划路线”。

想一出是一出的韩寻舟任性地把导航一关，说道：“走，带你去买内衣。让本少妇教教你什么叫性感，这可是我穿遍了全北都城的内衣才找到的最有效果的一家，免费分享，不收费哦。”

她今天肯定是状态不好，竟然第二次被韩寻舟的气势压倒。

可谢大小姐也没有反驳的余地——谁掌握方向盘，谁就掌握了主动权。

二十分钟后，她站在商场里的一家内衣店门口，看着里头各色或粉嫩或性感的内衣，无语地扶了扶额。

偏偏韩寻舟还在不吝赐教：“我跟你说，什么维密都是给小胸穿的，你别看那些欧美模特个个大长腿，其实都是A罩杯。这家是日本品牌，听说……明星都穿这个内衣。”

是时代变了吗？还是已婚人士的脑回路她不懂？谢昳有些无语。

好在，韩寻舟趁着挑内衣的工夫，总算说了点儿正事儿：“对了，我听纪幼稚说，你家男人准备搞个大的？他们俩这几天通宵达旦，忙得都收拾铺盖住在公司里了。听说择优要推出一个什么社交平台？昳昳，我觉得你的富婆造诣要更上一层楼了。”

谢昳挑了挑眉，她知道江泽予这次回国就是为了推出这个社交平台，但她了解的大概是为了对付周家提前拿出来的装备。至于更上一层楼？谢家毕竟是老牌世家，纵横商场这么些年，各个行业都有涉足，这两年在海外也发展得风生水起，总体来说，比江泽予的身家还是要厚一些的。

“怎么说？”

韩寻舟哪里懂那些乱七八糟的商业风向，只通过最简单的事做出判断，她手里捏着一件蕾丝内衣，莞尔道：“因为我公公投了好多钱。我公公这个人，你知道的，比谢川还要狠，况且，他这辈子最爱的就是钱，能让他大出血的项目，肯定不一般。”

她的说法很有说服力。

韩寻舟的公公，也就是贺铭的父亲，贺峥，是一个比谢川还要冷血很多的人。和谢家、周家等几代相传的豪门不同，贺家起于微末，是贺峥一个人撑起来的，如今能爬到仅次于周家的地位，贺峥功不可没——这么一个商业奇才，能得他青睐的项目实在不多。

难怪江泽予说过，如今的互联网市场里，只要掌握了难以被取代的硬技术，就会有大把的人挤破头想分一杯羹，就连贺家也不例外。

谢昳想到了三天前的那个午后，他抱着她坐在阳台的躺椅里，极其耐心地给她讲一些专业论文，产品规划和企业发展方向。

饶是她听得一知半解，也能清晰地触摸到他向她展露的理想与野心。

他的眼睛里有温暖又坚定的光，他说想发展出一条完整的互联网生态链，让择优走进每个人的手机终端，甚至走向全世界。

谢昳的心里像是漫过潺潺春水，温柔地想着，当初那个被案底压得喘不过气的贫穷少年，那个费尽心思修了双学位、总在图书馆挑灯夜读的贫穷少年，总算能够肆意地在属于他的世界和领域里发光发亮。

真好。

谢昳这么想着，大衣口袋里的手机忽然振动起来。

眼看着韩寻舟挑剔地逛到了另外一排架子前，谢昳接起电话："阿予？"

电话那头男人的声音有一些沙哑，像是没有休息好，也没有顾得上喝水，谢昳甚至能想象到他干涩的嘴唇，说道："昳昳，抱歉，我这几天太忙，抽不出时间去接你。"

谢昳有一点儿心疼："没事，舟舟过来接我了。你再忙也记得每天少用眼睛，让底下的人把文件录成音频吧，还有，不准熬夜！"

江泽予闻言，闷闷地笑了一声："预计两三周后，平台就能推出了，核心部门都在加班，连纪悠之都卷了铺盖睡到公司了，我一个人搞特殊化，不太好吧。"

在对面女孩儿将要发飙的前一秒，他又求生欲很强地加了一句："我肯定会照顾好自己，每天用眼不超过三小时，好吗？不过昳昳，这两周可能不能和你见面了，等事情办完，我们一起吃饭？"

谢昳这才饶过他，"嗯"了一声，心里却仍然有点儿想念。

两人一下子找不到话说，电话那头的男人显然舍不得挂电话，于是随意地问她："你到家了吗？"

"没有，我们在商场买……"谢昳说着，心虚地瞄了一眼身边各种各样的内衣，脸有点儿发烫，于是含含糊糊地咕哝道，"就……让舟舟陪我挑几件合身的衣服。"

话音方落，谢昳就听到柜台那边高昂又兴奋的女声传来："昳昳，你看这个黑色蕾丝罩，还有这个配套的内裤，两边竟然是系带的，一拉就开了，你下次见他一定要穿这套！”

等谢昳反应过来再去捂手机底部的麦克风口时，已经来不及了。

半晌之后，听筒里传来男人有些愉悦和带着痞气的低沉笑声：“那确实得挑件合身的。昳昳，我很期待。”

“期待个屁！”谢昳恶狠狠地在心底骂了他一句流氓后，干脆利落地挂了电话。她随即凶巴巴地走到柜台那边，一把捂住某个罪魁祸首的嘴，偏偏韩寻舟并不知道发生了什么，一双大眼睛无辜地眨了眨，还拿蕾丝胸罩在她胸前比画了几下：“嗯，昳昳，这个真的很适合你！”

最终，谢昳还是被迫拎着行李箱，外加两三盒来自已婚妇女的“礼物”回了家。

接下来两三周的时间里，两个人都很忙，江泽予每天吃睡都在公司，像是回到了当初刚刚创业的时候；而谢昳作为时尚博主，则需要补上之前两周的视频和博文更新。

虽然他们会按时给彼此发消息、打电话，但几周下来，一次都没有见过面。

重新在一起像是一个契机，仿佛洪水冲破堤坝，五年来藏得好好的情绪汹涌地奔赴心脏的每个角落——谢昳开始每时每刻想念他。

她爱屋及乌地想念起和他一起看过的极光、一起穿过的黑色雪松林、一起吃过的东西，还有那个温柔的午后，缱绻又缠绵的吻。

元旦过后，新年伊始，择优推出的社交网络平台“一言”正式上线，软件刚刚发布几小时，苹果和安卓系统平台的下载量就达到了一个惊人的数字。

除了择优电商的忠实用户，越来越多的人开始讨论这款软件，谢昳自然也去下载了一个。

原本她只是爱屋及乌，可用了一晚上之后就真的爱不释手了——首先，“一言”的聊天界面让人感觉非常简洁舒适，模块设计符合大部分人的逻辑思维。择优是电商起家，后端昂贵的服务器集群过硬，就算几亿人同时在线，软件也能流畅运行。

其次，关于用户信息方面，择优官方宣称研究出了最新的基于人工智能的网络安全反黑客技术，比起靠人工反黑，这项尖端技术非常有效地将用户被盗号的风险降低百分之九十，这也是他们这次核心技术的一大亮点。

当然，最牛的还是上次江泽予给她介绍过的伯克利计算机实验室推荐系统，相比现有的几个互联网社交平台有着质的飞跃，简直就像开了天眼——仅仅几个小时的浏览轨迹，这款软件就大致掌握了她的爱好、浏览习惯，给她推荐的各种信息和新朋友都非常合她的口味。

总之，“一言”各方面都优于现有的社交平台软件，想不火都难。

果然，当天晚上，“一言”就爬上了微博热搜第一，几个互联网大牛在做出权威测评后，纷纷调侃称，如果“一言”后续发展出分享平台，微博的江湖地位绝对不保。

也有一些金融行业的人士预言，等择优的生态链逐步发展之后，择优很有可能成为未来互联网行业的领头羊，而其两位创始人也将从商业新贵更上一层楼，跻身顶尖豪门行列。

随之而来的，便是许多网友对择优CEO江泽予的疯狂吹捧，长得帅、多金、高智商，这样的完美人设让万千少女为之疯狂。

和专业的互联网或者金融界人士专业的测评和分析文章不同，女孩子们更关心江神的私生活，甚至有人翻出了他在几个月前登上《时代周刊》时的采访视频，于是，之前被讨论得沸沸扬扬的“寻找江神的晚风”再次被顶上了热搜。

因为平台后续的工作，更加忙碌的江泽予一时风光无限，可同样忙碌的谢昳就有点儿倒霉了。

事情的开端是YR发布的广告短片。

经过周子扬苛刻的镜头把控以及无数剪辑、后期版本最终的筛选后，短片达到了最完美的状态，就连谢昳自己都反反复复地看了好几遍，对周子扬的广告审美心服口服。

YR和茶话会官方微博发布视频后，起初只是岑宁的粉丝后援会转发，但到了后来，越来越多的人看到视频，都自发地开始疯狂转发，每一分钟就增加上千评论，竟然都是一边倒地叫好，就连之前许多叫嚣着“十八线网红配不上岑宁”的粉丝都纷纷真情实感地称赞起来。

“这广告也拍得太美了吧？不吹不黑，绝对是我这几年看过的最好的奢侈品广告，故事有记忆点，浪漫又充满诗意。YR这一仗打得漂亮，我现在就去专柜买Sunny小姐姐同款。”

“楼上小姐姐别去了，我刚从专柜回来，已经售空了，不过我买了别的款式，也很好看。”

“本来是冲着我家崽崽来的，但是不得不说一句，这个小姐姐也太好看了吧？扮演起女星丝毫不违和，有一种中世纪古堡里走出来的公主的既视感，什么绝世小仙女啊？我以前竟然都不知道！”

“Sunny 可是华人之光，刚刚回国几个月，在国外时尚界的知名度很高的。”

午后，茶话会工作室，北都城被茫茫冰雪封住，小助理周伊坐在谢昳对面，趁着午休时间趴在桌上玩手机——说是玩手机，其实就是在看数据，每分钟都在看广告短片的转发量和评论。

谢昳在兢兢业业地剪前两天录好的一个仿妆视频，熟练操作下，还得时不时接受小助理的音浪攻击。

“啊啊啊，Sunny 姐，两个小时！两个小时，转发量破二十万了，你的微博粉丝已经涨了几十万了！”周伊点进那些评论里，满脸激动地一条一条地往下翻，“好多路人都在夸你的盛世美颜。”

没过几分钟，她又开启了尖叫模式：“Sunny 姐，你上热搜了，我有一种预感，你要红了！”

周伊的预感果然很灵，只不过是另外一种红。

第二天是周末，谢昳一觉睡到中午，睁着惺忪的睡眼醒来，才发现她枕边放着的手机已经被打爆了，竟然一共有五十几个未接来电——韩寻舟、周伊、林景铄，还有茶话会的时尚组组长章朝，都给她打了好多电话，其他一些没有备注名字的，大概是茶话会或者 YR 的官方工作人员。

谢昳先给章朝回了个电话，才知道发生了什么。

她挂了电话，点开微博，发现收到了几千条私信，其中有九成是辱骂，大致意思是让她退出时尚圈。

谢昳坐在床上，面无表情地挑挑眉，饶有兴致地看着热搜前排有关她的爆料——其实，若非这次广告片的男主角是红极一时的年轻偶像岑宁，她作为一个时尚博主，就是有再多料，也翻不起多大浪花。

那篇爆料的博文中，有“知情人”爆料，知名博主 Sunny 一直给自己营造人美钱多的耿直人设，其实私底下傍大款、整容、私生活混乱，总而言之，人品堪忧。博文更是揭露了就连 YR 的广告都是她傍大款走后门得来的。

这篇博文是在昨天半夜发表的，起初，那些刚刚被谢昳的颜值吸引的大片路人粉都将信将疑，可今天凌晨，那位“知情人”针对以上爆料，接二连三地给出了证据。

首先是针对傍大款、走后门。视频里，觥筹交错的宴会厅中，一位年轻男子姿态亲昵地拽着 Sunny 的胳膊，走过大半个宴会厅，而那位年轻男子正是 YR 集团的中国区副总裁，林景铄。

然后是整容、私生活混乱，该爆料人贴出了几张谢昳几年前刚到美国时泡吧的照片，照片里，卡座周围气氛暧昧，年轻女孩子坐在角落里，身材比现在胖了很多，她喝酒喝到眼神涣散、满脸浮肿，看着颓废又邋遢，和现在时尚光鲜的模样判若两人，爆料人直截了当地将刚刚发布的广告短片截图和五年前的照片贴在了一起做对比，说 Sunny 绝对整过容。

最后还有一张模糊的路透照片，其中，Sunny 和岑宁坐在片场旁边的森林里对剧本，其实只是寻常的画面，然而，从这个清奇的角度来看，Sunny 的脑袋几乎快要靠到岑宁的肩膀上。这张照片一出，岑宁的粉丝十分愤怒，纷纷跑到 Sunny 微博下大骂，之前 Sunny 的路人粉也大片倒戈，认为自己被欺骗了感情。

"人美钱多的人设呢？看来就是个整容傍大款的穷酸女！"

"就是，长得挺漂亮，人品竟然这么差！"

"楼上眼睛不好吧，哪里漂亮了？你没看爆料中她整容前的照片吗？"

谢昳的一些忠实粉在那些难听的评论下无力地反驳，可她们微弱的声音很快被淹没在一片更加猛烈的声讨中。当然，也有部分网友仍然持观望态度，想看看后续有没有反转的，但总的来说，网络上的形势开始一边倒。

虽然网络上讨论得这么热烈，但半靠在床头的谢大小姐本人内心毫无波动，她甚至有一些想笑。勤勤恳恳地做时尚博主四年多，粉丝量才达到几百万，这热搜第一的料一出，竟然直接冲上了千万级别——虽然大部分是过来观望的人。

谢大小姐看着这些让人难堪的言辞，内心一片宁静。不是她天生比旁人心大，只是生活环境造就——比起这些骂名，更难听的话，她从小听到大。当初谢秋意去世后，谢昳刚回到谢家，很多人明里暗里说她是害死妹妹的扫把星，甚至有些热衷于颠倒黑白的亲戚，在背后污蔑谢昳其实是刘梦和那个奸夫的女儿，压根不是谢家的血脉。

人言可畏，那时候年纪尚幼的谢昳每次听到这些话都觉得天崩地裂，她整夜整夜睡不着，常常冷汗涔涔地抱着膝盖缩在被窝里痛哭。她曾经被那些流言蜚语击垮，以为自己真的像他们嘴里说的那样差劲，甚至一度怀疑过自己到底应不应该活着。

然而，许多年后，谢昳才明白，这个世界并不是黑白分明的二维世界，人类社会是复杂的，很多事情都有更深层次的原因。比如这一次，YR 集团进军珠宝业，妄图在这块蛋糕上分一块，并且来势汹汹。昨天的广告短片一发布，被千万网友转发，YR 官网珠宝分页的所有产品被抢购一空。

有些人当然不希望这个广告短片能取得预期的效果——比起现在风头正盛的大明星岑宁，针对另一个代言人 Sunny 是更加简单也更没有风险的做法。

所以，谢昳完全没有必要担心，这一场博弈本就不属于她，而是属于 YR 集团和它的对家。

谢昳想通了这一点，慢悠悠地走到洗手间敷了张面膜，然后美滋滋地躺在沙发上刷起了微博，等待之后的好戏。

可之后的剧情走向大大出乎了她的意料。

还没等 YR 和茶话会的公关部门有所动作，林景铄发了一条让网友们摸不着头脑的微博："各位，我上有老下有小，求求大家别害我！我发誓，我对 Sunny 没有一丁点儿想法！"

他这通操作很快引起了一波猜测，然而，更让人迷惑的一幕来了——偶像岑宁竟然用小号转发了这条微博，还附加了一句十分雷同的评论："我也对 Sunny 小姐姐没有半点儿想法！人在江湖混，谁都不容易，求放过！"

在这种情况下，两人的极力撇清并不符合常规冷静理智的回应手段，反而透露出满屏的恐慌和求生欲。

这让广大网友在觉得好笑的同时，也引起了热烈的探讨，最终，冲上热评第一的是微博内容一条合情合理的猜测："我猜 Sunny 这个女子不简单，她背后的人肯定来头很大，连 YR 副总裁和偶像都惹不起。"

吃瓜群众随即又开始利用蛛丝马迹探究起谢昳背后的人来，很快，热搜前排并列着两条似乎毫无瓜葛的话题：

"寻找江神的晚风！"

"寻找 Sunny 背后的人！"

谢昳啼笑皆非地看着这两条热搜，惊得脸上的面膜都掉了。

只能说，这些网友太优秀了。

随着林景铄和岑宁的一波操作，"寻找江神的晚风"和"寻找 Sunny 背后的人"一直占据着热搜前排。

可吃瓜群众显然没有能够把这两条看似毫无关系的话题联系在一起。其实也不怪他们没有想象力，是两位当事人的形象相差太远——一位是刚刚被预测未来有可能登顶国内互联网行业龙头的知名企业家，而另一位则是私生活混乱、整容傍大款的“十八线网红”。

并且，吃瓜群众对这两条话题做出的猜测，也和对方的形象迥然不同。

“啧，能让江神耿耿于怀这么多年的女人，应该是那种高岭之花、朱砂痣白月光类型的，肯定是个性格温婉、家境优越的名媛。”

“江神这么沉默寡言，喜欢的应该也是文静气质的吧？或者是专心科研的女科学家，二十四小时待在实验室里的那种，莫名觉得和江神的气质很般配！”

然而，到了谢昳这里，画风就有点儿不堪入目了。

“盲猜她背后的人是个秃头、眼瞎外加啤酒肚的中年男人。”

“对对对，不然怎么可能看上高贵整容脸，哈哈哈。”

一直到当天晚上，这两条热搜的讨论依然热烈。

一月初的北都城进入了严冬，稍晚，下起了淅淅沥沥的小雨，其间夹杂着些许冻得结实的冰粒子，砸在窗户顶棚上沙沙作响。

谢昳戴着口罩，撑着一把伞走向家附近的便利店，她现在“红”遍全网，万一在外面被人认出来，恐怕待遇和旧时代因为偷情被浸猪笼的人相差无几。

她一边跟韩寻舟通着电话，一边从货架上扫荡了几大袋泡面和几盒鸡蛋，打算囤好物资，接下来几天好好当一个宅女。

尽管微博底下的评论已经惨不忍睹，她的心态依旧很平静——YR 和茶话会的公关部门联系过她，让她不用担心，三天之内，他们会搜集好证据给出反击和回应。

电话那头，韩寻舟已经用给小孩儿顺毛的语气“安慰”了她整整一个小时，直到谢昳忍不住骂人，韩寻舟才相信她是真的没有留下什么心理创伤。

韩寻舟简直佩服得五体投地：“网上那些人太傻了，别说你没整容，就算真的整了，关他们什么事？还有私生活，他们管得着吗？我说，昳昳，你这心脏真的太强了，我要是被这么骂，不得抑郁症也得落个PTSD（创伤后应激障碍）。”

她感慨了一会儿，又把话题转到了在热搜上风光无限的她背后的男人身上：“你被骂得这么惨，你家男人就没什么表示吗？”

谢昳把购物篮里的香菇鸡丝面换成红烧牛肉的口味，又换了只手拿手机，压低声音说道：“我猜，他大概不知道这事儿，我就没见他玩过微博。”

“他不玩微博，你竟然也没有告诉他？”韩寻舟简直像是听到了天方夜谭，停了几秒钟后，恨铁不成钢地戳了戳手机，“不是，谢大小姐，您确定您是在跟江泽予谈恋爱？”

谢昳又踮起脚从最上层货架上拿了一包螺蛳粉，眨眨眼睛道：“是啊，有什么问题吗？”

韩寻舟翻了个白眼：“都说谈恋爱让人成长，你们以前谈了三年的恋爱，你说说你哪里成长了？你一点儿都不懂男人！谈恋爱就得信任、依靠对方，你可以向他倾诉倾诉，倒倒苦水，让他觉得你需要他，你这样什么事情都自己扛着，简直就是在浪费资源嘛，何况，你家男人还是座金光闪闪的矿山。”

谢昳提着满满两大袋东西回到公寓。窗外冰粒子逐渐成了冰雹，打在玻璃上发出噼里啪啦的声音。

谢昳把食物从袋子里拿出来，分门别类放进冰箱、柜子，然后坐在沙发上，想了想方才韩寻舟在电话里说的话。

她竟然觉得这些话不无道理。

就像韩寻舟说的，她在这段感情里一直表现得太强势，什么事情都是她说了算，就连在一起和分手都是她提的。

她好像没有对他表现出需要和依赖。

谢昳拿出手机，犹豫了一会儿，点开和江泽予的对话框。

第十章
你还想再跑一次？

同一时间，择优 CEO 办公室旁的秘书室里，成志勇刚整理完会议记录，闲暇之余拿起手机看了看依旧挂在热搜上的有关谢昳的爆料，表情有些纠结。

这两周公司里有多忙，他深有体会，何况，江总的确交代过，和公事无关、不重要的事情都不要打扰他。谢小姐的事情虽然和公事无关，毋庸置疑却是重要的事情。

所以，到底该不该说呢？

然而，还没等成志勇纠结完，秘书室的门被推开了，刚从技术部门会议室出来的江泽予面无表情地走进来："把今天市场部的会议录音给我。"

成志勇愣了一会儿，慌里慌张地把手机收好，然后从抽屉里翻出个文件夹，恭敬地递过去给他，却见自家老板眉头微皱："这是昨天的。你最近是不是太忙了？可以请个假，回去睡个好觉。"

成志勇摇摇头，暗自叹了口气——他哪里是累的，他这就是良心不安，毕竟从昨天开始，谢小姐就成了全民网暴对象，孤立无援，但他一直犹豫着没有告诉江总。

看来还是得说。

成志勇重新拿出手机，点进那条爆料微博，走过去，把亮着的手机屏幕递给他看："江总，我觉得您应该看看，谢小姐最近……运气不太好，大概是 YR 的对家向她发难了。"

他说这话的时候仔细观察着江泽予的表情，果然，江总在听到"谢小姐"三个字之后，脸上淡漠的神情一下子有了起伏——明明昨天，他满心激动地向江总报告"一言"的下载量时，他都是面无表情的。

成志勇觉得自己还是低估了谢昳在江泽予心里的分量，暗自庆幸觉悟为时不晚。

江泽予拿着手机，仔细看完那条爆料的微博，对于其中的绯闻部分，他都视而不见，却独独点开了那张所谓“整容前”的照片。

他在刚刚看到的那两秒钟里，竟然没有认出来照片里的人是谢昳。

爆料人标注了时间是五年前。照片里，彼时才二十岁出头、刚到美国不久的女孩子坐在昏暗的酒吧角落里，她面前的卡座上堆满了各式各样的酒瓶。酒吧里吵闹不堪，灯光像把她苍白又肿胀的脸染得五颜六色，她的脸上挂着麻木的笑容，一双浮肿的眼睛看不出任何光彩。没有骄傲与肆意，没有笑容和生气，简直宛如一具行尸走肉。

许多评论揪着这张照片不放，大肆批判她是整容怪、换头怪。

江泽予忽然想起在李教授家重逢的那天，谢昳因为慢性胃炎，在车上疼得晕过去，他一直搞不清楚，到底是怎么样的生活才能把胃搞成那样。

他又想起了那天谢昳在去机场的路上给他打电话，她说五年前，她刚到美国的那段时间，他要是看到她，肯定认不出来，她说自己二十四小时烂醉如泥，见人就发酒疯，一张脸肿成两倍大。

她说这话时的语气是笑着的、轻飘飘的，像是全然没把那些事放在心上，可他今天看到照片才知晓，那于她而言，到底是一段什么样的日子。

江泽予突然愤怒地笑出声。

成志勇不知道他在笑什么，小心翼翼地抬头看他——老板接连熬了几个夜晚，胡子没有刮，头发也没打理，整个人看着颓废又丧气。明明听到他在笑，可脸上又没什么表情。

江泽予倚在秘书室的门框边站了很久，低着头，右手食指近乎温柔地抚摸着手机屏幕上的什么东西。

办公室里的气氛沉默到了极点，许久后，成志勇抬手擦了擦额头上的汗，刚想出声打破这沉默，却见自家老板总算有所动作。

江泽予大步走过来，把手机还给成志勇，然后冷着一张脸吩咐：“让茶话会的公关部门经理和几个负责人半个小时之后到我办公室，然后打电话给林景铄，他们YR要是搞定这点儿事情都能拖这么久，我看以后也没有合作的必要了。”

成志勇已经好几年没有见过江泽予这般严厉的模样了，闻言擦着额角冒出来的冷汗，连连点头称是。

江泽予回到办公室，拿出手机想登录微博，却在输密码的时候顿住了。

纪悠之以前总吐槽他，身为知名互联网企业的CEO，简直就像个二十世纪七八十年代的老学究。这一点确实没说错，他平时用得最多的交流方式是电子邮件，不论是工作还是生活，他都习惯收发邮件，很少用社交平台或者其他一些娱乐软件——除了隔三岔五上网站看看谢昳的视频。

多年没有登录过微博，江老学究竟然连密码都忘记了。

江泽予皱着眉，花了很长时间挨个试，总算找回密码登录了进去。

这个账号曾经进行过身份认证，空有几千万粉丝，却只在两年前转发过一条择优上市的新闻。

他迅速地浏览了那条热搜下的一些评论，简单地在某条评论下回复了几个字。然后，手机屏幕上突然蹦出一条信息。

昳昳："阿予，我在网上被人骂了，那个……虽然我不是很难过，但我给你一个机会安慰我一下。"

她明明想表示依赖和示弱，语气却是一贯的冷硬和不自然。发消息的人大概也察觉出语气不太对，几秒钟后，又在这句话后面缀了一个可怜兮兮的兔子表情，那表情，他这辈子都没在谢昳的脸上看见过。

江泽予方才一直皱着的眉头总算松开，弯了弯嘴角，给她回了一句："乖，看微博。"

谢昳没有想到他会回复得这么快，也不知道他是什么意思，只好乖乖地点开微博，这才发现几分钟之前有人提到了她，她点进去，待看清内容后，吓得险些没握紧手机。

网友热评：盲猜她背后的人是个秃头眼瞎外加啤酒肚的中年男人。

择优CEO江泽予回复：@Sunny大人，我不秃头不眼瞎也没有啤酒肚，你说呢，我的晚风？

最开始，这条留言在热评回复的最末尾，第一批看到的网友还以为是个高仿号——毕竟是个两年多没有发过微博、阅读量少得可怜的黄V。

可短短几分钟后，底下的评论开始疯狂膨胀。

"哈哈，高仿号开始搞事情了，就算这两条热搜凑得近，也不能瞎联系啊。"

"等等，楼上先别说话，我有点儿慌，刚刚进去看了……好像……并不是高仿号！"

"真的不是高仿号！我之前关注了江神的，这个就是江神本神啊！天哪，这个世界太玄幻了，啊啊啊！”

“所以说，江神就是Sunny背后的人？然后Sunny是江神的……晚风？打死我都不信，楼上都在骗我！”

越来越多的网友发现了这条回复，全网临时组成尖叫鸡乐团后，江泽予的这条回复很快成为热评。随之而来的是一个话题，话题火速蹿上热搜末尾，并且以肉眼可见的速度往上爬，话题上只有两个并列的名字：江神，Sunny。

半个小时之后，该话题迅速霸占了热搜第一的位置，后面标着一个血红色的“沸”字，光荣地成为新年以来第一个超级大八卦。可就算事态发展到这个样子，江泽予的千万女友粉以及从前隐匿在各大论坛的“泽悠”CP粉们依旧在垂死挣扎。

“天哪，晚风怎么可能是个整容怪？江神，你要是被盗号了或者被绑架了，你吱一声！我是绝对不会相信的！江神是属于纪总的！”

“姐妹醒醒，科技公司大佬的账号还能被盗？而且纪总都有老婆了，我看，这就是官宣。”

“楼上放屁，江神是择优的，微博又不归他管，怎么就不能被盗号了？我看绝对是被盗号了，我关注了他三年多，他只发过一条微博，说不定连密码都忘了！”

可让大批粉丝失望的是，不久之后，新学了几个网络词汇的林景铄在该话题下发了条意味不明的微博：“差点儿被你们害死，与我无关！”

随后，岑宁的小号也发了条微博：“呼，同差点儿被害死，恭喜官宣。”

他的这条微博还附带了一张照片，照片里，红日沉沉，冻结成冰的湖面旁黑色雪松枝丫交叉，一高一矮的两个背影相互靠在一起往前走。走在右边的男人微微侧头，伸手为身边的女孩子拨开头顶的枝条，看那英俊的侧脸，确是江神无疑。而他身边的女孩儿，身形和个子也和Sunny一致。

林景铄和岑宁的又一波操作后，江神和Sunny的事得到了证实。

于是，不再挣扎的网友们只能鬼哭狼嚎地表示自己不同意这门婚事——毕竟，谢昳的形象经过前一天的发酵，已经跌到了谷底，不论是江泽予的粉丝，还是一些三观正常的路人，都不会认为这两人般配。

可随着时间流逝，事情又有了转折，茶话会和YR的公关部门收到了江泽予本人的“耳提面命”，迅速对之前针对Sunny的爆料做出了有效回应。

首先是网上议论最广的整容一事。

茶话会官方微博直接发出了一张Sunny九年前S大军训时候的照片——S

大绿油油的草坪上，当时还没成年的女孩子穿着一身迷彩服，扎着马尾，眉眼精致、气质纯净，除了年纪小一些，脸上轮廓和五官与现在毫无差别。就连之前一直在质疑 Sunny 人品的人，都不得不承认这张照片上的她实在是神颜。

照片一出，整容的谣言不攻自破，并且这张照片还让广大网友找到了江神和 Sunny 的共同点，他们发现两人竟然都是 S 大毕业的，随着一些网友的深度探查，发现这两人还是 S 大自动化系同一届的同学。

于是，原本天差地别的两人开始有了交集和联系。

其次是傍大款的谣言。

就连 YR 的对家也没有想到，谣言会被攻破得这么快，毕竟，他们并不清楚 Sunny 的身份，当初想拿她开刀，不过是觉得她比岑宁的知名度小多了。

周子扬在 YR 集团的授意下发了一条微博，当然，看热闹不嫌事大的他并没管对方给的公关文，而是自行编撰了内容："能让北都城谢家大小姐傍的人，全国估计都没有几个，@择优 CEO 江泽予，江总加油，哪天你要是真的够格成为 Sunny 背后的人了，大概也就走上人生巅峰了。"

由于周子扬拍摄过许多令人惊艳的广告短片，在圈内名气很大，并且有许多人知道他周家少爷的身份，这话一出，引起了极大反响，网友们很快顺藤摸瓜地找到了 Sunny 的家世。

"谢家？哪个谢家？"

"能让商业巨头周家人称一声谢家的，还能是哪个谢家？楼上的姐妹，请看看你手边的矿泉水和泡面，如果没有的话，去翻一翻冰箱里的牛奶和果汁，再没有的话，想一想你最爱吃的火锅店和最常订的那几家中式快餐店！"

"不会真的是那个谢家吧？我们家也是做餐饮业的，在餐饮行业里，谢家就是独一无二的老大啊！虽然这几年国内业务收缩了，但人家在海外市场做得更好了，我上次去墨尔本出差，还去他们家的中餐馆吃饭了呢。"

"我的天！我刚刚查了一下，原来我们平时吃的那些东西，有一大半是谢家的子公司生产的！"

公关公司辟谣之后，陆陆续续地冒出了更多的知情人，大部分是S大的校友，这些倒并非茶话会或者 YR 的安排。

知名经济博主一日财经："憋死我了，之前担心涉及谢女神的隐私，一直忍着没说。谢女神上学的时候就是我们学校这一届公认的校花，怎么可能整容？还有，她的成绩特别好，我的分数比她低了十来分呢。而且，人家还需要傍大款？

她刚入学的时候，她家里就给学校捐了两栋楼。”

法律节目主持人徐洒：“就是，当初我们学校多少人追她。他们两个大学的时候就在一起了，后来好像又分开了几年。江神那会儿还是个穷小子，那时候，大家都觉得是江神配不上她好吧。@熊小七，你当年跟谢女神表白过，我记得，她是你的初恋来着。”

科技测评博主熊小七：“往事不要再提，我年底还打算跳槽去择优，江神的女人我惹不起，别搞我！不过，说实话，之前看到江神和谢女神两条并排的热搜，笑死我了，网友怎么这么厉害，哈哈哈。”

以上几个说话的人都是微博大V，学历和身份都有认证，一水儿的S大优秀毕业生、各界精英人士为Sunny正名，许多网友从一开始的震惊、惊恐，到开始逐渐接受事实。

“所以说，Sunny不仅不是一个傍大款的整容怪，还是个真正的豪门白富美？而且是S大毕业的高才生？这反转也太大了吧？”

“世界之大无奇不有，之前是谁造的谣？害得我还真情实感地骂了Sunny，现在来看，人家明明就是个神仙姐姐好吧！”

“难怪她演女星那么有感觉，冷傲是她的本色吧？啊啊啊，豪门高傲的白富美与白手起家的企业家，这对CP难道不香吗？”

于是，接下来的一整晚，微博热搜像是被谢昳霸占了，除了和江泽予的恋情，她的军训照、家世、成绩等全部在热搜不同的位置上挂着，引起了广大网友的热烈讨论和关注，微博粉丝更是噌噌地往上涨。

然而，话题中心的谢大小姐本人正坐在公寓餐厅里，吃着螺蛳粉、喝着饮料，同时美滋滋地追着最新一季的美剧。

餐厅外，漆黑夜色如同泼墨，冰雹仍在叮叮咚咚地敲击着，仿佛把这世界当成了它的乐器。

紧张的剧情中，身为贩毒集团卧底的男主角露出破绽的关键时候，门铃声忽然响了。谢昳不耐烦地按了暂停，趿拉着拖鞋走过去开门。她习惯性地从猫眼往外看了一眼，看到来人后，着实愣了许久。

片刻后，谢昳小跑着回到餐厅，把吃了一半的螺蛳粉一股脑倒进垃圾桶，还盖上了盖子。之后，她利索地打开餐厅里的排气扇，又冲进衣帽间换了件衣服，皱起鼻子闻了闻身上的味道后，又破天荒地喷了一点儿香水，才跑过去开门。

门口，等了许久的男人拿着手机，大概是想给她打电话。他的衣裳半湿，一把大大的黑伞收起，倒立着竖在一侧，还在不断地往下滴着水。

男人眉眼英挺，凌乱的黑发和干净苍白的脸竟然和当初她在行政楼门口遇到他的时候没有太大的区别，如同童话里的王子。

谢昳的心怦怦地剧烈跳动起来，觉得自己仿佛回到了十六七岁，问道："阿予，你怎么来了？今天公司不忙吗？"

江泽予的眼神有些失焦，大概是从黑暗里忽然到了光明里，双眼还没有能够适应。

他接连熬了几天几夜，看起来颇为憔悴和颓唐，但嘴边带着笑意："一言的事情基本结束了，以后的运转自有技术部和市场部的人负责，我打算给自己放几天假，昳昳，你收留我几天？"

"你家房子那么大，还不够住？"谢昳虽然嘴上这么说，却主动牵他进门，让他坐在沙发上，然后又去卫生间拿了条新毛巾给他擦头发。

她坐在他身边，轻轻地揉搓着他的头发，忽然觉得有些奇怪。

谢昳皱起鼻子闻了闻他身上的味道："阿予，你……你身上的味道怎么变了……"变成了一种很贵的味道，倒像是……

江泽予一愣，随即老老实实地承认："我来之前去纪悠之的办公室冲了个澡，用了他的沐浴露……"

谢昳看着他刚刚刮完胡子干干净净的下巴，又想起刚刚被自己倒进垃圾桶的半碗螺蛳粉，忽然笑着用毛巾揉乱了他的头发，凑到他唇边亲了一口，仿佛不过瘾，又抱着他湿漉漉的脑袋在脸侧、唇边、下巴处啃了好几下。

原来，只要遇上对的人，不管什么时候什么年纪，谈恋爱都会像十六七岁。

会慌乱，会无措，会自卑，也会希望对方看到最好的自己。

这个晚上，对于网络上无数吃瓜群众来说，是个信息量爆炸、舍不得放下手机的夜晚，但谢昳心里忽然有点儿担忧。

她跪在沙发上一边给江泽予擦头发一边说道："这两天，咱们的事情闹得这么大，我估计，周奕应该已经有所察觉了。"

她原本还觉得周家可能需要花更长的时间才能想清楚他们之间的关系，从而能给他们足够的时间去准备。但如今，微博上闹得沸沸扬扬，几乎所有人都在吃这个瓜，江泽予又在周家的关注列表中，想不被察觉都难。

谢昳用毛巾把男人的脑袋包起来，泄愤般揉乱他的头发："我就是让你安慰安慰我，谁让你乱发微博了？你好不容易忙完了，如果接下来周家发难，你还怎么好好休假？”

谢昳这人向来是色厉内荏的，话说得不好听，可一双眼睛里满满的都是心疼。他连续工作了三个多星期，虽然她每天都叮嘱他少用眼睛，可如今看着他苍白的面色和充满红血丝的眼睛，仍然心疼得不行。

江泽予掀开脑袋上的毛巾，伸手把人拦腰搂住，看着她一副依旧气呼呼的模样，凑过去用鼻尖蹭了蹭她的脸：“昳昳，你关心我？”

他的气息有些重，热气喷在她的脸侧，说话的时候还有一些绕到她的耳廓处。谢昳被他蹭得心慌意乱，口是心非地咕哝了一句：“谁关心你了？我是怕我看中的这只潜力股下跌，那我这辈子想傍大款就难了。”

其实谢昳一直在努力改变，想尽量变得温柔，想弥补他，可江山易改，本性难移。小老虎就算收起爪子，一时半会儿也成不了猫咪。

可她不知道，江泽予最受用的就是她这副样子，明明红着脸，却还是抬着下巴，装腔作势，浑身带刺儿的模样，实在是……

单身已久的江神总算明白为什么办公室的休息室方便又舒适，纪悠之每次加完班，累得像条死狗之后，却仍然急急忙忙要回家。

或许有些事情，比睡眠更解压。

“别担心，昳昳，你的专属股份只会涨，以后……”男人眼里的雾气和欲望缭绕，声音发哑，哄骗般一点一点地从谢昳手里抽出半湿的毛巾扔在地毯上，直接把大概猜到后续、不敢看他的女孩儿轻轻地放在柔软的沙发上，“以后，我让你傍。”

北都城的冬天很干燥，暴风雨不太常见，今夜却反常。公寓的玻璃隔音效果不错，却依旧能听到外头被消音了大半之后残留的猛烈风声，隔壁楼栋十九楼的阳台上晒了衣服，恐怕是房主没来得及收，被呼啦啦地卷到半空，东一件西一件地落在了不同楼层的阳台顶棚上，还有的挂在了电线杆上。

冻雨和冰雹越来越大，起初打在玻璃上的声音是沙沙的、令人愉悦的，后来便开始砰砰地狂乱奏响了。

这样的雨夜对于在外奔波的路人很不友好，可对于窝在家里的人来说，比平时更有安全感，惹人心烦的雨声和冰雹声给黑夜营造了神秘的暧昧感。

氛围感作祟，谢昳已经想不起来两人的姿势怎么从坐着变成躺着，又从躺着变成叠着，也记不起来餐厅的灯是什么时候关掉的。

她只能感觉到黑暗里身上的人温热有分量的身躯，亦能触摸到他撑在她耳侧结实又有力的胳膊，更能感受到他意乱情迷的亲吻和滚烫的唇。

她很快丧失了理智，只知道用两只手勾着江泽予的脖子。

谢昳在这方面虽然毫无经验，但该有的理论知识还是知道不少。她细细地喘息着，咬着嘴唇，双眼失焦地看着沙发的缝隙，心里模糊地明白，接下来应该就是最后一步了。

男人在这关键的时候睁开眼，黑暗里，他看不清身下女孩子的轮廓，却能真真切切地感受到她的温度和柔软。

他咬着牙，隐忍地顿了顿，修长的五指探进她的发间，轻轻地揉着，以示安抚。

砰！一声尖锐的巨响伴着玻璃碎掉的声音刺痛耳膜，谢昳紧绷的神经瞬间炸裂，整个身子弓起来，脑袋狠狠地磕在男人的下巴上。

谢昳捂着被刺痛的耳朵，眨眨眼睛问他："你刚刚来的路上，是不是一直在下冰雹？下得大吗？"

"……大。"

黑暗里，两人鼻尖贴着鼻尖，屏气凝神许久，忽然感受到了从室外席卷而来的寒意，狂烈的风从十九楼的窗外涌进来，甚至卷进来一些冰凉的雨水。

屋外的雨声、狂风声以及冰雹声像是被套上了一个喇叭，传到耳边的声波振幅没了阻碍，扩大了五倍多。

谢昳咽了咽口水，她整个人被他覆盖在身下，倒是没什么感觉，但是……谢昳摸了摸江泽予肌肉紧实的后背，低声问他："你冷吗？"

"不冷，继续。"

男人的声音沙哑，语气生硬，捧着她的脸重新在黑暗里摸索姿势。

"哦……"谢昳原本想极力配合他的，可忍了半天，还是没忍住，她摸了摸他冰凉的后背和手臂，说道，"可是，阿予，你起鸡皮疙瘩了。"

两人唇颊相依，忽然在这冰冷的寒夜里不约而同地笑出了声。

被冰雹砸碎的是客厅的落地窗的玻璃，靠近阳台的地面上满是玻璃残骸和砸得粉碎的冰。

晚上十点多，小区的物业早就关门了，两人按照网上的信息打了好多通电话，才找到一家还在服务的幕墙维修公司。

好在被砸坏的这面玻璃外面是阳台，不算太难更换。冰雹渐歇，谢昳又开口提了很高的人工费，维修人员才连夜上门。

更换玻璃的小哥来得很快，进门看到这惨烈的状况，也倒吸了一口气：“夜里九点多的时候冰雹下得特别猛，我来的路上看到路边好多汽车的挡风玻璃都被砸坏了，不过，你们家这么高的楼层，又是内置玻璃，被砸坏的还是少见，够倒霉的，得吓得够呛吧？”

谢昳看了一眼身边皱着眉头显然欲求不满的男人，意味不明地笑道：“何止吓得够呛。”

她都担心他会留下生理和心理的双重阴影。

等更加结实的玻璃重新装好后，两人又彻彻底底地把阳台和客厅打扫了一遍。谢昳又累又困地瘫在沙发上，脑袋搁在江泽予的腿上，瞄了一眼墙上的钟表，已经凌晨三点半。

他们这算不算是被大自然的洪荒之力拆散了？

谢昳捂着脸，忍不住笑了一下，轻轻地推了江泽予一下：“去睡觉吧？”

江泽予没有说话，嘴角抿成了一条线，整个人看起来比大学的时候还要阴沉。

谢昳累极了，困得睁不开眼睛，实在是心有余而力不足，勉强直起身子，勾着他的脖子，凑到他耳边安抚他：“阿予，我就在这里，又不会跑掉。”

男人闻言，猛地把她按在怀里，在她唇边啃咬了好几下，才把脑袋埋在她发间，咬牙切齿道：“明天搬去我那里住，玻璃结实。”

同样的夜晚，北都城中别墅区一处豪宅里，二楼书房灯火通明。

窗外风雨交加，冰雹声声，书房内却满室寂静。书桌前站着个战战兢兢的中年人，双手交叠垂在身前，大气都不敢喘一下。

老式书桌后，一位衣着朴素、花甲年岁的老人戴着一副做工精良的老花眼镜，腰背挺直地坐着。

书桌后的老人长相平常，眉间的川字纹很深，眉毛浓黑，脸上有斑，就连穿着打扮也和清晨公园里散步打拳的那些老头别无二样，浑身上下，除了一双混浊却有神的眼睛，丝毫看不出是北都城顶尖豪门的掌权人。

周奕在看着手边各式各样的文件。

这是半个小时之前，他让秘书送过来的有关谢家和江泽予的资料。

调查资料的人并无偏颇，各式各样的信息都搜集到了，繁杂又混乱，但周奕很快就从大量杂乱无章的信息中找到了关键的几条——谢家的女儿谢昳和江泽予重新在一起，说明当年他们分手可能另有隐情。

他们曾经在一起三年，并于五年前分手；分手后半年，周子骏因被人匿名举报入狱；再过了两个月，江泽予翻案。

更让人奇怪的是谢家这五年来的经营风向，五年前，在国外市场发展还不明朗的情况下，他们便大幅度收缩了在国内的产业，并且最先斩断的是一些和周家有联系的产业。这么做，对当时的谢家来说并没有好处，谢川是个聪明人，他的行为背后如果不是利益驱动，那必然有其他的原因。

至于是什么原因，实在不难推测。

周奕面无表情地坐着，半晌后，那下垂的嘴角猛地抽动了几下。他突然站起身，一把掀翻了书桌，桌面上的砚台和陶瓷笔洗磕在地上，“砰”的一声摔得粉碎。

桌前的中年人被骤然的动静吓了一跳，脸皮狠狠地颤了颤，却抠着手心站定，尽量保持缄默。

许久之后，周奕脸色平静地坐回原位，仿佛方才暴怒的另有其人。他问道：“刘秘书，你觉得，接下来该怎么办？”

刘秘书张了张嘴，一向灵活的大脑严重卡壳，紧张得手心都出了汗。他跟了周奕很多年，深知他为人狠辣，何况，这一次又极有可能是找到了五年前少爷入狱的背后操手。

他张了张嘴，声音很涩，思索良久后，提了个最稳妥的建议：“董事长，如果我没记错的话，择优的投资人里有几位和您关系匪浅……或许，我们可以让那几位撤资？现金链断了的话，择优这次发布的新产品，之后的运营肯定会出问题。”

周奕闻言，不满地哼了一声，他纵横商场这么多年，不会看不清这点儿简单的利益关系。

“撤资？要是几个月前或许还好说，但现在，晚了。你刚刚也说，择优刚推出个什么社交平台，之后还志在建立互联网生态链。这几天，择优的股价暴涨，形势大好，让他们现在撤资，简直是天方夜谭，谁会跟钱过不去？”

“退一万步讲，就算他们能给我这个老师几分薄面撤资，之后，也自会有大把的人扑上去。僧多粥少，何况是这么个香饽饽。我听说，贺家那位也出资了，择优的这个 CEO，年纪轻轻，城府倒深，难怪当年，子骏会栽在他手上。”

他显然是认为当年的事情是谢家和江泽予合伙所为。

刘秘书的提议被干脆利落地驳回，手心汗湿了，结巴着问了一句：“那……

就这么算了？”

“算了？就算我说算了，子骏会就这么算了？”周奕摘掉老花眼镜，抬起满是皱纹的手揉了揉脖颈，沉声道，“听说，谢川已经移民澳洲了？”

刘秘书不知他的意思，点点头：“对，他国内的房子和产业已经全部留给谢昳了，两周前刚做的公证，他和现任妻子上周已经离境了。”

周奕闻言，安静了许久，不知道在想什么。

很久之后，他似乎不想再聊这个话题，问道：“那件事情办得怎么样了？不就是一个病历，为什么需要这么久？”

刘秘书听他提起这件事情，心里抖了抖，脸上白了几分，想劝劝他，又不敢开口，只好硬着头皮道：“当年负责少爷一案的检察官为人很刚正……很顽固，又精明，而且，这两年保外就医的政策也在收紧，查得很严。”

周奕衰老下垂的眼皮突然抬起来，神情冷厉地道：“要是容易的话，我还要你们做什么？钱不是问题。”

刘秘书连连称是，侧头看去，窗外冰雹诡异地敲响，狂风大作，别墅外倒了棵老槐树。

第二天午后，谢昳开始被迫搬家。

她的东西实在多到令人匪夷所思的地步，大平层的每一个可操作空间都被她用各季的时装塞满，护肤品和化妆品更是多得不像样——就连测评过的眼霜都有满满一柜子。

好在撺掇她搬家的某人任劳任怨，搬着箱子上下几十趟，挽起的衣袖下，手臂肌肉线条优美，秀色可餐。

谢大博主踩着高跟鞋，站在公寓门口帮忙递送，等人搬到最后一趟的时候，主动送上个香吻，轻轻捏着男人紧实的肩膀问他：“为什么不让我续租？万一咱俩以后吵架了，我岂不是连退路都没了？”

“不对，谢川给我留了很多房子，碧海云天就有一处，我还是有退路的。”

江泽予闻言睨她一眼，清冷的眼神看起来有些受伤：“退路？你还想再跑一次？”

谢昳眨了眨眼睛，立刻挽住他的胳膊，眼观鼻鼻观心，不作声了。

东西太多，江泽予的车子根本不够用，两人叫了搬家公司帮忙。

等到达碧海云天安置完，已经是晚饭时间，前一天暴雨过后，冬日的高尔夫草场散发出新鲜的泥土味。

谢昳把所有的衣服和行李归置整齐后，开始处理最后两个箱子，里头装着她不远万里从美国托运回来的包包。她抬着箱子，走进江泽予之前给她看过的那个房间里，弯腰把里头的包包拿出来，然后按照品牌和颜色放进已经摆满包包的橱柜中。

摆好之后，谢昳像个阅兵的女王一样来回巡视了好几圈，摸摸这个，看看那个，感受着每个包包不同的皮质和色泽，简直是爱不释手，好不惬意。

江泽予靠在门口，看她光着脚在房间里转了半个小时，淡淡的笑意挂在唇边。看来纪悠之说得没错，再高冷的女孩子也难以抵挡包包的诱惑。

他对这些东西没有研究，也缺乏欣赏的审美，这些包都是他这几年根据她的各种社交平台发布的动态买来的。原本她不在的时候，这些包对他来说不过是千篇一律的摆设，又或者说，是寄托某些奢望的念想；可如今她来了，她成了这个屋子的主人，这橱柜里的每一个包似乎都活了过来，开始有温度，有记忆。

江泽予甚至能回忆起来，她在微博或者视频里提到这里面每个包时的语气，也能回忆起来自己每次订到这些昂贵的包之后，看都不看一眼就胡乱地塞进柜子，咬牙切齿地发誓他下次再也不做这种荒唐至极又无聊透顶的事情，可每当再看到她有所求，前一次发的誓言便又彻底被抛之于脑后。

收拾好东西，两人又简单用过晚餐，谢昳看着外面漫天的红霞和经过暴雨洗刷后的透明天空，忽然动了心思，想出门走走。她转了转眼珠子，道："阿予，要不，你陪我去一趟谢家？谢川和周婉玲已经去澳大利亚了，那房子现在空着，就在碧海云天，离你家不远，你还没去过吧？"

江泽予没有回答她的问题，只二话不说，搂着人走到玄关处，接着给她套上厚厚的羽绒服，牵过她的手道："走，去看看我的小姑娘从小长大的地方。"

谢昳白了他一眼。

她从小就很不喜欢别人喊她"小姑娘"或者"小丫头"，这种带个"小"字的称呼似乎把她的气势生生喊低了一截，有一种来自年龄的压制。但从他嘴里念出来，这三个字仿佛被赋予了某种独特的甜蜜感。

啧，恋爱真是降龄又降智。

碧海云天占地面积很大，两人花了一段时间才走到谢家门口。

谢昳指了指眼前的庞大建筑，说道："就是这幢，阿予，你是不是从来没有经过过这里？"

江泽予抿了抿唇，看着眼前的庭院，没有说话。

这座房子一共有四层，占地面积比江泽予家还要大。欧式豪宅看着气派，可庭院光秃秃的，显出萧条的景象。

在谢昳的印象中，别墅的庭院一年四季都种着周婉玲喜欢的各种花，每个季节的都有，从海棠、月季到秋菊和各种颜色的梅花，一小簇一小簇地种在花盆里，摆得整齐。周婉玲是爱花之人，大概是担心她走了，那些花没人照料，干脆都送人了吧。

谢昳拿出五年没有派上用场的钥匙，打开门。其实，这别墅区里的户主大多换了电子门，好在谢川和周婉玲都不是热衷追求高科技的人，不然，她这钥匙就该作废了。

房子里没有一周没住人的沉闷味道，反而很清新，看来是有人定期过来打扫。谢昳打开灯，熟悉感扑面而来，不管是客厅、餐厅，还是餐厅旁边的佛堂——自从谢秋意去世后，周婉玲便做了个俗家弟子，每日吃斋念佛，一天有大半时间在这佛堂里度过。当然，吃斋念佛也并没有让她忘却凡尘，反而让她越发钻了牛角尖，就连恨都被冠上了合理的名头。

从前，她隔三岔五就得跪拜菩萨，其实是周婉玲想让她跪谢秋意的牌位。

想到这里，谢昳拉着江泽予走到佛堂里，菩萨像和其下谢秋意的牌位都已经被挪走了，红木案几上残留着几个方方正正的印子。

谢昳指了指案几前那个旧蒲团，回头对江泽予咧嘴笑道："我还记得我念小学的时候，每次犯错都会被罚跪，一跪就是一整夜。张叔经常偷偷给我送包子，猪肉白菜馅儿的。你都不知道，在菩萨面前吃肉，特别香。"

说到这些，她的眉眼中一丝疼痛感也没有，慵懒得像只偷腥的猫。

人生就是这样，曾经觉得某些经历痛苦到无法忍受，可过几年再来看，留下的往往是当时不曾注意到的温暖细节。

江泽予没有说话，只弯腰把下巴搁在她肩膀上，从身后轻轻地抱住她。

之后，谢昳又带他去了楼上自己的卧室。让她大为诧异的是，卧室的陈设竟然丝毫没变，她的大床、整面墙柜的公主裙，书桌上的各色手办都在。

而卧室床上的床品却是新买的，外头罩了干净的真丝床罩，其上没有半点儿灰尘。看来，定期来打扫的钟点工也没有漏掉这个五年都没有人居住的房间。

谢昳走过去打开窗户，窗外夕阳似春天的映山红，她趴在窗台上，探着身子往外看去，能看见被槐树枝遮掩的半个庭院和门口卵石铺就的小径。

这熟悉的场景和角度令她突然想起一件事情。

在谢昳的潜意识里，她一直以为江泽予没有来过这里，可她这会儿忽然想起来，其实，在毕业典礼之后，她说分手之前，江泽予曾经来家里找过她。

那天，谢昳在家。

那是她从警局回来的第二天，谢川找她谈了，让她自己做出选择。

从前一天开始，江泽予就不断地给她打电话，谢昳看着那些来电显示，心烦意乱地关上手机，然后盯着电脑里两张去拉萨的车票发了整整一夜的呆。

第二天傍晚，张叔上来告诉她门口有人找，那人自称是她的同学。谢昳趴在别墅二楼的窗口往下看，只看到一个黑乎乎的头顶，却也能分辨出那是她的阿予。他一向很知礼数，手上拎着一个看不清牌子的礼盒，略显拘谨地等在门口，消瘦的身形显得很单薄。

那是六月份，初夏时节，别墅一侧，高尔夫球场上有几户人家正饶有兴致地挥杆，几只不知道什么种类的鸟叽叽喳喳地飞过，然后停在某个屋檐上——这世界的一切都鲜活，只有他穿着件白 T 的身影，安静又孤独。

那时候的少年明知道谢川不满意他，却仍然放下了自尊，拎着他自认为妥当的见面礼找到这里来。他不知道他的姑娘出了什么事情，她整整三天没有接他的电话，也没有回他一条消息。

那年，谢昳趴在窗台上看着他的头顶，胸闷到几乎要喘不过气来，她用上两只手拼命捂住嘴才没哭出声，脑子里疯狂的念头叫嚣着，想不管不顾地冲出去抱住他。

几分钟后，得了她吩咐的张叔下楼，礼貌地告诉他谢昳不在家。少年闻言，静立良久，然后把礼盒轻轻地放在门口，转过身，逐渐消失在谢昳模糊的视线里。

谢昳不知道他那会儿到底是什么样的心情。

可现在的她，时隔五年再想起那个背影，依旧痛得难以呼吸。

她关上窗户，眼眶发酸地走到江泽予身边，踮起脚勾住他的脖子，吻住他。

她一边亲吻，一边借力把人带到床边。

“阿予……”谢昳的声音带着喘息，眼角带了点儿红，脸颊更红。她的两只手握着他的两只手，举到他的头顶，顺势将他推倒在柔软的床铺上。

她咬住他的耳垂，哑哑的声音一股脑地灌进他的耳朵里：“阿予，这里的窗户很结实，今天也没有下冰雹。”

她就想在这里——在这个她决定离开他的地方，睡他。

做梦都想。

身下男人的唇就那么半分半合地翘起来，眼底却越来越暗。

“嗯。”

他搂住她的腰翻身，猛地压住她，以吻作为开端。

夜已深，谢家别墅的窗外晚风似漪，月影如水，庭院里，光秃秃的老槐树安静地矗立着。

外面气温到零下，房间里的空气却潮热又沉闷，更别说那气息十分暧昧。谢昳感觉身上很黏腻，很想起身去开窗透透气，却压根没有半点儿力气，细胳膊细腿挣扎了一会儿，终究抵不过地心引力。她只好作罢，睁着眼睛瞪着黑漆漆的天花板，像条翻着肚皮的死鱼。

说实话，她连气都还没有喘匀。

谢昳恨恨地磨了一会儿牙，然后，她伸手推了推江泽予光裸的肩膀，语气非常差，全然不像是刚刚才做过深入交流的样子：“你起来。”

男人倒是好精神，闻言侧过身，用一只胳膊撑起脑袋，另一只手轻轻地绕着她的头发，暧昧地靠近她耳畔，声音愉悦地说道：“昳昳，你让我起来干吗，你想……再来一次？嗯？我没问题。”

他的声音很哑，和平时偶尔压低了嗓音说话不同，这哑里头还带着浓烈的情欲。谢昳简直气恼到口不择言。

她本来想睡他，没想到被睡了，结局还这么惨烈。谢昳平时经常去健身房锻炼，体力不错，能被折腾成这样，她自己也是真的没想到。

身边的男人看着女孩子气鼓鼓的模样，闭上一双欲望未消的眼睛，仔细在脑海里回味了一下，然后低下头，埋在她的颈侧，愉悦地笑了。

和梦里的情景很不一样，她的腰那么细，皮肤那么柔腻。

蚀骨销魂，欲罢不能，他要是君王，他也不早朝。

“笑什么笑？去给我把窗户打开，憋死我了！”

江泽予听到谢昳炮仗般的语速，声音却软绵绵的，知道大小姐今天确实累坏了，于是摸了摸鼻子，乖乖地下床去开窗户。

夜晚的新鲜空气涌进来，冬天的寒冷里夹带着香甜气味，他的心情突然格外好，破天荒地想哼一首歌。

江泽予从前一直觉得，结了婚之后的纪悠之越来越憨，前两天在办公室里，还动不动就无意识地哼什么“左边画条龙，右边画一道彩虹”这种歌。

那种无法控制言谈举止的傻乐行为在他眼里，如同小儿尿床，他上幼儿园时就没这么干过了。

可原来，有时候，在荷尔蒙的作用下，大脑皮层的某些区位受到强烈刺激、得到极大满足的时候，人真的容易控制不住自己的行为。

由于床上躺着的女孩儿还在生气，江泽予抿了抿唇，忍住了，没有哼出声。他脚步轻快地走进谢昳卧室里的洗手间，简单收拾了一下之后，放好热水，然后回来抱她去洗澡。

五年的时间沉淀在了对的地方，如今，谢昳的身材比起当年更加完美，个子高不说，腰细腿长，关键是该长的地方都没有落下——每天摄入的卡路里都乖乖地去到了它们该去的地方。

浴缸很大，氤氲雾气里，她的眼角带着点儿红，有气无力地躺着，一副任君采撷的模样。

他的喉结上下滚动着，腾地站起身，急匆匆地丢下一句“你慢慢洗”便落荒而逃。

转眼，春节将至，偌大的北都城在半个月内蒸发了大半人口，就连平时十分热闹的购物中心，此刻都变得空荡荡的。

两位大小姐的另一半同为工作狂，忙得脚不沾地，越是到年关，越是忙得见不着人，两人只好结伴出门花钱。

自从年前 YR 的广告短片播出，之后又接二连三上了几次热搜，再加上“江神心底的晚风”身份加持，谢昳现在的知名度堪比许多活跃的女明星。

谢昳上个月接到了好多综艺节目，甚至剧本的邀请，不过，谢大小姐没有打算在娱乐圈混，全部推掉了。

好在今天路上人少，没人认出她来。

两人逛了一下午，完成了令人满意的消费额，结果不可避免双腿酸软。于是，歇脚用的咖啡厅顺理成章地成为两人的最后一站。

韩寻舟照例要了杯双份糖的摩卡，咬着吸管打量谢昳，做求知态地眨眨眼睛：“啧，昳昳，你最近用的什么护肤品啊？皮肤真是水嫩水嫩的。还有，我怎么觉得，你的胸也变大了？”

谢昳听着韩寻舟欠揍的语气，不但不羞赧，反而淡定地挑眉：“我生活和谐，荷尔蒙平衡了呗。”

自从她搬到碧海云天，和江泽予过了一个月没羞没臊的生活后，对这方面的抵抗力和脸皮厚度指数上升。

韩寻舟翻了个白眼，开始正经谈话：“贺铭他们的事务所越到年关屁事越多，一堆趁着过年闹离婚分家产的，还有发不出来工资破产的，不过，你家江神怎么也这么忙？‘一言’现在不是发展得相当好了吗？不得不说，你家男人真有点儿本事，我们东非志愿队现在的群聊都用‘一言’了，页面简洁，没广告，功能也很不错，推荐的东西都太对味儿了，我这两天刷这个软件都上头了。”

“嗯，我也不太清楚，不过，择优归根到底是电商公司，年底有各种促销活动企划，应该不轻松。那么大的企业，年底的税务问题也得把牢，咱们可是遵纪守法的好公民。”

或许也不仅仅是因为工作忙，好几次，她半夜起身都听到江泽予在打电话，而电话那头是远在美国的周子扬。

他们自从在黄刀镇分别至今，私底下就一直有联络，大概是达成了某种合作。

说实话，谢昳这段时间过得有些胆战心惊，按理来说，她和江泽予的事情被爆出来之后，周家应该会有所动作。可现在，一个月过去了，“一言”发展得越来越好，周家却依旧没有消息。

凭借周家的情报网和周奕对于那件事情的耿耿于怀，谢昳当然不会天真到觉得他们还一无所知。周奕肯定已经有所察觉，却按兵不动，这就很耐人寻味了。

如果周家在“一言”刚刚起步的节骨眼上插手资金链，她反倒不会觉得慌张。可周奕任由江泽予的公司水涨船高，她心下着实不安。

她的心里不平静，却没找江泽予说这事情，两人分开这么久，刚刚甜蜜了一段时间，她也不想总因为周家给自己添堵。

“是是是，我们都是遵纪守法的好公民……”韩寻舟听罢，眼珠子转了转，突然想起件事儿来，说道，“对了，我听贺铭说，周家那小子周子骏最近保外就医了……”

“你说什么？周子骏出狱了？”谢昳听到这个消息，只觉得血液上头，脸上的神情都有些狰狞，她腾地一下站起身，“怎么可能？他现在在哪儿？”

韩寻舟成功地被她的反应吓到，噎了半天才想起来贺铭前几天睡觉前跟她说的话：“在哪儿我不清楚，我也就听了一下。他好像是得了重度肺结核，咯血的那种，因为是严重的传染病，所以立马让他出狱，监外就医了。”

她说着“啧”了一声：“其实我怀疑，是不是周家做了什么手脚，不过，贺铭说这件事情好几个检察官都调查了，没查出问题。我倒希望他真得了重病呢，这种人渣……但是，昳昳，你这么激动干吗？”

谢昳脸色煞白，紧紧地抓着吧台边缘，稳住重心，应付了韩寻舟几句后，走到洗手间给江泽予打电话。

电话很快就接通了。

“喂，阿予……”谢昳两只手紧紧地握住手机，她努力想冷静地叙述，可声音不受控制地颤抖，“他……周子骏，他出狱了……”

她忽然意识到，自己远远没有想象中那么无畏。

她害怕了。

周子骏竟然出狱了，她本以为这辈子都不可能再见到他。

这个人，曾经让少年时期的谢昳做过很长时间的噩梦。

她甚至到现在都还能清晰地记起，在昏暗的废旧工厂里，他那张令人作呕的脸和贴在她脸侧的颧骨，以及他志在必得的笑容和轻佻变态的眼神。

他把她的脸狠狠地按在冰冷粗糙的水泥地上，扯开了她领口的两颗扣子。

那天，要不是谢昳在极度恐慌中冷静下来，抓了一把工厂地上的石灰迷了他的眼睛，换作任何一个胆子小一点儿的初中女生，都是绝对逃不脱的。

这些其实还不算什么。

更让谢昳痛恨并恐惧的是，在那之后，就因为江泽予路过救了她，就因为这么个荒唐的理由，他就陷害江泽予。

他轻飘飘的算计差一点儿就毁了她最爱的人的一生。

如果说，这世上当真有性本恶之人，周子骏绝对算一个，他就是个彻头彻尾的疯子。

“周子骏，他出狱了……”

谢昳刚说完这句话，本就电量不足的手机竟然没电关机了。她不确定江泽予有没有听到她说的话，冷静下来之后，她才发现，自己刚刚的反应确实过于激动了。

诚然，周子骏这个人让她充满了心理阴影和恐惧，可他既然选择保外就医，行事也就不会太嚣张。

何况，她已经不再是十二年前那个如履薄冰、孤身一人的女孩子了，她现在有他。

狂跳的心脏逐渐恢复了正常的跳动频率，她一遍一遍地说服自己，然后对着洗手间的镜子补了一会儿妆，才将将遮住泛红的眼圈和苍白的唇色。

十五分钟后，谢昳和韩寻舟分别，今天两个人都没有开车，她俩的家又在相反的方向。

韩寻舟叫的车先到了，谢昳替她将大包小包一一放进车里，正站在咖啡厅门口等车，路边忽然停了一辆黑色布加迪。

是江泽予的车。

车子刚刚停稳，驾驶座的门便被推开了，衣着讲究的男人的动作急促鲁莽，甚至在下车的时候被路边的碎石子绊了一下。

可他毫不在意地大步走到她身边，伸手紧紧地搂住她的肩膀，把人往怀里按。是按，不是抱。

他的力气太大，以至于谢昳的整张脸都死死地埋在他怀里，差点儿没法呼吸。

尽管北都城现在是座空城，可这地段是繁华商业中心，依旧有几个路人经过，他们纷纷看向这对在豪车旁相拥的年轻男女。

谢昳有些疑惑："阿予，你怎么知道我在这里？"

他应该是听到了电话，可她还没有来得及告诉他她在哪儿啊。

拥抱着她的男人的语气很沉闷："我查了你的定位，昳昳……"

他像是有很多话要说，可又没能说出口，最后只是别扭地说了句："我闯了红灯，得吃罚单了。"

临近春节，北都城的气温降到了零下十五摄氏度，谢昳穿了厚厚的羽绒服和毛衣，裹成了一只熊。

这样被他抱着其实并不好受，有一种喘不过气的感觉。何况，他方才大概是开车开得很快，以至于车里的暖气还没能够起作用——他的怀抱没有丝毫温度，摩擦着她脸颊的大衣领子甚至和路边的雪一般冰凉。

可谢昳方才恐慌的心忽然就安定了下来，所有恐惧与疼痛的回忆如同遇上热水的冰块，迅速融化。

她抬起手搂住男人的腰背，侧过脸看着眼前熟悉的城市。

建于二十世纪的许多废旧工厂和建筑已经被拆除，城市里多了许多繁华的商业中心和崭新的写字楼。目之所及，有一座摩天大楼尚未封顶，一些工人戴着安全帽，在高高的建筑上作业。

路上的人们身上穿着的衣服和曾经的风格也有了改变，那些年流行的大面积饱和度很高的衣服逐渐缺乏市场，取而代之的是更为简洁舒适的款式。

谢昳恍然发觉，在这战战兢兢的五年里，由于恐惧，她逐渐把自己封闭在一个壳子里，竟然忘记了去接触并观察这个世界。

原来，那些岁月，不论是十二年前昏暗又令人绝望的废旧工厂，还是五年前她曾在那里歇斯底里的警察局，都已经离她很遥远了。

此刻，他们在一起。

荒芜了许多年的心，在这一瞬间万物复苏，冬天还未过去，她已经闻到青草的味道。

找回理智之后，谢昳才意识到他们的拥抱实在是难受又引人注目，她轻轻地挣了挣，想把脑袋从他的大衣领子上挪开。

可抱着她的男人好像比往常都要倔强几分，用了一些力气箍着她的腰，任凭她怎么挣扎都不放手，手臂的力量隔着羽绒服都令她胆战心惊。

江泽予是无论如何也不可能立刻松手的，因为只有真真切切地把她抱在怀里，浑身的焦躁与不可名状的恐慌才能得到释放。

零下十五摄氏度的冬天，他的后背冷汗涔涔的，此刻，冷风吹过，他的脖颈一阵发凉。

鬼知道刚刚的十分钟他是怎么度过的，简直不亚于人间酷刑。方才谢昳在电话里说完那句话之后就没了声音，再打过去便提示对方已关机。他满脑子都充斥着她颤抖的哭音，脑子里不受控制地涌现出许多令人肝胆俱裂的猜测。

在北都市区内，他的车速飙到了一百二十迈，还闯了红灯，吃罚单不说，如果不巧全部被拍到，恐怕连驾照都保不住。

可此刻，他竟然有种劫后余生的庆幸感。

“没有……我的手机刚刚没电了，不是人为关机。我没有见到他，就是听舟舟说他保外就医了，我怕你不知道，就想着给你打个电话。”

等车子开到下一个红绿灯路口的时候，谢昳才明白她之前的那通电话让江泽予内心产生了何等恐怖的误解。

她见男人从方才开始嘴角就抿得很紧，心里有些发软，于是抬着下巴，语气随意地道：“我刚刚的声音是有点儿抖，那都是因为信号不好。其实，当初那件事情都过去那么久了，说实话，我连周子骏长什么样子都不记得了。”

江泽予听着谢昳蹩脚的安慰，想到了刚刚的那通电话。

谢昳一贯表现得坚强，很少露出脆弱或者害怕的模样，就连曾经两人一起看恐怖片，她心里再害怕，面上也装得若无其事。可刚刚的那通电话里，她带着哽咽的声音抖得厉害。

他隔着电话都清楚地感受到了她的恐惧，以至于明明他已经安排好了一切，接到电话的时候，心脏仍旧漏跳了一拍。江泽予想起了十二年前，在那个废旧工厂里，女孩子坚强的笑容里透露出的几分恐惧，以及他牵着她逃跑时她一直在颤抖的手。

她衣衫不整、满脸污垢地跟着他狂奔。

他自以为他曾经带着她逃出了危险地带，却从未想过，十二年后的今天，她仍然会在听到那人的消息之后恐惧到失态。

那年，他的昳昳才十五岁，是一个女孩子刚刚开始憧憬朦胧青涩的爱情的年纪，他不知道那天她回去，是否恐惧到一夜未眠，也不知道在那之后的几年里，她会不会在做了噩梦之后，因为被恐惧扼住脖颈而冷汗涔涔地惊醒。

江泽予握紧了方向盘。

十八年的市井生活和两年的打工经历让他养成了一股混不吝的性子。社会上，形形色色的人都有，摸爬滚打的那两年里，江泽予在一次又一次的教训中学会了一个道理——对付这世界上的恶，不能心存半点儿善。

他自知不是个好人，他也不想成佛。他有要保护的姑娘，他得握紧手里的屠刀。

第十一章
所有不幸都清零

北都城郊外的某处私人疗养院。

VIP 病房里，阳光被厚重的挡光窗帘隔断，房间里开着灯，灯光惨白。

病床上躺着个穿条纹病号服的青年。青年的皮肤透出一种诡异的白皙，他的眉毛不浓，单眼皮，脸颊上没有多少肉，以至于原本就高的颧骨看起来更加突出。

青年饶有兴致地打量着病房里的一切，摸一摸柔软丝滑的被子，又凑过脑袋去闻了闻床头柜上放着的各色水果，表情单纯好奇。

可他很快就厌倦了，嘴角的半分笑停留片刻后骤然收起。他不笑的时候，那双单眼皮的眼睛眼尾明显上吊，再加上高颧骨和薄唇，不算难看的长相显出几分刻薄和阴郁。

半晌后，青年突然站起身，猛地拔掉手背上的针头，而后将挂在床头的输液瓶狠狠地掼在地上，又像是没出够气一样把床头柜上的水果和吃食也一并扫到地上，踩了个稀烂。直到满满一盒草莓和车厘子被踩得看不出原本的模样，他才气喘吁吁地作罢。

周奕正巧在此时推门而入。

他看着一地狼藉的病房，心情有些复杂。周奕只有这么一个儿子，也一直很喜欢这个儿子，他虽然爱惹事，可骨子里跟他很像，聪明、冷静，也有谋略，当年，陷害江泽予的那一招心思缜密、环环相扣，就连他看了都挑不出毛病。

要不是后来谢家在背后捣鬼，以他的手段，糊弄警察完全没问题。

可自从进了监狱，周子骏的脾气就越发乖张，喜怒无常，行事完全不按常理出牌。

周奕突然有点儿后悔告诉了他当年匿名举报他入狱的背后之人。

“爸，你来了？”周子骏躺回床上，对这凌乱的现场没有半分解释的意思，他的眉间有着躁动不安和一些兴奋，“昨天来调查的检察官不是查完回去了吗？我什么时候可以出院？”

“你出院干什么？”

周子骏舔了舔嘴唇，说道：“去……见见老朋友呗。”

周奕顿了顿，声音有些严厉：“你别以为我不知道你想干吗。子骏，你怎么还是不长记性，五年前吃过的亏，你还想再吃一次吗？”

他看着青年经过五年牢狱生活后明显消瘦了许多的模样，又软下了语气：“爸爸知道你这五年多难，但这件事情你不要再管了，我自有计较。眼下风声紧，我好不容易把你弄出来，你就给我乖乖地待着，别惹事，等风头过去，我会安排你去公司里实习。子骏，爸爸老了，你大伯和堂哥这两年一直不安分，但以后，周家的所有一切我是要交到你手上的，你趁着这段时间多学学经营。”

周奕语重心长、苦口婆心地劝说了一番，可床上的青年对他的话提不起半分兴趣。他拉下了脸，连称呼都懒得再加，不耐烦地用手一下一下地敲着床沿道：“所以，我什么时候能出院？”

周奕的苦口婆心没起到半点儿作用，面色登时有些不好看了，语气也恢复了一贯的冷静和不容反驳：“别再想着出院了，我会找人看着你。另外，那件事情用不着你出头，我自有计划。待在医院里，好好想想你接下来该干什么。”

说完，他冷着一张脸走出病房。

私人医院的走廊不像公立医院那么悠长狭窄，装修风格更像个豪华的度假村。刘秘书正弯着腰等在病房外，见到周奕出来，迎上前恭敬地问道：“董事长，少爷还好吗？”

周奕大步往走廊拐角走去，沉声道：“他现在大概是昏了头了，一门心思想着出院去找江泽予和谢昳的麻烦，也不想想我把他弄出来费了多大力气。你去找几个人来，二十四小时轮换着看住他，别让他出去惹事。”

刘秘书看周奕神色不豫，跟上前劝慰道：“您也别太生气，少爷这五年毕竟吃了不少苦，有些怨念也无可厚非。等他冷静一段时间，自会明白您的苦……”

他话未说完便被打断。

“你以为我是因为这个生气？”周奕抬了抬耷拉着的眼皮，混浊的双眼看着走廊拐角处的红色沙发说道，“有怨念不是什么坏事，但人做事情，总要讲究方法。早年我和几个朋友去俄罗斯，跟着当地的猎人打猎，那些最勇猛的猎人都遵守一个原则。”

“山林里，不管是什么样的凶猛野兽，只要你把它当成了猎物，就一定不能给它反咬一口的机会。”周奕的嘴角狰狞地抽动着，黝黑的老年斑一直爬到额角，“子骏很聪明，但还是太年轻。把一头猛虎扔进牢笼里，等他饿得发狠了再放出来，它不会屈服，只会立马两眼发光地扑上来撕咬你。这是野兽的本性。”

“想让它乖乖地趴在地上，不能反抗，要么当场击毙，要么用猎枪打断它的腿。”

周奕说着忽然转移了话题：“听说，江泽予的眼睛出了问题，在强光和昏暗情况下不能视物？”他问这句话并没有要旁人回答的意思。

消毒水的味道充斥鼻尖，一旁的刘秘书瞬间冷汗涔涔。

车子穿过大半个北都城，逐渐开往城东的郊区。

谢昳没有注意到窗外的景物逐渐变得陌生，倒是忽然觉察出些许不对劲来。

“不对啊，你怎么知道我的定位的？还有，为什么你听到周子骏出狱的消息一点儿都不惊讶啊？”

这段时间，她总能发现江泽予和周子扬有联系，都是周家的人，周子骏保外就医这么大的事情，周子扬没道理不知道。

谢昳登时有了合理猜测，伸手戳了戳他的胳膊：“说，你是不是早知道？为什么不告诉我？”

这个死男人，害得她今天险些在舟舟面前失态，鬼知道刚刚她在洗手间里有多震惊，吓得脸都白了。

江泽予没有否认，点头道：“我也是上周才知道的，没有要瞒你的意思，只是想等安排好再告诉你。前几日，我通过贺铭联系上了负责周子骏案件的韩警官，我们花了一周的时间布置。昳昳，你的手机和平常背的包里，我都放了微型定位器。”

说话间，车子正好遇上红灯，江泽予从车前的抽屉里翻出一个小巧的手机放在谢昳的腿上。

这是十几年前流行的那种按键式的诺基亚手机，非常不起眼，机身小巧，适合隐藏，除了打电话、发短信和可以倒在沙发上玩一下午的俄罗斯方块，基本没有别的功能，优点是电池耐用，摔不烂。

谢昳把手机翻了个面儿，才发现这手机是经过改造的。

红灯变绿，江泽予发动车子，城郊柏油路没有太多使用痕迹，开起来很顺畅。

“以后，这个手机你要一直带在身上，我在芯片里设置了自动定位，还有快捷键。你的定位能够实时显示在我的手机上，如果超出我所在位置十公里，就会向我的手机发送报警信息。并且长按数字‘1’，能够向我发送设定好的求助信息，长按数字‘2’则是发送给韩警官，他会一直关注你的动态。”

听完他的介绍，谢昳顿时觉得手里这个颇具年代感的手机有种沉甸甸、滚烫的感觉，难怪他最近总是早出晚归，忙得衣不解带，原来是在忙这些事情。

荒野有猛兽横行，可他在她身畔筑起高墙与碉堡。

责怪的话哽在喉间，再也说不出来了。

车子开得很快，江泽予的声音有些严肃：“昳昳，如果我不在你身边，只要你觉得有危险，就按下快捷键，我会尽快赶过去，记住了吗？”

谢昳低低地“嗯”了一声，握紧了手机问道：“那你呢？你有这些吗？你的定位也会发给韩警官吗？”

身边的男人闻言嘴角微翘，伸手过来揉了揉她脑袋：“有。”

他的小姑娘大部分时候很高冷，但偶尔又可爱到爆炸。

“昳昳，你不用太担心，我们的生活不会有什么改变。这些只是为了确保万无一失，周奕那边，我有安排，也派人盯住了周子骏。何况，他也不会在外面逍遥多久。”

谢昳闻言，彻底放下心来，这才有心思打量车外的风景。高楼大厦逐渐消失在视野中，路的两旁是高大整齐的国槐和稀稀落落的蜡梅树。

——不是回家的路。

“今天是我爸的生日，在接到你之前，我正打算过去，正好带你去见见他。”

“停车！”谢昳干脆利落地解开安全带，等男人不解地停稳车子后，她踩着高跟鞋大步往路边走去。

几分钟后，谢昳捧着一束枝干参差不齐的火红的蜡梅花回来，分成两束，又从包里拿了两根备用的头绳把尾端扎好。

未经修剪、带着枝叶的蜡梅花开得狂野，随意束成一把，竟然有些原始的自然美感。

谢昳忙活完，白了一旁正饶有兴致地看着她的男人一眼：“要是我不问，你是不是打算到了再告诉我？初次见面，我总不能两手空空吧？都怪你，害得我做了一次采花大盗，真是罪过。”

江父江母的墓碑挨在一起，设在北都城东的公墓，北方人扫墓的时间大多在大年三十或者除夕、清明，所以这会儿公墓里几乎没什么人。

谢昳把两束蜡梅花放在两个并排的墓碑前，看着墓碑上那对年轻夫妇的照片，规规矩矩地鞠躬。

江泽予的母亲在生他的时候就因难产去世了。墓碑上的女子非常年轻，容貌惊人。大概是为了看起来和她般配，他父亲的遗照也挑了张年轻的，和江泽予长得很像，非常俊朗，但眉眼间有些随意散漫的痞气。

“我爸刚去世那会儿，墓碑并不在这儿，是后来才迁过来的。”

江泽予往墓碑前浇了一瓶酒，谢昳注意到那酒只是普通的白酒，超市里卖十块钱一瓶。

“他这个人俗，开了半辈子小卖部，就好这一口。不过，每次只要喝多了，他就开始嚷嚷着要去找我妈。他等了二十年，最终还是去了。”

大一那年，谢昳认识江泽予的时候，他的父亲就去世了，听他说是因为生病走的。

夕阳斜斜地照着公墓旁的山，逆着光的山影逐渐朦胧。

两人扫完墓，谢昳突发奇想想去江泽予从前的家里看看。她记得曾经听他说起过，那个家就在这附近。

车子开了大概两公里，到达了一个老小区，里头连正经的车位都没有，家家户户的车子都随便找了楼房之间的空地停。

结果，两人转了几圈都没找到合适的地方停车，江泽予只好暂时把车子停在他家楼下，又翻出钥匙给她：“昳昳，我去外面停车，你先上去吧，201。”

谢昳点点头，接过钥匙走进楼道。这小区很老，灰色的墙壁外层油漆脱落，楼道里的灯也是坏的，铁制的楼梯扶手锈迹斑斑，打扫得倒是干净。

谢昳走到二楼，拿钥匙开了门。这房子不大，只有两个房间，而且朝向也不好，天才黄昏，屋子里就已经是一片漆黑了。

谢昳摸索着开了灯，换上门口的拖鞋走进去。

老房子很久没有人住了，所有的家具都用白色的尼龙布罩了起来，但能看得出陈列十分整齐。门口刚进去那间大概是江泽予的房间，门上还贴着某个球星的海报。

谢昳走过去，推开门，里头的墙壁上贴了更多的海报，有几个球星的，还有 Beyond 乐队的。

原来，他也和很多普通男孩子一样，有着普通的爱好。

她突然觉得自己像是拨开了时间的空隙，见到了曾经那个还没经历过这些无妄灾祸的青涩男孩儿的人生。

这种奇妙的感觉让她的心一瞬间柔软了起来。

谢昳掀起窗边书桌上罩着的白布，发现了一个立着的相框。

相框里，男孩儿大概只有十二岁，已经有着极其帅气的轮廓。或许是被大人逼着去拍的照片，男孩儿不情不愿之下，把浓浓的不耐烦写满了脸庞。

谢昳看得好笑，伸出手指头戳了戳照片上他的稚嫩脸庞。

大门随即被叩响。

谢昳拿着那张照片，满脸促狭地去开门。

——“阿予，你小时候看着……”

——“江哥哥？你回来了……”

和她同时说话的，是个看着比她还要小几岁的女孩子，齐刘海，黑发，女孩子生了一双大眼睛，长得清纯又可爱，在看到她的一刹那，脸上激动喜悦的神情瞬间黯淡下去。

江哥哥？啧。

谢昳挑了挑眉，挺直腰背，仗着自己比小姑娘高了半个头，居高临下地睨了她一眼。她绕了绕自己的发尾，眼波流转间，女人味十足：“我家老公在楼下停车，还没上来，这位妹妹是……”

韩寻舟曾经说过，年纪相差不是很大的男女，叫“哥哥”“妹妹”的，绝对不单纯。

谢昳秉持着这个原则，眼神犀利地由上至下扫视着眼前的小姑娘——长头发、大眼睛、嘟嘟脸蛋，连衣裙是很普通、很乖巧的款式，脚上踩着一双杂牌帆布鞋，家境普通的小女孩儿看起来比她小些，但不知道小几岁。

这外表极具迷惑性，谢昳在脑子里把之前看过的某部六十几集的宫斗剧飞快地过了一遍，可想象中的俗套桥段并没有发生。

姑娘手上拎着个袋子，闻言，抬起头看着比她高许多的谢昳，一双大眼睛疑惑地眨了眨，然后忽然想起什么似的，恍然大悟般“啊”了一声，神情又恢复了之前的惊喜，连声音都高了许多：“我知道了，你是 Sunny 嫂子，对不对？我在网上看过你们的八卦，原来你和江哥哥已经结婚了啊？”

谢昳被这声“嫂子”叫得浑身舒坦，再看这小姑娘腮边还没褪去的婴儿肥，俨然就是个还没毕业的小孩儿。她在心里暗骂自己争风吃醋，连个小孩儿都不放过，于是，浑身的敌视架势卸了一大半，请她进来：“还没结婚，不过应该快了。进来坐坐吧。”

谢昳懒懒散散地往屋子里走，回头问她：“小孩儿，你是谁啊？住这隔壁？”

小姑娘乖乖地把鞋子脱在外面，套上双拖鞋往里走，忍不住为自己辩解：“我不是小孩儿，我今年大三了！我家就住在对门，202。嗯……你叫我然然就行。”

大三？

谢昳迅速地在脑袋里计算了一下，也就是说比她小六岁，比江泽予小九岁。江泽予十八岁毕业的时候，她才小学二年级，就是小屁孩儿一个，完全构不成威胁。谢昳彻底放心，趿拉着拖鞋走进客厅，把木质沙发上罩着的白布掀开，又找了条抹布擦干净，非常不熟练地做起女主人招待客人的工作。

“坐吧，这房子估计几年没住人了，我就不给你找吃的了。你家跟江泽予很熟吗？”

小姑娘乖乖地坐下来，把手里拿着的一个小袋子藏到身后，说道：“以前是很熟的，江叔叔在小区门口开了家小卖部，我家是开五金店的，就在小卖部隔壁。我们两家又是邻居，所以来往很多。江哥哥没有妈妈，有时候，我妈做了好吃的就会叫他一起吃。前几年，我们家的五金店开了几家分店，还是江哥哥帮的忙。”

谢昳坐她身边，歪着脑袋，胳膊肘撑在沙发扶手上。她注意到小姑娘进门之后就藏在身后的袋子，挑了挑眉，指了指那个袋子问道：“这个是要拿给江泽予的？”

小姑娘自以为藏得很好，被她发现后，脸颊一下子涨得通红，内心挣扎了许久，最终伸手把屁股后头的袋子递给谢昳：“是，江叔叔去世之后，他们家的邮箱钥匙就给了我爸爸。这是这几年别人往他们家寄的信，大多数是他之前的同学……我就想着拿过来给江哥哥。”

她偷偷瞄了一眼谢昳的脸色，非常有义气地替江泽予辩解：“呃……这些信，从前江哥哥念书的时候就经常能收到，不过，他都不看的。”

其实，她也不知道江哥哥看不看，但这种情况下，肯定得说不看才好。

谢昳接过来，打开袋子一看，还有什么不明白的——一水儿的粉红色信封，封口处不是贴的爱心就是玫瑰。

谢昳“啧”了一声，又看了眼被她搁在茶几上的相框，照片上，少年一脸不耐烦的模样。

行吧，他这么受欢迎也不是没有原因的。

不过，对于他的学生时代，她倒是好奇得很，特别是……

谢昳的眼珠子转了转，转身从包里拿出一支随身携带的口红，递给女孩：“这个是我昨天刚刚拆开的，没用过，送给你。”

因为是很贵的牌子，小姑娘连连推辞，但眼神明显已经死死地盯在那支口红上了。

这个年纪的女孩子很难对口红有抵抗力。

谢昳越看越觉得这小丫头可爱，于是摸了摸她的脑袋，笑得很“慈祥”：“收下吧。小孩儿，问你个问题，江哥哥念书的时候，有没有跟哪个女孩子关系很好啊？”

小姑娘果然很上道，闻言，二话不说就把口红揣到了兜里，一双大眼睛眯起来，笑得很甜：“我们小区里有好几个姐姐都暗恋他，不过，我从来没见江哥哥跟哪个女生在一起过，在我的印象里，他念书很勤奋的，性格比较孤僻，不怎么爱搭理人。反正就是别人家的孩子。周末的时候，他就一边帮叔叔看店，一边复习功课，有时还会去隔壁高中的操场上打打球。”

谢昳听得十分满意，用眼神鼓励她继续说。

她感慨了一下：“江哥哥长得好，成绩又好，上学那会儿是很受欢迎的。我记得可清楚了，江哥哥第一次高考那年，我才上小学二年级，他是我们北都城的理科状元呢，可惜出了那件事……”

“我妈前两天吃饭的时候还说起来，江哥哥真的太苦了。他妈妈在生他的时候难产死了，江叔叔好不容易把他养得那么大，也成才了，结果就因为一个孕妇的陷害，他被迫留下案底。要不是他原来高中的班主任人很好，估计他都找不到学校复读。”

小姑娘眉头紧皱，小拳头握得紧紧的：“而且，叔叔后来也因为这件事情郁郁不欢去世了，还好现在江哥哥有出息了，不然就太令人遗憾了。”

“因为这件事情去世？怎么回事？”谢昳听到最后，蓦地脸色大变，“我听江泽予说，他爸爸是因病去世的。”

谢昳的心脏一点一点地往下坠，脸色开始慢慢发白，她的脑袋嗡嗡作响，心脏一阵收缩。

她的心里升腾起无穷尽的愧疚和恐慌，这愧疚像一把钝刀，不致命，却一点一点地凌迟着她的内心。

原来，就因为当年那件事情，就因为他路过废旧工厂救了她，江泽予受到的伤害远不仅是人生留下了污点。他还因此失去了唯一的亲人，失去了那个原本就残缺了一半的家庭。

命运从来都不公平，这世上，有人光芒万丈，不管什么都唾手可得，有的人却连过普普通通的生活都是奢望。

小姑娘之后说的话，谢昳一句都没听进去，她像是被扔进了重重迷宫，迫切地想找到出口，却怎么都找不到。

直到小姑娘起身告辞，她才回过神来送客。

几分钟后，江泽予总算停好车上来。房屋的大门虚掩，他轻轻推开门，便看见谢昳面无表情地倚在沙发上，双眼无神地盯着茶几一角，不知道在想些什么。

她听到关门的声音，下意识地抬起头看过去，那一瞬间，她的眼神有些迷茫和不知所措，但很快，那长睫轻扇着，又恢复了之前的样子，完美地掩饰住了方才的失神。

等人走过来，谢昳抄起沙发上的袋子扔给他，玩着指尖上的磨砂指甲盖，戏谑道："隔壁那个叫然然的小孩儿送过来的，是你的一些'老同学'寄的信，这么厚一沓，够你看好几天。"

江泽予听着她的语气，不用打开就能猜到里头是什么了。

他把袋子搁在茶几上，坐在女孩儿身边，笑着拥住她："我眼睛疼，不看。"

谢昳破天荒地没有再贫嘴，她听着男人带着浅笑的呼吸，心里像是堵了一块大石头。

木色茶几一角的木漆脱落，上面垫着的桌布是十几年前的老旧格子款，这个房子连餐厅都没有。谢昳的脑海里忽然浮现出父子俩坐在沙发上，弯着腰从茶几上的菜盘里夹菜的场景。

十八年的朝夕相处和相互依靠，父子俩的感情应该很深吧？

那段时间，他是怎么度过的呢？

谢昳想起九年前，她在行政楼门口见到江泽予，戴着鸭舌帽的少年卑微地询问教秘关于奖学金的事情，那时候的他孤僻单薄得像个影子。

所有人都觉得他是个怪人，却忽略了那个只喝紫菜蛋花汤、T恤洗得发白的沉默寡言的男孩子曾经经历过什么。

他们在一起的那三年，他从没对她诉过苦，甚至连哀伤也不曾表现。唯一的一次，在酒吧打了人之后，她送他去医院，他从背后抱着她的腰恳求她。

他说："昳昳，我不是一个坏人，你不要怕我，好不好？"

他尝过这世界上最苦涩的滋味，他被人用最尖利的剑狠狠地伤过，却仍旧愿意把心里的甜和柔软一点点珍藏，像捧着珍宝一样送给她。

谢昳的双手轻轻攀上男人的后背，淡淡的询问如同呓语："江泽予，你后悔吗？"

"后悔什么？"

后悔救了我，后悔卷入这些乱七八糟的事情，后悔有这样的人生。

谢昳睁着干涩至极的眼摇头，发现自己并不敢——又或者说是没有做好听答案的准备，她的语气很快恢复了漫不经心的慵懒，眼眶却渐红："后悔这么早就成了我的人，没有再挑挑拣拣一番，上学那会儿，喜欢你的女孩子很多吧？"

一无所知的男人听到这个问题，以为自己的小姑娘是吃醋了，唇边的笑意逐渐扩大："嗯，当然后悔……昳昳，我只后悔没有早点儿认识你。"

大年二十九那天，北都城久违地放了晴。

和煦的冬日暖阳悄无声息地融化着路边的积雪，把屋顶上的瓦烤得红了脸。

谢昳和江泽予一起去超市买了很多年货，包括各色各样的零食水果、小孩儿才玩的烟花棒、够吃上一周的食材，两人还送了彼此一件新衣服。

谢昳拎着手里那件饱和度极高、搭配起来挑战度很高的正红色羊绒大衣，十分嫌弃地撇了撇嘴："我又不是本命年，这颜色也太扎眼了吧？"

整片扎眼的红色可难倒了谢大博主，腹诽着直男的审美不行。

沙发上，还在办公的男人抬起眼，推了推鼻梁上的眼镜，说道："红色多好，过年喜庆。"

他说罢，把笔记本电脑搁在一边，冲谢昳招招手："昳昳，过来，我帮你穿。"

谢昳拿着衣服走过去，乖乖地张开双臂，任他摆弄。

男人的手干燥又温暖，轻轻地为她套上大衣，又细心地将她的黑色长发从衣领中拨出来。其间，那手指碰到她细长温热的脖颈，放慢了动作，似是无心的暧昧撩拨。

谢昳不出预料地红了脸，而后听到男人愉悦的浅笑。她心里暗骂自己没出息，都这么久了，仍旧对他毫无抵抗力。

江泽予拉着她细细地打量了一番后，又走到楼下谢昳放置公关品的衣帽间，找了一条人造皮草的围脖，轻轻地给她戴上。

他甚至翻了一条头绳出来，手法生疏地给谢昳扎了头发。

谢昳几次职业病发作，想打断他，但看着男人眼里难得的兴致，只好浑身僵硬地任他摆弄。

江泽予总算弄好，站得远了些，由上至下仔细打量她一番，满意地点点头。

谢昳在脑子里凭空组合了一下他拿的单品，实在是想象不出来这样的搭配有哪点令人满意的。她翻了个白眼，吐槽道："阿予，你小时候是不是没玩过芭比娃娃？"——所以，才这么热衷于装扮类游戏？

江泽予没回答她，拉着她走到镜子前，伸手揉了揉她的长发："好看。"

谢昳很给面子地看了一眼镜子，本打算不管看到什么样的画面，都先无脑地夸一下他的审美，没想到看到镜子之后愣住了。

竟然没有想象中的车祸现场——镜中女孩的黑色长发整齐地束在脑后，扎头发的人不熟练的手艺反而让发顶显出毛茸茸的感觉。质地很好的红色大衣款式看起来很乖巧，就连扣子的形状都是学生气十足的牛角扣，领口处围了一圈纯白的围脖，将女孩儿本就小巧的脸衬得只有巴掌大，倒是一双眼睛显得更大了。

谢昳的眼形较长，一颦一笑都给人一种清冷的感觉，可如今，同样的一双眼睛，在清淡的妆容和这身喜庆的打扮下，居然显得圆溜溜的。

她的年纪要是再小上几岁，倒像年画里的女娃娃。

镜中，高大的男人从背后抱住她，双臂交叠地环在她的腰间，声音魅惑又温柔："昳昳，今年过年，我们一起。"

谢昳侧过脸，看着男人毛衣领口的细密纹理和他性感至极的喉结，鬼使神差般吻了一下他的动脉。

她把嘴唇贴在上面，感受着温热有力的跳动，忽然张嘴重重地咬了一口，留了一圈细细的咬痕。

男人吃痛地"嘶"了一声，而后故作恼怒地眯了眯眼睛："咬我干吗？昳昳，你是属吸血鬼的？"

谢昳摇了摇头。

这是她回国之后过的第一个年。

在美国的时候，美国人过圣诞节、复活节，除了华人社区，大街小巷完全没有中国新年的迹象。以至于有几年，她到了春节当天，看到微博底下的留言，才知道那天是过年。

就算是这样，谢昳对于“过年”仍然有一种莫名的信仰，如同基督教徒们对于圣诞节的感情——在她的记忆里，刘梦告诉过她，每年过年的时候，年兽都会来人间走一遭，把这世上的悲剧和不幸清零。

谢昳转过身抱住他，笑得有点儿坏：“我给年兽留了个印记，让他来的时候吓吓你。”

然后，把你身上的所有不幸都清零。

电话那头，纪悠之的语气中掺杂着匪夷所思：“你真要去啊？还带着你家谢大小姐一起？”

纪悠之说的是大年初一孟家举办的新春午宴，他们给择优的两位创始人都发了邀请函。

当年，择优刚起步的时候，孟家作为互联网前辈给了他们很多建议和提携，所以，他们的邀请不好拒绝。从前，但凡有这类应酬活动，江泽予通常是二话不说就推给纪悠之，所以他只是打电话过来随便问一下，压根对他没有任何期待。

没想到江泽予竟然真的要去，还要带上谢昳。

纪悠之感动得两眼泪汪汪。这个男人，一旦有了媳妇，躁动的荷尔蒙得以平衡，浑身的戾气得以疏解，果然变得善良了很多。

“怎么，有意见？”

纪悠之连忙摇头：“我当然没意见，我举双手赞成！你要是去，我就可以解放了，大年初一，我正好可以陪澜澜去她家里拜年，我丈母娘肯定得留我吃饭。”

“不过，不知道孟家今年抽的哪门子风，举办宴会的地点离市中心特别远，在东边那块的一个县里，孟家在那儿有个红酒庄园，开车得需要两个小时左右。你的秘书已经回家过年了？用不用我找人开车送你们过去啊？”

“不用了，大年初一，没必要让人回来上班，我自己开。”

“那行，你白天开车应该不要紧，你们路上注意安全。”

两个小时后，周家别墅，书房。

“董事长，我和孟家提了您想喝他们家自产的葡萄酒，他们果然把这次的宴会地点选在了红酒庄园。孟家发布了宾客名单，江泽予已经确认要参加后天中午的宴会了，并且还会携带女伴。”

书房中间是个梨花木制成的茶几，上置一整套陶瓷茶具，是清三代的官窑青花瓷，和北都城博物馆里放的那套是同一年烧制的。

桌上泡的是特级明前君山银针，茶芽长短均匀，品相极佳，细长确如针状。

周奕泡茶的手法很老练，洗茶速度快，出汤平稳，他说道：“现在的年轻人喜欢用玻璃杯泡茶，说是能观察到茶叶的形状，但品茶从来不是靠视觉。”

他抿了一口茶，舒适地眯了眯眼睛，而后将杯子搁在茶几上。

“带女伴多好，成双成对，也有个伴儿。从碧海云天开往宴会地点的路上会经过一个岔路口，没有监控，是事故多发路段。”

闻言，刘秘书垂在身侧的双手几不可见地抖了一下。

周奕自顾自地说着，而后又抬起眼，扯了扯嘴角，沉声道：“记得嘱咐一下开车的人，要有一点儿技巧，尽量把光打到江泽予的视野范围内。他的视力不好，在强光下几乎就是个盲人，不要这点儿事情都做不好，后天中午，我等你们的好消息。”

刘秘书点点头，心里却十分紧张，周家毕竟是第一豪门，多少双眼睛盯着呢。在商场上混了这么些年，他不是没有经历过生意上的龌龊事，不过每次都是打擦边球，不像这一次，可是涉及人命啊。

刘秘书低下头，掩盖住复杂的神色，只结结巴巴地问道：“董……董事长，这件事情真的能成吗？变数……变数太大了。首先，江泽予的秘书虽然休假了，但他可能会找别人开车。何况，就算导航建议走那条路，途中如果有其他交通状况，他也许会变道。要不，我们还是……”

他话音未落，便被周奕打断：“老刘，你跟了我这么多年，业务能力强，工作仔细，就是胆子太小、顾虑太多。你放心去做，就算做不成，我也不会责怪你。这种事情，我从来不要求一次必达目的的。”

“泡茶尚且要洗茶，筹谋更要懂得放三分、收七分，一次不成，还有下次。算计人，最最忌讳的就是心急，心一急，事情就容易办得太满，从而留下过多线索。画过山水画吗？在山水画里，留白很重要。做计划不能严丝合缝、从头至尾针脚缜密，反而要空出大片的留白，给老天爷去填。”

说着，他又抿了一口茶水，很浅地笑了一下，宛若仁慈的救世主：“我留了这些空白，已经是手下留情，到时候，如果依旧出了事情，可怪不到我头上，只能怪他命不好。”

闻言，刘秘书不着痕迹地擦了擦额头上的汗，看着周奕和善的笑容，只觉得一阵毛骨悚然。

“还有，我这两天忙着这件事，没抽出空去看子骏。他这两天还安分吗？”

刘秘书点点头：“少爷每天就是在病房里打打游戏，倒是没再提要出院的事了，前两天，我给少爷带了一份公司目前经营的各大产业名册，他看得还挺有兴趣。”

周奕满意地点点头，欣慰地道：“这孩子，经历了这么多事儿，总有长大的一天。行了，你出去吧，这两天你就不用管公司的事情了，把那件事情办好。”

“是。”

刘秘书夹着公文包恭敬地告退，走到门口时忽然想起了什么，说道：“对了，董事长，关于少爷的保外就医，我觉得情况有点儿不对劲。这几天，陆续有检察官去医院要少爷的病历和检查报告，他们还向检察院提出要求几个公立医院的医生过来会诊，会不会出事？”

听到这里，周奕混浊的双眼如利刃般盯着他，目带谴责：“这么大的事情，怎么现在才说？肺结核毕竟症状明显，病历上不好糊弄。要不是子骏实在受不了了，我也不会这么草率地用这个理由让他出来。”

他想了一会儿，问道：“之前，我让你去接触的精神科专家，有回应的吗？”

刘秘书恭敬地回答：“有一位昨天给了回应，是国外回来的专家，要联系她吗？”

周奕沉思片刻，道：“精神和心理方面的疾病更难确诊，这样，以防夜长梦多，你今天晚上就去把这件事情办好。”

闻言，刘秘书握着门把的手抖了一下，他强忍住颊边肌肉的抽动，语气不变地回答：“是，我这就去办。”

出了书房，他才抖着手抬起袖子，擦了擦额头上难以掩饰的滴滴冷汗。

刘秘书从周家别墅出来，回到家的时候，刚打开门，就听到一阵欢声笑语。他抬眼看去，是妻子和女儿正坐在沙发上看综艺节目，母女俩被电视里的搞笑艺人逗得前仰后合。

女儿刚上高中，学业压力很大，刘秘书立刻皱了皱眉头，呵斥她：“刘意晗，快去写寒假作业，一放假就知道玩，开学第一次月考，我看你怎么办！”

沙发上的女儿冲他吐吐舌头，乖乖地站起身回房间了。

刘秘书冲妻子点点头，拿着手机走进书房，先给精神科的医生打了个电话：“喂，郑医生吗？之前跟您商量好的那个精神检验报告，今晚能发给我吗？对，我得尽快拿去给我们家少爷，这两天，医院里来了好几拨警察，形势不太好。”

刘秘书挂了电话，靠在转椅上，只觉得这两天的精神紧绷到快要爆炸了。

房间里一时十分静谧，半晌后，他忽然点开手机网页和几个社交平台。

看着娱乐新闻推送栏里出现的大小明星趣事和寻常的近期电影推送等内容，他大大地松了一口气。自从十多天前，董事长计划要对付江泽予开始，这些网页和社交平台总给他推送一些令人看了就毛骨悚然的新闻。

大概是应了一句老话，举头三尺有神明。

没过几分钟，客厅里又响起了母女俩压抑的笑声，大概是女儿又从房间里溜出去看综艺节目了。刘秘书本想出去再训斥一番，随即又歇了念头。

他感觉到了久违的轻松。

第十二章
永远不后悔

大年初一早上，从年三十中午开始下的雪在窗台上积了半尺，窗外远处楼宇间白茫茫一片，近处的晨风穿过宽阔的高尔夫草场，掀起顶上的白色雪毯。

“昳昳，已经八点半了，快起来吃早餐。宴会场地在乡下的酒庄，一会儿开车过去，得两个多小时。”

谢昳躺在床上，把被子盖到了头顶，浑身上下的每个细胞都在抗拒男人叫她起床的举动。

江泽予坐在床边，用手扯扯被子，把人从温暖的被窝里拉出来，摸了摸她光滑的肩头。

谢昳翻个白眼，起床气很足地咕哝道：“这孟家是什么来头啊？非得去吗？”

昏昏沉沉的脑袋忽然一激灵，谢昳转过身看着他，语气愤怒又懊恼：“等等，孟家？就是前年某一次晚宴上，公开说想让你当他女婿的那个孟家，从上海来北都发展的互联网公司的老板？他的女儿长啥样？你怎么不早点儿告诉我？我应该早上六点起来化妆的。”

江泽予觉得好笑，屈起指节敲她的脑门：“纯属玩笑话，孟总的女儿今年才九岁。”

上午十一点，城郊之外，号称北都城百慕大的一个岔路口停着一辆黑色卡车。

卡车的货箱紧闭，车头挂着外地牌照，安静地停在路边。正值大年初一，外来人口比重很大的北都城几乎成了一个空壳，这个路段没什么车，偶尔有几辆疾驰而过的轿车，也丝毫没注意到这辆停着的卡车。

卡车驾驶座上，一个戴黑色鸭舌帽的年轻人嘴里叼着支没点燃的烟，无聊地玩着手机游戏，他身边的副驾驶位上坐着个满脸青春痘的青年，正聚精会神地拿着台望远镜，看前方的几个红绿灯路口。

玩游戏的年轻人又输了一把，恶狠狠地骂了一句脏话，关了手机。片刻后，他似乎想到了什么，满脸的躁郁被眉间跳动的兴奋代替。

他指着贴在车前的照片，对旁边的“青春痘”说：“昨天雇主给的那几个车牌号记熟了吧？盯仔细点儿，如果车上坐着的不是这两个人，就取消任务。”

“青春痘”咧了咧嘴，道：“浩哥，放心，我视力超好。”

两人都是外地口音。

驾驶座上的青年抄起横在脚下的一根钢管，掂了掂分量，面无表情地道：“一会儿下去看看，没死的话就补一下。第一次杀人，怕吗？”

“青春痘”闻言，不仅没有任何退缩的神色，反而有些兴奋：“不怕，这地方也没监控，咱哥儿俩拿了这些钱就回家，总比留在北都城累死累活强。我表哥前年从脚手架上摔下来，断了一条腿，到现在工伤钱都没拿到。这些有钱人，都该死。”

他刚说完，望远镜镜筒里就出现了目标车牌号中的一个，于是，他兴奋地压低声音道：“浩哥，目标出现了，是一辆黑色的越野车。车里坐着一男一女，开车的就是照片上的这个男的，旁边那个女的低着头，看不见脸，应该没错，还有一分钟就会经过这个路口。”

旁边的青年闻言，狠狠地吐掉了口中的烟，说道：“干！”

两人之前已经联系过好多次，算好时间，默契十足地在那车经过岔路口弯道的一刹那，打开经过改造、瓦数倍增的卡车的前大灯。

别说是半瞎，就算是正常人被这大灯晃了眼睛，也不能看清眼前的路。

正如他们预料的一般，对面的车子很快就失控了，两人的心脏狂跳，血液加速流动，睁大了双眼，想见证眼前血腥的一幕。

可事情并没有像他们预想中的那样发展，那车子竟然并没有撞向前方的弯道护栏，而是在撞上去之前猛地刹住了车。

然后，车上的一男一女下了车，惊魂未定地检查起车子的情况。

卡车里的二人对视一眼，看到了对方眼里的焦急：“怎么办？”

任务没有完成，对方肯定不会付钱。

驾驶座上的青年咬了咬牙，握紧了钢管，打开了驾驶座的门，跳了下去，恶狠狠地道：“不就是买命吗？怎么死不是死？！”

“青春痘”犹豫了一会儿，做了一下心理建设，咬咬牙，跟了下去。

谁知，他们刚靠近车子，想对车前正蹲着检查车头的男人动手时，车后座的门开了，几个原本弯着腰藏在车后的便衣警察身手敏捷地冲出来，三两下便制服了两人。

几分钟后，从另外一个岔路口开过来的一辆车停在一旁，一个身材高大的年轻警官从车上走了下来。

事情顺利办成，没有人受伤，韩警官满眼都是轻松感，他上前拍了拍越野车前穿着礼服和皮草的年轻女警的肩膀，称赞了一句：“做得不错，欧阳，你该借此机会向江总讨个择优的终身包邮福利。”

这次的行动虽然依旧是让江泽予开车，但这辆越野车是经过改造的，在副驾驶的位置安装了刹车，果不其然，方才车子停得相当稳，看来，之前的安排还是很周全。

欧阳穿着十厘米的高跟鞋走路，还有些不稳，连连摆手，有点儿惭愧：“韩警官，您夸错人了，其实刚刚我根本没来得及动，灯光打过来的时候，江总直接闭上了眼睛，然后稳稳地把车停住了。”

江泽予眼睛的状况他清楚，在短暂失明的情况下还能这么沉稳，着实不容易。

闻言，韩警官抬了抬眉，在心里对这位年轻商界大佬更多了几分佩服——果然，这么年轻就能走上事业巅峰的人，心理素质都远超常人。

“江总，好胆识。”

天空飘起小雪，马路空旷，狂风大作。靠在车门上的男人抬起头，神情平静得仿佛经历险境的另有其人。

他的面容实在英俊，比起电视上的采访镜头还要帅气，就连一旁的女警都悄悄地红了脸。

江泽予对这番称赞不置可否地点点头，平静地道：“今天辛苦各位警官了，改天，我请你们吃饭。不知道证据是否充足？关于这个案件，有什么需要我帮忙的，韩警官尽管提。”

韩警官莞尔道：“证据充足，刘秘书那边有录音、通话记录，现在，咱们又抓了个现行，记录员拍到了他们打灯、抄着钢管下来的视频。这次，总算可以定周奕那个老狐狸的罪了，这父子俩简直是一脉相传，都是社会上的渣滓。”

说完，他又感慨道：“不过，我还真没想到刘秘书会配合。他跟了周奕十多年，周家之前有过税务问题，我们警方的人曾经接触过他，嘴比石头还硬，根本撬不开。”

“我听之前和他接触的同事说，刘秘书这次弃暗投明，主要是因为前段时间总在网上看到一些莫名其妙的推送消息，全是关于罪犯儿女在社会上受到不公正对待的采访和纪录片，还有老板犯法、秘书顶罪的陈年新闻。说来也巧，他正好有个女儿在上高中，所以，刘秘书每天看那些新闻都觉得头皮发麻，最后顶不住内心的煎熬就报了案，也算是良心发现了。”

“冥冥之中自有天意啊。”

江泽予抿了抿唇，却没有回应。

说到底，并非什么良心发现。

人类都是自私的，许多助纣为虐的人并非都是向恶，有的不过是身在其位、身不由己罢了，善恶的抉择很难，可一旦涉及他们自己的亲人，模糊的善良人性便会被唤醒。

不过，这世上哪有那么多神明，大多数所谓的神迹是人为的。他精心给刘秘书布置了这么多推送内容，就是为了一点点地击破他的心理防线。等起作用后，再让周子扬去接触他，许了他一些好处，以利诱之。

周子扬毕竟姓周，也是周家的人，这也让刘秘书从心理上大大减轻了背叛周奕的负罪感。

心理煎熬加上金钱诱惑，果然，不到一周，他就开口了。

周奕的所有计划，江泽予都早已摸清。

韩警官感慨完，又问了一句：“江总，今天咱们的抓捕行动，谢小姐知道吗？”

他话音方落，便看到眼前这个一直没什么表情的年轻企业家忽然弯起了嘴角，漫天雪花下，他的眼睛里有温柔涌现。

江泽予看了一眼手机上推送的关于企业家宴会的新闻，语气变得很轻缓：“我怕吓到她，没有说。我安排了其他人送她过去，这个时间，映映应该已经到宴会现场了。”

他想到早晨女孩子满脸的起床气、张牙舞爪的模样，摇着头笑了笑。然而，此时手机铃声大作，如同白昼警钟。

江泽予皱着眉头接了起来，对面是他安排在医院盯着周子骏的两个保镖中的一个。

对面人的声音有些慌张：“江总，实在抱歉，我们刚刚才发现那小子跳窗跑了，病房在二楼，我们没想到他会从窗户走，而且，他安分了这么多天，也不知道今天中了什么邪……”

江泽予心里一惊，立刻挂了电话，心下不解。

据刘秘书所说，周子骏并不知道周奕的计划。何况，除了刚出狱那会儿闹过几天，之后他一直很安分，是什么突发状况让大少爷宁愿跳窗也要出院呢？

他皱着眉头思索，忽然看到还亮着的手机屏幕仍然停留在刚刚的新闻页面上：企业家宴会于孟家私人酒庄举办，各路大佬齐聚，择优总裁江神将携女友出席。

糟了！

江泽予登时脸色煞白，浑身血液倒流，忽然加速的心跳竟然比方才短暂失明的时候剧烈万倍。

与此同时，站在一旁的韩警官的手机振动了，他随意地从口袋里摸出手机，看了一眼收到的短信，一直气定神闲的神色瞬间凝固。

他神情严肃地把手机屏幕竖在江泽予面前。

屏幕上是他们之前在谢昳手机里设定好的，只要长按数字“2”就会自动发送的求助信息：“救命。”

这条自动报警的短信原本不过是用作多重保障，是为了让江泽予心安而设的，他自信地安排好了一切，觉得自己掌控了局面，却没有想到会让谢昳陷入这样的险境。

可如今，它实实在在地出现在他面前，这两个字迫切地、令人恐惧地叫嚣着，似乎下一秒就要从手机屏幕里挣脱出来，仿佛在嘲笑他的愚蠢与自负。

江泽予的心脏无法控制地狂乱跳动起来，严重的耳鸣让他没办法听清楚韩警官的话。

可理智告诉他，不能拖。每拖一分钟，昳昳就会多一分危险。

他立刻拉开车门上车，将谢昳的定位调出来，而后迅速发动车子。车旁的韩警官见状，也拉开车门，坐上副驾驶，他这边的车门还没关上，车子已经像脱缰的野马一样向前冲了出去，车内的警报声顿时响起。

江泽予用一只手开车，另一只手飞快地拨通了孟总的电话。

“喂，孟总吗？能否请您派人找一找我的女朋友，她很可能被人挟持了。她目前的定位在红酒庄园的西北角、围墙内的第二栋建筑，请您多派点儿人，每一层都仔细找找。”

他的声音还算镇定，但韩警官从他改变的称谓中听出了恳求的意味：“孟哥，您一定要帮我这个忙，谢谢。”

他一时间有些被震慑住，随即拨通了附近派出所的电话，请求出警支援。

韩警官挂了电话，车内一片静谧，他不知道说什么好，于是安慰道：“江总，您别着急，谢小姐的定位就在孟家的红酒庄园，今天前去参加午宴的宾客这么多，周子骏应该不敢乱来。”

说罢，他讪讪地闭上嘴，把头转向窗外，不再多言——他意识到这空洞的安慰有多苍白，多不专业，他当了这么多年的警察，深知对于一个前科累累的犯罪分子来说，偌大的庄园、混乱的人员，足够让他找到机会实施犯罪。

显然，驾驶座上的男人没有因他的安慰平静下来。

他的双手紧紧地握着方向盘，韩警官张了张嘴——因为开车的人的状况着实不佳，他的下颌咬紧，唇色比脸色还要白，脖颈上的青筋快要冲破白皙的皮肤。

这个时候，他要是再打扰他开车，说不定就得挨顿揍，然后被扔下车。

从岔路口到庄园原本二十分钟的车程，被他缩短了一半。十分钟后，韩警官胆战心惊地站在了庄园的西北角，仍有些腿软。

天空被风雪遮掩，风吹过庄园里笔直的水杉。

江泽予顾不上找什么停车位，把车子斜着停在楼前，而后打开车门往茫茫风雪里冲去。定位所在的建筑模仿欧洲庄园城堡的哥特式建筑风格，迪士尼电影里浪漫的列柱拱廊此时在雪中显得无比阴森。

韩警官跟着上前，一进门，庄园的主人孟总便迎上前来，神色焦急地道：“小江，这栋楼一共有五层，每一层的每个房间我都让人仔仔细细地找过了，没有找到谢小姐，会不会……是定位错了？”

江泽予捏了捏拳头，满脸苍白，闭着眼睛摇摇头。

定位不会错。

他在谢昳的包和手机里都装了定位器，加上那个备用的报警手机内置的定位设备，一共三个定位都重合在此处。如果人不在楼里，说明此时已经被转移了。

他想到这个可能性，心脏抽搐得厉害。

江泽予转身看了一眼门外，广阔的庄园被隐匿在风雪之后，远处的建筑只剩高高的穹顶。门口，孟家派来搜寻的人进进出出，雪地上混乱的足迹很快又被新落下的雪覆盖了。

“警方什么时候能到？你们有专业搜人的警犬和工具，对吗？”他双眼空洞地看着韩警官，喉头发哽，声音无力到几乎绝望。

“他们就要到了。”

一个祈求，一个回应，可问答的双方其实都心知肚明。

韩警官的声音很干涩，眼神中有掩饰不住的不忍。这样的天气状况，所有的痕迹都被大雪覆盖住了，又没有了定位帮忙，想快速找到人，太难了。

根据他经手处理的那么多绑架案的经验，一旦过了最佳时间，被绑架的人大多凶多吉少。

“孟总，这栋楼还有个地方没找！”这时，从门口进来一个微胖的中年男子，满身风雪、风尘仆仆，大概是刚刚接到消息立马赶过来的，“您可能不知道，这栋楼的负一层有个备用的酒窖，平时是上锁的，但今天为了供应宾客，就提前打开了。”

这男子是酒庄的管理人，这栋建筑本是模仿西式古堡建造的，负一层是从前的西方贵族们藏身家财富的地方，入口不明显。

他指了指走廊尽头一处没有门框的“隐形门”，说道：“从楼梯间下不去，得走这边的通道，要不要去那里找……”

他话音刚落，眼前脸色惨白的男子便如同抓住了唯一的救命稻草，向着他指的通道狂奔而去，重重的脚步声在楼层里回荡，让人感觉沉重又难熬。

旋转楼梯狭窄封闭，江泽予冲下最后一级台阶，推开了虚掩的酒窖大门。

室内的温度设置在十四摄氏度，一排又一排整齐的酒柜遮挡了视线，酒窖里的暗色灯光让他有些难以看清里面的情况。

江泽予眯了眯眼睛，适应了这光线，而后加快脚步在这偌大酒窖的每一处仔细搜寻着。

短短半分钟，对他而言，如同度过漫长的一个世纪。

直到走到酒窖东边的一处地方时，他的步伐与心跳同时骤停，这世界仿佛失去了一切希望与价值，江泽予忽然明白，痛心泣血、目眦欲裂是什么样的感觉。

——女士灰色皮草外套被丢弃在墙角，旁边堆着几个破碎的红酒瓶，而在那些尖锐冰凉的玻璃碎片旁，躺着他的昳昳。

早上还张牙舞爪、带着起床气的明媚女孩儿，此时弓着身子，蜷缩着倒在墙角，双眼紧闭，面色灰败，如同失去了所有的生机。

她早晨吃孟家九岁丫头的醋，盛装打扮了一番，穿了一袭雪白的长裙。此时此刻，胸口洁白的丝质布料上染了一大片刺目的血红。不仅仅是胸口处，那白裙之上血迹斑斑，连成片的红色印记濡湿了大半裙摆。

而在她身旁，形销骨立的周子骏手里拿着一块酒瓶碎片癫狂地大笑着，很快被几个警察制服，而后被戴上冰冷的手铐。

后面跟进来的所有人见到墙角处那触目惊心的场景，都情不禁倒吸了一口冷气，就连见过许多凶杀案现场的韩警官也因为女孩子满身的血红色，心凉了半截。

“帮我查一查最近的医院在哪儿。”

年轻的男人没有回头，声音沙哑如夜半鬼语。他一步一步向着地上的女孩子走过去，脚步虽快，姿势却艰难，如同足下有尖锐刀刃。

快要走到她身前的时候，他竟然还踉跄了一下，然后他借着那踉跄的姿势半跪下来，小心翼翼地抱起了躺在冰冷地砖上的女孩儿，如同拥住一块无价珍宝。

酒窖里满是酒味，在昏暗灯光的映照下显得阴森可怖。

韩警官站在门口，十分不忍地别过了眼，流了这么多的血，别说是个身形单薄的女孩子，就算是个壮年大汉也很难活命吧？

等等，酒味？韩警官立刻深吸了一口气——酒窖里并没有预料中的血腥味，反而有股非常浓烈的酒味。或许，情况没有想象的那么糟糕。

还不等他出言提醒，单膝跪地的男人似乎也注意到了这一点，他紧紧地抱着怀里的女孩，稳稳地站起身，那双空洞的眼睛里总算有了一丝生气。

医院的长廊上灯光柔和，窗外是越发猛烈的风雪。

这场雪从昨天到现在，已经下了一昼夜，或许还会持续几天。

江泽予坐在病房外等候，许久之后，那位名叫欧阳的女警走出来，轻轻地带上门。

欧阳走到江泽予身边，语气很轻松地说道：“江总，没事了，医生做了详细的检查，谢小姐没有大碍。她身上的那些红渍全是酒窖里的红酒，昏迷也不是因为失血，而是被灌了太多红酒，导致胃病发作、疼痛性休克，医生说，可能有轻微的胃出血和胃痉挛。”

她说到这里，又有些气愤：“谢小姐身上唯一的外伤在两颊，有明显的掐痕，大概是那个人渣捏着她的脸给她灌了很多酒。除此之外没有外伤，也没有……咳咳，没有性侵痕迹。或许是胃痉挛救了她，我估计那人渣也被吓了一跳，如果谢小姐没有昏厥，还真不知道他会做出什么事情。”

她一口气说完，却发现长椅上坐着的男人一直低着头。他的手肘撑在腿上，双手握拳抵着额头和眼睛的位置，一直没有说话。

欧阳以为他是等了太久，睡着了，于是试探性地唤了一声：“江总？”

可她话音刚落，便看到男人的下巴上有透明的液体成串滑落。而后，他浑身上下开始无法控制地剧烈颤抖起来，好像这走廊比外头的冰天雪地还要寒冷。

男人开口时，声音已经嘶哑到几乎发不出声音。

他说：“谢谢。”

下午两三点钟，天空已无半点儿生机，没有大亮的天光，亦无朝霞与夕阳。漫天的风雪隐住苍穹底色，像是粗颗粒的素描纸。不远处山的曲线若隐若现，蜿蜒如蛇。

这竟然是热热闹闹的大年初一。

病床上的女孩儿双眼紧闭，面色依旧苍白，冰冷的液体输进她手背上的青色血管中。江泽予坐在床边，看着她尖尖的下巴和露在被子外头的纤细胳膊。

其实比起五年前上大学的时候，她瘦弱了很多，这种瘦弱并非指皮肉上，而是一些精神层面上的东西。五年前那个趾高气扬、无所畏惧的高傲公主，与现在病床上躺着的这个苍白的人，丝毫重叠不起来。

她在五年里独自承受着所有的压力和恐惧，包括他的隐恨。再明媚的玫瑰，承受了过多的重压，也会变得荒凉。

江泽予的心脏一泵泵地运作，像是机器坏掉了一部分，每一泵都带来疼痛。他脱了外套，侧身躺在留出一人余地的床边，盯着随着她的呼吸起伏的雪白棉被——这微弱的生命征兆给了他极大的安全感。

许久后，他在女孩温凉的脸颊上吻了一下，随即缓缓地伸出手，从侧边连人带被地抱住了女孩儿，几乎是压抑着、断断续续地呼出了一口气。

在今天之前，他怎么会认为自己是个很能扛、万事无惧的人呢？直到看到她浑身是“血”地躺在地上，他才终于明白，恐惧足够杀死一个最勇猛的勇士。

而他险些日暮穷途，万劫不复。

幸好她没有事。

紧绷了太久的神经陡然得到放松，江泽予闭上了眼睛，收紧了胳膊，把呼吸节奏调整得和谢昳一致。韩警官来电时，他几乎快要坠入沉沉的睡眠。

大年初一，在警局值班的警察并不多，下午参与行动的小警察们也回家歇着了。

欧阳带着江泽予往办公区域走去，先给他打了个预防针："江总，情况好像不太好。韩警官还在审讯室里审周子骏，从中午到现在只出来打了一次电话，脸色很差。具体情况还是等他出来跟您说，您先去做个笔录。"

江泽予点点头，值班的文员让江泽予做了完整的笔录，包括周奕和周子骏的这两桩案件。

他填完资料，做完笔录后，恰好碰到韩警官从审讯室里出来，重重地摔上门。

韩警官飙出一句脏话，一贯痞痞的五官此刻蹙在一起，合起来就是"出奇愤怒"四个字，几个小时审讯下来，他眼睛里的红血丝已经十分明显。

可当他看到椅子上的江泽予时，那愤怒又变成了隐隐的惭愧："江总，事情不太妙。周奕那边的证据已经可以立案，几年的刑期逃不了，问题出在周子骏这边。"

江泽予盖上笔盖，站起身靠在桌沿，面无表情地道："怎么说？"

韩警官叹了一口气，双手抱臂和他解释事情的原委："我审了他三个小时，这小子一直装疯卖傻，精神极其不正常。我当时就有了不好的预感，果然，半个小时前，我收到了周家律师寄过来的心理检查报告，说周子骏患有重度精神分裂症、躁郁症，无法控制自己的行为。"

"先是肺结核，然后是精神病，他们是把我们当小孩子耍呢？其实，针对周子骏的肺结核症状，我们的几个警员前几天已经向法院递交公立医院会诊请求了，但周家的律师竟然先发制人，一口咬定之前肺结核的诊断是医院误诊，他们并不知情，只是拿到检查报告之后按照规则办事。而这次，为周子骏做精神鉴定的精神科医生非常权威，在国内外都很出名，口碑更是好，她做的诊断基本上难以推翻。"

"我实在想不明白，这样一个德高望重的医生，为什么要给这种畜生脱罪啊？"说着，他捶了一拳墙壁，"这小子真走运，五年前，他的案子就是我跟的，那封匿名信里的案件只够判他十五年，再经过几次减刑，最后只剩十一年。但其实，根据我们了解的，他还犯过很多案子，可当事人并不配合调查，证据也基本上找不到，最后也就不了了之了。"

他摘下头上的警帽，苦笑了一下："我有时候觉得自己是个代表正义的人民警察，但工作了这么多年，遇到无可奈何的案件太多了。其实，谢小姐这个案子吧，因为检查结果显示当事人并没有受到实质性的人身伤害，就算按照惯例判案，刑期也不会超过一年。"

之前一直沉默的男人忽然抬起头，重复了一句："你说，昳昳她……没有受到实质性的伤害？怎么，非得要真出事儿了才能判他刑？"

他说得一字一顿，简直声声泣血。

"法院判刑得靠证据。"韩警官有些不忍心，别过了眼说道，"他的犯罪行为确实很恶劣，但我们去得早，他除了有过激的灌酒行为，还没有实施伤害……并且，现场没有证据能证明他有伤害谢小姐的……企图，而且，谢小姐没有受伤，检查报告也没办法提供有利的证据。"

越是正义的人，越是容易有愧疚感。

说到这里，韩警官有些惭愧，几乎不敢看着江泽予的眼睛，声音都小了："更别说现在，他又有了权威的精神病证明，法院大概率不会判的，可能会……让当事人和解，我们会尽力周旋，但……你还是要做好准备。"

他话音方落，眼前的男人闭了闭眼睛，再睁眼的时候，神情变得充满仇恨又狰狞，语气越发冷淡："韩警官，辛苦了，我会回去等通知。但在此之前，我能进去和他说两句话吗？另外，能不能把监控关了？"

韩警官张了张嘴，道："行。"

江泽予点点头，走到审讯室门口，推开门进去，然后反手上了锁。

昏黄灯光下，审讯室的中间放着张大桌子，周子骏手上铐着手铐，坐在那桌子的一侧。

看到江泽予进来，他歪了歪脖子，消瘦的脸颊一鼓一鼓的，嘴角的唾液像是控制不住地往外流，分明是一脸呆傻的模样，两只脚也在没有规律地抖动着，怎么看都像是个神经错乱的疯子。

可在监控看不到的一双眼睛里，带着疯狂的挑衅意味，他甚至短暂地笑了一下，全然是一副胜利者的姿态。

江泽予的额角猛烈地跳动了几下，他咬着牙低下头，飞快地解开袖口，把衬衫衣袖挽起到胳膊肘的位置，然后大步上前，对着周子骏的脸猛揍了几拳。

他无可奈何到以此种方式泄愤。

可挨揍的人竟然也不躲，直接硬扛了几下，等他靠近的时候，鼻青脸肿地在他耳边嘶哑地耳语，周子骏此时的语气像极了一个奸计得逞的变态狂："打吧，出出气，除了打我几下，你又能怎么样呢？哦，对了，要是把我打伤了，我的律师完全可以告你。"

他兴奋地舔了舔嘴唇，那为了躲避监控尽量压低的声音仍透出一股子高昂的兴致："啧，你今天怎么来得这么早，我还没来得及尝一尝你女人的滋味呢，不过，也不急，以后说不定还是有机会的……江泽予，你斗不过我的，我是精神病，我是疯子，专家都给出了确诊书，哈哈，你能说我不是吗？"

说完这句话，眼前的男人果然被激怒了，他深吸了一口气，然后一脸狰狞地扬起拳头，恶狠狠地往下挥。

周子骏咧着嘴，满脸挑衅地看着他，倒是希望他在愤怒之下多打几拳，这样还能告他故意伤害，而且，似乎伤害精神病患者是罪加一等的。

可谁知，那坚硬的拳头挥到一半，突兀地在离他鼻尖一厘米的地方停住。

江泽予拿开拳头，抬起头，飞快地环视了四周——墙壁上安装的几个监控器上的猩红色闪光熄灭了。

江泽予突然就笑了，他脸上的表情，从极端的狰狞到压抑又收敛的微笑，竟然只经过短暂的一瞬间，好像之前的狰狞只不过是周子骏的错觉。

他一点一点地直起腰，心情十分愉悦，又忍不住笑了几声，在这只有两人的审讯室里显得有些瘆人："谁说不是呢？你是疯子没错，专家都认定了，还能有假？"

他看着周子骏因为疑惑而忘记伪装痴傻的脸，轻声说道："如果没有这张精神病证明，你的肺结核诊断书会不会被法院推翻，还是未知数。退一万步讲，就算你运气不好，不过就是回去继续服之前没服完的刑。你之前服刑五年，刑期还剩六年，对吧？再加上这次的伤害未遂，还能再判个半年到一年。加起来，也就是七年的时间。"

他说到这里，周子骏的嘴角忽然控制不住地抽搐，他压制住从心底涌上来的莫名其妙的慌乱，勉强笑道："你跟我说这个干什么？我现在有诊断书在手，别说七年了，我一秒钟监狱都不用蹲，今晚就能回家。"

审讯室里暖黄色的灯光不像太阳光的颜色，倒像是地狱里的幽火。

江泽予扯了扯嘴角，没有打断他说话："别着急，账还没算明白呢。如果没有这张精神病诊断书，七年之后你就会出狱，那时候，你才不到三十五岁，还有大把的美好人生时光。你以为，我会让你这么好过？"

他忽然收起了所有的笑意，皱了皱眉，而后掸了掸衬衫领子上沾的灰。

"这份证明，是刘秘书提醒你父亲做的吧？不知道刘秘书有没有告诉过你，给你开精神病诊断书的专家是从美国回来的？我之前的私人眼科医生是个美籍华裔，而他的妻子就是精神科、心理学方面的权威，在国际上也赫赫有名。怎么样，是不是觉得很巧啊？”

“哦，还有一个消息，你的父亲周奕涉嫌杀人未遂和偷税漏税，已经被抓了。不过，你放心，你大伯和堂哥不会丢下你不管的，他们已经给你找好了精神病院，一会儿就接你过去，他们会好好给你‘治病’的。”

江泽予平静地说完这些，低着头把挽起的衣袖放下，慢条斯理地扣上扣子，大步往外走。

转动门把手时，他回头道：“啧，周家果然是财大气粗，这可是国内顶尖的精神病院，听说交了七十年的住院费，就是不知道你能不能撑到那时候。”

说着，他走出审讯室，关上门，不出意料地听到了里面惊恐的嘶吼声。

和韩警官打了招呼之后，江泽予正要离开，却迎面遇上刚刚赶到警局的周子扬和他的父亲周擅。立场似乎对立的三人擦肩而过，并没有出现仇人相见分外眼红的局面。

“警官，我弟弟周子骏的证明没有问题吧？我和我父亲来给他办保释，晚上还得赶着带他去治疗呢。”

“自己去那边办……”韩警官咬牙切齿道，愤怒地嘟囔着，“还导演呢，我看都不是什么好东西，你们别让我抓住漏洞，我这双眼睛会一直盯着他的！”

警局里人声渐小，门外依旧是风雪满北都。

江泽予站了一会儿，搓了搓干干的手心。

他现在得放下屠刀，去见他的爱人了。

夜幕温柔拉下，病房里的灯光照出的那一小片天空，依旧可见大雪降落。

护士长刚给昏睡中的谢昳拔下输液针头，旁边就伸过来一只手，十分自然妥帖地拿了棉片，按住她手背上的针眼。

五十来岁的护士长愣了片刻，偏头看去，发现是病人的男朋友。

她满意地笑了笑，对江泽予道：“你这小伙子不错，细心，知道心疼人。我每天照看这么多病人，这么细心照顾的家属不多。我家丫头和你们差不多大，还没有男朋友，我还真希望以后啊，她能找个像你这样的。”

江泽予闻言，对她笑了笑。此时，他换掉了在警局里的那身衬衫和西服，穿上了一身舒适的家居服，完全看不出是个成功企业家，倒像来陪女朋友住院的大学生。

护士长显然对这样的男孩子十分有好感，何况江泽予还被她当作选女婿的标准，于是她说话都笑眯眯的：“没事儿，别担心，刚刚最后一瓶水已经挂完了，她再睡会儿估计就醒了。”

“嗯，谢谢您。”

护士长点点头，乐呵呵地出了门，还体贴地给“小两口”关上了门。

江泽予老老实实地按了两分钟才扔掉棉片。

谢昳的身上穿着之前护士给换上的病号服衬衫，或许是睡得不太舒服，她的两道眉一直紧皱着。江泽予伸手拨开她散乱的长发，才发现她脖子和锁骨处出了细密的汗，难怪她会觉得不舒服。

房间里的暖气开得足，温度确实有些高。

男人站起身，去卫生间里拿了一条干净的毛巾，然后用热水沾湿，又拧到半干。他走回病床边上，俯下身子，动作轻柔地用温热毛巾给女孩子擦了擦脸。擦完脸之后，他又伸手解开她领口的扣子，想擦擦她汗湿的脖颈和锁骨。

可当他解第二颗扣子的时候，手腕忽地被攥紧，床上的人蓦然睁眼，条件反射性地颤抖了一下，同时，干涩至极的喉咙里发出了惊恐的嘶嘶声。

有那么一瞬间，她半睁的那双眼睛里不再有璀璨星光，而是充盈着深深的恐惧和深不见底的绝望。

江泽予被她眼中的痛苦震慑住，当下便红了眼睛，用另一只手轻轻地抚摸她攥得紧紧的拳头，哽咽着说：“昳昳，你看着我，是我。不要怕，一切都过去了，我在你身边。”

谢昳的眼中闪过一丝迷茫，沉滞的大脑似乎仍在判断着眼睛接收到的信息。

和昏暗寒冷的酒窖不同，眼前是病房纯白的天花板和长条日光灯，占据视野更大部分的，是一张她熟悉至极的英俊脸庞，漂亮的眉眼泛红，仿佛新生的藤蔓，一寸一寸地长进她的眼底。

方才如经年沉疴般深深刻进骨子里的绝望与惊恐在刹那间消退，谢昳张了张嘴，双颊真切的疼痛感让她知道这不是梦境。

这是她的阿予。

江泽予见她久久不语，心下有些慌乱：“怎么样，昳昳，胃还难受吗？还有哪里不舒服吗？”

谢昳依旧没有说话，睁着眼睛盯着他看了许久，忽然伸出手，虚弱地勾住他的脖子向下使劲。

她难以控制地吻住了他，动作甚至有些急促凶猛，咬着他下唇的那股子劲儿，像是溺水之人用力抱住浮木。

几分钟后，谢昳轻轻地喘息着在江泽予耳边说道：“阿予，一睁眼就能看见你，我很开心。”

她回忆起那个冰冷的酒窖，她已经不愿意再回想恐怖的细节，当时的恐惧不停地涌现上来。在她被扯着头发拖进酒窖的时候，在周子骏疯狂地捏着她的下巴给她灌酒的时候，在她因为胃痉挛疼得在地上缩成一团的时候，又或者在眼睁睁地看着周子骏砸坏了一个酒瓶，拿着锋利的碎片狞笑着向她走过来的时候……

此刻，她发现自己竟然没有想象中那么怕死。

从小到大，许多同学羡慕她家境富裕，想要什么就有什么，可只有谢昳自己知道，她其实和门口孑然一身的流浪汉没什么区别，她没有一个完整的家，没有真正爱她的人，也没有什么想做的事情。

这个世界于她来说，似乎没有太多东西值得留念，甚至在美国的五年，她在失去了这个世界上唯一一个视她如珍宝的少年后，曾经经历过一次又一次的心理崩溃。那时候，她不是没有想到过一死了之。

所以，死亡又有什么好怕的呢？

——但她如果真的死了，他肯定会难过的吧。

他们这么不容易，才重新走到一起。

这念头一起，她竟悲伤至极，内心难以控制地绝望起来。

夜色已深，两个人一整天都没进食，紧张的情绪松懈之后，饥肠辘辘的胃开始叫嚣。大年初一，医院附近的饭店关了十之八九。谢昳胃病复发，现在还吃不了刺激性或者不好消化的食物，于是，两人点了份鸡丝粥外卖。

外卖小哥冒着风雪送餐，离开的时候拿到了一个大大的新年红包，他本来以为是贺卡，上了电瓶车之后打开一看，被里头整整齐齐的一沓钱吓得一愣，差点儿摔倒。

他不解地抬起头看了看医院的名字，心想，刚刚那层不是精神科啊……

病房里，江泽予一边耐心地喂谢昳喝粥，一边言简意赅地和她解释今天一整天发生的事情，以及他和周子扬一直以来的合作和筹谋，当然，他略过了危险的部分。

见多识广如谢大博主，也在听到这一系列细思极恐的安排之后，没出息地瞪大了双眼——这一连串的谋划，包括怎么劝服刘秘书、找专家开具那份精神诊断书，以及周子扬与周擅在其中起到的作用，实在是环环相扣，十分精妙。

她简直要以为自己是某部权谋剧的女主角了。

谢昳品味许久之后，觉得有些不可思议：“也就是说，你竟然真的利用互联网的资讯推送，把刘秘书变成咱们这边的人了？”

这方法简直让她觉得匪夷所思，细想之下，却极妙了，现代人有哪个离得开网络，而网络上形形色色的咨询，能够三百六十度无死角地钻进每个人的思维和认知，那种潜移默化的力量异常可怕。

“我记得，刘秘书跟着周奕已经十几年了吧？并且，他的父亲是周奕父亲的秘书，这要是放在古代，刘家可以说是周家的家臣了。当年，谢川曾经也想过要不要收买刘秘书，但最后思来想去，还是担心风险太大，反而会暴露。”

谢昳张嘴，喝了一口男人喂的鸡丝粥，咕哝着给了极高的评价：“阿予，你这一招实在高明。”

江泽予从床头柜上抽了张纸，给她擦了擦嘴角，而后又递了一勺粥：“究其根本，还是由于周奕为人太狠辣，对待下属也一样。这十几年里，刘秘书作为他的心腹，对他的惧怕远远大于恩情，这次，周奕又把这么烫手的事丢给他做，却没有给他足够的心理保障，刘秘书最后会产生猜忌，和他离心也是难免，我不过是充当个背后推手。”

“不管怎么样，昳昳，这件事情到这里就彻底过去了，往后，不会有人再伤害你……”男人说到这里，心有余悸般深深地吸了口气，他低下头，认真地看着她的眼睛，哑声说道，“我保证。”

诺言比千金重。

夜色苍茫，雪花与大地热烈亲吻，狂风卷叶，而他从来没有辜负她。

谢昳眨了眨眼睛，忽然凑过去亲了一口男人的脸颊，嘴上没蹭干净的粥沾了他半边脸。

她从来都知道她的阿予智慧胆识统统过人，却仍是判断错误低估了他。原来，时间已经给了二十二岁那年痛不欲生的谢昳最好的礼物。

在她离开的这五年里，她爱的人于这凶猛丛林中艰难厮杀并成长，如今成了这般威风凛凛的模样。他是领地之王，却愿意把柔软怀抱给她，用尖利爪牙护她在怀。

谢昳伸出纤细的手指，在他脸上蹭了蹭，然后挑了挑眉，半开玩笑半认真地道：“三个月的青椒炒肉盖饭还真没有白送，早知道当初我就该对你好一些，不是松露鹅肝，也该是海参鲍鱼的。”

她吸了吸鼻子，甜甜地笑起来，两只眼睛弯起来，乖得像个孩子，说道：“阿予，谢谢你呀，你最近工作忙不忙？找个时间，我们一起去一趟拉萨，好不好？”

她在昏迷之前的最后一个念头是，她不想死，她都还没有跟他一起去拉萨呢，明明五年前就说好的。

一个月后。

北都城某封闭式精神病院。

这已经是郑医生第五次到主任办公室告状了：“主任，三号病房那个病人情绪非常暴躁，要死要活的。从入院到现在，不仅各种自残，还抓伤了好几个护士。昨天下午，我和好几个人合起来才绑住他，结果晚上刚松开绳子，他就又发作了，病床都险些被他拆了。他还口口声声说自己没病，说要去告我们！精神病患者有哪个会说自己有病的？我看他是病入骨髓，救不了了！”

办公桌后，年近花甲的刘主任翻着病历，面无表情地听着他的抱怨，耐心地听完全部，才肃然道：“小郑，你工作才一个月，见过的病人有限，平时少说话，多积累经验，干我们这一行，首先就要有极强的心理素质。患者现在的情况怎么样？”

郑医生挨了训，立刻摸摸鼻子道：“口服思诺思已经没有效果了，我刚给他打了镇静剂。”

刘主任点点头，取下鼻梁上架着的老花眼镜，沉思片刻后说道：“准备一下，下周给他做个脑部立体定向手术吧，明天会诊，考虑一下对患者采取双侧前扣带回及双侧或单侧杏仁核毁损术。”

他话音刚落，郑医生便犹豫道：“这……主任，对于普通的精神病人，脑部手术一般做得不多，临床上，大多数还是靠药物治疗……”

郑医生的话还没说完就被打断，刘主任冷哼了一声道：“正常情况确实是那样，但三号房那个是普通病人吗？Taylor医生的诊断书你看过了吧，他这是很难治的精神分裂症和躁郁症，还具有极度暴力倾向和反社会型人格障碍。三号房病人身上背了好几桩案子，其中有个刚刚成年的女孩子，就因为被他强奸，回去就割腕了，好在抢救及时没有出人命。”

刘主任皱着眉，从办公桌上那堆杂乱的论文中找出几篇，丢给郑医生道：“你把这几篇论文拿回去看一下，数据证明，脑部定向手术对于他这种有强烈暴力倾向、反社会心理的重症精神分裂患者非常有效。”说着，他抬起手揉揉眉心，“并且，家属也同意了。”

与此同时，两千多公里之外的青海省，一趟从北都始发的特快火车慢慢地停靠在格尔木站。

这趟列车的终点是西藏拉萨。

经过二十多个小时的旅程，疲惫感消弭了旅客们眼里的兴奋和新鲜感，车厢里除了零星几个上下车的旅客搬动行李发出的声响以外，异常安静。

其中一节高级卧铺车厢中，谢昳靠坐在床头，看着窗外湛蓝的天空。明明是同一片天空，在不同的地段却展露着不同的模样，一路过来，似乎是造物主用修图软件一点一点吸掉了灰色的杂质，露出了天空的本来面貌，高远，又蓝得纯粹。

她看了一会儿那天空，眼睛有点儿酸，便拿起那个诺基亚手机玩俄罗斯方块——这一个月以来，这个手机她一直习惯性地带在身上，走到哪儿都不忘揣进兜里。

骤然打开游戏，没来得及关的游戏声音吵醒了床里头在补觉的男人。

“昳昳……”江泽予闭着眼，伸出胳膊抱住谢昳的腰，把脑袋贴在她的腿上，“到哪儿了？”

列车上的单人床非常窄，挤下两个人不容易，两人却心照不宣地把包厢里的另外一张床当成了行李架。

江泽予看了一眼谢昳的手机屏幕，她手速飞快，一层一层填满的俄罗斯方块被消除，手机发出愉悦的嘀嘀声。

短暂的列车开动，行驶在铁道上，发出“哐当哐当”的杂音。

江泽予翻了个身躺平，看着白晃晃的车厢顶。

“为什么只按了‘2’啊？”他的声音很轻，在这嘈杂的背景音里显得微不足道，可话音刚落，就感觉到怀里的人浑身一僵。

江泽予没有再问。

谢昳僵着身子继续玩俄罗斯方块，却心不在焉起来，两分钟不到就玩死了，连平常一半的水准都够不上。

谢昳把手机放在一边，沉默了许久，半开玩笑道：“我还以为你不会问呢。”

他那么聪明，她便没想用蹩脚的理由辩解。

当时，周子骏把她拖到地窖里，将她的手机从包里翻出来，踩得稀碎。谢昳自知逃不掉，于是，她趁着他转身挑红酒的空当，拿出这个诺基亚手机发送求助短信。

长按数字“1”会发给阿予，长按数字“2”则发给韩警官。

谢昳的第一反应是两个都按，何况诺基亚小小的九宫格键盘，“1”和“2”靠得那么近，其实可以一起按。

但就在快要按下去的时候，她犹豫了。

她想起了十二年前的那个废旧工厂——正是因为当初她藏着恳求和无助的笑容，才让他从此卷进这命运的残酷旋涡里，背负了那么多的磨难与痛苦。最是青春年少、意气风发的年纪，留下了不可磨灭的人生污点，此后被人耻笑鄙视，不论多么努力，都被这社会否定，丧失了所有的公平机会，甚至他连唯一的亲人都失去了。

所以，谢昳没有按“1”，她不敢按。

——他好不容易活成如今万众瞩目的模样，她只希望他永远平安，不被伤害，不用失去。

此时，开往拉萨的火车上，谢昳低着头看着床单上的一个线头，想了很久很久。窗外白云朵朵，她的声音轻得像归来的候鸟。

“阿予，你知道在你出事之后，叔叔曾经想尽办法希望帮你消除案底吗？他后来生病去世，也是因为思虑成疾。”

江泽予虽然没能跟上她跳跃的思维，愣怔片刻后，仍然沉声答道：“嗯，我知道。”

谢昳哽咽着，说出了一直藏在心里不敢说出口的话：“阿予，你后悔救了我吗？如果不是因为我，你的人生不会留下污点，你父亲也不会死，你本可以过上轻松美满的生活，不是吗？那样的话，说不定每个周末你都可以回去尝一尝你父亲做的菜，和他一起喝杯酒，一起看电视……”

江泽予总算明白了她的思虑。

他的女孩儿竟然想把这一切都往自己身上揽。

邪恶的人做了多少坏事都无感，可善良的人常常心怀愧疚。

他坐起身，笑着刮了刮她的鼻子，说道：“我的小姑娘上大学的时候就是一根筋，每次做逻辑题都会错，没想到这么多年过去了还是这么笨，逻辑混乱，分不清因果对象。”

“你怎么能因为这事儿责怪自己呢？伤害我的和伤害我父亲的，从来就不是你，你是那件事情的受害者，不是施害者。我爸从小就教导我，善有善报，不以善小而不为。我长到十八岁都吊儿郎当，混不吝，没能达到他的期许成为一个正直的人，却独独在成年时做了这么一件善事儿。他要是知道了，肯定会双手叉腰对我说‘小子，这次做得不错，不愧是我的儿子’。”

火车逐渐靠近西藏，空气里似乎都有了古老又神秘的檀香味，江泽予替他的小姑娘一点一点擦掉眼泪。

“这世界上的恶意我们没法控制，却不能因为恶意就拒绝传达善意。从今往后我愿意一直善良，因为我得对得起老天给我的最大恩赐。”

“我这样的人，此生有幸遇见你，我永远不后悔。”

番外一

一生太短，一瞬好长

徜徉在时间长河中、积淀千年的历史和文化给每一座城市赋予了独特的气质，或庄严肃穆如北都，或孤独颓丧如黄刀镇，抑或神秘浪漫如拉萨。

这地方的每一块砖头，都有着浪漫与虔诚的气质。

三月中旬，谢昳裹着围巾和厚厚的大衣抬头看去，化雪后初初入春的布达拉宫上方云高万里。

恰逢傍晚，布达拉宫的层层宫殿屹立于天地之间。

谢昳走近那宫殿，倒是不急着攀登。

她此刻是一个人。

酒店订在布达拉宫附近，两人在下午到达拉萨，刚住进酒店，江泽予便有个视频会议要处理。于是，在火车上吃饱睡足的谢昳迫不及待地穿了外套出门，打算抢先一步，瞻仰一下布达拉宫，顺便为之后的某个计划踩个点。

距离宫殿较远处的广场一角，零星有几个小贩在摆摊卖一些纪念品，大多是糊弄外地人的，但到这地方的人不带走点儿什么心里就难受。

谢昳亦是如此。

她蹲在一个小摊边，挑选了几条手链、几件木雕，然后拍了几张照片发给韩寻舟：“喜欢哪个？带回来给你。”

韩寻舟闲得一天到晚窝在家玩手机，回复快得像个淘宝客服：“我要左边那条紫色的项链，还有那个木雕和右下角的香薰炉。”

谢昳翻了个白眼：“用不用我给你装一箱子回去？”

对面回了个欢快的表情包。

谢昳不再跟她贫嘴，问了一件正事儿：“舟舟，贺铭当初是怎么跟你求婚的啊？”

这次，对面回消息迟了许久，而后发了一条语音消息过来：“贺铭这人特有城府，我俩刚从非洲回来，他就当着我爸妈的面求婚，还暗示他们我和他已经生米煮成熟饭了，就差个合法身份——我爸妈当时很怕我又跑回非洲去，能不逼我就范吗？昳昳，你问这干吗？江泽予跟你求婚了？”

谢昳规规矩矩地打字：“没有，我打算在拉萨跟他求婚。”

两秒钟后，韩寻舟打了个语音电话给她，语气惊悚：“昳昳，你真打算在布达拉宫……向江泽予求婚啊？你，向他求婚？”

谢昳听着对面宛如同便秘的迟滞语气，挑眉笑道：“怎么，不成？你舍不得我？”

自从一个月前谢昳从病床上醒来，她就有了和江泽予结婚的打算。谢昳一向是行动派，正好这次两人又出来旅游，她便订好了戒指，打算在拉萨把这事儿办了。

“不是，我倒是盼着你赶紧嫁人，好加入咱们北都城贵妇行列……”韩寻舟吸着刚刚买的波霸奶茶，口齿不清地控诉道，“但是求婚这种事情一般不都是男方主动吗？你真打算自己来啊？当时你们俩在一起就是你决定的，分手也是你提的，复合还是你先张口的，你们家这是打算，把女上男下的地位贯彻到底啊？”

谢昳付了钱，那年轻小贩黝黑的脸上带了笑意，小心地替她用金色的包装纸把所有小物件包好。她提着纸包在广场上晃荡着，耸耸肩否认了。

两人聊了几句之后，谢昳便挂了电话，又在广场上转了几圈，找了个自认为最佳的求婚地点。

饶是谢大小姐的执行力再强，也深知结婚和之前的种种都不同。

不管从哪个角度来说，结婚都是一件神圣的事情，是应该深思熟虑，庄严对待的。她从小见过家里许多人不幸福的婚姻，比如谢川与刘梦。

但她知道自己想得很清楚了。

时间如梦似幻，一眨眼，他们已经走过这许多年。

谢昳不禁想，如果没有这五年的分别，或许两人早就结婚了吧？他们过着普普通通的小日子，守着一间不大的房子，生一两个孩子，柴米油盐酱醋茶，生活过得清贫却不乏味。

谢昳想想那画面，竟然觉得也不错，只要能和他在一起，她便觉得每分每秒都过得太快。

一辈子太短，又怎么可能会感到乏味？

回酒店的路上，几个打扮奇怪的人远远地看了谢昳几眼，之后直冲她摇头，弄得谢昳一头雾水。

擦肩而过时，其中一人颇为神秘地说："你今日心想之事，恐怕不能成。"随后便离开了。

也不知道对方是通了哪门子邪神，还是瞎猫遇上只死耗子，那句还真是戳中了谢昳的内心，以至于她一路皱着眉头，就连回到酒店时脚步还异常沉重。

她考虑过求婚的时间、地点和方式，可还真没想过能不能成。

不能成？难道他还能不答应？

谢昳怀着沉重的心思打开酒店套房的大门，发现屋内竟然没有开灯，屋外夕阳已经落山，微弱的光亮不足以照亮整个房间。

心理作用作祟，她的预感越发不好，于是皱着眉开了灯，而后惊讶地看向面前的地面。

偌大的套房，从玄关至主卧整整齐齐摆了一地今年各大品牌商的限量款包包。她弯腰拾起那些包，顺着摆放的轨迹推开半掩的房门。

主卧巨大的床上铺满了玫瑰花瓣，拼成个爱心的形状，而床前站着的男人身着笔挺西装，胡子刮得干干净净，英俊逼人的脸上，笑容竟然有一些别扭和紧张。

这是谢昳从来没有在他脸上见过的忐忑模样。

他见到她走进来，立刻单膝跪地，然后从口袋里拿出个红丝绒包装的盒子打开，那戒指上的钻石，比她之前订的还要耀眼许多。

男人说话有一点儿结巴，青涩得不像个阅历过人的商业大佬，并且，他也说不出太动听的情话，语气中只有满满的认真恳求。

"昳昳……十二年前，我牵着你的手跑过几条街，从今往后，我想牵着你的手过完一生，你……能给我这个机会吗？"

"嫁给我。"

远处，夜晚的布达拉宫灯火辉煌，面前跪着的男人如信徒般虔诚。

谢昳抬起下巴，做足了架势，如女王般优雅地伸出手递给他，让他欢喜又颤抖地替她戴上了戒指。

其实，她已经满眼泪光。

拉萨被称作日光城，平均每年的日照时间长达三千个小时，然而夜晚较为凄凉，大半时间在下夜雨。本地人没有夜生活，街道上一些还在亮灯的酒吧也大多是为外地游客服务的。

这一次的旅行，谢昳主张以随性散漫为主，两人不仅坐了四十个小时的卧铺，就连订酒店也没有考虑什么星级，订了家有本地特色的半民宿半酒店式公寓。

果然，里头的装修颇有当地风格。

两人都没有再出门的打算，把床上那堆玫瑰花收拾干净后，一起躺在被窝里看起了电视。虽然电视屏幕很大，但信号似乎不太好，综艺节目里传出的笑声夹杂着“滋滋”的电流声，反倒有一种随意又糊涂的美好。

谢昳从枕头上拿起一片方才遗漏的花瓣，勾了勾唇：“今天这求婚现场不是你自己的主意吧？”

在刚刚那种氛围中，她没好意思说，这现场布置得太土了。

两步一个包包，还有铺成爱心形状的玫瑰花瓣，后来，她看到房间里的其他角落，竟然还绑了粉红色的气球，两边的窗帘上一边一串。

谢昳想象着男人趁着她出门拼命鼓着腮帮子吹气球的模样，就觉得好笑。这种俗套又幼稚的审美，实在是熟悉。

她记得，纪悠之上大学的时候曾经追过一个妹子，告白那天，他在人家宿舍楼下摆蜡烛，几百支蜡烛摆成爱心的形状，和今天的现场如出一辙。

江泽予闻言倏地笑开，抬起手揉揉她的脑袋：“是纪悠之的主意……不过还算管用，看来我的小姑娘就吃这套。”

他半个月前便打算在这次旅行期间求婚，早早地询问了周围几个“过来人”的求婚经验。成志勇实在没什么浪漫细胞，他早年向妻子求婚的时候连钻戒都没钱买，一顿麻辣烫就把人骗到手了，贺铭的方法又需要家长助攻，也不符合他们的情况。考虑半天，他最终还是采取了纪悠之的办法。

虽然又俗又土，但已经是他能找到的最正常的主意了。

说实话，他刚才真的是很紧张，有许多年没有过这种冒虚汗的紧张感了。

没想到他的小姑娘这么给面子。

谢昳嘟囔了一句：“什么叫我吃这套，这跟求婚现场布置得怎么样有什么关系？”

男人闻言愉悦挑眉，循循善诱道：“那……跟什么有关系？”

“当然是跟求婚的人……”谢昳差点儿被他套进去，捶了他一下，“当然是跟我的心情有关系，恰巧今天我心情不错，不想刁难你，才勉为其难答应的。”

她拿腔作势这么久，这会儿完全忘了其实自己连钻戒都准备好了。

“还有，你以后不准一口一个‘小姑娘’地叫我，你是不是就想叫着叫着习惯了，慢慢地，我们家你就成老大了？想都别想！”

她说“家”这个字的时候，他弯起了眼睛：“遵命，我们家以后都听你的。”

这会儿，电视的信号好了一些，无聊的综艺节目里正在讨论每个人的开心时刻。主持人说了几个明显不好笑的笑话，一旁的嘉宾非常给面子地干笑着，脸上的褶子里都透露着浓浓的尴尬。

江泽予看了一眼窗外无边的夜色，忽然侧过身子把谢昳拥进怀里，问她：“昳昳，你呢？你开心吗？”

谢昳摸着无名指上还没戴习惯、存在感极强的钻戒。

在这个世界上，有一种能力常常被人忽视，却无比重要，那就是开心——能够被周围的事物调动心底的愉悦情绪，能够因为综艺节目里某些用烂了的梗而开怀大笑，又或是能够莫名其妙地笑出声来。

她的周围有很多这样的人，飒气潇洒如韩寻舟，肆意纨绔如庄孰，抑或是知世故却选择幼稚的纪悠之。

五年前的谢昳也勉强算得上一个快活的人，那时候他们在一起，她感受到了这世界上温暖的爱意，也曾像一个小姑娘一样期许过美好幸福的未来。

可是，从她跟他分手开始，她的人生就进入了灰色地段，每天关注调查进展，等周子骏真正入狱后，便转而刷周家的新闻，还有江泽予的消息。

她孤身一人在洛杉矶努力地活着，对日复一日升起的太阳都没有了期待，那段时间，她还得了很严重的抑郁症。

这种长期压抑、担忧、闭塞的生活状态真的能够改变一个人的性格——最大的改变就是，她变成了一个很难开心的人。

可是她今天真的很开心，浑身上下的每个细胞都长了小脚丫，排着队轻快地跳起了踢踏舞。

自从和他重新在一起之后，这世界上的空气似乎都被净化了一番，那空气里头藏着一丝丝的能量，她呼吸了几个月，重新找回了开心的能力。

并且，往后的好几十年，或许都会这样。

想到这里，谢映的两只眼睛亮晶晶的，不由自主地傻笑起来。

布达拉宫的门票预约到了第三天。第二天一早，两人租车去了纳木措湖。到了地方，刚下车，谢映就不由自主地做了个深呼吸。

空气纯净得像是被一层层细密的纱网过滤过，远处没有融化的雪山赋予了些许冰寒，吸到肺里，让人精神大好。

这地方浪漫得像是仙境，每一个细节都干净又有层次——雪山与云是不同质地的白，天空与水是不同色调的蓝。

谢映今天恰巧有个茶话会的线上直播活动，时长十五分钟，于是，她趁着江泽予去停车的时候，自个儿拿着手机开始直播。

作为一个经常在外面拍日常视频的博主，举着手机自言自语这种事情，她早就驾轻就熟了。她戴着墨镜，也不在乎身边游客们投来的好奇目光，打开茶话会的直播平台，调整了一下手机角度，说道："咳咳，大家能听到我说话吗？正好，我在拉萨旅游，带你们看看纳木措湖的美景。"

"能能能！"

"啊啊啊，终于蹲到了！我就因为这个直播下载了茶话会的直播间，还定了闹钟起床！"

"我也是啊，昨晚看到'一言'上的活动推送，我立马下载了直播间。"

弹幕里铺天盖地的回应让谢映以为茶话会安排了哪个明星跟她一起直播。她看了一眼左上角显示的直播间人数，又吓了一跳。

不到半分钟，她就明白了原因，却又因为这些留言而更加迷惑了。

"围观新婚夫妇的蜜月。"

"请问，新晋已婚人士江神会出镜吗？想吃狗粮！"

"专门来看婚后的江神。"

什么玩意儿？她怎么不知道他俩是"已婚"关系了？

她实在是困惑，便在直播间里问了出来。

看了好多留言之后，她才搞清楚事情的原委——原来，某个男人昨晚求婚成功后，急匆匆地把所有社交平台上的个人婚姻状态改成了"已婚"，丝毫没有身为公众人物的自觉，改个状态就立马被眼尖的网友发现了，引起了热议。

谢映和直播间的观众们打了声招呼，退出去看了一眼微博，果然，"江神已婚"成功上了热搜，底下是网友们热烈的猜测。

"啧，才多久就领证了，江神要不要这么着急，媳妇还能跑了不成？"

"我猜是有了。"

谢昳看了半分钟，遵守职业道德回到直播间。

谢昳平时做视频都是先拍好再进行剪辑的，像这种直播形式还是第一次，还真不知道应该聊什么。面对无数翘首等待江泽予出镜的观众，她硬着头皮尬聊了几句，而后说道："呃，等江泽予的同学们可以去吃中饭了，他不知道我有直播，现在去停车了，等他回来，直播应该就结束了吧。"

说完，直播间里的人却没有变少，网友们都极其懂事。

"没事，看不到江神，围观江太太也是好的。"

"说实话，本来是冲着江神来的，但 Sunny 大人直播颜值也太高了吧？甩隔壁另一个号称混血的网红几条街啊。"

"给我姐排面！"

周围景色绝佳，更有许多游客在拍游客照。谢昳实在没话聊，想了想，认认真真地给大家讲解起多年来积累的正确的拍照姿势。

"你们看那边，虽然风景很好，但游客太多，拍出来的照片也会很杂乱，像这种非常纯净的风景地，拍人物照的时候不需要追求最美的视角，镜头里只需要锁定一个干净的局部背景，比如这个角度，只能看到一点点湖面，但出来效果会很好。"

"还有拍照的姿势，大家都知道从下往上拍显腿长，但角度要选好，不然后期修图的时候会发现五官容易变形。"

"拍照的构图和姿势也非常重要，同样的体重，姿势选好了，看起来能瘦十几斤。"

说着，谢昳比画着演示了几个拍照显瘦的姿势。

街拍对模特的要求不像时尚大片那么高，但拍摄时的技巧直接影响到之后的出片率。她当时尚博主这么多年，跟过的摄影师没有一百个也有八十个了，这些真的是经过一次次约拍积累下来的宝贵经验。直播间的观众们也逐渐被吸引，认真听讲起来。弹幕的刷屏趋向正经，甚至有许多小仙女纷纷开始记笔记。

谢昳一边演示，一边滑动着屏幕，间或回答直播间里的一些问题："对，这个姿势就很不错，可以多试试角度。"

渐渐地，整个直播间充满了浓烈的学习气氛，甚至有些同学已经按捺不住练习起来，直播的时间一分一秒地过去，眼看着快要到达指定时长。

就在这时，顺利停好车回来的男人远远地看着他的小姑娘蹲在湖边山石上，拿着手机似乎在搜索什么，嘴里还念念有词说着什么“姿势”“角度”。

男人的脑海中立刻针对这几个词组合，产生了合理联想。他眼神暗了暗，走到谢昳身后轻轻地搂住她的肩膀，然后偏头凑到她耳边。

“小……”开口才想起她不让他叫她“小姑娘”，江泽予哑着嗓子，从善如流地选了另一个称呼，“宝贝，还查了什么姿势？我们今晚都可以试一试。”

一阵恐怖的静谧后，整个直播间炸了。

五分钟后，江泽予再次上了热搜。

“没想到你是这样的江神？！”

因为之前的直播事故，谢昳很久没有敢再接平台的直播工作。她从前在网络上的形象一向是有钱有颜的高冷女神，敢于吐槽品牌方的爽利人设，然而，经过江泽予这么一搅和，谢昳觉得自己瞬间不干净了，简直是无颜面对粉丝。

甚至走在路上，遇到一些认出她的粉丝，她都觉得人家看她的眼神意味深长。

在拉萨的最后一天晚上，江泽予还在工作，谢昳洗完澡，脑袋上包着干发帽，一边跪在床上收拾明天回北都的行李箱，一边戴着耳机和韩寻舟煲电话粥。

韩寻舟就直播那事儿在电话里笑了她整整十分钟：“昳昳，那条直播录像我来回看了十几遍，说实话，我真没想到江泽予在你面前竟然是那样的，他平时那么正经的一个人！原来男人都一个样啊，还宝贝，笑死我了。”

谢昳刚刚叠好一件毛衣，听罢，登时恼羞成怒，就这么一件破事儿，每次和韩寻舟打电话她都得先笑上几分钟。

谢昳佯装要挂电话，韩寻舟这才止住嘲笑，莞尔道：“啧，博主大人的偶像包袱还挺重。”

谢昳：“韩寻舟，你够了！”

电话那头的韩寻舟脖子一缩，总算在把人惹毛之前止住这个话题，问道：“不逗你了，昳昳，你什么时候回北都啊？咱们几个都有好几年没一起聚一聚了。”

谢昳把叠好的几件毛衣塞进行李箱，说道：“前段时间不是刚聚过吗？在庄孰朋友开的酒吧里。”

“我是说完整的……”韩寻舟的声音忽然变得正经了些，“我们当年的约饭小队。你、我、贺铭、纪悠之、庄孰，还有江泽予。”

“其实我真的特别怀念大学的时候，虽然那会儿我跟贺铭的关系很差，但总的来说，那段时间是人生中最无忧无虑的时候，大家整天聚在一起玩，聊得最多的也就是考试和哪个饭店好吃。”

谁说不是呢？

时至今日，谢昳还能清晰地记起那些年，北都城满树的西府海棠、西城公园附近的腌笃鲜、S 大旁边的东北锅包肉，还有他们很多年都没有动静的约饭 QQ 群。

那个群曾经很热闹，热闹到谢昳不得不设置成“接收消息但不提醒”，否则会被两秒钟一个“叮咚”烦到发疯。但许久之后，当谢昳一个人走在洛杉矶的街头，看着空荡荡的手机屏幕时，竟然不止一次地想念起当年让她眉头紧皱的缭绕魔音来——比如纪悠之和庄孰的斗嘴，比如贺铭针对某个实事发表长篇大论，却被韩寻舟不给面子地用其他话题岔开，再比如江泽予偶尔冒泡的“嗯”“好的”等官方回复，还有她最爱发的皱眉表情。

“嗯，我明天回北都，定个时间大家一起吃个饭。”

这世界上，有许多人曾有过共同的美好回忆，却在往后的几十年间形同陌路，或许他们是幸运的，终究还能够聚到一起。

谢昳顿了顿，弯着眼睛笑道：“我请客。”

第二天下午，飞机落地后，谢昳和江泽予先回家放了行李，然后直奔 S 大附近的小翠大排档——聚餐地点是韩寻舟定的，当年上学的时候，他们就是这家店的常客。

这附近都是些老旧胡同，车位不好找，两人把车子停在附近商场的地下停车场，然后步行十多分钟过去。

早春的北都城一扫冬天的沉闷气氛，老胡同里吆喝声不绝，大下午的还有小贩推着车卖豆浆、油条和煎饼果子。

周围的景色熟悉又陌生，几乎每走几步便有某一棵树、某一块砖头能够勾起尘封的回忆，那些曾经最普通、最不惹人注意的事物，在与人的记忆重叠之后，反而在这时间长河的冲刷中被保留下来。

谢昳挽着江泽予的胳膊，两人的脚步声非常一致，鞋底踩过胡同口的枯枝发出“咔嚓咔嚓”的声音，最后，拐一个弯，剥落了油漆的“小翠大排档”招牌就出现在眼前。

从大一到现在，将近十年的时间过去，这家店却像是停滞住了，老板和老板娘都没有变，地址也没变，依旧在东拐西绕的胡同深处。

谢昳站在大排档门口，用裸色的高跟鞋尖蹭了蹭巷子里青石板砖上长出的青苔。

“阿予，你还记不记得我们刚认识不久的时候，你第一次跟着纪悠之来吃饭就遇到了我们。有时候想想，命运还真巧合，要不是之后纪悠之总带着你，或许后来我们也不会在一起。”

“其实没有多巧……”江泽予咳嗽了两声，目光游移着坦白道，“当时纪悠之说是跟你一起吃饭，我才去的……”

他是有所图谋。

谢昳惊得说不出话来，好半天才反应过来：“不是吧，你那么早就看上我了？”她咂着嘴，晃晃脑袋自恋道，“也是，我那时候可是S大校花，每天都能收到情书的。”

两人有说有笑地走上二楼包厢。

故地重游，江泽予见谢昳情绪高涨，于是压低了声音，得寸进尺地问道：“昳昳，气总算消了吧，那今晚……”

他实在是悔不当初，就因为他在她直播时说的那句话，谢昳觉得出糗出大了，从那天晚上到现在，她连她的被窝都不让他钻。

可他话音刚落，方才还异常兴奋的女孩儿立刻长眉一横，拒绝得很干脆：“我告诉你，没门儿！”

大排档二楼包间里，素色的兰花壁纸沾了很多油污，已经看不出兰花的轮廓了。包厢里只有纪悠之，他配了一身骚气的西装、手表和高档皮鞋，坐在泛黄的塑料靠背椅上，违和感有点儿强烈。

江泽予替谢昳拉好椅子，面无表情地在他身边坐下，问道：“顾澜没有来？”

纪悠之结婚之后特别黏顾澜，走到哪儿都恨不得把顾澜揣在兜里带着，今天这场合竟然没带媳妇儿，不应该啊。

纪悠之闻言立刻眉飞色舞起来，凑到他耳边低声说道：“我媳妇儿怀孕了，三周了，我丈母娘他们家有传统，怀孕一个月以内，身边朋友都不让说，你别传出去啊，回头要是被我丈母娘听到耳风了，我一准儿挨揍。”

江泽予挑了挑眉，诚恳地说了句“恭喜”。纪悠之从结婚那天起就盼儿子和闺女，天天做梦都想让顾澜给他生个娃。

人一得意就容易胡侃，纪悠之戏谑道：“甭说我，江总您亲自下场去直播间炒作，效果比咱们产品宣传半个月都要好，以后您可以转行当宣传部门老大，哈哈哈。”

“滚！”江泽予本来就因为这事儿烦着呢，这人又哪壶不开提哪壶，自然讨不到好脸色，“你还是多关心关心你媳妇儿吧，我的事儿你甭操心。”

纪悠之咧开的嘴一僵，原本以为这男人谈恋爱之后变得有意思了，没想到那只是在谢昳面前，在他这里，他还是这副死样子，连个玩笑都不让开。他讪讪地喝了口酒，说道：“没劲。”

包厢里统共就三个人，闲不住的纪少爷本来想找谢昳聊天，可眼珠子转了半天，最终还是没好意思开口——上次见面还是在他的办公室，他强行给人家放了段视频，把人惹哭了，他后来总觉得心虚又理亏。

何况，周家的事情解决之后，他从江泽予那里得知了五年前谢昳离开他的真相，便更加觉得过意不去了。毕竟这五年来，他因为看不惯谢昳始乱终弃的大小姐作风，连带着对韩寻舟他们都疏远了一些。如今的他见多了社会上的人情冷暖和虚与委蛇，自然明白很多事情并不能只看表面，可那会儿的他只是个吊儿郎当、爱憎分明的富二代。

倒是谢昳笑着敬他酒，郑重地道：“纪悠之，谢谢你这么些年照顾我们家阿予，还有，当年的事情，我得说句抱歉。”

她完全没有生过他的气，朋友之间也分亲疏，她和江泽予分手，韩寻舟不管对错，也坚定地站在了她这头，纪悠之也同样如此。何况，她在北都城豪门圈子里的口碑向来不算好，当年那件事情发生后，谁不在背后骂她？

纪悠之忙不迭也倒了杯酒，一饮而尽，说道：“咳咳，谢大小姐心胸宽广是条汉子，前段时间的事儿别跟我一般见识，我媳妇儿已经教训过我了。”

他这话说得倒不假，前几天他回家和顾澜说了谢昳这些年经历的事儿和当年分手的真相，顾澜怀着孕，天天多愁善感，看个韩剧都能哭得稀里哗啦的，听到谢昳和江泽予的曲折故事能不难受？

顾澜当时就唏嘘不已，掉了几颗眼泪，然后开开心心地嗑起了“晚风CP”，把微博上关于两人的细枝末节都找出来嗑了个遍，越嗑越来劲，越嗑越气，最后竟然气得直捶他。

她还一口一个“昳昳”，俨然单方面把人家当成自个儿的亲闺密了。

“昳昳这些年都过得这么苦了，你还刁难她，你说，你还是不是人！”

“要不是你口口声声跟我说谢大小姐人品不好、脾气差，我能让Maggie来蹚浑水吗？我现在想想映映当时那个表情，肯定是伤心了，呜呜呜，好难过。”

纪悠之想到这里，摸了摸鼻子：“谢映，我媳妇儿大概是粉上你了，哪天我介绍你们认识认识，你可得跟她好好解释解释，当年我们念书的时候，我可从来没欺负过你啊。”

“那是，你要是敢欺负我们家映映，你还能活到今天？本小姐早就把你灭了。”推门而入的韩寻舟只听到最后这句，立马英姿飒爽地表了态，可那英气的架势在看到谢映的两秒钟之后就垮了，不要钱般的眼泪说来就来，一米五八的小个子直直地扑进谢映怀里。

“呜呜……映映……周子骏那个浑蛋竟然那么对你，呜呜呜……我什么都不知道……”她语无伦次地号着，却又听不清到底在号些什么。

谢映被她扑得措手不及，下意识地搂住人，轻轻地拍着她的脑袋，眼神却疑惑地看着跟着进来的贺铭。

贺铭有点儿心虚：“呃……我昨晚被她缠得没办法，便把当年的事情告诉她了，包括……十二年前的事儿。”

谢映低下头，看着怀里那颗一抖一抖的脑袋，心里酸得厉害。她一直觉得周家的事情太危险太复杂，不应该把韩寻舟扯进来，所以直到事情解决了也没有告诉她。

可谢映忽然明白，她自以为是的保护，对韩寻舟来说可能是伤害。

果然，韩寻舟哭了没多久就板着张脸爬了起来，坐得很远，扭头看着窗外，不想搭理她，显然是生气了。

谢映站起身走过去，蹲在地上戳戳她的胳膊，她的语气如初二那年在网吧找到逃课打游戏的韩寻舟时一般无奈：“舟舟，多大的人了，一会儿哭一会儿气的，丢不丢人啊？”

“你还知道我会丢人啊？”韩寻舟转过脑袋，认认真真地看着她，眼睛红得厉害，“你还知道啊？小的时候，我爸妈吵架闹离婚、我被人欺负、我失恋考试考砸了，哪一次不是你陪着我走过来的？我在家睡不着就跑去你家睡，大早上起来才发现我把你踹到床下了。还有我高三那年，要不是你拉我扯我，我能考上S大吗？”

“所以，你为什么都不告诉我呢？我以为你在美国留学的这几年过得很好，我以为你找到了你自己的社交圈，以为你过得有滋有味很充实。我每次给你打电话，你都还是像以前一样，该臭屁臭屁，该贫嘴贫嘴。我什么都不知道，不知道你一个人过成那样……我在非洲的那两年，每天都很忙，有时候都抽不出时间来接你的电话，要是我早点儿知道……”她的语气又难过又凶，愤怒得像一头小豹子，“要是我早点儿知道，大不了我去美国陪你嘛。就算周家的事情你不能说，你心情不好的时候，孤独的时候，你就跟我说一句，我当天就飞美国。”韩寻舟说完，恶狠狠地盯着谢昳，小手握得紧紧的。

她的眼睛里有夺眶而出的眼泪，却依然倔强地不眨眼。

大排档小小的格子窗外，夕阳如染红了的大片海棠，她们像很小的时候吵了架那样。

不同的是，这一次，谢大小姐难得地低了头。

谢昳偏过头抹了抹脸，声音哽咽：“嗯，是我的错，舟舟原谅我一次，好不好？”

庄孰依旧是最后一个到的，前段时间，他又迷上了冲浪，整整半个月都在南海附近暴晒，肤色之深超过了老老实实地在北都城待了几个月的韩寻舟。

他刚进包厢就夸张地哀号：“合着今天都是有家室的，就我一个孤家寡人的是吧？”

庄孰这些年很奇怪，大学毕业之后投资了几家酒吧民宿，小日子过得很不错，生活自由，什么东西新鲜他就奔哪儿去，却没有认真谈过恋爱。

用纪悠之的话说，这人就是个巨婴，吃喝玩乐不在话下，就是男女之事没开窍。

纪悠之跷着二郎腿嘲笑他：“就你小子这么不正经，哪家姑娘敢嫁给你啊。整天跋山涉水不着调，哪像个能成家的样子。”

庄孰恨恨地走过去，捶了他一拳：“也就得亏顾澜眼瞎，咱哥俩谁还比谁正经了？”

“你才眼瞎，追你的姑娘都眼瞎。”

他俩贫得旗鼓相当，惹得众人大笑，气氛一如当年。

人都到齐后，预约的菜一道接一道上了——这一点倒是和多年前不同，就连大排档都多了网上预约的功能。

庄孰要了几瓶老板自家酿的农家白酒，又给两个女孩子拿了一瓶浓度很低的果酒。饭桌上气氛很好，酒过三巡后，大家都有些醉意。

韩寻舟方才抢了几杯白酒喝，这会儿变得多愁善感起来：“一晃这么多年过去了，我们都奔三了，说实话，这些年我越来越觉得，人生就是由一个又一个的决定组成的，有些事情，我到现在想起来还有点儿后悔。”

她说着，埋着头好一会儿，说道：“前年在非洲的孤儿院，我遇到个五岁的黑人小姑娘，特别乖。真的，我走的那天，她拉着我的手塞给我一颗糖，她自己都舍不得吃。当时，我动了收养她的心思，但因为我单身不符合收养条件，再加上手续实在难办，最后就放弃了。后来，我跟贺铭领证之后给孤儿院打过电话，他们说……”

韩寻舟抽泣着，没能说下去。

贺铭轻轻地拍着她的后背，沉声接道：“小姑娘得了痢疾，去世了。”

包厢里一片静默，几人带着酒意的浅浅呼吸声交织在一起。

庄孰猛地喝干了酒杯里的白酒，红着眼睛道：“这世界啊就是这样，你永远不知道下一秒会发生什么，但后悔有什么用？你们都知道，我爷爷去世的时候，我跟几个朋友在长白山滑雪，山里面信号不好，等我赶回去的时候，没有见着他最后一面。他在世的时候，最疼的就是我，然后才是我哥。”

庄孰爷爷去世就是前两年的事儿，纪悠之是知道的，庄孰那一段时间都过得很不好。此刻，纪悠之破天荒没有贫，拍了拍他的肩膀，安慰着调侃道：“我这人倒是幸运，没有经历太多生离死别，我最后悔的事儿大概就是跟着江泽予创业了。谁知道他真能把企业做得这么大，现在我每天都很害怕，我比我爸都有钱，万一哪天被绑架了怎么办？”

“你小子找揍是不是？”

片刻后，饭桌上所有的酒杯都冲他脑袋去了。

韩寻舟扔完酒杯，撑着脑袋问谢昳：“昳昳，你有什么后悔的事情吗？”

谢昳想了一会儿。

几杯果酒下肚，虽然她的头脑还很清明，但吐字已经不清晰，她揉了揉眉心，笑着说道：“我这半生过得洒脱，少有悔事，要说有，就是当年的那段别离。我们分开了五年，如果能从头再来，我宁愿蓬门荆布，三旬九食，也好过那样违心的分离。”

这世上最宝贵的是时间，而时间里，最珍贵的是陪伴。

谢昳心里很清楚，当年的那道选择题如果放在今天，她绝对不会那么选。哪怕她还是想和周家斗，哪怕她希望他有锦绣前程，她也不会再选择和他分开。

她宁愿和他在一起，就算冒很大的风险，也和他一起面对。大不了就是普普通通地过一生，可是只要有他在身边，又有什么好怕的呢？

谢昳说完，惊觉餐桌下的手指被人一根根掰开，温柔相扣。

她侧过脑袋看去，男人举着酒杯，静静地喝下一杯酒，喉结滚动间可见流畅英挺的侧面线条。

幸好，老天爷还是对她不错。

这么深刻的问题探讨下来，饭桌上的气氛变得有些凝滞。

“别聊这些乱七八糟的事儿了，对了，你们知道我最喜欢这家店的哪一点吗？”庄孰打了个酒嗝，满脸都是不正经，神神秘秘道，“这家店老板的女儿，我上次见了，也是S大的，长得贼漂亮。”

谢昳回想了一下，上楼前的确有个姑娘站在收银台那里，虽然低着头，侧脸确实很清秀。

韩寻舟也点了点头，认认真真地回忆道：“你才发现吗？这家店老板的女儿是挺漂亮的，我们上大学那会儿，她好像才念初中吧，班里的几个男生爱来这儿吃饭，就是因为小姑娘漂亮养眼。”

庄孰的眼珠子滴溜溜转了转，又打了一个酒嗝：“这都不重要，那……你们知道她叫啥吗？”

众人摇摇头。

“哈哈哈，刚刚问了，她说她叫小翠，笑死我了，哈哈哈……”

室内一片缄默，只剩庄孰逐渐变态的笑容。

旁边的贺铭用筷子戳了他一下。

庄孰不满地皱眉：“干吗啊，别戳我，不好笑吗？小翠大排档，我就说一家好好的大排档为啥叫这么个名字，原来是老板的女儿叫小翠。都二十一世纪了，竟然还有叫小翠的，怎么不叫翠花啊？哈哈哈……”

他压根没有注意到包间的门不知道什么时候被打开了。

半晌后，谢昳尴尬地用手扶额，对端着一盘酸菜鱼气白了一张脸的小姑娘说道：“对不起啊，小翠姑娘，我们这个朋友脑袋有点儿问题，你别跟他一般见识。”

小姑娘忍住把热腾腾的酸菜鱼扣在某人头上的冲动，红着眼睛气鼓鼓地走进来，把重重的陶瓷大盆搁在桌上，转身就跑。

庄孰的笑声戛然而止。

纪悠之翻了好几个白眼：“庄孰啊庄孰，你还抱怨自己怎么找不到媳妇儿，有姑娘能看上你真的是倒了八辈子血霉，有你这么埋汰人的吗？”

贺铭也落井下石："你这素质真是够呛，人家姑娘的名字怎么了？我觉得很好。"

韩寻舟倒是忧心忡忡道："庄孰，要不，你出去看看？她刚刚好像是哭着跑出去的。"

"真哭了？"庄孰没想到这玩笑话会被她听到，这会儿心里很是过意不去，愣了半天后，垂头丧气地拉开椅子往外走。

这件事的后续发展，谢昳不甚清楚，但一年多之后，她抱着宝宝参加了庄孰的婚礼，喜帖上，新娘的名字就叫赵小翠。

晚上回到家，江泽予一直有些沉默。

谢昳洗漱完，发现他靠在床头，双眼无神地盯着电视柜上面的墙。

谢昳走过去，伸手在他眼前晃了晃："怎么了？眼睛不舒服吗？"

江泽予伸手把人搂过来，让她坐在他腿上，脑袋埋在她的肩颈处，闷声道："纪悠之快要当爸爸了。"

谢昳惊喜地抬头："真的啊？顾澜怀孕了？"

"嗯……"男人喝了不少酒，此刻的声音有些闷，也有些酸，"我比他大三岁，他有父母，有老婆，现在都快有孩子了……"

"昳昳……"他认真地说道，"明天我们去领证吧？我也想有个家。"

谢昳着实从他的语气里听出了浓浓的羡慕，她的心登时塌陷了一块，疼得不行。

是啊，这么些年来，她的阿予一直是一个人，没有亲人，就连她都离开了他那么多年。

她怎么能跟他闹脾气呢？

谢昳伸手勾住他的脖子，缱绻地在他嘴角印上一吻，低声说道："好，明天我们去领证。还有孩子，我们会有的，很快。"

当天夜里，无比餍足的男人收到了一条短信："哥们儿，怎么样，成功了吗？我跟你说，卖惨这招，只要你用对时机，绝对有用，女人都心软。我媳妇儿就是，上次，我就是靠着卖惨成功爬回了她的被窝，那天，我可是把我家太爷爷的惨事儿都说了。"

江泽予看了一眼身边沉沉睡去、毫不知情的女孩儿，摸着鼻子，满心愧疚地发了个"大拇指"的表情。

第二天一大早，谢昳就被江泽予从被窝里挖了出来。

她很快便发现，江泽予的情绪有一些异常。他的神情还是像往常那样不苟言笑的，眼角眉尾却扬着，甚至对着镜子一丝不苟地刮了胡子，打理了头发。

打理完头发，他莫名其妙地抱了她很久，笑着亲了她一口，然后走进了衣帽间。

谢昳迷迷糊糊地刷着牙，想着他刚刚那抹愉悦又温柔的笑容，有点儿摸不着头脑。她仔细想了一下今天的日期，很寻常的一个工作日，既不是两人的生日，也不是在一起的某个纪念日，更不是择优哪个产品面市的日子。

谢昳没有再多想，洗漱完毕后做了一套瑜伽动作，然后敷上刚拿到手试用的公关品面膜，盘腿坐在二楼客厅的沙发上定着今天的日常规划表。

这件小事是她每个工作日的早晨都会做的，对后续一天时间内的工作效率很有提升。

其实，时尚博主这个职业非常需要自我管理和约束能力，因为没有朝九晚五的要求，也不会有哪个上司天天开会督促工作进展，表面上自由散漫的工作更需要自己规划好时间。

谢昳的时间表做得详细而简洁，犹如小学生的课程表。

由于在西藏的那一周时间近乎荒废，除了那个搞砸的直播，她几乎没有投入工作，所以一回北都，她尽量把自己的每一天安排得满满当当的。

谢昳刚刚敲完日程规划，余光便扫到江泽予拎着两件衬衣从衣帽间里走出来，嘴角上扬的表情依旧令人迷惑。

“昳昳，左边这件浅色的好，还是右边这件深色的好？还有这两条领带，你觉得哪一条比较合适？”

谢昳揉了揉酸胀的太阳穴，把面膜纸往上提了一下。

除了颜色，他手上这两件衬衣没有任何区别。

她随手指了指浅色的那件，见男人一脸郑重的神情，问出了从刚刚就一直压在心底的疑问：“你今天怎么这么开心？穿件衬衫还这么讲究，你要出门吗？”

江泽予从上到下扫了一眼谢昳电脑屏幕上做好的计划表。

八点到十点半：剪好本季爱用品视频；

十点半到十一点：咖啡时间；

十一点到十二点：修拉萨旅行期间的街拍照片；

十二点到下午一点：午饭；

下午一点到下午四点：完成时尚杂志初稿；

下午四点到下午四点半：回邮件。

他指了指屏幕最下面那行的“四点半”三个字，神情认真地道：“昳昳，民政局下午五点半关门，只留一个小时可能不太够，我们从家里开车过去都要半个小时，而且还要排队。”

待看清女孩敷着面膜都能展露出的恍然大悟的神情后，江泽予才终于明白过来，她完全忘记昨晚上说好的要去领证的事了，又或许她有自己的安排，结婚这件事情毕竟急不得。

可能的确是他太心急了。

江泽予沉默地走回衣帽间，把两件衬衫挂进衣柜里，又走到客厅，从身后抱住谢昳，勉强笑道：“没事，昳昳，你今天如果已经有安排的话，我们可以明天或者后天再去。”

他说完，又想起了什么，神情难免有点儿低落：“嗯，明后天是双休日，民政局不开门，那……下周一去也行，或者你挑个日子。”

谢昳顿时说不出话来。

她几乎没有见过他这个样子，江泽予这人从年少时期开始就十分内敛，很多时候，谢昳都猜不透他的情绪，又或者说，他自己本身就没有太多情绪。

他对什么都是淡淡的，不会太欢喜也不会太悲伤。他吃东西没有特殊的喜好，连吃三个月青椒炒肉盖饭都不会厌恶；他对穿着打扮没有什么追求，买衣服大多以简洁舒适为主；择优每天的营业额达到了难以统计的惊人数字，也没见他有一丝欣喜或得意——明明就连从小在钱堆里泡大的纪悠之都忍不住跷脚在家里数钱了。

可他方才兴奋雀跃得像个看到心爱玩具的大男孩，而在得知她把领证的事情忘掉后，又掩饰不住内心重重的失落，就算是这样，他还是尽力地克制住情绪，反过来迁就她。

谢昳想起来，他昨晚和她说过，他想要一个家。他从小丧母，成年后失去了父亲，然后孑然一身地走到现在，如今已经年过三十。

谢昳心里着实愧疚起来，她怎么能把这么重要的事儿忘了呢？

她眨眨眼睛，干脆利落地把电脑合上，拿掉面膜，转过身子抱住江泽予的腰，把满脸黏糊糊的精华液蹭到他的下巴上。

“阿予，我没有别的安排，我们现在就去民政局吧。我马上去换衣服，你等我半个小时，不，十分钟，好不好？”

男人淡淡的神情瞬间被点亮，许久之后，他在她的眼睛上亲了一下，闷笑着点头：“嗯。”

上午九点钟，民政局门岗值班的大爷刚刚拿掉大门上挂着的门锁，就迎来了今天的第一对。

大爷面无表情地问了句：“结婚还是离婚？”

谢昳瞟了一眼江泽予，上前两步挽住他的胳膊：“我们来结婚。”

身边的男人听到最后两个字，没有忍住轻声笑了一下。

眼前大爷的面色也和善了许多。

在民政局上班容易精神分裂，接待的前一对还是浓情蜜意等待领证的小情侣，后一对就是把结婚证撕了、恨不得把对方掐死的末路夫妇。有时候，上班上到头昏脑涨就容易出错，对着结婚的新人安慰，对离婚的夫妻说祝福语。

比起后者，大爷明显更喜欢接待乐乐呵呵的新人。

他和蔼地朝两人点点头，带着他们往走廊左边的办公室走去，边走边问：“拍结婚照了吗？证件上要用，没有拍的话到这个房间来，先拍一张照片。”

江泽予才想起来，其实他早上起来的时候是计划好了的，想先带谢昳去附近的摄影工作室拍一张结婚照，然后再过来登记。可车子从碧海云天开出来后，也不知道怎么的，直接拐进了民政局的院子，倒是把拍照的事情忘得一干二净了。

他搂着谢昳的腰，歉疚地说道：“昳昳，要不我们还是先去外面拍张照吧，应该能好看一些。”

他自己倒是不在意，但女孩子应该都会在意照片好不好看吧？从前择优还没发展到现在这般规模的时候，他也亲自参与过招聘，那些女孩子简历上的照片大多精心修过，有的还加了滤镜。

谢昳闻言撩了撩头发，笑得肆意又任性，完全不按套路出牌：“就在这儿拍吧，还想好看到哪里去？我这么天生丽质，就算是用黑白相机都掩盖不住我的美。”

她话音刚落，前头领路的大爷都被她逗笑了。

两人来得早，所有的工作窗口都空着，于是，从拍照、填表格、办手续领证统共只花了十五分钟，其中的五分钟还是额外的——负责填表的小姑娘是谢昳的粉丝，满脸兴奋地跟她要了签名。

十五分钟之后，谢昳拿到了两个红本本。

谢昳仔仔细细地翻了翻结婚证，大红色的封面打开，第一页就是他们俩的合照，简陋的证件照里是红色的底，两人都穿着浅色系的衣服，靠得很近，摄像小哥拍得非常机械，以至于他们还没来得及展现甜蜜，就被相机定格住了。

好在两人的样貌都生得格外好，怎么拍都顺眼。

两本结婚证非常轻，里面没有额外的分页，掂在手里的分量加起来还不如一本户口本或者护照。

一切流程都简单得与“结婚”这两个字的沉重力量不符。

谢昳咂咂嘴，喃喃道：“我们现在就是……合法夫妻了？就这样？”

江泽予还没有回答，旁边的大爷便爽朗地笑出了声：“那你还想怎么样？结婚本来就是一件很简单的事情，但婚姻不是。我工作这些年，遇到过很多夫妻领证后一个月就离婚的。想经营好一段婚姻，可不是坐在这儿填几分钟的表就能学会的。你们这些年轻人，结婚的时候从来都想不到那么多，但新鲜劲儿过去了，生活中一些鸡毛蒜皮的琐事都会成为一道道坎儿。两个人的生活不比一个人，不要太任性，学着迁就对方一点儿。吵架的时候，多想想今天填表时候的心情，多想想对方的好。”

这是今天的第一对新人，大爷破天荒地送他们到门口，笑了笑说道：“我说这么多可不是在恐吓你们，只是希望我以后不会再在这里遇到你们，加油。”

从民政局出来，谢昳雀跃的心情逐渐沉淀，反而升腾起一些担忧来。

她坐上车，想到了方才大爷的话。

谢昳拨了拨无名指上的钻戒，问江泽予：“阿予，你说，我脾气这么差，你会忍我一辈子吗？我们以后会不会吵架啊？吵到不可开交的那种，就是……就是我想掐死你，你也想掐死我的那种。”

她其实真的想象不出来。

谢昳的大小姐脾气是公认的，她的字典里就没有“妥协”这两个字。

小时候她和谢川斗气，长大了和身边的一些同学闹事，吵架打架都没怕过的。

可她和江泽予在一起的时候很不同。

他们曾经谈恋爱三年，复合几个月，漫长的岁月里，回想起来，除了当初在 S 大的湖边分手那次，竟然从来都没有吵过架。

只要她有小脾气，他便会毫无原则地退让，不计得失地全权听她指挥。

可人生那么长，未来他们还会有孩子，在一起的几十年里，难道真的不会出现某些不可调和的矛盾吗？

江泽予把车子开出民政局的院子。

他从刚刚拿到结婚证开始就没有说话，显得有一点点严肃。

谢昳眼巴巴地等着他的回答，心里原本就有一点儿紧张，此刻看到他严肃的模样，忍不住开始胡思乱想起来。

他不会真觉得他们可能会吵架吧？难道他也觉得她的脾气很坏？

谢昳手里紧紧地攥着那两本结婚证，心里泛起点点酸涩。

她知道自己的脾气不太讨喜，上学的时候还有人说过，韩寻舟有她这么个闺密，绝对是倒了八辈子血霉。江泽予也一样，他们在一起的三年，她对他一点儿都不好，复合之后，她虽然温柔了很多，可平时的生活中，她仍然是个很任性的人，嘴不甜，浑身上下都是臭毛病。

比如，每天早上他叫她起床，百分之九十的情况下，他都得忍受她的起床气；她还有轻微的强迫症和控制欲，完全不喜欢有女孩子靠近他，甚至就连人家单方面的情书她都会吃醋；她几乎不会道歉。

谢昳想到这些，忽然耳根子发烫。

他是因为这些才沉默的吧？是啊，如果一直这样下去，脾气再好的人也忍不了一辈子。

谢大小姐沉默了一会儿，歪过脑袋看向窗外，非常不熟练地进行自我检讨：“我……我以后也不会一直脾气差，其实我现在比以前已经好多了，起床气都没那么大了……未来还有那么多年，我不会一直让你忍着的，你要是真的忍不了，可以跟我沟通，我尽量改……只要你别太凶，我都会听，如果是我的错，我会反省……”

她话还没有说完，驾驶座上的男人忽然把车子停在了路边。

他沉默着解开安全带，倾身过来，然后用手抬起她的下巴，封住了她喋喋不休的唇。这个热切的吻持续了五分钟，谢昳险些把手里的红本本捏皱，他才终于松开她。

江泽予皱着眉，额头抵着她的额头，和她十指相扣。

“又犯傻了。”他的两只眼睛亮亮的，藏满了笑意，哪里还有刚刚严肃的模样，他认真地道，“昳昳，你不用改变，一点儿都不用，我们以后也不会吵架。”

谢昳微微有些喘：“为什么，你不觉得我脾气很差吗？”

“你知道人们为什么会吵架吗？”

“那是因为每个人都有欲望，有时候人与人的欲望相矛盾，就会产生冲突。比如一对夫妻都有表达欲，那被迫一味倾听的那个就会不满；再比如朋友之间希望得到对方的尊重，那么一直被开玩笑的那一方就会失望。可我不一样。我唯一的欲望是你，只要你在我身边，我全部的念想就已经得到满足，又怎么会有冲突？”

谢昳捏了捏手里的红本本，耳根发烫地沉默着。

他说情话的时候，她从来都招架不住，很久以前是，现在还是，将来也一样。

片刻之后，她在他耳边“嗯”了一声，然后亲了亲他的脸颊，低声问他：“那你刚刚为什么那么严肃？”

江泽予摸了摸发痒的耳朵，浅笑着解释：“我只是有一点儿纠结。”

“纠结什么？”

“我在纠结……我们以后是生一个孩子还是两个？只要一个的话，我觉得不够，两个又太吵，等到五六岁的时候，可能会很难带。昳昳，我是不是很贪心？”

他跟她谈恋爱的时候就想娶她，领完证就想和她生孩子。

他明明告诉自己，只要和她在一起就够了，可人终究是贪婪的——关于她，怎么样都不够，一辈子不够，两辈子同样不够。

四月上半旬，肆虐两周的倒春寒过后，北都城的春天总算来了。老北都人总调侃春天为“春脖子”，春脖子短，来得晚，走得却早。

月季开了满路，这花好养活，成片开着又好看，家家户户的院子里都爱种几株。

胡同外是充满现代化的高楼大厦。

商场一楼的婚纱店里，谢昳和韩寻舟两个人已经在这儿挑拣了一下午，店里大多数的婚纱款式谢昳基本试了个遍，纱的、缎面的、丝绸的，可她仍然不太满意。

其实本来她就是出来碰碰运气，今年各大奢侈品品牌的高定、包括某个知名的华裔设计师婚纱品牌的新款她都看过了，倒不是不好看，很多婚纱的设计都非常梦幻，但谢昳总觉得和她梦想中的婚纱差了那么点儿意思。

好在除了主纱迟迟没能确定，谢昳订了一系列昂贵的小礼服，SA 的业绩已经超标，此刻的脸色温柔如初。

“谢小姐，如果店里的这些您不满意，也可以直接跟我们的首席设计师联系，把您的想法告诉她，她可以专门为您设计。她目前人在法国，下周就回来。”

“嗯，那麻烦你帮我联系一下。”

这家店的设计师是个法国人，三年前在巴黎举办了一场婚纱秀，一炮而红，电视转播都没能压制住那些婚纱的气场，谢昳从此对这个品牌的印象非常深刻。

一旁的韩寻舟已经产生审美疲劳了，刚走进来的时候，她觉得这件也好看，那件也很仙，结果被谢大博主一通挑剔之后，眼前的这些婚纱就成了她眼里的一堆白布。

她蔫了吧唧地管前台小姐姐要了杯果汁，猛喝了一大口，然后瘫在沙发上问谢昳：“昳昳，你们的婚礼日期定了吗？在哪儿办啊？”

谢昳皱着眉，看着镜子里穿着缎面婚纱的自己，随意答道：“嗯，总算定好地方了，今年八月份，在爱琴海上的米克诺斯岛。高中毕业那年，咱们去希腊玩的时候，不是去过那个教堂吗，名字很长，叫什么来着……”

韩寻舟一下子从沙发上弹起来，激动地道：“Paraportiani Church！我的天，都好多年了吧，那次是我们的毕业旅行，还有纪悠之、贺铭和庄孰。这个教堂真的美极了，我记得，咱俩还说过以后要在那儿结婚呢。”

“是啊……”谢昳敲了敲韩寻舟的脑袋，“当时你也憧憬婚礼来着，怎么现在反而嫌麻烦了？”

她在美国的时候听说韩寻舟和贺铭领证了，还以为回来能赶得上婚礼，结果他俩领完证，请双方父母吃了顿饭，就跑去罗马度蜜月了，压根没办婚礼。

就因为韩寻舟嫌麻烦。

虽然现在很多婚庆公司能负责婚礼的流程，但办过婚礼的人都知道，从头到尾真的太需要操心了。

韩寻舟闻言一双亮晶晶的眼睛转了转，越转越兴奋，最后猛地拍了拍手，欢喜地道：“我知道了，昳昳，要不咱们一起办婚礼吧？我可以补办一个，如果是在 Paraportiani Church 的话，我想跟你一起。高三那年，在那个教堂里，我就想着以后我要跟你一起结婚。你说，好不好？”

谢昳也被她这个提议惊喜到了，正想举双手赞成，随即立刻反应过来，翻了个白眼道：“你是觉得我办一个婚礼和两个没区别吧？这样，你就可以做甩手掌柜了？”

这人真的懒到没边了。

“嘿嘿，好不好嘛昳昳！”韩寻舟站起身，把手伸过来抓住她的胳膊左右摇晃着。

谢昳看她那狗腿的撒娇样，本来还想再拿捏她两下，可这个提议深得她心，于是答应道："嗯，那就这么定了！"

韩寻舟闻言立刻兴奋地高呼一声，一把抱住她直转圈，婚纱店里几个客人都目光怪异地看过来，眼神里充满了好奇——显然是把她俩当成一对了。

谢昳也忍不住勾了勾嘴角，可等被她带着转了几圈之后，她忽然觉得小腹有种坠坠的疼痛感，一下一下的，和生理痛有点儿像，但好像更剧烈一点儿。

她皱了皱眉头，伸出手按住抱着她欢乐蹦跳的韩寻舟，脸色有些发白，说道："你先别激动，我可能到生理期了，我先去换衣服，别把人家婚纱弄脏了。"

谢昳匆匆换了衣服，又去了一趟洗手间，可并没有遇上生理期。上次生理期的时间她已经不记得了，但印象中确实很久没有过生理期了。

谢昳点开手机，查了查姨妈推迟、小腹抽痛的症状，看到大多数雷同答案后，心脏忽然怦怦跳动起来。

——她和江泽予从领证那天开始就没做过保护措施。

两人从婚纱店出来，一路直奔附近的医院。

妇产科门口，韩寻舟紧张得快要哭了，一直在谢昳耳边说："昳昳，真的很疼吗？天哪，我刚刚不会把宝宝摇坏了吧？呜呜呜，宝宝你看看干妈，你一定要坚强，一定要挺住……"

周围的人无语地看着自说自话的人，谢昳翻了个白眼，把大大的墨镜往脸上一扣，伸手捂住了韩寻舟的嘴。

等排到号进了科室，医生先让她去抽了血，然后又丢了根验孕棒给她："验血结果得等一个小时，自己先用验孕棒去厕所测一测。"

谢昳从厕所出来后，神情有些恍惚和茫然，用验孕棒虽然也有测错的情况，但非常罕见。

她好像真的有宝宝了。

虽说怀孕是早晚的事情，但她似乎还没有做好准备——没有做好当母亲的准备。

韩寻舟看着她手里验孕棒上的两道杠，脸上的兴奋藏都藏不住，怀孕的人仿佛是她一样："天哪，你们俩也太快了，才领证一个月就有孩子了！昳昳，你要不要给江泽予打个电话啊？他肯定特开心！"

"我……"谢昳的嗓子很哑，她摇了摇头道，"我不知道……还是等血检结果出来以后，回家跟他当面说吧。舟舟，如果我真的怀孕了，婚礼也得推迟，那个教堂，八月份之前都订满了。”

韩寻舟完全没有感觉到她复杂的情绪，激动得连连点头：“没事，我等你，到时候等宝宝出生了，还可以给我们当花童，一定很可爱！”

谢昳勉强笑了笑。

医院妇产科这层的走廊里坐满了孕妈妈们，有一些肚子都很大了，遵照医嘱在走廊里挺着肚子来回走动着。

孕育生命似乎是许多人的必经之路，也是一件很自然的事情。

但创造一个生命并且养育，真的这么容易吗？

谢昳坐在椅子上，捂着肚子，脑袋嗡嗡作响，她发现自己并没有像韩寻舟那样纯粹的兴奋。复杂的情绪在心底流淌，犹如潺潺溪水，冲刷走一些表面的欢喜，留下的沙石竟然是淡淡的恐惧。

在看到验孕试纸上的两条杠的那一瞬间，她想起了刘梦。

她想起了北都郊外胡同口的梧桐树，想起了五六岁时候站在高高的凳子上用尽力气揉的坑坑洼洼的面团，想起满手的面粉糊了眼睛，却只能摸索着跌跌撞撞去昏暗的浴室里洗掉。

她对刘梦的印象是她爱哭。这个上海小姐的眼泪不分昼夜，说掉就掉，一边掉一边说着后悔——后悔识人不清，后悔没有理会谢川的妥协、歇斯底里地离了婚，甚至后悔家道中落后嫁到北都来，后悔嫁给谢川，后悔……生了她。

她的生命里竟然只剩下后悔。

她脆弱得像一朵被风雨摧残的花，脆弱得不像一个母亲。

紧接着，谢昳又想到谢秋意去世之后，谢川对她的严厉和冷淡。

她记起了碧海云天谢家的别墅里，曾经一夜又一夜跪过的佛堂，那个蒲团被她跪到发白。

谢昳闭上眼睛，除了小腹坠痛，喉咙以下的地方酸涩得不像话，她在这一刻突然有一种莫名其妙的自我怀疑，这种怀疑源自血液，源自对于原生家庭的恐惧。

她怀疑自己到底能不能好好养大这个孩子，刘梦没有做母亲的勇气，也没有尽到做母亲的责任，那她就能吗？她自诩坚强，但再明白不过自己骨子里也是个懦弱的人，否则在美国的那五年里，怎么会在撑不下去的时候，一次又一次想到过自杀？

还有谢川。

谢昳对谢川的感情很复杂，她曾经怨恨他，但终究明白了他的不容易和两难，她虽然已经释怀，却仍然心有余悸。她出生的时候，谢川肯定也是开心的吧？可后来，因为刘梦和谢秋意，他难以控制地迁怒于她。

那么她自己呢？她就能保证以后一直爱自己的孩子吗？

这天晚上，江泽予回来得很晚，公司有个简单的应酬，他喝了几杯酒。成志勇开车送他到门口，他在玄关处换了鞋子，看着房子里暖黄色的灯光，心里突然软得不像话。

刚刚创办择优的时候，他和纪悠之经常应酬，就算手里有硬技术，也得对投资人点头哈腰，喝到在卫生间里吐血，然后吃一颗胃药继续喝。

当时，他还住在租来的公寓里，每次喝得烂醉之后回家，家里总是冷清又黑暗。那会儿，他的眼睛刚做完手术，情况不太稳定，经常还没够着电灯开关，就摔得鼻青脸肿。

那个时候，他没觉得有多惨，只觉得麻木，但现在想起来，实在是佩服当时的自己，那种日子，他到底是怎么熬过来的？

他现在有了家，他的妻子在家里等他。

江泽予走上二楼，客厅里，他的妻子正盘着腿坐在沙发上看一档节目，眉头皱得紧紧的，一副非常严肃的模样，连他上楼的声音都没有听到。

江泽予走到她身边坐下，一把抱住她，女孩子柔软的身体和温暖的香气让他觉得醉意更深了。

江泽予没忍住，用脸蹭了蹭她的脖子，嘴唇贴着她的颈动脉，感受着温热的跳动。

谢昳把电视声音调小，问他："你喝酒了？我去给你煮醒酒茶。"

"不用，没喝多少。"江泽予又蹭了蹭她的脸，在她脸侧亲了又亲，咕哝道，"在看什么？我陪你一起看。"

谢昳僵了一下，撇了撇嘴道："没什么。"

她直接把电视关了。

这是一档国外的带娃节目。

知道自己怀孕之后，她心情就有些忐忑，想着找一档亲子节目看一看，感受一下父母和子女之间到底应该怎么相处，没想到越看越生气。

节目里邀请了一位女嘉宾，是个著名的脱口秀主持人。这位女嘉宾童年非常不幸，父母离异，母亲是个酒鬼，只要心情不好了，就会揍她出气。没想到她生了孩子之后，非但没有摆脱掉童年时期的阴影，反而变成了她曾经最憎恶的模样——她在节目里经常凶她的宝宝，孩子只要做错一点儿事就会挨骂，虽然每次孩子哭了之后，她都很自责，可再有下一次，她还是控制不住自己的脾气。

网友们都分析，这就是原生家庭给人带来的影响，这世界上并没有那么多的人可以化悲愤为力量，悲剧之所以可怕，就是因为悲剧比喜剧更容易传承和延续。

节目里也有对子女非常好的父母，可那些父母大多数本身就出自和睦的原生家庭。

但她和江泽予，一个年幼丧母，缺乏母爱，一个家里混乱成那样，他们俩出生于这样的原生家庭，能够学着爱彼此已经很不容易了，难道真的不会潜移默化地受到影响吗？

她不希望她的宝宝和她一样，拥有不幸福的童年。

谢昳的心里乱得不像话，开口时语气便不佳。

“阿予，有件事儿我得和你说，咱们把婚礼取消了吧？”

她话音刚落，埋头在她颈侧的男人蓦地抬起头，眼里的缱绻瞬间消失，他不自觉地搂紧了她，迟疑道：“为什么？”

谢昳一直想要一个自己设计的婚礼，之前他担心她会太累，找了几家婚礼策划公司，却都被她一一否决。她忙活了一个多月，总算定下来时间和地点，怎么又想着取消了？

难道……她不想嫁了？

领完证之后的这个月，他工作确实是有点儿忙，没有那么多的时间陪她。

江泽予的嘴角抿成了一条线，心里有些紧张，喉头滚动着语气生硬地道：“反正结婚证已经领了，你后悔也晚了。”

“说什么呢？什么后不后悔的……”谢昳本来心里发慌，可听到男人紧张兮兮的语气后瞬间被逗笑了，她眨了眨眼睛，指了指自己的肚子，“我是说暂时取消，推迟到一年后……”

“因为有突发情况。”

她确实心烦又意乱，惶恐又茫然，可她从没想过不要这个孩子。她只是需要思考和时间来找回理智，找回勇气，来迎接上天给他们的宝贵礼物。

谢昳认真地看着他，笑得很温柔，眼睛里星光璀璨：“阿予，我怀孕了，你要当爸爸了。”

五月下旬，樱花落光了；六月中旬，路上的杨絮开始作祟；七月上旬，中小学生们开始了为期两个月的漫长暑假。

北都城由春入夏，又由夏入秋，谢昳的肚子也一天天地大起来。

等孩子们结束了假期，重新背起书包时，她的行动已经不太方便了。

谢昳从小到大都是个苗条的人，更别提当了博主之后十分注意健身，身体一向是轻巧灵活的，哪里尝过如此笨拙的滋味？

挺着肚子走路真的不是件容易的事儿，重心很难掌握，比走路更难的是睡觉，为了婴儿的健康，医生建议朝左侧躺，谢昳这么多年都习惯平躺入睡，突然改变睡姿真的很不习惯，况且手脚还容易抽筋。

孕早期的时候，她基本上没有孕吐过，最痛苦的时期反而是现在。好在顾澜比她早怀孕两个月，传授给了她很多经验，也让谢昳和江泽予少走了许多弯路。每次她抽筋的时候，江泽予就照着顾澜教的法子给她按摩，直到她入睡。

几个月以来，谢昳从来没有和江泽予说过她心里的恐惧和担忧，但这天早上睡醒后，她看到床头柜上堆着的那几本孕妇心理学读物时，才恍然发觉刚刚怀孕那阵的忧虑已经许久没有出现过了。她的身体因为怀孕变得疲惫，可心里踏实又轻松。

江泽予在知道她怀孕的那天就把工作时间调到了上午，每天下午在家给她做精致的孕妇餐，晚上便查各种各样关于孕妇和宝宝的资料。

谢昳还记得，有一天，他碰巧看了一个关于生孩子的纪录片，因为里头孕妇难产的故事整整白了两天脸，之后便开始看各种各样的产科临床资料和论文，请教一些权威的医生、营养师，勤奋得像是想考医学院的人。

不过，事实证明，钻研还是有成效的，几个月的时间里，他每天带着她做一些有助于给宝宝正胎位、增加顺产概率的运动，根据每次产检的指数调整饮食，把她照顾得细心又周到。

他的周到不仅仅在身体方面，也有心理方面。

他比起从前健谈了很多，经常在她睡不着的夜晚抱着她和她聊天，纾解她的小情绪。许多孕妇在怀孕期间因为身体不适，心理状态会很差，甚至有很多孕妈妈会产前抑郁。

可谢昳完全没有，她每天早上醒来都能得到一个温柔的吻，她觉得生活甜蜜又充满希望。

“昳昳，你和很多孕妇不一样，你没有妈妈，也没有婆婆，但你不要担心，我会把你照顾得很好。”

他这么对她承诺着，也这么做了。

她终于明白了他们和刘梦以及谢川的不同。

——他们相爱。

谢昳摸着自己圆溜溜的肚子，把脸埋在枕头里，笑得眉眼弯弯。他既然能够把她照顾得这么好，那么对他们的孩子也一样。

真幸运啊，她的宝宝能够有这么好的爸爸。

翌年元月，谢昳生了一个七斤二两的女儿。

由于孕期功课和运动都很到位，又打了无痛针，整个生产过程异常顺利。

晚上，谢昳在病床上醒过来的时候，她发现自己身上的衣服已经换过，浑身上下黏腻的感觉也消失了。

她的身边躺着一个人，男人的胳膊搭在她还没恢复纤细的腰上，脸习惯性地埋在她颈边，呼吸悠长又均匀。

这人从前一天晚上开始就没有闭过眼，谢昳明白他在紧张，明明做了那么多的功课，他依旧紧张得难以入眠。

最搞笑的是，刚生产完的时候，江泽予在确认了她完全没事之后，就开始数女儿的手指头和脚指头。

当年的北都城高考状元，这么几个数竟然数了整整三遍，数完后还长舒一口气，扬着眉兴奋地道：“昳昳，是十个没错，我们的宝宝有十个脚指头和十个手指头。”

明明上周刚刚做过产检。

后来，宝宝被护士抱去婴儿暖房，这男人红着眼眶一遍又一遍地说他爱她，说到她终于扛不住疲惫，沉沉地睡着了。

病房外是北都冬天一贯寒冷的夜晚，去年的这个时候，她躺在病床上睁开眼睛，第一眼见到的也是他。

岁月如梭，他们又在一起一年多。

谢昳温柔地亲了亲江泽予的额头，轻轻地跟睡梦中的人郑重地说了一句：

“老公，你辛苦啦！我也爱你！”

碧海云天别墅三楼主卧。

窗外仍在飘雪，隔着窗户都能想象到外头寒风的凛冽。

屋子里的暖气开得很足，谢昳穿着舒适的家居服半靠在床头，身后垫了一个厚厚的靠枕。

怀孕期间，她每天都坚持适当运动，吃食也不像传统孕妇那样全是大补的补品，所以，除了肚子，身体几乎没有长胖，才刚刚卸货一周，她整个人看起来便容光焕发的。

顾澜和韩寻舟专程来探望谢昳和宝宝。应该说，重点是探望宝宝。

浑身粉红色的小婴儿躺在定制的婴儿床上，睡得很香，她的眉头舒展开来，胎发软软的，小手时不时地动弹两下，偶尔还吐两个泡泡。

韩寻舟瞪大了眼睛，在宝宝的身子旁张开五指，许久后，她皱着眉头道：“昳昳，宝宝也太小了吧？你之前怀孕的时候肚子明明很大的，而且……宝宝皱巴巴的，还红红的……”

她是第一次见到出生一周的小婴儿，虽然她自诩是宝宝的干妈，可看到宝宝软乎乎的小胳膊小腿，压根不敢碰，生怕自己手劲一大就给捏坏了。

顾澜白了她一眼，告诉她：“不小了，刚生下来都是七斤多，比我家儿子还重呢。宝宝一个月之前都不好看，五官、皮肤都没长开。对了，昳昳，我给你介绍的两个月嫂怎么样？”

谢昳有些感激，长舒了一口气道：“刘阿姨和张阿姨都很好，真的非常专业，省了我俩不少力气。”

她刚生产完，就听从顾澜的建议，请了两个全天的月嫂，轮流照顾她和孩子。江泽予私底下包了两个大红包，两个阿姨都非常尽职，闲暇之余还把家里收拾得干干净净，偶尔帮忙做饭。

顾澜感同身受地点点头，她没有谢昳那么幸运，刚生完孩子那会儿走了不少弯路。

“请一个好的月嫂真的特别有必要，月嫂是经过专门培训的，在母婴方面比长辈和保姆都专业多了。宝宝是没有时间概念的，想睡就睡，想哭就哭。最开始的时候，我也比较排斥家里有生人，但真的没办法，我和纪悠之每天被儿子吵得睡不着……我妈和我婆婆两个人都是十指不沾阳春水的，给宝宝换尿不湿都手生。后来请了月嫂之后，我们全家都解放了。”

顾澜说完，看着谢昳白里透红、完全没有黑眼圈的脸和露在衣领外精致的锁骨，羡慕得不行。

比起一般孕妈妈，顾澜的产后恢复已经做得很不错了，但她现在生完孩子两个多月了，状态竟然比不上谢昳。

“昳昳，你都用的什么护肤品啊？皮肤和气色也太好了吧，我刚生完孩子那几天整个就是黄脸婆，每天一看到镜子就忍不住哭，纪悠之都严肃地向我保证以后绝对不会抛弃我。”

谢昳回忆了好久每天的护肤流程，说道：“我用的一个什么油，还有一个面部的导入按摩仪吧？配合一个精华和瑞士产的面霜，牌子都不怎么有名，好像是欧洲的院线品牌，专门给孕妇用的，都是江泽予买的，我没怎么注意……”她发现自己竟然一个牌子都想不起来，最后自暴自弃道，“要不一会儿你自己去卫生间看吧，就在洗手台的那个篮子里。”

一旁的韩寻舟难得见她这么迟钝的模样，没忍住笑了：“不是吧，昳昳，你这是不是一孕傻三年？”

这磕磕巴巴的回答对于一个时尚美妆博主来说简直是交白卷。

谢昳闻言，懊恼了一会儿，最后觉得这个锅不应该由她来背——她就是被江泽予宠得越来越懒了，懒得动脑子，懒得做研究。从前，她作为一个时尚美妆博主，向来最爱钻研这些，但怀孕的十个月里，她从头到脚，用的、吃的、穿的，都被江泽予一手包办了。

最开始的时候，她也有隐隐的担忧，毕竟江泽予作为一个钢铁直男，对女孩子的东西再耐心也会有所疏漏。

没想到他真的做足了功课，而且他做功课和女孩子不一样，他不会去看微博、茶话会上的推荐，而是正儿八经地去找医学、营养学、护肤品方面的研究报告和论文，通过数据筛选产品。

其他的暂且不说，谢昳从怀孕到现在生完孩子，肚皮上没有长一点儿妊娠纹。

谢昳没好气地转移话题：“顾姐姐，你们儿子的名字取了吗？小名呢？”

顾澜前段时间还发微博征集儿子的小名，她平时经常在网上发一些美食和家居日常的图，也有很多粉丝。

网友们给了好多建议，但最后也没听说她给宝宝定了什么小名。

本来是个温馨又轻松的话题，可谢昳刚问完，顾澜蓦地一僵，半晌后咬牙切齿道："我真的不想提这件事儿。唉，你俩都不知道，我妈那个人特迷信，怀孕不满一个月不能说，怀孕期间还带着我拜了好多寺庙。最过分的是，她前段时间听一个什么半仙儿说我们家儿子以后会有大劫，得起个贱名，好养活……"

韩寻舟和谢昳对视一眼，都没忍住笑了："所以，叫什么？"

"旺……"顾澜做足了心理建设，闭了闭眼睛绝望地道，"我儿子的小名……叫旺财……"

谢昳努力打了个哈欠掩饰笑意，韩寻舟就没有这么给面子了，直接拍着大腿笑出声："哈哈哈，旺财，我姥姥养了条泰迪，我妈说叫旺财我姥姥都嫌太土，顾姐姐，你儿子太惨了……不过，你和纪悠之就没意见吗？"

顾澜翻了个白眼："我有意见有用吗？纪悠之多没用，比我还怕我妈。不过，这只是小名，大名我绝对不会妥协的……所以，昳昳，你家闺女打算叫什么小名啊？真羡慕你俩，自己的宝宝什么都可以自己决定。"

她感叹完，立马讪讪地闭了嘴，暗骂自己身在福中不知福，昳昳和江泽予夫妻俩都没有长辈，肯定比她要辛苦多了。

谢昳倒是没有察觉，耸耸肩无奈地道："我实在是想不出来，给宝宝取名字太难了，别说大名了，小名我都想得头痛，你看床头的那张纸……"

顾澜打开一看，整张纸上写满了各种各样的名字。

"饼饼、糕糕、酱酱、粥粥……为什么都是吃的？"

顾澜和韩寻舟走后，宝宝总算睡醒了，还没来得及哭，就被张阿姨抱去隔壁喂奶，喂的是母乳，谢昳每天挤在奶瓶里冻起来，干净又方便。

下午，江泽予从公司回来，脱下衣服挂在玄关处的挂衣架上，站在门口好一会儿才散去从外头带进来的一身寒气。

他照例去一楼厨房做饭，做的是月子餐，和之前的孕妇餐有了很大的改变。

半个小时后，刘阿姨把一束刚送来的玫瑰放进花瓶里，有些尴尬地拿着花瓶走到厨房，对江泽予说："呃……江先生，这是太太订的花，她吩咐我在您回来的时候就送给您，今天送花的人来晚了。"

江泽予弯了弯嘴角，把火红的玫瑰放在料理台的一角，笑道："谢谢。"

刘阿姨送完花，看到江泽予系着围裙熟练地在做饭，不禁有些惊讶，之前她都是值晚班，这还是她第一次见江总做饭。

她心里嘀咕，这小两口也真奇怪，女主人天天给男主人送花，男主人反倒下厨做饭，和普通的夫妻正好反过来。

她来之前就听家里女儿说了，这家的男主人是个互联网公司的老总，没想到这么优秀的企业家也亲自下厨。

刘阿姨走过去，本能地想帮忙："江先生，要不我来吧，我看冰箱里食材很多，我给太太做月子餐。"

可等她看到砂锅里炖着的奶白色鲫鱼汤、刚刚出锅的麻油猪肝以及旁边爽口的凉拌海带丝时，便知道江先生是做足了功课的。不仅如此，他还煮了养胃的小米粥。

刘阿姨诧异地瞪大了眼睛，一时没了用武之地，有些愣怔地呆在了原地。

江泽予摘掉围裙，冲她礼貌地点头道谢，利索地用托盘端着几样菜和粥上了三楼，径直走进主卧，把餐盘放在卧室里专门设置的餐桌上。

"昳昳，吃饭吧，宝宝呢？"

谢昳原本正对着一本厚厚的新华字典昏昏欲睡，听到这声音，惊喜得眉头都舒展开来，利索地下了床，乖乖地坐在椅子上，伸手抱住还在布菜的男人的腰。

这人现在每天一进来就找宝宝。

她的声音不由自主地变得糯糯的："宝宝被张阿姨抱去隔壁喝奶了，今天舟舟和顾姐姐来过，问我们给宝宝起了什么小名，我真的想不出来。"

"我想到了！"谢昳忽然两眼发亮地盯着江泽予，兴奋地问他，"小名叫'小指头'怎么样？以后宝宝问起来，我就告诉她，她刚出生的时候，她爸爸数她的指头数了三遍。"

江泽予失笑："行，我觉得不错。"

"你觉得什么都不错……"谢昳气鼓鼓地吐槽他，"我在那张纸上写的小名你都觉得不错！不行不行，我突然想起来，'小指头'和美剧里的一个角色撞名儿了，那个角色的结局不太好，不能叫这个……"

江泽予有些无奈，他实在是对这些软乎乎的小名没有任何感觉，主要这不是别人家的小孩儿，是昳昳给他生的宝贝女儿，就是叫"狗蛋"，他也觉得可亲可爱。

他讨好地亲了亲谢昳的额头和脸颊，然后拉过椅子到她对面坐下，陪她一起吃饭。

两人说着寻常发生的事，吃着可口的饭菜，气氛融洽。

江泽予忽然开口道："想念的念，大名叫江念念，小名就叫念念，怎么样？"

谢昳一怔，初听时觉得这名字似乎有些简单，可越想越觉得不错。

“念念，心里有想念的人，也永远有人念着她，虽然简单，但很好听，可以！老公你太有才了，我解读得正确吗？”

江泽予笑着点头：“嗯。”

——其实是曾经的那些年，我除了想念你，仍是想念你。

番外二
关于你的日记

一九九九年，韩寻舟五岁半。

韩小朋友从记事起就知道，北都城贺家那个比她大七个月的少爷贺铭是爷爷为她定下的娃娃亲。

这件事儿让懵懵懂懂的韩寻舟内心非常矛盾。

一方面，小时候的韩寻舟很喜欢黏着贺家哥哥，他长得好看、很会说话，小小年纪就会好几门语言，从小就是爸妈嘴里那个“别人家的孩子”。韩寻舟喜欢叫贺铭“贺哥哥”，虽然他只比她大七个月，但他懂得多、又老成，什么事都做得比她好。

但他也有另外不好的一面。

韩寻舟五岁半的时候被爸妈塞进了北都城一所贵族国际小学，和贺铭、庄孰他们一起念学前班。刚上学没几天，斗志昂扬的韩同学就变得蔫了吧唧的。

班里好多人开始说关于她的悄悄话，这个年纪的小朋友还不知道说坏话得背着人，所以韩寻舟总是能听到她们指名道姓地议论她。

“你们知道吗？我们班那个韩寻舟很可怜的，她从小就被爸爸妈妈卖了，卖给贺家当童养媳了。”

“贺家我知道，但是什么是童养媳啊？”

“我妈妈跟我说，童养媳就是穿着灰扑扑的衣服，在别人家里擦地板刷马桶的小孩。”

“啊，刷马桶好脏，我们家都是雇人刷马桶的。”

“你们都不懂，我妈说，如果贺家要我去刷马桶、擦地板，她贴钱也要送我去。”

豪门也分三六九等，韩家与贺家之间有着相当大的差距。

韩家和周家、谢家，还有庄家等一样，都是从上世纪开始就很有名的豪门世家，但经过几代人的经营后，现在的韩家压根比不上周家和谢家，甚至比起一些新兴的商业家族都要差上一截。

这样的结果主要得归因于韩寻舟的爷爷和父亲，这父子俩都相当从容，觉得知足是福，活在当下，没事儿就撂下公司，满世界地吃吃喝喝。得亏祖辈留下来的底子实在是厚，父子俩平常的经营又没有出太大的问题，所以凭借着各个产业每年带来的稳定又不菲的利润，勉强还能够跻身北都城豪门的边缘。

可这联姻的另一方——贺家，就不同了。

几十年前，贺铭的太爷爷还是个在北都城大街小巷里卖货的挑货郎，人到中年才勉强在北都城站稳脚跟。

而贺铭的爷爷贺建国，以及当今的贺家家主——贺铭的父亲贺峥，都是非常有头脑的商业奇才。贺建国一步步把贺家带进了北都城的金融圈子，而贺峥则是在短短几年内带领着贺家异军突起。他在投资方面眼光独到，在国内几次大的行业更替、经济起伏中都很好地抓住了机遇，从而把贺家的家族企业越做越大。近些年来，贺家的总资产甚至能和北都城最顶尖最老牌的豪门世家周家相提并论了。

不过，韩、贺两家的关系一直很好。

韩爷爷和贺爷爷是多年好友，当初贺家遇到商业危机，是韩家慷慨解囊拉了他们一把。两家也是因着这一层关系走得很近，直到给两个小辈定了娃娃亲之后，更是亲密得像是一家人。

韩家能和贺家联姻，这是许多其他“边缘”家族可望而不可即的事情，也难怪那些富太太羡慕了。

那天晚上，韩寻舟回到家里，一把鼻涕一把眼泪地扯着妈妈的袖子抽泣着：“呜呜呜，妈妈，我不要刷马桶，我不要擦地板，呜呜呜……”

女儿那副可怜兮兮的模样惹得韩家两口子以为她是在学校里被欺负了，隔天便找到学校去向老师打听情况，才知道事情的始末。

韩父韩母在回家的路上非常严肃地和韩小朋友沟通：“舟舟啊，这桩娃娃亲是你爷爷定下来的，他觉得贺家男人人品好、有能力，才把我们舟舟许配给贺家的，才不是什么童养媳。不过，我们和你贺叔叔可没这么多规矩，如果你们两个不喜欢对方，随时可以退婚。我们韩家虽然不是顶级豪门，但家里的钱也足够你挥霍几辈子，只要你喜欢，你想做什么都行，你不要觉得自卑。”

韩寻舟听得昏昏欲睡。

很多年后韩寻舟才明白，原来妈妈的意思是，她与贺铭之间的这条纽带其实并不牢固，只要一方有所动摇，那他们便可以什么关系都没有。

不过那个时候，五六岁的韩小朋友显然没有听明白，等周末在贺家吃晚饭的时候，因为要刷马桶的事而苦闷了好几天的小可怜又把学校里同学们说她的话原原本本地给贺铭复述了一遍。

她说完后抓着贺铭的袖子，眼睛里含着泪水可怜兮兮地问他："贺哥哥，等我以后到你家里住，你会让我刷马桶、擦地板吗？擦……擦地板就擦地板，我不想刷马桶，可以吗？"

贺铭认认真真地思考了一会儿，揉了一把韩寻舟毛茸茸的脑袋，轻声对她说道："放心吧舟舟，我不会让你刷马桶的，也不会让你擦地板。你要是来我家里住，我给你买巧克力蛋糕和抹茶蛋糕。"

他说完又板起了脸："不过每天只能吃几口，你的蛀牙太严重了，说话都漏风。"

韩寻舟咧着缺了好几颗牙的嘴，乐呵呵地"哦"了一声，才彻彻底底放下心来，连胃口都好了不少。

一起吃过晚饭后，两个小朋友一起窝在贺铭的房间里写学前班留的周末作业。

他们上的是双语学校，每天外语作业繁重。贺铭从两岁开始就接受了几国语言的培训，这些作业对他来说就是小菜一碟。

韩寻舟却是一个头两个大——抄贺铭的作业也是韩小朋友总往贺家跑的原因之一。

宽大的书桌后面，小姑娘坐在椅子上，两条腿都够不着地，她装模作样地晃着脑袋，背着自己编的口诀："一个肚子是P，两个肚子是B，一个小坑是V，两个小坑是W……"

她嘴上流利地咕哝着，两只眼睛却滴溜溜地往旁边贺铭的作业本上瞄，然后依葫芦画瓢搬到自己的作业本上——可搬都搬不明白。

贺铭停下笔，像个小大人一样皱着眉头看着韩寻舟写得乱七八糟的作业本，没忍住道："舟舟，你写的apple少了个'p'，approve多了个'r'。"

韩寻舟羞愧地咬了咬铅笔头。

贺铭有点儿不忍心，但还是像个长辈一样严肃地教育起她：“还有，舟舟，你不能总是抄我的作业，英语还是要学好的，以后做生意……以后你要是去国外玩，连问路都不会，会被人卖掉的。”

韩寻舟起先乖乖地点头，等听完全部后，疑惑地抬起头问他：“我要是去国外玩的话……你不跟我一起去吗？你来问路就可以了啊。”

六岁的贺铭想了想，觉得她的想法很有道理：“那你认真点儿抄，别缺胳膊少腿的。”

当天晚上，韩寻舟留宿在贺家，跟贺铭一起睡在字母拼成的榻榻米上。韩小朋友睡相很差，还踢被子。夜里，贺铭给她盖了十三次被子，第二天起来顶了两个大大的黑眼圈。

1999.09.12，妈妈给的零花钱还剩了很多，下星期要记得给舟舟买巧克力蛋糕。

——贺铭《关于你的日记》

二〇〇六年，韩寻舟十一岁。

五年级下学期的期末考卷发完，小朋友们迎来了暑假。然而，和大部分同学的神采飞扬不同，韩寻舟的一双眼睛里憋着泪，偷偷摸摸地把数学试卷塞到书包角落里。

她只考了五十六分。

韩寻舟背着书包，垂头丧气地往班级外头走，班里的几个女生嬉闹着从她的身边经过，当她是透明人。韩寻舟在学校里很不受待见，她从小就在韩家“看淡一切”的教育理念下长大，从一年级开始，成绩就在班里垫底。班里的同学们不是钢琴十级，就是得过什么儿童歌唱比赛的奖项，而她连一点儿拿得出手的才艺也没有。

但韩寻舟也并非一无是处，她有许多功课之外的爱好。其中最大的爱好，就是看各种各样的旅行纪录片，那个时候，国内的旅游博主还很少，韩父韩母专门从国外购买纪录片。

在韩寻舟小小的脑袋里，这个世界很大——广袤的宇宙里有发光发热的太阳和点点繁星；热带雨林里有凶猛的野兽和参天大树；无边大海里有着地球上最原始的基因和最古老而庞大的生物；距离她很远很远的地方，生活着肤色和语言完全不同的另外一些人，他们有着迥异的文化历史和思想，甚至这世界上有很多地方还经历着战乱，很多比她还小的小朋友没有家，没有吃的。

但此时的韩寻舟脑袋里什么都没有，只觉得莫名丧气。

贺铭又考了全校第一，她却不及格。

韩寻舟愁眉苦脸地走到二楼走廊的尽头，庄孰和贺铭正站在楼梯上等她。

从小学三年级开始，每个晚上，韩家和庄家都把差生韩寻舟和庄孰打包送到贺家，和优等生贺铭一起学习。

韩寻舟一眼就从人群中看到了他们——这两个人都显得格格不入，却是截然相反的类型。

贺铭在一群小学生中显得鹤立鸡群，身上的正装、衬衫熨得笔挺，脚上的小皮鞋也一尘不染，他整个人自信又阳光，身高也比寻常五年级的小男孩高上许多。要不是脸庞尚且稚嫩，看起来还真像个中学生。而他身边的庄孰则痞到了极点，满头大汗的男孩子手里抱着个篮球，校服皱皱巴巴地挂在手臂上，衬衫上下各开了两粒扣子，脚上也没穿皮鞋，而是踩了一双今年最新款的乔丹鞋。

庄孰看着韩寻舟，不耐烦地挠了挠脑袋："喂，韩乌龟，慢吞吞的干吗啊，等去贺铭家抄完作业，我还约了几个哥们儿打篮球。"

话音未落，他的肩膀上就挨了贺铭一拳头："不准叫舟舟外号，不礼貌。"

"贺铭,你重色轻友！"庄同学愣了一下,笑得两只眼睛眯起来,一边做鬼脸,一边跳下楼梯，"我偏要叫，韩乌龟，韩乌龟，韩乌龟！"

气得韩寻舟三步并作两步地冲下楼梯揍他，一边走，一边又因为"重色轻友"四个字脸颊绯红。

司机把三个小朋友接回家之后，迎接他们的照例是死气沉沉的晚饭。

贺家的规矩很严。

一进门，贺铭便被用人带去换衣服，然后几个小朋友一起洗手吃饭。

璀璨的水晶灯下，实木餐桌是欧式长桌。贺峥坐在上首位，一边神情严肃地用公筷往碗里夹菜，一边看当天的财经报纸。

三个小朋友一声不吭地吃完晚饭，然后乖乖地走进书房。

一进房间，庄孰就把书房门关上，然后坐在书桌前的椅子上，长长地舒了一口气："贺铭，你知道我为什么讨厌来你们家吗？你爸爸简直太可怕了，比我爸还可怕。对了，他打人疼吗？我爸总揍我，但一点儿都不疼。"

贺铭闻言摇摇头：“我不知道他打人疼不疼。我爸为什么要揍我？我又不像你，每学期都是倒数第一，还总惹事。”

庄孰：“算你狠。”

三个小孩儿聊了一会儿天，开始写暑假作业。

贺铭是典型的好学生，暑假才开始一两天，他已经利用期末考试前的课余时间做完了暑假作业。现在到了正儿八经写作业的时间，他反倒看起一些杂书来。

庄孰探头过去看了一眼，发现他现在看的是一本法语小说，上面的语言比英语更加难懂。

他撇撇嘴，和韩寻舟瓜分起贺铭的作业本来，最后，两人经过一番协商，决定让韩寻舟先抄数学作业，他抄语文作业，一会儿再交换。

庄孰一边抄，一边拿胳膊肘撞韩寻舟，轻声问她：“喂，韩乌龟，你的数学考了几分？”

韩寻舟咬了咬铅笔头，瞄了一眼贺铭，她莫名不想让贺铭知道她的成绩。

她凑到庄孰耳边，悄声对他说：“五十六分……你呢？”

“比你低十分。”庄孰眼珠子转了转，也凑到韩寻舟耳朵旁边，贼兮兮地说，“韩乌龟，咱们相互帮个忙吧？我帮你在成绩单上签名，你也帮我，好不好？”

韩寻舟被他这个想法吓到了，本想摇头拒绝，脑海里却浮现出妈妈生气时可怕的样子，于是咬咬牙答应了。

“那这样，你明天把你妈妈以前的签名纸带来给我，我把我妈妈的带来给你，我们一起练一练，把笔迹练好。”

“好，不过，我妈妈的名字可难写了……”

于是，两个小阴谋家脑袋靠着脑袋，咬起耳朵来，窃窃私语中还夹杂着压抑的笑声。

直到庄孰的后脑勺又挨了一个栗暴，这场包含阴谋的会谈才得以终止。

庄孰回头，满脸愤慨地道：“贺铭，你再这样我可还手了啊，别以为你给我抄作业就能随意欺负我！”

贺铭看他一眼，指了指手腕上的表：“你可以去打球了。”

庄孰抓过他的手腕看了一眼时间，惊呼一声，收拾好书包飞奔出去，走的时候还不忘叮嘱韩寻舟：“韩乌龟，别忘了我们的约定啊。”

韩寻舟认真地点点头，笑着冲他挥手道别。

庄孰走后，贺铭放下手里的书，把椅子挪得离韩寻舟近了一些，揉了一把韩寻舟的脑袋。

她的发型一直是两个羊角辫，从幼儿园到现在都没有变过，脑门上冒出了好多毛茸茸的碎发，贺铭感觉自己像是在揉婶婶家的那只加菲猫。

“舟舟，你们刚刚说……什么约定？”

韩寻舟的脑袋像拨浪鼓一样摇了起来。

贺铭不再为难她，想了一会儿又问她：“舟舟，你这次期末考试考得怎么样？有进步吗？我帮你看看卷子？”

韩寻舟又咬着嘴唇摇了摇头。

贺铭沉默了一会儿，没有再问她。他打开桌上的台式电脑，输入一个网址。

“我前段时间发现这个网站有很多纪录片，国内国外的都有，你把网址记一下。”

“哇，真的吗？贺哥哥，你最好了！”

韩寻舟立刻惊喜得把什么考试统统忘光了，认认真真地把网址抄在本子上，然后迫不及待地点开一部动物纪录片，津津有味地看起来，一边看一边咧着嘴笑。

看完纪录片之后，韩寻舟被韩家司机接回了家。

和小时候不同，她已经有好几年没有在贺家留宿过。

2006.07.05，我把找了很久的网站地址告诉了舟舟，她很开心……但她有一些事情已经不想告诉我了。老师说，最好的朋友之间是没有秘密的，舟舟对我有。

——贺铭《关于你的日记》

二〇〇九年，韩寻舟十四岁，她不再扎羊角辫，而是把一头浓密的黑发梳成高高的马尾。

这一年，她喜欢上了五月天乐队。

小学的最后两年，韩小朋友把所有的纪录片锁进了柜子，头悬梁锥刺股地努力了两年，终于摆脱了学渣头衔，和大家一起成功直升了国际学校初中部，而庄孰则是靠着篮球特长勉强直升。

并且，从十一岁到十四岁的三年里，韩寻舟认识了她这辈子最好的闺密，谢家的谢昳。

她觉得昳昳和她班里的那些女生都不一样，冷静、聪明，学什么都快，简直就像是女版的贺哥哥。

彼时正值初二升初三的暑假，韩父韩母带着韩寻舟去了趟贵州山区的某个贫困县，韩家要在那里帮忙修公路、造桥、建爱心小学。

韩父韩母把建造事宜交代好之后，没几天就回了北都，让韩寻舟寄宿在校长家里。

之后的整个暑假，韩寻舟和贫困山区的小朋友们同吃同住，给他们放她最爱的纪录片，偶尔还教小朋友们写字、背单词，玩得不亦乐乎。

回北都的前一天晚上，星星挂满山村之上的苍穹，韩寻舟和校长七岁的女儿虹虹一起窝在被窝里，就着头顶昏黄的电灯翻着一本童话书。

按理说，十四岁的姑娘已经过了看动画片、读安徒生的年纪了，但韩寻舟还是非常喜欢童话故事。

《人鱼公主》的故事她并不陌生，可这一次读后感觉有所不同，在念到小人鱼在阳光下化成泡沫的时候，韩寻舟莫名红了眼眶，她只觉得心尖无比酸疼，鼻子一红，眼眶里便有一滴泪打着转，然后顺着脸颊滑下，滴落在童话书上。

虹虹有些疑惑，小小的身子拱过来，靠着韩寻舟，睁着大大的眼睛问她："舟舟姐姐，你怎么哭了？"

韩寻舟没有说话，因为她也不知道自己为什么哭。

明明她在和虹虹一样大的时候，看这个故事也没有掉过眼泪。

那天晚上，韩寻舟做了一个梦，在她的梦里，她变成了一条长着尾巴的小美人鱼，她懵懂地游上了岸，看着自己新长出来的双腿欣喜不已。

小美人鱼正在学着用双腿走路，忽然发现岸边躺着一个人。

她蹒跚地走过去，那人身上的服饰和童话书中王子的服饰一模一样。

蔚蓝大海，金色沙滩，年轻的王子英俊无比。他躺在海岸边的礁石上，双眼紧闭，海风轻轻地卷起了他额前的碎发。梦里的小美人鱼看呆了，她鬼使神差地走近那块礁石，缓缓地弯下腰，闭着眼睛吻上了王子的嘴唇。

可这个吻并没有能够成功，因为在即将吻上的那一刹那，韩寻舟醒了。

她满头大汗地坐起来，懵懂地抬起手，抚摸着自己的胸口，那里的皮肤滚烫，一颗心脏剧烈跳动着。

她如同一条被迫上岸的鱼，大口大口地呼吸着，脑袋里却空白一片。

许久之后，韩寻舟摸了摸干涩的嘴唇，在黑暗里红了脸。

第二天，校长一家将韩寻舟送到县城的火车站。之后，十四岁的小韩同学独自一人踏上回北都的旅程——这也是这个暑假，小韩同学给自己设定的最后一个磨炼，她说破了嘴皮，才征得韩父韩母的同意。

这是她第一次孤身旅行，又要穿过大半个中国，原本应该是件惊险又有趣的事情，可回程的路上，韩寻舟没有预想中那么兴奋，也没有想象中的不知所措和紧张，因为心头所有的情绪都被另一种情愫冲淡了。

二十几个小时里，小韩同学靠着火车的车窗，满脸无措地看着窗外，两只手紧紧地纠缠在一起。耳机里放着五月天的《拥抱》，听过无数遍的那句“晚风吻尽荷花叶，任我醉倒在池边”，在这一刻，忽然让她红了脸。

那个梦清晰又羞耻地在她的脑海中反复放映，初恋的酸涩和微甜在心里调成一杯鸡尾酒，让这个从来没有尝过酒滋味的少女醉得娇憨又忐忑。

将近两天的行程之后，韩寻舟到达了北都火车站。她拎着行李箱，吃力地走出出站口，没多久，就看见有个男生径直向她走来。

男生个头很高，比她高出整整一个脑袋。他阳光又朝气蓬勃，面容略显稚嫩，却已经足够英俊，竟然惹了周围好几个年轻女孩的注目。

韩寻舟看着男孩子那张和她梦里的王子别无二致的脸，捏紧了行李箱的把手，咬着唇没有说话。

贺铭走到韩寻舟身边，二话没说就拎起她的行李箱往外走。他的步子很大，平日里总是飞扬的嘴角此时抿得紧紧的。

“贺哥哥……”韩寻舟立刻察觉到他有点儿生气，亦步亦趋地跟在他身后。

火车站人来人往，有的是外地来北都打工的民工，大大的旅行袋里装满了行李；也有每天往全国各地跑的商务人士，身上穿着妥帖的西装，腋下夹着公文包，行色匆匆；角落里甚至有几个形迹可疑的人，一直眼睛贼溜溜地盯着人群，似乎是在寻找偷窃对象。

贺铭往前走了几步，叹了口气，停住脚步，转过来，跟往常一样揉了揉少女的头发。这一次，韩寻舟却像是奓毛的猫，还没等他的手碰到她的脑袋就蹦开好远，双手抱头，护住自己的头顶。

贺铭没看到她躲在胳膊后面的一张脸逐渐变红了，只皱眉看着自己空空的手心。

“舟舟！”贺铭放下手，看着眼前令人头疼的少女，语气有些严肃地责问她，“你这不是胡闹吗？你怎么能决定一个人回来？从贵州到北都城，这么远的路，你知道有多危险吗？”

韩寻舟平时看着温顺柔软，实际上，心比谁都野。

他担心这次旅途的顺利会让她产生错误的安全感，从而降低对外界的警惕。

韩寻舟看着他一张一合的嘴唇，整个人又像是陷进那个梦里，她涨红了一张脸，压根没听清他的责问，只十分敷衍地“嗯”了一声，装作很不在意的样子。

于是，贺铭那双好看的眉又皱了起来。

这天晚上，韩寻舟破天荒没和谢昳煲电话粥，她窝在写字台前，揪着妈妈买回来的玫瑰花，玩起了“他喜欢我，他不喜欢我”的游戏。

最后一片花瓣恰好轮到“他不喜欢我”。

韩寻舟立刻红了眼眶，不甘心地又揪秃了另外一朵花。这一朵的最后一瓣轮到“他喜欢我”，但小韩同学刚开心没一会儿，心里又不确定了，于是，爪子又伸向花瓶里的下一朵花。

少女从来敏感又纠结。

很久之后，花瓶里躺着几根光秃秃的花枝，书桌上散落着许多花瓣，韩寻舟迷茫地哀号一声，踢掉拖鞋跳到床上，把自己埋进被子里。

她在大脑里展开了思考。

韩寻舟想起了小的时候，贺哥哥从小就很照顾她，借给她作业抄，陪她看纪录片，每天晚上等她一起回家。

韩寻舟翻了个身。

不对，他也借作业给庄孰抄，他还陪庄孰打篮球。

他对所有人都很好，不仅限于她。

甚至韩寻舟还有种错觉，贺铭确实对她很好，可很多时候，他看着她的眼神像是在看一个小孩子。他总是担心她会走丢，总是严肃地检查她的作业，总是像家长一样对她。

韩寻舟咬着嘴唇，无措地盯着天花板。

贺铭本身就是个像王子一样的人，绅士、正直、阳光，对周围的所有人都很友善，不管是老师还是同学都对他赞不绝口。贺铭是校草，也是钢琴社的社长，成绩名列前茅。

他比她优秀太多。

他们之间是有婚约，但……从十岁那年开始，两家人见面就没有再提过有关婚约的事情。韩妈妈告诉她，婚约没有取消，只不过要等到两个人成年后自己做决定。

思来想去，韩寻舟打消了当面问贺铭的念头——如果不说破的话，这段隐秘的关系还能维持到十八岁，可如果她问了，或许明天就结束了。

韩寻舟躺在床上，开始翻她和贺铭之间的短信记录，从前一些寻常的短信往来，以现在的心情去看，却越看越懊恼。

“天哪，这张站在村口的照片太难看了，我怎么把笑得这么难看的照片发给他了？”

“我居然说了脏话……贺哥哥就从来不说脏话，他肯定觉得我不礼貌。”

韩寻舟花了一晚上的时间翻完他们俩之间所有的短信，然后就开始期待他的下一条短信和电话。

可令她没想到的是，一直到开学，贺铭竟然一次都没有联系过她，而韩寻舟也像是跟人较劲一样，没有给他发过一条短信。

九月，开学后，学校给每个初三学生发了一张高中意向表。国际初中有近一半的学生在毕业后会被家里送出国，剩下的一半留在国内接受高中教育。

所以，学校希望能够将这两部分学生分开，好让出国的学生彼此交流、一起学英语，而希望参加中考的学生也能够静下心来复习。

初三有两个平行的实验班，贺铭和纪悠之在实验A班，谢昳和韩寻舟在实验B班。

教室靠窗一侧，韩寻舟靠在谢昳的桌子上，眼含担忧地问她：“昳昳，谢叔叔说要送你出国了吗？”

她听妈妈说，谢家一家三口相处得并不好，周婉玲和谢昳并非亲母女，总是闹得不愉快。所以，谢川送谢昳出国读书的概率非常大。

“那倒没有……”窗边在看时尚杂志的少女抬起头，美丽的面庞此刻已经初现端倪，她眨了眨眼睛，反问道，“那你呢？以后想做什么？”

韩寻舟皱眉，迷茫地咕哝道：“以后想做什么……我不知道，你知道的，我没有做生意的头脑，以后，我爸妈很可能会给我安排个安安稳稳的工作，可一想到几十年如一日的工作，我就想死。”

“那你……考虑过出国吗？去不同的地方走走，或许，你能找到以后想做的事情。”

韩寻舟立马摇了摇头：“出国念书肯定不可能的，我一个人去，我爸妈肯定不放心。”

她的话音刚落，前桌女生就转过来，语气相当惊讶：“韩寻舟，你不出国啊？贺铭是要出国读高中的啊，你们俩不一起去吗？”

韩寻舟听了这话，沉默地愣在了原地。

一旁，谢昳皱了皱眉，问道：“贺铭要出国？你听谁说的？”

“我听A班的同学说的，他们说贺铭是要出国的。”

她说完，旁边另外一个女生也点头道：“对啊，我也知道这事儿。而且，A班的那个蒋涵还说，她以后要跟贺铭一起去英国读高中。”

蒋涵？韩寻舟的脑子无比迟钝地转了起来，这才想起来，那是个高高瘦瘦的女生，是贺哥哥钢琴社里的成员，去年文艺晚会上，她还跟贺哥哥合奏过钢琴。

蒋涵都知道贺哥哥要去英国念书，可她竟然一点儿都不知道，他为什么从来都没有告诉过她？而且，自从那天他把她从火车站送到韩家之后，他一次都没有联系过她，就连一条短信都没有。

韩寻舟的心里酸得像是灌满了柠檬汁。

也是，她和贺铭的关系本来就飘忽不定，说不定哪天就断了，他确实没有必要告诉自己。韩寻舟使劲握着小拳头，牙齿发着抖。

几分钟后，A班教室的最后一排，纪悠之看着去而复返的贺铭，疑惑地道：“你不是要去问韩寻舟和谢昳的志愿表填什么吗？这么快就回来了？她们俩出不出国啊？”

贺铭没有说话。

纪悠之写完一道题，察觉他心情不太好，于是劝慰道：“你还在担心那张志愿表？你爸也真狠，把你关在家连手机都不让用，还直接帮你填了志愿表交给班主任，一点儿余地都不留。你要是真不想出国，哥们儿去帮你偷回来？”

贺铭摇了摇头，开始收拾桌子，说道：“现在用不着了。”

纪悠之惊讶地张了张嘴。

贺铭虽然是个三好学生，却有个其他人都不知道的奇怪癖好——他生气的时候喜欢收拾桌子，像现在这样，他面无表情地把试卷折成一个又一个豆腐干大小的方块，然后叠在一起。

这场景看着十分诡异。

这种时候，纪悠之一般选择闭嘴不惹他，反正等贺少爷每次叠完一本书那么厚的小方块，也就消气了。

可这一天，贺铭将试卷叠了整整两本字典高，心情还是没有恢复正常。

第二天的开学摸底考试，贺铭考了全年级第二十六名，让所有老师和同学都大跌眼镜。

周末，为了庆祝本校篮球队在中学篮球比赛中得了第一，庄孰邀请朋友们去他家聚会。

几个人买了超大份的炸鸡和可乐，然后缩在影音室里看电影。庄孰从他爸妈买的成堆碟片里随便翻了一张出来，是一部老电影——《大审判》。

韩寻舟坐在谢昳身边，她看着屏幕，余光却瞟向坐在沙发一角的贺铭。他坐得笔直，眼睛直勾勾地盯着幕布，看得十分认真。

韩寻舟突然觉得自己很差劲，这么久没有联系，原来只有她的心情受到了影响。

影音室在庄家别墅的地下一层，虽然有换气设备，但韩寻舟还是觉得胸口发闷，呼吸也不顺畅。她站起身，走出影音室，去负一层的洗手间洗了把脸。

从卫生间出来，她遇到了刚刚从影音室里出来的贺铭。

擦肩而过的时候，他淡淡地对她点头，径直往卫生间走，竟然完全没有从前的熟稔和亲昵。

韩寻舟鼻子一酸，在心里念叨了一千句“讨厌他”和一万句“贺铭是个大笨蛋”，可还是没忍住，伸手拉住了他的衣袖。

韩寻舟吸了吸鼻子，问道：“贺哥哥，你真的要出国啊？那我们之后就……就见不到了，我爸爸妈妈肯定不会让我出国，他们舍不得我。”

贺铭捏了捏手心：“你不想见不到我吗？”

韩寻舟摇摇头：“不想。”

两个人都沉默了一会儿，然后贺铭轻轻地咳嗽了一声，像往常一样伸手摸了摸韩寻舟的脑袋，温声问她：“舟舟，电影好看吗？”

韩寻舟心想，你明明看得那么认真，好不好看不知道啊？问我干吗？

可她嘴上胡乱又随意地回答：“好看，我最喜欢当律师的男孩子。”

贺铭若有所思地站了很久，最后又揉了揉她的脑袋，说道：“回去吧，我不出国，将来，你还是每天都能见到我。”

韩寻舟惊喜地抬头看他，极力掩饰自己翘起来的嘴角，刚刚脑子里盘旋的一千句“讨厌他”立刻成了冒着粉红色泡泡的“喜欢他”。

她故作平淡地“哦”了一声，脚步却轻快起来。

“贺哥哥，你不去洗手间了吗？”

“嗯，不去了，舟舟，你不要吃太多炸鸡，会上火。”

“哦，我知道了。”

半个多月的隔阂立刻烟消云散，韩寻舟忽然觉得，人还是不要奢求太多，能够回到从前也不错。

周一，庄孰和纪悠之在学校见着了贺铭，发现他额角一片瘀青，嘴上也破了皮，神情却飞扬。

“贺铭，你挨揍了？”

贺铭这么个好学生，从来没挨过揍，这可是破天荒的第一次。

“不会是因为你这次考砸了吧？你爸也太狠了！”

贺铭笑着点点头：“嗯，挨了，还挺疼。”

但他没说，不是因为这个挨打。

2009.09.16，爸爸说，除非我想明白以后留在国内要做什么，否则就要送我去英国念书。昨天，我和舟舟一起看了《大审判》，她说她最喜欢当律师的男孩子，我大概知道以后要做什么了。虽然挨了一顿揍，但挺值的。

——贺铭《关于你的日记》

二〇一三年十月，韩寻舟即将十八岁。

她大大的眼睛和婴儿肥的脸蛋被海藻般的卷发一衬，像个童话里的洋娃娃。

过去三年，她和贺铭、谢昳，还有纪悠之仍然在同一所高中，高考时候又填了同一所大学，所幸韩同学在高三时日日挑灯夜读，最终没有掉队。

纪悠之学金融，贺铭念法律，这都是在意料之中的。虽然韩寻舟并不知道贺铭是怎么说服他爸让他读金融以外的专业的，也不知道他为什么选了这个专业，但当她得知贺铭要念法律的时候，只觉得一切都刚刚好。

毕竟，他在高中的时候就在这方面展露出了极其强大的天赋——他在高一就加入了校辩论队，之后每年的中学生辩论大赛，作为一辩和队长，贺铭带着他们校队成为最佳中学生辩论队，甚至击败过好几个大学队伍。

而韩寻舟则和谢昳一起选了工科自动化专业。

韩寻舟没什么想法——她就是看谢昳选了什么，跟风随便填了一个专业。

事实上，她对于读大学这件事情很迷茫，更别说选专业了。即将要成年的她还是没有什么想做的事，之所以这么努力地念书，不过是想和朋友们在一起。

和他在一起。

韩寻舟偶尔会给未来的贺铭写信，把自己少女时代的情愫一点一点地记录在纸上。四年过去，那些信已经有厚厚一沓，她想等到有一天他们的婚事板上钉钉了，再亲手交给他。

然而，对于这门婚事，韩寻舟依然是不确定的。

他对她很好，她也依赖着他，可事实上，两人之间的联系又有了一些微妙的改变。

高中时候的韩寻舟不再像之前那样每天都往贺家跑，她逐渐有了莫名其妙的矜持和害羞，和贺铭见面成了一件严肃的事情，她得好好挑选衣服和首饰，不再像小时候那样随意。

这天，韩寻舟接到了电话，贺铭的妈妈从两米高的花架上摔下来，当场昏迷。她挂了电话，脑袋嗡嗡作响，一脸茫然地握着手机，好半天后才哭出声来。

贺家夫妻的性格完全不同，贺峥严厉又刻板，事业心重，在家待的时间不多。而乔婉则是个一心顾家的家庭主妇，温柔又善解人意。

对她来说，乔婉就像是她第二个妈妈。小的时候，她每天都往贺家跑，三天两头就留宿，乔婉比韩母还知道她的习惯、口味，经常亲自下厨做她最爱吃的菜，早上换着样式给她梳辫子，还牵着她去逛街，给她买好看的衣服。

韩寻舟还记得，乔婉带她出去逛街的时候，碰到朋友，都会说韩寻舟是她女儿。

半个小时后，韩寻舟坐出租车到了医院，贺铭站在医院门口接她。

贺铭比韩寻舟大七个月，已经满十八周岁了。不像一般十八岁却仍然跳脱的少年人，比如和他同龄的纪悠之以及庄孰，贺铭向来是从容稳重的，加上他俊朗的外貌，医院门口来来往往的人都不禁回头看一眼。

因为贺母的事情，贺铭的情绪极差，可看着小丫头红红的眼眶，他还是努力展开皱着的眉头，走过来克制地摸了摸她的卷发，安慰她："没事了，我妈刚刚已经醒了，全身都检查过，没有出什么大问题。舟舟，你妈妈也过来了，现在在病房里陪我妈聊天。"

韩寻舟松了口气，等反应过来，才发现她在贺铭说话的时候紧张得死死地抓着他的胳膊。两个人离得很近，隔着衣服布料，她能感觉到他的体温，也能够闻到他身上清新干净的洗衣液味道——是乔婉爱用的薰衣草洗衣液。

韩寻舟红了脸，像被烫到一样松开了手，乖乖地跟着他往住院部大楼里走。

病房里，贺峥不在，韩母正在给乔婉削苹果，她眼睛红红的，之前肯定担心得掉了眼泪。

韩母和乔婉的关系一直很好，没嫁人的时候就是闺中好友，后来因着两家之间的关系，这么多年相处下来，不像亲家，倒像是闺密。

乔婉手腕上打着石膏，脑袋上缠着绷带，看到韩寻舟之后，拍了拍床边，声音还有些虚弱："舟舟来了，坐到这里来。"

韩寻舟一看她那样子，眼睛就红了，乖乖地坐在床边，红着眼睛拉着她的手没有说话。

"这孩子，跟你妈一个样子，动不动就红眼睛，跟只小兔子似的……"乔婉伸手摸了摸她的脑袋，莞尔道，"阿姨没什么事，就是点儿皮外伤，医生说，好好歇几天，一个星期后就能出院了。"

几人聊了一会儿天，乔婉说道："舟舟啊，能不能麻烦你陪贺哥哥去我们家，帮我收拾几件衣服还有日常用品，他们爷儿俩什么都不懂。"

韩寻舟点点头，依依不舍地跟着贺铭走出病房。

刚到楼下，贺铭发现没有拿家里钥匙。他让韩寻舟在楼下等着，自己重新坐电梯回到病房。走到门口时，他竟然听到母亲压抑的哽咽声。

贺铭推门的手停住了，本想回避，却意外地听到了舟舟的名字。

"下个月，舟舟就要成年了吧？两个孩子的婚事也该聊聊了，你觉得呢？"

贺铭的心脏飞快地跳动着，一向极其有风度的他在这一刻选择了偷听。

韩母点了点头："嗯，你回去问问阿铭的意思，我问问舟舟，这对他们俩来说是人生大事，孩子的意见很重要。"

房间里陷入了片刻缄默，许久之后，贺铭听到乔婉的一声叹息，带着说不出的苦闷。

"小淑，实话告诉你，我是不希望舟舟嫁进我们家的。"乔婉叹了口气，语气沉重地道，"我从小就把舟舟当亲女儿，要是我有这么个宝贝女儿，我说什么都不会让她嫁进贺家这种人家的。"

她沉默了一会儿，淡然笑道："二十年前，我们就是好友，你还记得我那会儿的样子吗？"

韩母回答道："哪能不记得，你当初是文工团的招牌，那年，我跟着我父亲去伦敦看你的舞蹈演出，身边有个英国人激动地和我们说，台上这个女孩子的舞跳得比他们皇家舞团的首席舞蹈演员还要出色。”

乔婉点点头：“是啊，一晃二十多年过去了……我前几天在家实在是憋疯了，回老家收拾了些陈年旧物，发现了一张我跳舞的照片，后面还写着我的梦想。说出来不怕你笑话，我二十岁时候的梦想就是让全世界的人都看看，我们的民族舞蹈不比他们的芭蕾差。可后来，我在意大利巡演的时候，遇见了在那儿谈生意的贺峥……”

“我从来不后悔嫁给了他，我只是觉得对不起二十岁时的自己。贺家之所以能够崛起得这么快，和家族严厉的规矩脱不开关系，这规矩是从祖辈定下来的，没有人能反抗。家族规定，男人在外拼事业，女人就得当贤内助。贺峥爱我，但更爱事业，他只希望我能安安静静地在家里相夫教子。”乔婉讽刺地笑了一下，“会跳舞有什么用？舞跳得好不如饭做得好，更不如地扫得好，我已经二十多年没有跳过舞了。今天，我站在梯子上，抓着梯子伸手够后面的花，谁知道我现在的柔韧性和平衡能力竟然差成这样！”

韩母不知道怎么安慰她，只能紧紧地握着她的手。

乔婉回握住她的手，继续说道：“所以啊，我不希望舟舟走上我的路，舟舟从小就爱看纪录片，对什么事情都充满好奇心和探索欲望。她的眼睛里有自由，有光，有我少女时代对一切的向往和希望。当初两家定娃娃亲的时候，我都想不到我会活成这样，如果时间倒退，我肯定不会同意舟舟和阿铭订婚，我不希望几十年后，她也像我一样，平庸无能，死气沉沉。”

面对好友这样的肺腑之言，韩母也认真地思索了一番，可她毕竟非常喜欢贺铭，于是问道：“但贺铭以后肯定不会像他父亲一样，他选了法律专业，未来并不会经商啊。”

“那只是贺峥放的烟幕弹，这事儿还没敢告诉他爷爷呢。我和贺峥为这事儿争吵过无数次，可他的态度很坚决，他说贺家就一个儿子，这么大的产业，不管学什么专业，以后总是要继承家产的。我们因为这个吵了太多次，只要我一提起这个话题，他就语气强硬地喊停。我实在是疲于争辩，我太没用，保护不了阿铭，而现在的阿铭也保护不了舟舟。”

韩母闻言陷入了长久的沉默。

好半天之后，韩母拍拍乔婉的手背，故作轻松地开玩笑：“乔姐姐，你也别多想，还是得看孩子们的想法，要是两个人真心互相喜欢，咱们也拆不散，不是吗？”

“再说了，这事儿能不能成还真不一定，我悄悄告诉你啊，舟舟去上大学之后，我在家整理她的东西，竟然发现了一沓信，封面上全是‘致我最爱的×××’，我没有打开看，但她应该是有喜欢的男孩子了，还是三个字的名字。”

乔婉闻言心情好了不少，顺便开起了孩子们的玩笑：“是吗？舟舟平时就是个小机灵鬼，什么时候学会写这样的信了？也不知道她会喜欢什么样的男孩子，我猜肯定是活泼开朗的，不像阿铭，脾性跟他爸一模一样，除了选专业的事情从来不犯错，又老成又古板。”

“你还别说……我看到那些信的时候都震惊了，我一直以为舟舟是喜欢贺铭的，成天‘贺哥哥’‘贺哥哥’地叫……”

空荡荡的病房门口已经没有人，韩寻舟在楼下等得太久，刚想上楼看看是什么情况，却在电梯里见着了贺铭。

电梯已经下到一楼大厅，所有人都陆续往外走，他却神情恍惚地站在里侧，一点儿都没有要出来的意思。

韩寻舟走进去，一把将他拽出来，抬手在他眼前晃了晃。

“贺哥哥，你想什么呢？回魂了，不然你一会儿又要被电梯运上楼啦！”

贺铭抬起头看她。她和小时候那个淌着鼻涕跟在他身后的小屁孩不一样了，女孩子皮肤透亮，眼睛很大，一张略带些婴儿肥的脸被绸缎一般的头发衬得小巧又俊俏，圆圆的眼睛和嘴巴还带了点儿符合年纪的娇憨可爱。

她不再是那个被他护在身后、轻易列为所有物的小孩儿了，她是一个独立的人。她的双眸如暗夜里的宝石，更如白昼里的阳光，就像妈妈说的，她的眼睛里有光，有自由，有梦想，还有了……喜欢的人。

贺铭惨白着脸笑了一下，承认这最后一点几乎挖掉了他的半颗心脏。

他其实没觉得太震惊，或者说，他是有预感的，不知道从什么时候开始，他的舟舟对他有了秘密，她不再那么爱黏着他，甚至经常躲着他。

韩寻舟见他不说话，又扯了扯他的衣袖，然后摊开手问道：“贺哥哥，钥匙拿到了吗？”

“我妈也没带……没事，可以联系家里的阿姨帮忙开门。”

“哦……”韩寻舟瞪大了眼睛，问道，“那你还去了那么久，不会真的一直在电梯里转悠吧？贺哥哥，你有心事吗？”

贺铭没回答她的问题，反问道：“舟舟，你以后想做什么啊？”

韩寻舟暗暗地拍了拍自己的胸脯。

果然，优秀的人在电梯里都会思考人生，她怎么就没这个觉悟？

韩同学决定好好答题，要向贺哥哥看齐。

“咳咳……”小姑娘揉着酸软的腿，眼珠子转了转，半晌后，雄赳赳气昂昂道，“我以后想走遍全世界，我们国家有这么多的好山好水，而且还有广阔的世界。我要去看看纪录片里看到过的那些土地，了解不同的文化，还有不同的人民。我现在就在为此做准备呢，跟着登山社爬山，锻炼身体。”

贺铭为她骄傲，却又无法克制地难过起来。

妈妈说得对，现在的他保护不了她的自由与梦想，除非将来有一天他足够强大，强大到任她做任何想做的事情，不用看别人的脸色。

可她能等他到那一天吗？

贺铭抬起手，再一次摸了摸小姑娘的脑袋。

这一次和往常无数次都不同，他多停留了两秒钟，拿拇指蹭着她的头，感受着她蓬软的发丝，竟然久久舍不得松手。

“舟舟，你还记得我们一起看的《泰坦尼克号》吗？如果你是Rose，你会选择和自己喜欢的人在一起吗？”

韩寻舟眨了眨眼睛，她不知道贺铭为什么要提这个，但听到“喜欢”两个字，她便红了脸。

“会……会啊……”韩同学绞着手指头，支支吾吾道。

她低着头，羞耻地咬住了自己的舌尖，勒令胸腔里那颗剧烈跳动的心脏冷静下来，不要一不小心兜了底。

贺铭看着她满脸通红的模样，指甲几乎嵌入掌心。

他笑得很难看，几乎维持不了脸上的风度，只喃喃自语：“三个字的那个人吗？”

他的声音太轻，韩寻舟完全没有听清楚，抬头问道：“你说什么？”

“没事……走吧。”

一个月后，在韩寻舟的生日当天，贺铭主动提出了退婚。

那天晚上，韩寻舟情绪高涨到一个人把整个生日蛋糕都塞进了肚子，撑到躺在沙发上抱着肚子哭。

2013.11.09，我的舟舟今天成年了……以后不能叫“我的”舟舟了吧？人性自私，可原来，我这么爱她。

——贺铭《关于你的日记》

二〇一四年，韩寻舟十八岁。

她依然没有搞明白贺铭为什么会提出退婚。

但想来理由无非就两个，不喜欢她，或者有了另外喜欢的人。

这两个理由，无论是哪一个，都把韩寻舟打击得痛不欲生。

最痛苦的是，为了不让两家人因此难堪尴尬，她还不能在爸妈面前表现出来，甚至不能在除了谢昳以外的任何朋友面前表现出来，她干脆利落地退了婚，欢欢喜喜地过了生日，一堂课都没有落下。

但一到晚上，韩寻舟就陷入无穷无尽的痛苦和自我怀疑中。

她甚至开始质疑自己的性格、长相、身高以及智商。

自从贺铭退婚，韩寻舟每天醒来都能发现自己的一个缺点。

第一天，她觉得肯定是因为她的个子太矮了，他很难看到她；第二天，她又觉得大概是因为她太笨了，跟不上他讲话的节奏；第三天起床，她又痛恨起自己从前一直咋咋呼呼、跳脱的性格来，笃定他肯定是嫌她太吵……

否则她实在难以解释，为什么朝夕相处十八年，他仍然不喜欢她，明明她早就深陷于这段感情，难以自拔。

这件事情，除了感情上的伤痛，着实狠狠地打击了少女敏感的自尊心，她甚至希望贺铭来跟她说一声，他不喜欢她不是因为她哪里不够好，只是单纯的不喜欢。

可他一次都没有来找过她。

在颓废了两个月后，韩寻舟终于决定和自己和解，她要从这段无疾而终的暗恋中走出来。

元旦那天，韩寻舟拉着谢昳去理发店，剪掉了多年的海藻般的卷发，让理发师给她染了一头粉色的短发。第一次染发的体验并不好，韩寻舟本身的发色很黑，漂洗发色的步骤一共进行了四次，花了整整五个小时。

漂的过程中，她感觉头皮刺痛，像是有一根根小刺扎在她的脑袋上。

韩寻舟忍住没有掉眼泪，结束后，她对着镜子里自己非主流的粉发比了一个剪刀手。走出理发店后，她忽然觉得心里很轻松，甚至久违地闻到了湿润空气里的香甜味。

这个元旦，北都下了一场雨。

“昳昳，你觉得我的新发型好看吗？”

谢昳的语气难得温柔，她摸了摸韩寻舟粉乎乎的脑袋，称赞道：“很好看，超级好看。”

韩寻舟笑起来，细腻的粉底盖住了她眼底的黑眼圈和额角冒出的两颗痘。

“昳昳，尝试新鲜事情的感觉真的不错，原本我以为放弃留了这么多年的长发很难，没想到刚刚理发师剪下去的那一刹那，我一点儿难过的感觉都没有，只觉得浑身轻松。我前段时间在网上看到别人说，这个世界上，有两万个人适合做你的伴侣。我总能找到的，对不对？”她虽然笑着，眼睛里却噙满了泪。

谢昳拍了拍她的肩膀：“嗯，舟舟，你会找到的。”

韩寻舟总算破涕为笑，用力地点了点头，对自己说，这世界上，不是只有一个贺铭。

于是，二〇一四年的第一天，韩寻舟决定彻底放弃贺铭。

第一个星期，她不再怀疑自己。

第一个月，她不再喜欢他。

第二个月，她想开始一段新的恋情。

三月，北都城的凛冽寒风卷起细细的尘土，烟灰色成了天空的主色调，说不清是春雨还是冬雨正淅淅沥沥地下着。

S大西门口，咖啡厅门口放着一把红色的长柄伞，一位个子很高、外表阳光的眼镜帅哥细心地把一杯甜滋滋的热摩卡端到了坐在他对面的女孩子面前。

女孩儿长着一张略显婴儿肥的脸，醒目的粉色短发让她原本软萌的外表看着有些不羁，她抿了口咖啡，甜甜地道：“谢谢。”

男生温柔地看着她，挑挑眉，大方地道：“考虑好了吗？和我交往试试？一个月之后，你要是觉得不合适，随时可以和我分手。”

他们相识于两个月前两校登山队举行的元旦派对上，这个眼睛大大的女孩子让他印象非常深刻，那天回去之后，他就从群里加了女孩儿的QQ，追了两个月，她终于答应出来喝杯咖啡。

此刻，男生还是有些紧张。

女孩儿眨了眨眼睛，短暂地思考了半分钟，非常干脆地道：“好，那就试试。”

她接着加了一句：“你放心，我会认真试一试的。”

那天晚上，男生送韩寻舟回家，她把房间里那沓厚厚的信全部撕碎了，却不敢扔进垃圾桶里，只好藏在柜子的最深处。

于是，面前的这个男生成为韩寻舟的第一任男朋友。他是个极其优秀的人，不论是学习、家庭背景，还是性格，都无可挑剔，还是T大计算机系的系草。

韩寻舟认认真真地跟他谈起了恋爱，完全没有敷衍的态度。

准确来说，这是她的初恋，她做足了准备，查了一些攻略，比如，谈恋爱应该做什么事情，怎么样跟一个陌生男生进行性格上的磨合，如果有矛盾应该怎么处理，等等。

但非常奇怪的是，她和第一任男朋友在一起的一个月时间里，他们竟然一次架都没吵过。他们一起去看过电影，一起逛过街吃过饭，可怎么都觉得生分，吃饭帮忙拿双筷子都要说“谢谢”，遇到有分歧的话题就默契地不深聊，不会因为任何事情起争执。

韩寻舟问过宿舍里几个室友，觉得这种关系正常不正常，有谈过男朋友的表示：“才不到一个月嘛，不能说明什么，等你们发展发展再说。”

可随着时间的推移，双方都逐渐察觉出这段感情的不合适，约会的次数也逐渐减少，韩寻舟觉得，就像在一起时说的那样，一个月应该就是极限了。

就算她不提，对方大概也会提分手。

他们在一起一个月整的那天，男生给她发了条短信，约定下午三点在他们确定恋爱关系的那个咖啡厅里见面，道别的意思非常明确。

正好，这天中午纪悠之组织了一次聚餐。

彼时是二〇一四年的四月份，公园的樱花盛放，粉色与白色的花瓣成片交织在一起，前来赏樱的游客们脚步闲适，全然没有工作日北都城的拥挤景象。公园附近的这家江浙菜馆也算小有名气，韩寻舟推门进去，一眼就看到了纪悠之身边的贺铭。

说来讽刺，从去年圣诞至今，他们俩已经有几个月的时间没见面了。

他一次都没有找过她，她也不再往贺家跑。

贺铭听到推门声，低下头，端起酒杯抿了一口江浙的甜米酒，仿佛退了婚，连朋友或青梅竹马的关系都懒得维持了。

看到他的那一刹那，韩寻舟的心脏久违地缩成了一团，并非是因为还留恋，只是觉得两人毕竟亲近了这么多年，她牙牙学语时有他，青春年少时有他，春心萌动时有他。

怎么如今两人却形同陌路了呢？

饭桌上，几人像往常一样，聊着学校里各种奇葩的政策、临近的期中考试，顺带吐槽各家父母和亲戚的糟心事儿。

大家都心照不宣地选择性遗忘了韩寻舟和贺铭的过往，以及他们退婚的这件事。

两个当事人也没提，仿佛一切都跟从前没有区别。他们之间不再有交流。韩寻舟挑起的话题，贺铭不会参与，她问的问题，贺铭也不会回答。

韩寻舟暗暗地捏了捏小拳头，气得牙根痒痒。

她是真的很生气。

就算退了婚，也没必要这样吧？难道他之前十几年的亲切和温柔都是演给两家父母看的？韩寻舟觉得，自己叫了那么多年的“贺哥哥”，简直就是喂了狗。

几杯酒下肚，韩寻舟由内而外躁动起来，某种愤怒又心酸的情绪在心头酝酿。

她才不是一个被退了婚、只能躲在家里哭的小可怜。

对，她还谈了恋爱，虽然这段感情可能今天就要结束。

韩寻舟晃晃悠悠地站起身，从手机相册里翻出男朋友的照片，笑着向大家宣布：“告诉你们一个好消息，我谈恋爱了！”

庄孰和纪悠之都在抢着看照片，笑着调侃她，而贺铭依旧不咸不淡地低着头吃饭，对她男友的照片看都懒得看一眼。

那时候的韩寻舟并不懂，太正常其实就是不正常。

那时候，她只觉得十分没劲。

饭后，韩寻舟去赴了男友的约，对方果然礼貌地提出了分手，两人说好最后逛一次街，却在走出咖啡厅后在街角遇到了贺铭。

他也看到了他们，停住了脚步，眼神从他们挽着的手游移到她唇边的笑，脸上却没有什么表情。

明明中午才见过，再见依旧陌生而疏离，似乎她并非他曾经的未婚妻，也不是和他从小一起长大的青梅竹马，而只是偶遇的一个路人。

他竟然连招呼都不跟她打了。

韩寻舟打算在心里重新定义她和他的关系。

她挽着男友的胳膊，笑得十分甜：“亲爱的，给你介绍一下，这位是我爸朋友的儿子——贺家哥哥。”

她说完，忽然看到对面的贺铭笑了一下。

他看着她许久，仍旧没有说话，只点了点头，便与她擦肩而过。

看来，这关系果然合适。

二〇一四年……

这一年，贺铭没有再写日记。

二〇一九年，韩寻舟二十四周岁，她刚刚拿到了S大通史的研究生毕业证书。

本科四年当中，韩寻舟成为一个彻头彻尾的学渣，每学期的五门课至少有三门补考、重修，GPA在自动化系吊车尾，险些因为没有够学分拿不到文凭。

韩寻舟越发崇拜起谢昳来，明明两个人都对这个专业毫无兴趣，谢昳却每次都能考得不错，她就不行。

韩同学并没有勉强自己，没事儿就逃课出去泡吧，大学四年里，北都城的所有酒吧都被她摸得一清二楚。韩父韩母一番劝说无果后，也就任她去了。

事实上，就算拿不到毕业文凭，她也没什么所谓。

但最令韩寻舟郁闷的是，人们都说，考场失意，情场得意，她好像正好相反。

大学四年时间里，韩寻舟换了好几任男朋友，当她不再迷恋贺铭之后，确实发现这世界上优秀的男生要多少有多少。这几个男朋友中，有追她许久的，也有被她看上主动出击的，但非常奇怪的是，她和每一任男朋友的交往时长都没有超过三个月。

大部分是因为恋爱日常太平淡，平淡到两个人似乎只是一起泡吧、一起逃课的搭档，而不是情侣。

对此，韩寻舟去请教了正在“热恋”的谢昳。

“昳昳，你和江泽予是怎么能从大二到大四一直在一起，都不厌倦的啊？我跟我的每任男朋友，都是在一起的第二天就相看两厌了，根本不知道该聊些什么……”

谢大小姐从一堆新收到的衣服中抬起头，认认真真地思索了一会儿，说道：“可能是因为他太喜欢我，离不开我吧。”

这恩爱秀得实在是妙。韩寻舟非常疑惑，不是说这世界上有两万个人适合她吗？怎么会这么难找？这试错的概率也太大了吧？

谢昳拨了拨刘海，翻出一件浅咖色小西装，搭上法式碎花长裙，道：“这些人里，不是没有适合你的，只是你不喜欢罢了。你如果不喜欢，就是试上几万个也难成。舟舟，不要勉强自己，有些东西，你越着急越不行，放松心态，说不定哪一天你去喝咖啡的路上就能遇见他。”

韩寻舟若有所思地咬了咬嘴唇。

除了谢昳，旁人都当她在玩恋爱游戏，可只有她自己知道，在离开贺铭之后，她似乎就陷入了一种魔怔状态，急于去追寻“对”的爱情，急于遇上她的真命天子，似乎只有这样才能洗刷掉被退婚的屈辱。

或许，她真的该慢下脚步，做一些该做的事情了。

韩寻舟这样的成绩，别说是保研了，考研肯定也没戏。原本，韩父韩母已经给她安排好了一份安稳的工作，但令所有人惊讶的是，大三结束的暑假，韩寻舟竟然决定要备考本校通史专业的研究生。

韩母已经完全不知道她的脑袋里都在想些什么了，但韩家两口子就这么一个宝贝女儿，家大业大的，就是任她折腾一辈子也供得起。

从工科自动化跨专业到通史，简直像是横跨整个银河系，本科期间，她听了几耳朵、堪堪在及格线水平的PID整定、反馈系统知识在这里完全派不上用场。

她彻头彻尾地成了个门外汉。

韩寻舟开始每天泡在图书馆，抱着几本厚如砖头的《中国史》《欧洲史》《东亚史》等书啃得不亦乐乎，这竟然让她成功戒了酒，也破天荒地拥有了长达半年的感情空窗期。

韩寻舟觉得人生第一次找对了方向。她曾经看过的那些纪录片，旅游时去国外看到的和她不同的人以及迥然相异的文化与社会，似乎都有了理论支持和形成原因。

这种感觉非常奇妙，烈日炎炎的暑假，当她坐在图书馆一角，听着五月天《盛夏光年》里重复的“我不转弯”，愉快地读着往前数百年甚至千年来这个世界的变化，她竟然觉得内心无比平和，就像小时候躲在被窝里看贺铭找给她的网站上那些热带雨林的冒险纪录片一样。

几个月后，韩寻舟的人生里发生了几件大事——她以笔试、面试双第一的成绩，如愿以偿考上了S大通史系研究生；大学毕业；还有谢昳和江泽予分手，孤身去了美国。

韩寻舟咬着牙，适应了没有闺密在身边的新生活，踏进了研究生的校园，她开始活得越来越像个人。

这一年，她也机缘巧合地加入了北都城大学生志愿者协会，然而，这件微不足道的小事在之后几乎改变了她的一生。

对她来说，研究生的学业比起本科枯燥的计算和实验有意思多了，加上谢昳去了美国，韩寻舟几乎告别了S大夜店女王的称号，把一头粉色头发染回黑色，自我封闭式地疯狂学习成了她的日常。

她的学习态度端正到仿佛洗心革面换了个人，不仅是她的导师，系里大部分挑剔的老学究都十分喜欢她，就连S大论坛上都有篇飘红的帖子：论自动化系学渣、夜店女王是如何摇身一变，成为通史专业研究生学霸的。

志愿者协会也经常在群里发布一些活动，于是，每个周末或是节假日，韩寻舟便游荡在全国各个地方做义工和志愿者。

而对于谈恋爱这件事情，她也看开了很多，读研究生的过程里，她只交了两任男朋友，虽然还是没能打破三个月的魔咒，可她也没有自怨自艾。

这样的生活让她觉得无比充实，二十三岁的韩寻舟在某天早上醒来之后，忽然觉得这么多年以来，心脏某个角落隐隐作痛的感觉消失了。

她在清晨满室阳光里放肆大笑。

那个陪伴了她十八年的、她这辈子唯一心动过和爱过的男人，总算彻底地走出了她的内心。

时间飞快拨转到二〇一九年。

韩寻舟只用了两年半的时间就提交了毕业论文，最后一任男友也在交往两个月后和她提出了分手。毕业之后，韩寻舟的导师强烈建议她继续读博，留校任教，认为凭她的资质足以在学术领域创造出一片天地。可韩寻舟清楚地知道，学历史固然让她如痴如醉，可做研究并不是她的初心。

她在一家世界史杂志社工作了三个月，某天忽然看到群里有个去乌干达孤儿院做义工长达两年的志愿者活动，她又感觉到胸腔左侧的心脏疯狂跳动了。

于是，韩同学立刻报名了，办好手续之后，她才把这件事告诉爸爸妈妈，把先斩后奏玩得驾轻就熟。

饭桌上，韩父韩母急红了眼，韩父气得血压都高了很多，劝道："那是乌干达，不是乌托邦！你还要去两年？！"

韩寻舟的一双眼睛亮得不像话："嗯，我知道，是乌干达。"

韩父韩母劝了她一整晚，韩寻舟的态度依旧坚决。

最终，韩母无奈地转变策略，以退为进，希望乔婉替她劝一劝，说道："你要真想去就去吧，临行前去看看你乔阿姨，听听她怎么说。"

“好。”

其实这些年，虽然韩寻舟和贺铭之间几乎没有了联系，可她和乔婉亲如母女，感情还是一如当初。所以，韩寻舟偶尔还是会去贺家和乔姨叙叙旧，唠唠嗑，但每次她都会打听好，等贺铭不在的时候去。

两家的关系依旧亲近，贺铭的消息，她也陆续有听说。

比如，两年之前，贺峥坚决不同意他继续念法律，要求他负责公司业务。当时，他负责的一个子公司正好遇上了一些非常麻烦的法律纠纷，贺铭一个律师都没请，十分漂亮地打赢了官司。

开庭的时候，贺峥就坐在底下，看着儿子条理清晰地跟对方从业几十年的律师辩论，并完美胜诉。当天晚上，他给贺老爷子去了一通电话，亲自替贺铭在保研申请书上签了名字。

韩寻舟还听说，他在读研究生期间创办了一家律师事务所，如今发展得非常好。

不过，这些消息对如今的韩寻舟来说就像雾里看花，她看不太清楚，也懒得去了解。

几天后，韩寻舟收拾完行李，去了一趟贺家。

乔姨这几年身体不好，贺家换了一栋别墅，位置在西郊，占地很广，视野非常好。韩寻舟开车过去，刚停好车子，就看到了湖边站着的男人。

庭院里的人工假山山石嶙峋，几只散养的翠鸟停在上头晒太阳，贺铭站在那里抽烟。

与许多年前那个发着光的少年略有不同，他西装笔挺、眼眸深邃，竟有了一些岁月沉淀后的沧桑气质。他的指间夹着一支细长的烟，双眼却愣愣地望着那假山，不知道在看什么。

烟气缭绕，韩寻舟下车走到他身边，真诚地笑了笑：“好久不见啊，贺哥哥，三好学生怎么也学会抽烟了？”

贺铭看向她，把才燃了一点儿的烟摁灭在手心。他背着光，英俊的脸庞陷入短暂的静默，眼里还没来得及收起的情绪隐没在暗色里。

他笑了笑：“有好几年了，只是你没有注意。”

他从十八岁那年学会了抽烟。准确来说，是从她成年的那天开始。

韩寻舟无所谓地点点头：“抽烟其实也没什么，我之前混夜店混得多，周围玩得好的男生没几个不抽烟喝酒的，不过还是要适量，抽多了危害健康。”

贺铭没有回应她疏离的关心，这种像是对许久不见的普通朋友的劝诫让他浑身难受。

“不说我了，听说你要去非洲做志愿者？准备去多久？”

“两年。”

男人的瞳孔微缩，跟着重复：“两年……”

同样的两个字，她说起来充满向往与憧憬，而他却连尾音都听起来让人感觉落寞绝望。

韩寻舟察觉出不对，耸了耸肩，问道：“不是吧？我妈找你当了说客？”

她叹了口气，平静地对他说道：“她还是不明白，我铁了心想做的事情，谁都劝不动。这个世界这么大，我还年轻，那些纪录片里的地方，我都要去走走。东非大裂谷、乞力马扎罗火山、尼罗河……还有长着大耳朵的非洲象。”

贺铭沉默了一会儿，又问道：“你……男朋友也跟着一起去？”

韩寻舟摇了摇头，此时的她没有了当初较劲的心思，反倒显出几分真诚来：“没，上一任都分手几个月了，说实话，谈恋爱还挺累的，遇不上什么合适的人。未来这一两年，我都没恋爱的打算，一个人挺好的。”

她说罢，冲贺铭挥挥手：“贺哥哥，我先进屋了，乔阿姨说今天包饺子，我去帮忙。”

“舟舟……”他忽然喊住她。

韩寻舟回头。

光影里，这男人的身形颀长，好看的眉眼微微蹙起，很快又展开。他张了张口，最终只说了一句：“非洲挺好，有机会，我也去看看，到时候，你能欢迎我吗？”

不过是再寻常不过的客套话。

韩寻舟笑得眼睛眯起来：“好啊，当然欢迎了，我等你来找我。”

她如标准答案般的应付，没想到男人听到后，唇边立刻有了些许笑意。

他喃喃自语般强调了一遍：“最近公司很忙，等过段时间空闲下来，我会去的。”

韩寻舟不置可否地挑了挑眉。

直到一年后，在乌干达的一家孤儿院门口，黑成炭的韩寻舟看到风尘仆仆的男人时，才知道他当时不是在开玩笑。

2019.05.03，律所已经进入了正轨，前几天，爷爷打电话过来说，如果律所未来一年的营业额达到他的标准，他就不再要求我继承公司。

今天，舟舟和我告别，她说想去看看更大的世界，她还说，她这些年一直没有遇上合适的人。我爱了她这么多年，终于有能力保护她自由自在生活，我想给自己一个机会。

——贺铭《关于你的日记》

一年后，东非乌干达。

这家中乌合资的孤儿院建在距离乌干达首都坎帕拉五十公里外的小镇子上。比起坎帕拉市内还算现代化的基础设施，小镇上尘土飞扬的乡间泥路和砖墙堆砌的村寨显得十分原生态。

此时正值小镇的早市，一群当地的熊孩子把集市上一个卖小乌龟的摊子围得水泄不通。这些孩子统统留着平头，要不是服饰有区别，还真区分不出来是男孩儿还是女孩儿。

几个黑人青年摆摊做着烤饼生意，搭配上香喷喷的土豆泥和当地特有的调料，香味扑鼻。

一辆八座越野车慢悠悠地行驶在集市中间，车窗摇下，乡间凉爽的晨风灌满整个车厢。副驾驶位上坐着一个二十出头的女生，长着一张尖尖的脸，正一脸惊奇地扒着车窗往外看。

“我的天，这就是乌干达人的早市？太简陋了吧，他们习惯把吃的顶在脑袋上卖？不脏吗？原来他们也喝可乐啊，我还以为非洲人连自来水都喝不上呢……”

“他们……”

“我说，方婧，你能不能安静会儿，省点儿力气，一会儿还得搬东西。”她刚要发出第三句感叹，便被驾驶座上的人无情地打断了。

韩寻舟暗自翻了个白眼，单手打着方向盘，越野车稳稳地从狭窄的集市中间穿过去。

方婧是志愿者协会新来的女学生，家里的经济条件看着普通，娇气的样子和莫名其妙的优越感却是谁都比不了。她干活不多，碎嘴却从没少过，与其说是来做义工，倒不如说是来感受自己的优越感的。

刚刚装上车的这七八箱物资，她从头到尾就搬了一箱，朋友圈里摆拍的照片却拼出了九宫格。

方婧闻言，满不在乎地道："这些文具一大箱一大箱的，本来就沉，我可搬不动。反正等到了孤儿院，陈默哥他们会帮忙的，就不劳韩姐费心了。"

韩寻舟"哧"了一声："啧，这也不行，那也不行，要你干吗？要不，明天我包架飞机送你回国得了。"

她说完，便把车子稳稳地停在了孤儿院门口，两个跟她差不多年纪的中国志愿者大步迎上前。

方婧立刻没了和她计较的心思，立马跳下车，甜甜地冲两人道："陈默哥、李鹏哥，我跟韩姐姐已经把八箱物资都运到啦，有三箱笔记本电脑，另外的都是文具，真的好沉，搬得我骨头都要散架了。"

两人冲她礼貌地点点头，却没对她的邀功做出太多回应。

方婧气得跺了跺脚，躲进门卫室里乘凉去了。

"舟舟，辛苦了，下次还是让我开车去吧。"

为首的高个子叫陈默，是和韩寻舟同一届的学生，两人已经认识一年了，当初从北都到乌干达，两人就是坐的同一趟航班，后来又一起到了这个孤儿院。

韩寻舟听到他熟稔的关心，心里有点儿尴尬，挠了挠脑袋道："没事儿，上个月去东北沙漠还是我开的车呢，我可是老司机了，你就放心吧。"

她把车钥匙抛给负责停车的李鹏，然后打开后备厢，率先扛出一箱笔记本电脑，轻轻松松地上了几级台阶，将箱子放进门卫室里。

韩寻舟穿的是短款卫衣，抬手搬东西的时候，衣摆上移，露出一截极细的莹白腰肢，与脸上小麦色的肌肤迥然不同。

陈默红着脸移开目光，咳嗽了几声，才想起上前帮忙。

这一年时间里，韩寻舟变了很多，最大的变化当然是肤色，当年白白嫩嫩的小公主，如今晒成了炭块。

然后是体力。

从前，这种重量的箱子，她一个人肯定搬不动，但现在搬起来十分轻松。

最后则是心态。

在非洲的这一年里，韩寻舟逐渐觉得，她过去谈的那些恋爱简直就是浪费时间。人的一生是短暂的，精力也是有限的，这世界上有那么多有意义的事情能做，谈恋爱干吗？

所以，纵使陈默人很不错，性格也爽朗，而且从半年前到现在他已经跟她告白过三次了，韩寻舟还是斩钉截铁地拒绝了。

就在韩寻舟搬第三箱文具的时候，她忽然看到车尾站着一个人。

她本来只是随意地瞥了一眼，等看清那人的侧脸后，震惊到两手一抖，重重的箱子立马四十五度倾斜地向下滑，却又在下一秒钟被一只骨节分明的大手稳稳地托住了。

眼前风尘仆仆的男人和一年前在贺家别墅告别的时候没什么变化，只除了不够整齐妥帖的发型和衣衫——倒像是刚下飞机他就奔赴了这里，连休息和洗漱都没来得及。

男人不动声色地从她手上接过那箱电脑，掂了掂分量后，皱着眉看了眼韩寻舟布满新茧的手心，说道："这么沉的东西，你逞什么能？"

他说完，托着那箱文具用品走进门卫室。

门卫室里，本来正拿着一本书不顾形象地扇风的方婧眼睛一亮，立刻矜持地倚在墙边，冲走进来的这位衣冠楚楚的帅哥腼腆地笑了笑。

然而，那帅哥理都不理她，放下箱子就转身出去了。

"呃……"仍然呆愣在车尾的韩寻舟眨了眨眼睛，嘴巴张得像是要吞进一颗鸡蛋。一分钟后，她用力地拍了拍自己的脸颊，大步跟上前，"贺哥哥？你怎么在这儿啊？"

她十分震惊，乌干达的旅游业并不算发达，来这里的中国人很少。她在这地方服务了一年多，除了陈默，来往的人不是新来的志愿者，就是本地人。

陡然见到这么个认识了二十几年的熟面孔，韩寻舟以为自己出现了幻觉。

她显然是把一年前贺铭说要来找她的话忘得一干二净了。

贺铭放下东西从门卫室里走出来，拍了拍手上的灰尘，然后伸手揉上韩寻舟的头发。

乌干达二十二摄氏度的气温舒适温暖，眼前的女孩子比起一年前黑了不少，也瘦了很多，脸上的婴儿肥褪去后，眉眼显得越发干净起来。

可她的头发竟然和十几岁时候一样柔软。

还没等韩寻舟得到答案，陈默也搬完了最后一箱文具，远远地拿了瓶汽水，笑着走过来："舟舟，给你留了一瓶你最爱的草莓味汽水……"

他一边说着，一边走到门卫室前，这才看到韩寻舟身边站着的贺铭。

陈默的个子不算矮，但比起贺铭还是差了小半个头。男人之间总有一种微妙的嗅觉，陈默充满笑意的眼神一下警惕起来，迟疑着问道："舟舟，这位是……"

韩寻舟从他的手里接过汽水，拧开盖子灌了一大口。

邻居家的哥哥？远房亲戚？

她正在想怎么介绍，却听到站在一旁的贺铭低声笑道："你好，我是舟舟的未婚夫，我叫贺铭。"

"噗……咳咳咳……"

韩寻舟被一口汽水呛出了眼泪。

2020.02.01，我订了几个月后去乌干达的机票。很奇怪，订机票前还能熬，订了机票之后，我反而夜夜难眠，总盼望着出发的日子快点儿到来。我很想她。

——贺铭《关于你的日记》

路上，韩寻舟一边开车，一边偷瞄副驾驶位上闭着眼睛补觉的人，在她瞄到第十八次的时候，贺铭笑着睁开眼睛。

"好看吗？"

"好看个屁！你住哪儿？这镇上应该没有酒店吧，别告诉我你还没找好住处啊？"

贺铭揉了揉发涨的太阳穴，临行前几天，他辗转难眠，飞机上的睡眠条件又不好，他已经几天没睡过一个安稳觉，就连声音都沙哑了几分："舟舟，我确实没找到住的地方，你能带我去你家住一晚吗？等我找到地方住就搬走……我可以付房租。"

韩寻舟看着男人满脸的倦色，实在想把他赶下车，但看在认识这么多年的分上，最终还是板着张小脸把车子开回了自己家。她住的地方就在镇子上，开车没几分钟就到了。

小镇最南边是一座矮矮的平房，房子由砖头砌成，外头刷了鹅黄色的漆，房子背后靠着山。

如果忽略这里简陋的基础设施，清新香甜的空气和未受污染的原始风景，就连许多五A级景区都比不上。

韩寻舟气呼呼地把方向盘打死，漂移着停在家门口的泥地上。

她解开安全带，气势汹汹地从车头绕到副驾驶门边，打开车门，蹙着眉问他："你为什么跟陈默说你是我的未婚夫？要是大家误会了怎么办？"

韩寻舟这次是真的生气了，方才他乡遇故人的惊讶和喜悦被他随意的"未婚夫"三个字弄得支离破碎。

这么多年过去了，她虽然已经不再喜欢他，但对当年退婚的事儿仍旧耿耿于怀。

韩寻舟觉得，贺铭简直就是在羞辱她。

半个小时前，在孤儿院门口，贺铭说完这句话之后，陈默的表情简直像是吃了苍蝇，并且方婧那个大嘴巴立刻拍照上传到了群里，惹得整个孤儿院里的志愿者都跑出来围观，就连那个乌干达籍的黑人院长都一脸欣慰地送了贺铭一袋香蕉。

韩寻舟一直有人群恐惧症，人一多就容易慌，当时被这么多人围着，一句话都没解释出来拉着人就跑了，现在想来，真是追悔莫及。

午后的风很柔和，乌干达的气候并没有非洲其他地方那么炎热，常年二十多度的气温温暖宜人，除了紫外线十分强。

贺铭坐在底盘很高的越野车里，韩寻舟站在地上，这个角度恰到好处，他一低头正好对着她圆乎乎的脑袋，阳光直直地照射在她的发顶上，染上一层金色柔光。

二十五岁的韩寻舟重新留了长发，住的地方周围没有发廊，别说烫染，便是修剪也得靠自己，满头长发恢复了原本的黑色，厚厚一把，她扎了一个蓬松的高马尾，搭配上略深的肤色，显得帅气又干练。

而她皱着眉的样子，活像只奓毛的猫。

贺铭想起韩寻舟小时候萌软的样子，轻轻笑了一声，没忍住，又揉了一把她的脑袋。

韩寻舟一把拍掉他的手，怒目而视："解释两个问题。第一个，你为什么在这儿？第二个，刚才的话是什么意思？"说着，她凶狠地抬起胳膊，挡在车门前，"不说不准下车！"

"第一个问题，我来这儿是因为你们孤儿院有个案子委托我们律所办，顺便……来看看你。"

事实上，办案子才是顺便，是他从其他律所手里弄过来的。

"委托就委托，别提什么顺便，那第二个呢？"

"那哥们儿对你有意思，但你不喜欢他，舟舟，我能看得出来。"

韩寻舟深吸了一口气，放下挡着车门的手，说道："你看出来什么了？没准儿我爱他爱到无法自拔，被你搅黄了也说不定啊？再说了，就算我真的不喜欢他，我自己也会拒绝，用不着你插手！一会儿，你挨个儿跟他们澄清，我不希望大家产生误会。”

事实上，韩寻舟这人随意得很，压根不在乎什么流言蜚语，但跟他传绯闻，她就是不乐意。

贺铭听出了她的万般不情愿，低着头苦笑片刻，许久才回道：“好。”

砖房外面非常不起眼，甚至比不上镇上一些稍微有钱些的人家，里面却出乎意料地整洁干净。

韩寻舟把包包挂在进门处的挂钩上，犹豫片刻后，回身接过贺铭刚刚脱下的薄西装挂好。

“谢谢。”

韩寻舟从鼻子里哼了一声，打开鞋柜，拿出一双大码拖鞋丢给他。这拖鞋原本是为聚会准备的，但买来后剪了吊牌就没用过，今天正好派上用场。

贺铭看着那双拖鞋，捏了捏手心：“我听阿姨说，你在非洲没有谈恋爱。”

韩寻舟没承认：“就算谈了，我会告诉她吗？”

贺铭的手指握紧又松开，反复几次后，摇了摇头跟着她走进客厅。从十八岁至今，这么些年来，他的心肌已经锻炼得十分强健。

整个房子的占地面积很小，只有一个卧室、一个客厅和卫生间。房间里并没有地板，水泥地已经是韩寻舟在当地能找到的最好装修了，镇上的居民家里还是普通泥地。

客厅里倒是有张木质的红色沙发，外漆掉了许多，但擦得一尘不染。沙发前边的茶几上摆着一盘子香薰蜡烛和一束白色的菊花，旁边还搁着几份当地的报纸。沙发对面靠墙的位置则放置了一张同色的电视柜，上面摆着二十世纪九十年代风格的老式电视机。

卫生间的条件也相当简陋，没有自来水供应。除了当地非常富裕的家庭，镇上居民几乎家家户户都需要去公共接水处取水。韩寻舟在早上出门前就去接了两桶，方便下午回来以后用。

“我家只有一个房间，你睡沙发，找到了地方住就搬出去。这边是卫生间，有蹲坑，不过要自己冲水。”

韩寻舟介绍完，发现贺铭一直站在客厅里沉默着，他高大的个子衬得天花板都矮了几分。

她挑了挑眉，问道：“怎么，嫌条件不好啊？这里就这样，爱住不住。”

贺铭摇了摇头：“没有，这里很好，舟舟……”

“干吗？我告诉你，想睡床是不可能的，你只有沙发。”韩寻舟没好气地说着，“一会儿我给你烧点儿水，你先洗个澡，然后睡一觉。”

贺铭笑着点头。他只是觉得有些震惊，一个从小含着金汤匙长大的女孩子，竟然能在这里待上一年，还把生活过得有滋有味。

贺铭一直知道他的舟舟心里有着宽广的世界，知道她心里怀着爱与善良，只是，他仍旧低估了她的决心和毅力。

贺铭简单地洗漱后，发现韩寻舟拎着两桶水进来。

贺铭立刻走上前帮忙，照着她的指示把水放进卫生间和厨房。

“累死我了，明天你洗澡的水自己去挑，不许抢我的用。”韩寻舟说完，恨不得把自己的舌头咬掉，“不对，明天你立马搬走！”

两人都洗漱完之后，简单地吃了韩寻舟昨天在街上买的土豆泥沙拉。

饭后，贺铭非常主动地提出他来刷碗，韩寻舟自然乐意至极，嘱咐道：“水要省着点儿用，先用洗洁精都抹一遍，再一起冲。”

此时，黄昏已至，夕阳从木窗外照进来，晒得人困倦异常。

沙发上，韩寻舟本想看会儿电视打发时间，却发现家里停电了。

在这里，停电停水是家常便饭，买来的网卡非常不好用，韩寻舟对着黑漆漆的电视瞪了会儿眼睛，竟然越发困倦起来，没一会儿就彻底陷入了沉睡。

于是，贺铭洗好碗出来之后，就看见女孩儿蜷缩在坚硬的木沙发上睡着了。

她的睡相和小时候一样不好，睡着了还总想着翻身，可沙发地方狭窄，怎么翻都不舒服，她的眉头皱得紧紧的。

贺铭走过去，弯下腰，把胳膊绕过她的后颈和腿弯，轻轻地抱起了她，走进卧室。

他抱着她稳稳当当地走到床边，窗外夕阳渐渐爬下山，山影朦胧，夕阳橙暖，她的身上也有暖暖的味道。

贺铭听到胸腔里平缓的心跳声忽然变得急促，又逐渐平缓。

他来之前从志愿者协会那儿查到了她的具体地址，可在过来的飞机上，他还是十分惶恐，他怕他找不到她。

这种惶恐的感觉由来已久，充斥着贺铭的整个青春期，然后是整个青年时期——青春期时，他总害怕有一天会失去她，而青年期时，他又害怕此生不能再拥有她。

所以，当他抱着她的时候，心里只有庆幸，以后怎么样还不可知，但毕竟开了个好头，不是吗？

贺铭紧了紧抱着她的胳膊，万分不舍地将女孩子放在了床上，又给她盖上被子。

第二天，韩寻舟照常去孤儿院的时候，发现贺铭手脚敏捷地蹭上了她的车。

美滋滋地睡了一觉之后，韩寻舟心里的怒气消了大半，再加上贺铭从昨天开始就表现良好，本着伸手不打笑脸人的原则，她的语气恢复了正常："贺哥哥，你今天去了孤儿院，记得跟别人解释一下我们的关系。"

贺铭没想到她还记着这事儿，只好无奈地点头答应她。

"对了，昨天你说我们孤儿院委托了一个案子，什么案子啊？"

"跟你有点儿关系。之前你负责的一个非洲小姑娘，叫艾莉莎，两个月前，她被来乌干达旅游的一对华人夫妇收养了，但孤儿院随后接到举报，说小姑娘在遭受了虐待，还有照片为证。你们院长想要回艾莉莎的监护权，但毕竟是跨国案件，所以，在多方打听之下找了我们国内的律师。"

"你说什么？艾莉莎被虐待？怎么可能呢？"

韩寻舟无比震惊又愤怒，那对华人夫妇她也见过，看起来和善可亲，完全不像是会虐待孩子的人。

"我来之前已经私下走访过了，确实是事实。目前，艾莉莎被送到了国内的看护所，不过因为伤势轻，没法做家暴判定，所以，监护权还在那对夫妇手上。我这次过来，就是来孤儿院调查一下情况，如果这里的条件很好，艾莉莎的生活能得到保证，上诉成功的概率也就大一些。"

韩寻舟闻言，眼睛红得厉害，她握紧了拳头，猛地一拳砸在方向盘上，骂道："这些禽兽！如果照顾不好就不要领养啊，为什么要打人啊？"

艾莉莎今年只有五岁，那么听话乖巧的一个孩子，韩寻舟从前总和她说一些发生在中国的故事和神话，因此，小姑娘对中国非常向往，几个月前，听说有中国家庭愿意收养她带她去中国生活的时候，她兴奋得好几宿都没睡好觉。

没想到，迎接她的并不是繁华的城市和甜甜的梦境。在异国他乡，她连跑都不知道往哪儿跑。

到了孤儿院之后，一众志愿者看了看跟在韩寻舟身后的贺铭，使劲给她使眼色，李鹏还吹起了口哨。陈默却在看到他们的同时就避开了目光，满脸哀伤地走进了自己的办公室。

韩寻舟没好气地推了推贺铭，让他去跟大伙儿解释，自己则去一旁孩子们的房间，挨个儿帮他们洗澡洗头。

乌干达的官方语言是英语，孩子们和韩寻舟交流起来没有障碍。前一天，韩寻舟给孩子们讲了牛郎织女的故事，还没讲完结局，今天，他们一个个迫不及待地追问起来。

韩寻舟温柔地把故事的结局讲完，忽然觉得有些不对劲。

糟糕！孩子们有好奇心，大人当然也有，贺铭解释完他们曾经有婚约，他们肯定会问他后来为什么没有了，那她被退婚的破事儿，岂不是很快就要传遍整个孤儿院了？！

那她韩大小姐以后在乌干达还怎么混？

韩寻舟惊恐地给最后一个孩子吹干头发，摸摸他的脑袋，而后冲向门口。

大厅里，方婧正瘫在躺椅上玩手机，听到脚步声后，抬眼似笑非笑地看了她一眼。

韩寻舟万念俱灰地耷拉下脑袋："你们都知道了？"

方婧点点头，"啧"了一声，说："这么极品的男人你都不要，还主动退婚，韩姐，你的眼光也太高了吧？你的前未婚夫现在缺女朋友吗？要不，你给我介绍介绍？"

韩寻舟愣了两秒钟，而后满脸得意地笑起来："那是，我才看不上他呢，不就是我主动退婚吗？小事而已，不足挂齿。"

隔音不算好的院长办公室里，原本正和院长交谈案件的贺铭抿着唇笑弯了眼睛。

2020.04.05，跨过半个地球，我终于见到她。疲惫了几日，昨晚，我竟然依旧难以入睡。夜里，我听到她说了梦话，天亮的时候，我听到了她翻身起床的声音。我无比清醒，原来这才是生活。

——贺铭《关于你的日记》

这场官司打了整整五个月才有结果。

这是一桩跨国案子，交涉起来很复杂，流程也慢。由于两国法律法规政策不同，加上那对夫妇行事狡猾，没有留下痕迹，双方陆陆续续谈判了几个月，直到二审阶段，孤儿院才终于要回艾莉莎的监护权。

国内那边的官司由律所里的其他律师负责，贺铭则是在乌干达小镇上住了下来，准确来说，是在韩寻舟的房子里住了下来。

一提到这个，韩寻舟就气不打一处来。

贺铭来这里将近六个月，已经成了镇子上十分出名的人物——小镇上的居民大多没有法律意识，有些老人被无业青年打伤了都不知道报警，因为当地是一夫多妻制，一些女性被丈夫家暴，也没有申诉的概念。

于是，贺铭便趁着打官司的空当，无偿地做起了法律援助。一开始，来的人很少，但当他帮镇东的一位小学校长成功地把被前妻和情人卷走的家产依法要回来之后，他的名声便传开了。之后，每天来找他帮忙的镇民越来越多。

于是，贺少爷再也没有找房子的时间，只好在她家客厅里安了家。韩父韩母也来电告诫韩寻舟，让她好生招待他。

不过，令韩寻舟感到满意的是，镇上的居民们因为感激这个从中国来的律师，络绎不绝地送来了不少东西，就连每天挑水的活儿都有了免费劳动力，大家排队抢着给他们家挑水。

最令人啼笑皆非的是，上回那个小学校长有一天还牵了他十二岁的女儿来，说是如果贺铭愿意，他可以把女儿嫁给他当小老婆，以后可以服侍韩寻舟。

韩寻舟和他解释了半天，他才弄明白两件事，一是原来中国是一夫一妻制的，二是她和贺铭完全没有关系。

校长离开的时候，表情像是吞了只苍蝇，嘴里还嘟囔着："没结婚就……以后给人当小老婆都难……"

气得韩寻舟当晚多吃了一只烤鸡腿。

艾莉莎被送回乌干达的这天，院长带着所有的志愿者以及负责此案的贺律师一起去接机，同行的还有艾莉莎的好友，一位亚裔女孩子，中文名叫巧巧。

小姑娘被医护人员从飞机上抱下来，刚看到韩寻舟，就立马从护士怀里挣脱出来，扑到韩寻舟腿上大哭，惹得韩寻舟和巧巧也跟着哭了。

三个不同肤色的姑娘抱在一起号啕大哭的场面着实壮观，就连院长都跟着掉了几滴眼泪。

回到孤儿院之后，工作人员和志愿者们为艾莉莎办了个派对，欢迎她回家。为了这场派对，韩寻舟下了血本，她让韩父韩母包机从中国运来了许多玫瑰花、气球，还有七层的奶油蛋糕，整个孤儿院的孩子都玩疯了。

孩子们吃蛋糕，大人们就聚在一起喝酒。娇气包方婧早就回国了，又来了个新的志愿者，是韩寻舟的直系学妹，为人性格爽朗，能吃能睡，和韩寻舟算是臭味相投。

晚上，孩子们睡了之后，在孤儿院后面的空地上，大人们开始庆祝官司的胜利。院子中间燃起了篝火，院长的小老婆们奉献了几个拿手好菜和好酒，大家都喝得醉醺醺的。

两个女孩儿勾肩搭背地喝着院长二老婆酿的苹果酒，越喝越来劲，酒劲上头，竟然口不择言地攀比起来："韩学姐，我的研究生论文得了九十二分，你呢？"

韩寻舟咧嘴一笑："九十五分！"

"我身高一米六五，你呢？"

韩寻舟磨牙："我体重不过百！"

"我谈过五个男朋友，嘿嘿，这你比不上了吧？"

"不好意思啊……"黑暗里，韩寻舟的门牙白得发亮，她伸出右手食指和拇指比了个手势，"我谈过八个！"

她话音刚落，就被人一把拉起来，半拖半抱着带走了。

贺铭的头因为"八个"变得生疼。

他要开车送她回家，所以一直没有喝酒，可这个时候，他又痛恨自己没有喝醉。

他来这里六个月，旁敲侧击好久，才知道韩寻舟这两年坚持不谈恋爱，她坚定地认为谈恋爱是在浪费时间，谁要是想跟她谈恋爱，结果就是连朋友都做不成。

以至于他连告白的机会都没有。

贺铭抿着唇苦笑，现在官司打完了，他连留下来的借口都失去了——一周前，韩寻舟就开始催着他回国。

"贺哥哥，你干吗，我还没喝完呢！我还要喝桃子酒，不对，是香蕉酒，好像也不对……是什么酒来着……嗝……"韩寻舟疑惑地傻笑着，直到走进家门才想起来，"哦，是苹果酒，是院长的二老婆酿的，院长的老婆们都好漂亮，嘻嘻嘻……贺哥哥，你说是不是？是不是很漂亮？"

贺铭无奈地点头答应她，把人抱到床上放好，忽然被勾住了脖子。

他被她用力地带着低下头，蓦地和她四目相对。女孩子的眼神清醒，看不出半分醉意。贺铭的心狂跳起来。

两人的距离近到贺铭能够数清楚她有几根睫毛，事实上，他也这样做了，因为如果不找点儿事情分心，他怕他会控制不住自己。

韩寻舟舔了舔嘴角，忽然莞尔笑道：“贺哥哥，我告诉你一个秘密，其实……我早就没有初吻了。”

贺铭捏了捏手心：“嗯，我知道。”

“那你知道，我的初吻给谁了吗？”

贺铭的心脏突突地钝痛起来，觉得她简直就是在故意折磨他。他的脑子里闪过好几个人影，有那个T大的系草，还有S大新闻系的学长，还有……

谁知道是哪个浑蛋啊！

“我的初吻啊，是在十四岁那年……”韩寻舟笑得神神秘秘的，“给了我梦里的那个王子，我是美人鱼，他是王子，我游到沙滩上看到了他，然后……我就亲了他一口……可是，好像还没有亲到，梦就醒了……”

原来她是在说胡话。

贺铭的心情放松了许多，却猝不及防地被她一把拉了下去。

韩寻舟蹭着他的脸颊，咕哝了一句：“可我想继续……”

她说着，吻上了男人的唇。

果然，和梦里一样，是甜的。

韩寻舟“嘿嘿”地笑起来。

他都不知道，她早就看光了他的日记。

2020.09.06，舟舟喝醉了，她……亲了我，第二天醒来，她却忘得一干二净。

2020.11.07，舟舟想收养艾莉莎，但她是单身，不符合收养人的条件，我向她求婚了。

2021.01.23，我们回国领完证，再回乌干达的时候，艾莉莎因为痢疾去世了，生命的最后几个月里，我们没有陪在她的身边。舟舟哭得伤心欲绝，却没有提出离婚。

2025.05.06，我们领养了当年那个亚裔孩子，她现在是我和舟舟的宝贝女儿，她叫贺巧巧。

2026.01.01，巧巧在姥姥家过元旦，无意中翻出了她妈妈柜子里撕碎的信，她拼了一个下午，捧着信来给我看，说是妈妈写给初恋情人的情书。我看完才明白，我爱了她许多年，却也错过了她许多年。好在现在，在我写下这篇日记的当下，她就安睡在我枕侧，依旧像小时候一样，睡相难看，不停地踢被子。

我想，我这辈子的所有荣光，就是能够在每一个夜晚，给我的舟舟一次又一次地盖好被子。

我爱你。

——贺铭《关于你的日记》

番外三
今朝有酒今朝醉

“爸爸，我想重新和他在一起。”

谢川听到谢昳的这句话，脑海里忽然涌上许多记忆。

谢川在少年时期也曾幻想过美好的未来，那未来里有温柔的妻子、可爱的孩子以及一个普通却幸福的家庭。

然而，在他成人礼那天，父亲出了车祸。

医院里挤满了人，他站在角落里，看着父亲青白的面孔被盖上白布。

四处都是压抑的嘶吼和哭泣，家里乱成了一锅粥，像是失去了主心骨一样。每个人的脸上写满了惶恐和担忧，谢家的家主骤然离世，似乎明天这如梦般的富贵就要破碎。

可片刻之后，他们就如同醒悟般不约而同地把目光投向他，像抓住了一根救命稻草。

十八岁的谢川还来不及因为父亲的离世而哀伤，便这么被迫长大了。

“当一个人一无所有的时候，可以今朝有酒今朝醉；但当一个人背负太多，幸福就是奢侈品了。你和我一样，你的未来是谢家的未来，是谢氏所有员工的未来，别人能出错，你不能。”这是父亲去世前对他说的唯一一句话。

他不能出错。

时间不允许他慢悠悠地在大学里学那些纸上谈兵的东西。

谢川办理了休学，开始打理家族生意。他没有经验，刚开始接手生意时频频出错，导致公司丢掉了好几个大项目。于是，谢川开始将睡觉的时间省下来，他在半年时间里，利用业余时间摸透了几百起商业案例。

生活对他或许还是怜悯的——公司逐渐走上正轨，他决定联姻的对象是个温婉可人的美人。

她有一个很美的名字，叫刘梦。谢川当时便觉得，这名字实在是起得好。

“梦”。

能够肆意做梦的人，有多么幸福。

后来，刘梦给他生了一个女儿。他给女儿取了名字，叫“谢梦初”，他果然还是很喜欢“梦”这个字。

小初很调皮，一天二十四小时有一半时间在哭，只有他抱着的时候才肯乖乖的。那段时间谢家的事业正在起步，谢川忙得分身乏术，却也不忘在加班到凌晨之后赶回家。

他喜欢刘梦身上甜甜的味道，她或许不知道，但许多个夜晚，他加班失眠后只有在她身边才睡得着。

后来小初学会说话，但第一句话不是“爸爸”。

他有点儿沮丧，又觉得这也是难以避免的，毕竟每天他到家的时候，小初已经睡着了。

等她再长大一点儿，等谢氏公司安稳了，他就可以清闲一些，到时候再让她叫“爸爸”也不迟。

他有了美丽的妻子，有了可爱的女儿，上天待他不薄。

为了能给她们更稳定的未来，谢川像是一台拧紧了发条的钟表，一刻不敢停歇地向前走着。

为了节省时间来照顾公司和家里，他摒弃了所有作为人的爱好，严格地按照时间表规划自己的人生。他以为这样做，总有一天他能得到幸福。

他以为父亲的话是错的。

可刘梦还是出轨了。

被他发现的时候，她左手拖着行李，右手牵着小初，歇斯底里地朝他怒吼，扯开了所有的伪装。她的身上依旧有令他着迷的甜甜的味道，却也掺杂了其他男人的气味。

她狰狞着一张脸，将唾沫一口一口地吐到他脸上：“谢川，我从来没有爱过你，你没有他温柔，没有他耐心，你根本就不会爱人，你就像是一台机器。”

“对，就是机器！”她越说越起劲，“冰冰冷冷的机器，你每天早上五点起床，就算我把你的闹铃关了你也照起不误；你早餐只吃牛奶和面包，上班穿的永远是那个款式的西装，一买就是几十件；你甚至连……甚至连我们同房的日期也要算计。”

他狼狈地擦了擦脸上的唾沫，说不出话。

“幸福是一件奢侈品。”

他有很多钱，未来会有更多钱，但他买不到，再纠缠下去，没有尊严，也没有意义。

“你走吧，把小初留下。”

他自我厌弃般扔给刘梦一张足以令她一生衣食无忧的卡，刘梦捡起来，眼里有惶恐，有怀疑自己做错事情的彷徨。

当他向小初伸出手的时候，一点儿大的小丫头却紧紧地拽住了妈妈的衣袖，号啕大哭起来。

或许是害怕，或许是不愿，或许是因为父母吵架而慌张，谁知道呢？

她的举动让刘梦得到了认同感。

那一瞬间，刘梦的表情从惶恐变得扭曲而兴奋，似乎她之前做过的所有事情都在这一刻翻盘，她成了两个人里占据高点的那个。

“看到了没？女儿也很讨厌你，在你这种人身边，她以后也会变得冷冰冰的，变得让人恶心，又怎么可能幸福？我宁愿她跟着我，过普普通通却幸福的生活，他爱我，也会爱她的。”

普普通通的人生。

普普通通的幸福？

谢川走过去，不顾小初的哭闹抱了抱她。她小小的身体暖暖的，还在抽泣的胸膛上下起伏，眼泪蹭了他满脸。

然后，家里又只剩下他一个人，和父亲去世那年一样。

家里没有了孩子的哭声，没有了刘梦身上甜甜的气息。

他整晚整晚睡不着。

后来，他像是想将生活拉上正轨一样，再婚了。新的妻子叫周婉玲，名字很普通。她和刘梦不同，她像他一样寡言，却总能在他加班到凌晨时给他送上一杯温水。他又有了一个女儿，名字是妻子取的。

他平静地，安稳地，正常地生活着。

他从未打听过她们的消息。

反正，她们也在世界的某个角落里，拿着他给的钱，过着普普通通的幸福生活吧。

他不愿意承认，他被抛弃了。

直到小初十岁那年，他才听说，刘梦的男人没多久就抛弃了她，她的家族也抛弃了她。

他头一次没和周婉玲商量，开始争夺小初的抚养权。

可很多东西错过了就是错过了，他和她亲近不起来。就算他将她接回来住，她眼里的疏离也让他不知所措。

后来又发生了那件事。

秋意的死当然不能怪在她头上，他知道，周婉玲也知道。

但人对待自己的骨肉向来难以理性。

秋意去世的那天，他还在病房里照顾因为高烧不省人事的小初。他失去了一个女儿，不能再失去另一个，为此还破天荒地为她算了命，改了名字。

他一边着手办理秋意的丧事，一边照顾还在危险之中的谢昳。

某一天夜里，他听到她说梦话，口齿不清地喊了“爸爸”。

他不得不承认，那一刻，他得到了难以言说的慰藉。

可这慰藉很快变成了恐慌。

那天在病房门口，他偶然看到了周婉玲眼里彻骨的恨。

她盯着床上的女孩子，毫不避讳眼里的恨，似乎下一秒就能咬住她的脖颈，吸食她的血液。她像是疯了一样走上前，拔掉了她的输液管。等回过神来，她又抖着手按铃叫来了护士。

周婉玲得了抑郁症，她变得疯狂，好几次拿刀割伤了自己。他给她请了最好的医生，经过不间断地吃药、心理治疗，半年后，她不再疯狂，却越发沉默。

她将那恨埋在心里，但仍旧被他察觉过好几次。

她的态度让谢昳也很讨厌她，甚至说有些惧怕她。

但这两个彼此仇恨的人，是他最后的亲人，是他身上背的债。

好在这一切在他逐渐对谢昳严厉起来后有所好转，周婉玲的仇恨似乎被他的态度分解了，她开始忽视谢昳的存在，不关心、不怨恨，甚至，甚至在谢昳高二因为叛逆离家出走的那次，在他大动肝火之后，周婉玲竟然在私底下替谢昳求了情。

“我不喜欢她，我知道你也不喜欢她，她……她也不容易。”

原来大家都看得出来，他不喜欢她啊。

谢川又想了很多事，这些年陆陆续续发生的事。

周子骏的罪证哪是那么容易搜集的？他不放心别人，于是又开始像年轻时那样熬夜，每天工作完，整理所有相关的不相关的文件到凌晨。他将一些夺标的项目拱手让人，辗转几圈，才换来了一份又一份切实的证据。

可他依旧不是一个好爸爸，不然，她不会这么诚惶诚恐地对他说话。

“我要跟他在一起。”

谢昳重复了几次，似乎有些害怕他的责骂。

他于是像往常一样，不耐烦地，严厉地对她说：“我劝过你一次，懒得再劝。你爱怎么样就怎么样吧，反正你从小就不听话，顽劣任性的事情你做得还少吗？”

想在一起就在一起吧。

顽劣任性也挺好。

不听话也挺好。

希望她能够今朝有酒今朝醉，不要像他。